評伝 J・G・フレイザー 上

——その生涯と業績——

ロバート・アッカーマン 著
小松和彦 監修
玉井 暲 監訳

法蔵館文庫

本書は二〇〇九年二月一〇日法藏館より刊行された。

日本語版序文

国際日本文化センター名誉教授　小松和彦

二〇世紀において、人類学界という枠を越えてもっとも名声を獲得した人類学者を挙げよ、と問われれば、私は躊躇することなく、ジェイムズ・フレイザーとクロード・レヴィ＝ストロースの名を挙げるだろう。二〇世紀後半の世界の知識人社会・読書界のヒーローがレヴィ＝ストロースならば、二〇世紀前半のヒーローはフレイザーであった。おそらく、現代日本の知識人たちに、二〇世紀でもっとも著名な欧米の人類学者の名を挙げてもらったとしても、やはりこの二人の名前が挙がってくるのではなかろうか。

本書は、社会思想史家のロバート・アッカーマンによって書かれた、フレイザーの詳細な伝記である。

フレイザーは、一八五四年にスコットランドに生まれ、一九四一年に八七歳で亡くなった。フレイザーの代表作は、『金枝篇』である。彼はこの書によって生前から名声をほしいままにした。一九一四年にはナイト爵に叙せられ、一九二〇年には英国学士院の会員に選ばれ、一九二五年にはメリット勲位も授与された。さらにオックスフォード大学やソルボンヌ大学など国内外の大学から名誉学位を授与され、英国で初めてリヴァプール大学に社会人類学講座が開設されたとき、その初代教授に就任した。

名声と長寿を得たフレイザーであったが、自伝を書くことはなかった。伝記的なことはほとんど知られていない。伝記的著述がまったくないわけではないが、本書で明らかにされているように、それらはフレイザーの業績や思想をその履歴から捉え直すという点では問題が多いものばかりであった。このためであろうか、我が国に彼の仕事が紹介されたときも、フレイザーの略歴の部分はまことに貧弱で、しかもとんでもない間違いが記されることもあった。

本書によれば、フレイザーは、一九四一年の五月七日、老衰による合併症で、ケンブリッジで亡くなった。そしてその数時間後に、脳卒中で倒れたことがあるフレイザー夫人のリリーも、看病の疲れがどっと出たためであろう、夫の後を追うように亡くなった。ところが、たとえば、岩波文庫版『金枝篇』(全五冊、永橋卓介訳、一九五一—五二)の「解説」では、次のように記されている。「一九四一年五月七日、ドイツ空軍の爆撃にあい、夫人であるレディー・リリーと共にスコットランドで惜しくも爆死された」。訳者は、夫婦が揃って同じ日に亡くなったことを不審に思い、「ドイツの攻撃で爆死した」と想像したのだろうか。

もちろん、フレイザーの業績はこうした経歴や受勲などにあるのではなく、その著作である。しかしながら、そのような業績が生み出された社会環境や生い立ち、学問遍歴などを知ることは、この古典的名著の意義を問い直す際には不可欠である。このたび、客観的かつ多面的な立場から記述された、アッカーマンによるこの伝記が翻訳されたことで、フレイザーの履歴がほぼ完璧に明らかとなり、日本のフレイザーの愛読者たちが抱いていた誤解や不満が、大幅に解消されることになったのはまことに喜ばしいことである。

フレイザーの代表作『金枝篇』の初版二巻本が刊行されたのは、一八九〇年であった。しかし、補遺を含む全一三巻の完全版の完成は一九三六年であった。簡約版が刊行されたのが一九二二年で、この簡約版が広く読まれた。上述の岩波文庫版は、この簡約版の翻訳である。現在では、初版二巻本がすでに筑摩書房から文庫版として刊行され、さらに国書刊行会からは、完全版が順次刊行されている。また、もう一つの代表作『旧約聖書のフォークロア』は一九一八年に刊行され、その簡約版は一九二三年に刊行された。我が国に紹介された『旧約聖書のフォークロア』（江河徹他訳、一九七六、太陽社）も、この簡約版の翻訳であった。

こうした主要著書の刊行時期をみれば、フレイザーは、明らかに二〇世紀前半に活躍した学者であった。間違いなく、彼は二〇世紀前半の知的世界のヒーローであったのである。

しかしながら、フレイザー以後の人類学者たちは、フレイザーを、一九世紀の人類学を代表する学者だと見なしている。それというのも、フレイザーの議論の枠組みや議論の展開のやり方、研究手法などが、二〇世紀前半から勃興してきた実地調査をもとにした民族誌記述とその分析を旨とする人類学とは異なり、一九世紀の人類学的思索家のそれだったからである。言いかえれば、二〇世紀の人類学者たちは、フレイザーを、その仕事を、「一九世紀のもっとも著名な人類学者」、「古い時代の人類学の最後の記念碑的古典」と評して、葬り去ったともいえるだろう。

アッカーマンも述べているように、確かに、フレイザーは、図書館に閉じこもり、探検家や伝道師、商人たちが書き残した粗雑な異民族に関する報告書にもとづいて、人類文化の歴史や神話や信仰を扱った大部の本を何冊も、自信たっぷりに発表し、それによって名声を獲得した。「客観的科学」あるいは「進化」という大義を振りかざして、何のためらいもなく、まったく共通点のない時代や場所から取られた文物を比較することで、大冊を世に送り出した。それは明らかに一九世紀の人類学の研究スタイルであって、その後の人類学のスタイルではなかった。

フレイザーには、二人の弟子がいた。ブロニスワフ・マリノフスキーとジョン・ロスコーである。しかし、この二人はいずれも師の学風を継承しなかった。マリノフスキーは太平洋のトロブリアンド諸島で、ロスコーはアフリカのバンツー系諸民族の調査に従事し、いわゆる実地調査にもとづく人類学者として成長した。このような手法にもとづく人類学は、採集した資料を分析する手法を社会学から学んだこともあって「社会人類学」と称し、その分析方法は「機能主義的方法」と呼ばれている。こうした学風は、基本的には二一世紀に入った現在でも変わっていない。したがって、フレイザーの仕事に関しては、「王殺し」や「呪術論」など部分的には評価はなされているが、全面的に再評価されるようなことはない。あくまでも、彼の仕事は、人類学では学説史上の古典にすぎないのである。

しかしながら、人類学的には過去の古典的名著にすぎないとしても、その著作にふれることは意義あることである。読めばわかるように、その理論的枠組みが誤ったものであり、フレイザーの連想・妄想によって関連づけられた資料の巧みな配列だといわれても、現在の人類学には見出せない、なお人を引きつける魅力をもっていることは明らかであろう。おそらく、それは、科学的学術書としてではなく、一個の文学作品として、一人の思想家の神話論・儀礼論として、現代の私たちの想像力を刺激し、新たな解釈を試みようと奮い立たせてくれるエネルギーを、今もなお秘めているからなのではなかろうか。人によっては、今は失われたよき時代への郷愁をかきたてられるかもしれない。私には、そのなかには、現代風に考え直すことができる素材、現代風に利用することができるアイディアがなおたくさんつまっているように思われてならないのである。

フレイザーがもっとも関心をもったテーマは何だったのだろうか。

彼の生涯のテーマは、「殺される神」あるいは「殺される王」であった。それを、主著

『金枝篇』では、イタリア（古代ローマ）の聖なるネミの森をめぐる、次のような伝承を読み解く、というかたちで展開したのだ。

古代のネミの森には、かつて女神ディアナとその夫ウィルビウスを祀った神殿があり、そこには「森の王」という称号をもつ祭司が奉仕していた。この「森の王」になるためには、その森のなかにある、金の枝をもつ木から一本の枝を盗み取り、その枝で現職の祭司を殺さねばならなかった。『金枝篇』という書名は、この「金の枝」に由来し、その著書の目的は、この伝説に見られる謎、すなわち、なぜ「森の王」になるためには前職者を殺さねばならないのか、なぜその殺害の方法が金の枝でなければならないのか、という疑問を解明することであった。そのために、古今東西の民族誌的情報や古典学や民俗学の成果が、次々に利用されることになり、それが膨大な数に及んだために、完全版は一三巻という大冊になったのである。

もっとも、現代人の私は、その謎解きに、はたしてこれほどの資料の紹介が必要であったのか、と疑問を抱かざるをえない。また、類似した事例をどんなに挙げようとも、所詮はそれは傍証であり、そこから導き出された解釈は仮説にとどまらざるをえないとも思う。したがって、別の解釈がわき起こる可能性を否定できない。実際、フレイザーの仮説は、彼が挙げた多数の傍証事例の一つ、たとえば、アフリカのシルック人の「王殺し」の事例に関するエヴァンズ＝プリチャードによって提出された批判・疑念だけで、フレイザーの議論の核心部分である「呪術王＝殺される王」の示唆に富んだ記述は、長い間、忘れ去られることになったのであった。

人類学者のメアリー・ダグラスは、この『金枝篇』について次のように指摘している。「ネミの森の王」の伝承を解くというのは、一種のレトリック上の操作であって、フレイザーの狙いは、それが「殺される神」とそこから浮かび上がってくる「呪術」の問題を解くことを示唆する伝承を次々と繰り出すための「つなぎの糸」の役割を果たしているにすぎなかった、と。したがって、その結論は意外なほどあっけない。すなわち、「王殺し」は「植物の死と再生」の模倣の呪術であるがゆえに「先王は殺されねばならない」のであり、なぜ「金の枝」でなければならなかったのかは「現職の祭司を殺すヤドリギの枝は切り取って放置しておくと、黄色に変色するからだ」と説明する。

このような仮説的な解答のために、一三巻もの紙面が必要であったかと問われれば、おそらく、現在では「否」とされるだろう。しかし、フレイザーの真の意図は、そこにあったのではなく、むしろ膨大な資料を組織的に満遍なく紹介することが目的であったのである。人類の多様性と共通性、その叡智の披瀝であったのである。

フレイザーの提出した「植物の死と再生」の模倣としての「王殺し」という解釈は、否定されている。というよりも、そのような解釈が可能な事例があるとしても、その解釈でフレイザーが繰り出すすべての事例を解釈することはできない。むしろ、もっと一般化して、フランスのルネ・ジラールや山口昌男が展開したように、スケープゴートの一類型として考えるほうが適切であろう。呪術も、それがたとえ自然の支配・制御というかたちで発生してきたとしても、その発展図式から呪術を見るのではなく、自然界と人間界・文化物の世界の双方において、世界（状況）を変える力の信仰と考えたほうがいいだろう。

そのように考えることで、フレイザーの「王殺し」あるいは「呪術」は、現代でも有効な理論に変換させることができるわけである。フレイザーの呪術の二類型、模倣呪術と感染呪術も、現代では、象徴論の立場から、隠喩的結合と換喩的結合と言い直されて継承されている。

こうした現代の観点からの読み直しや理論的修正を加えることで、フレイザーの議論は継承することができるのである。したがって、日本の天皇制をはじめとしてアジアの王権の問題にも、新たな視角で接近する可能性が開かれるというわけである。

シルック人の王権がどのような王権であったのか。ネミの「森の王」がどのような王（祭司）であったのか。フレイザーが挙げた古今東西の王権がどのような性格の王権であったのかといった問題は、まだほとんどその後の「新しい」人類学は解き明かしていない。ただ、フレイザーの大前提に疑問が呈されたために、人類学者による詳細な個別事例の調査報告とそれにもとづくより説得的な考察がなされることを期待して、しばらく考察を控えたにすぎないのだ。

現代の人類学者たちも、古典的人類学者としてその名前と著作名を学史的知識として学び覚えるだけでなく、フレイザーの仕事を手に取って読むべきである。それによって、彼の誤った人類学的認識の前提を知るとともに、現代の人類学がフレイザーの問題提起や素材を放置したままにしていることを知るはずである。

人類学者の小田亮は、フレイザーの分析方法や「未開人」の合理性に関して、レヴィ＝ストロースの認識と似通っている点がみられることを指摘している。私もまた、膨大な資料の披瀝の仕方には違いがあるが、人類という大きな基盤からその貴重な思想的遺産ともいえる神話や儀礼、信仰的行為に思索をめぐらした二人には共通するものがある、と指摘したことがある。このレヴィ＝ストロースの業績もまた、二一世紀に入って、前世紀の記念碑的古典・名著として葬りさられようとしているが、人類文化の総体を考える際には、将来においても、フレイザーとレヴィ＝ストロースの仕事は必ずや参照されることになるはずである。さまざまなかたちでグローバル化が進む二一世紀においてこそ、人類という共通の基盤が問題化され考察されねばならないからである。

最後に、本書の翻訳の経緯を述べておく。もう十数年前になるが、『タイムズ文芸付録』紙に大きくこの本の書評が載っていたのに興味をもった私は、この本を取り寄せて斜め読みをした。まことに詳細な伝記で、私にとっては新知見がたくさん織りこまれていたので、当時勤めていた大阪大学文学部の同僚である英文学者の玉井暲氏に、翻訳したらどうか、との相談を持ちかけた。

玉井氏は、英文学の世界でもフレイザーから影響を受けているので、その伝記は一定の読者を獲得するのではないか、と快諾された。玉井氏と私は、それぞれが指導する大学院生たちに下訳を作ってもらい、人類学関係の訳語などのチェックをした後に、それに玉井氏が手を入れて完成稿にする、という段取りを考えていた。しかし、下訳の一部が出来上がった段階で、さまざまな理由で、作業は長い間中断してしまったのであった。

その後、玉井氏のグループで翻訳作業が再開され、こうしてようやく翻訳・刊行にまで漕ぎ着けたというわけである。これはひとえに、玉井氏と出版元の法藏館の編集部の忍耐と熱意によっている。

このたびの刊行にあたって、私が日本語版の序文を書くという役目を、しかも監修者という名目まで与えられたが、これは翻訳を持ちかけたという縁によるものである。適切な用語が見あたらなかったのでこのようになったが、要するに翻訳を持ちかけたことの責任の一端をこのようなかたちで果たさせていただいたにすぎない。訳業にかかわる栄誉はすべて玉井氏たちに与えられるべきものである。

本書によって、フレイザーとその著作の理解がいっそう進むことになれば、訳業の一端をになった私としても、まことに幸せに思うものである。

上巻　目次

凡例

一、本書は、Robert Ackerman, *J. G. FRAZER: His Life and Work*（Cambridge University Press, 一九八七）の全訳である。ただし日本の読者にとって不必要と思われるところは省略した。また原著中に挿入されている写真については、掲載許可の取得が困難なため割愛した。

一、原著のイタリック体による書名、作品名、雑誌・新聞名は『　』で示し、"　"による論文・作品名は「　」で、また引用符"　"は「　」で示した。

一、原著の括弧については、［　］は〔　〕で、（　）は（　）のまま示した。

一、原著の強調を表すイタリックと大文字の使用は、適宜、〈　〉と傍点を用いて示した。

一、訳者による補注は、［　］で示した。

一、原著の英語以外の外国語については、適宜、〈　〉と傍点を使用したが、訳文の読み易さを考慮して記号を用いない場合もある。

一、ルビの使用と原語の引用は適宜行った。

一、原著の引用文中の省略（……）は、（中略）という表記で示した。

略号一覧

次の省略記号がフレイザーの著作を表す場合に注のなかで使用されている。各著書は、出版地はロンドンで、出版社はマクミランである。

C & E『原始社会の宇宙論における創造と進化、およびその他エッセイ』（一九三五）
FOT『旧約聖書のフォークロア』全三巻（一九一八）
GB『金枝篇』第一版、全二巻（一八九〇）
GB2『金枝篇』第二版、全三巻（一九〇〇）
GB3『金枝篇』第三版、全一二巻（一九一一―一五）
GBa『金枝篇』簡約版（一九二二）
GH『ゴルゴンの頭と文学的小品』（一九二七）
GS『穀倉に貯えられた束』（一九三一）
Paus『パウサニアスの〈ギリシャ案内記〉』全六巻（一八九八）
PT『サイキの仕事』（ 九〇九）
T & E『トーテミズムと外婚制』全四巻（一九一〇）

その他の略号

DNB　『英国人名辞典』
FGB　R・A・ダウニー『フレイザーと金枝篇』（ロンドン、ゴーランツ、一九七〇）
JAI　『人類学協会雑誌』
JRAI　『王立人類学協会雑誌』
J.Z. Smith　ジョナサン・Z・スミス「栄光、冗談、謎——ジェイムズ・ジョージ・フレイザーと『金枝篇』」（イエール大学博士論文、一九六九）
TCC　ケンブリッジ大学トリニティ・カレッジ
UL　ケンブリッジ大学図書館

評伝　J・G・フレイザー——その生涯と業績　上

序　章　フレイザーとその学者人生

ジェイムズ・ジョージ・フレイザー（一八五四―一九四一）はなかなか厄介な人物である。彼は、英語で執筆した人類学者のなかでは一番多くの読者を獲得し、おそらく抜きん出た文筆家でありながら、今日人類学者のあいだで認められている学者系統図にはまったく登場しない。

その理由は実際はっきりしている。彼が、図書館に閉じ籠ったきりで、原始宗教と神話を扱った大冊を何冊も、自信たっぷりに発表したからであった。往々にして、探検家や伝道師、それに商人たちの報告は粗雑で、自民族びいきが目立つのだが、そうした疑わしい報告にもとづいて包括的な理論を打ち立てたからだ。文化が母体としてあって、社会行動や信仰に意味を与えているとする発想を、彼はまったく持ち合わせていなかった。したがって、まったく共通点のない時代や場所からとられた文物を比較することに何のためらいもなかった。彼は徹底した合理主義者であった。客観的科学という大義のもと、民族誌学的事実を使って、宗教という棺桶に最後のとどめを刺そうとしたのだった。もし彼が時折予言めいた力を発揮したとしたら、それは、今では凋《しぼ》んでしまったかつての帝国の自信を彼が代弁していたからにほかならない。誰も彼を学問の祖として仰ぎ見ようとしないのも当然である。

第一次世界大戦前の六〇年のあいだにイギリス人類学会で活躍したほかの著名人たちはというと、みなフレイザーと同時代人だけに彼と同じような欠点をもっていたことは否めないが、フレイザーとは違って、支持者を多くもっていた。エドワード・バーネット・タイラーは、フレイザーと同様に合理主義的、主知主義的な信念の持ち主であったが、学会創立者にふさわしい栄誉を受けている。それに、なによりタイラー自身が学問分野としての人類学を成立させた功労者であった。ルイス・ヘンリー・モーガンも、血縁関係の研究には分類体系が重要であることを認識していた点で正当な評価を得ている。それだけでなく、モーガンはマルクス主義者やほかの唯物論者にも取り上げられているので、今さら支持者はいらないだろう。ジョン・ファーガソン・マクレナンは、人々の関心を惑わすトーテム崇拝の問題を学問の世界に持ち込んだ当事者だといえるだろう。それでもマクレナンは、宗教の発達を社会学的に理解していたのであって、幾人かの偉人たちが頭脳を働かせたことによって宗教が発達してきたとは考えなかった。彼はまた、学問上のいくつかの点で、ウィリアム・ロバートソン・スミスの生みの親でもあった。フレイザーの友人でよき助言者でもあったスミスは、世界的な東洋学者であったが、原始宗教の社会学的研究を推進した人物でもあり、その影響はエミール・デュルケームにまで及んだ。彼もまた、未来に種をまいた人であった。

しかしフレイザーには、そうした支持者が一人もいない。彼がやったことといえば、ひたすら読み、書くことであった。訪れた未開地域といえば、せいぜいギリシャぐらいだった。だから彼には冒険をした経験はまったくなく、フィールド・ワークを行う人類学者には生得権として認められるエピソードなど、ほとんど持ち合わせていない。深緑色に装丁された書物が机上に積み重ねられてできた壁は、ただただ高くなるばかりに思われた。そのうち、疲れを知らず机で働き詰めるこの小男の姿さえ、嵩《かさ》んでゆく書物の壁で見えなくなった。七八歳で突然視力を失うという困難を体験した後でさえ、彼は仕事をやめなかった。何人かのアマチュア助手の手を借りながら、さらに一〇年間働き続けた。最晩年に、助手の一人、R・アンガス・ダウニーは、フレイザー夫人から依頼されてフレイザーの伝記を書くことになった。ところが夫人は、ダウニーが書く傍から肩越しに書かれている内容を読み、批判めいたことは、どんなささいなことでも書かせなかった。

ダウニーが一九四〇年に書いているように、「フレイザーの生涯の事実は、どうあっても彼の一連の著作のなかにしかない」ことを、夫人は世間の人々に信じさせようとしていた。[1] そんなことはもちろん、世間に対する無意味なごまかしであった。本はみずから語ったりしないからだ。それにフレイザーも、私たちが抱えるのと同じような不安や混乱、戸惑いを感じて暮らしていたはずだ。三〇年後、ダウニーはフレイザーと過ごした日々の回想録を書いている。この回想録には、フレイザーに関するエピソードが書き留められていて、そのエピソードがあるために貴重な資料となっている。(2) しかしダウニーは、学者ではなかった。回想録には多くの間違いがあり、フレイザーの業績と思想の研究書としては、はなはだ不適切である。

だが、それが今ある資料のすべてである。これ以外には、彼の死亡記事と人類学史を扱った諸々の本のなかに申し訳程度に出てくるフレイザーの解説ぐらいしかない。(3) こうした人類学史の本は、概して説教臭く論争じみていたために、また著者たちは誰一人として、みずからの理論的立場を正当化し保証する偉大な伝統のなかにフレイザーをすすんでは入れたがらなかったために、フレイザーに関する出版物は非常に少ない。

こうした背景があって、フレイザーの思想が研究の対象として真剣に取り上げられるようになるには一九六二年まで待たなければならなかった。だがその研究もまた、人類学者ではなく文学者が始めたものだった。スタンレー・エドガー・ハイマンによる『もつれ合った浅瀬』がそれである。その本のなかのフレイザーに関する一章は、優れたものにはちがいないが、それでも欠点が三つある。第一にハイマンは、フレイザーの生涯についてごく基本的な資料から分かること以外、何も教えてくれない。(4) 第二に、フレイザーが使う比喩にこだわりすぎている。比喩を分析することは学問的ではあるが、フレイザーの思想の展開を辿る方法としては適切とはいえない。第三にハイマンは、自身が信奉する研究的立場である神話・儀式批評の勢力を増すためだけに、この研究的立場の開祖であるフレイザーを持ち出しているように思える。一九六〇年代の後半に、I・C・ジャーヴィーとセオドー・H・ギャスターは、それぞれ別の関心から同じ趣旨のことを述べている。フレイザーは用済みになったわけではなく、彼の著作は今後見直される可能性はあるというのだ。だが、こうした意見は十分に受け入れられなかった。[5] その後も一九七三年に、『金枝篇』が現代文学に与えた衝撃を考える型どおりの影響研究書が出たり、いくつかの分野で散発的な論文が発表されたりしているが、せいぜいその程度がフレイザー研究の全容である。[6]

どう考えても、これでは不十分だろう。なるほどフレイザーは厄介な人物かもしれないが、彼が生きた時代から二〇世紀の前半にかけて、彼の仕事がもった意義は計り知れない。今日組織されている人類学会のどこにも彼が結びつかないとしても、何も人類学だけが彼の携わった学問領域ではない。宗教の歴史を扱ったことで有名な数十冊の著作以外でも、多くの古典学者たちが一生をかけても成し遂げられない量の古典研究を、それも第一級の成果を残したのだ。フレイザーの比較研究法は人類学の領域では完全に影を潜めてしまったが、この方法がまだ生きている宗教史の領域では、彼の書いたものは今なお引用されている。またハイマンの例からも明らかなように、文学研究の世界ではフレイザーの名は広まりすぎた感もあるが、同時に十分な存在感をもち続けている。今日、実質的に消滅したかに見える神話、儀式批評は措《お》くとしても、ノースロップ・フライからライオネル・トリリングに至るまで、立場は違っても異彩を放っている文学批評家たちから、フレイザーは高い評価を得てきた(7)。

これらの学問上の影響よりもさらに重要なことがある。彼は、その筆力によって、幾千もの一般の読者に愛読されてきた。事実、彼の言葉に魅了された多くの読者は、自分自身のものの見方、社会や宗教の諸制度の捉え方を大幅に見直すことになったのだ。第一次世界大戦後に、生活のありようを批判的に捉えようとする人々のあいだでは、フレイザーの眼差しが浮かび上がらせた映像は、知的で人々の感情に訴えかける風景となった。その意味で、彼の影響は四方八方に広がりつつも、その威力を失わなかった。実際彼は、望んだわけでもないのに数百通にも及ぶファンレターを受け取っている。そのどれもが、自分たちの目を開けてくれたこと、生活のありようを変えてくれたことを感謝する文面だった。

さて、私自身が関心の所在を明らかにする番だ。スタンリー・エドガー・ハイマン同様、私も文学史家である。ただ彼のように、儀式がすべての根幹にあるとは信じない。したがって、この伝記を通して、フレイザーが今日的にも「意味がある」と唱えるつもりはない。そもそも私は、四人の古典学者の研究を通じてフレイザーに行き着いた。この学者たちとは、(今でこそ彼らの後継者に嫌われているが)ケンブリッジ儀式尊重派と呼ばれるジェイン・エレン・ハリソン、ギルバート・マレー、F・M・コーンフォード、それにアーサー・バーナード・クックの四人である。一九世紀末の世紀の変わり目に、彼らは人類学を使って、悲劇の起源とは何かという古くからある厄介な問題を解こうとしていた。悲劇の構造の起源は、先史時代に東部地中海地方に共通して見られる、収穫の豊穣を祈る魔術儀式にさかのぼると、彼らは主張した。したがって、彼らはフレイザーの議論に寄りかかっていたわけだ。フレイザーは四人全員と親交があったのだが、この一派のメンバーではなく、学問上はむしろ父親的存在であった。

一九七〇年代の初め、私は儀式尊重派のその後を調べるために、ケンブリッジ大学を、なかでもフレイザーが六二年間フェローであったトリニティ・カレッジのレン図書館を訪れた。その際私は、気の遠くなるほどたくさんのフレイザーが著した文献を見つけた。ジェイン・ハリソンの方が人物としては断然、魅力的であったけれども、歴史的に見ても学問的に見ても、フレイザーの方が圧倒的に重要だった。私はフレイザーと儀式尊重派とのつながりを辿っていくうち、これはどうしても伝記が必要だと感じた。それで、フレイザーの伝記を書く決心をしたのだった。私は人類学者ではなかったので、彼の評判が芳しくないことがかえって私の興味をそそった。しかしながら、あまりにも多くのものを犠牲にしなければ取り掛かれないという思いがあって、私は長いこと書くのをためらった。書くにあたっては人類学や宗教史、古典学や文学など様々な領域の読者に読んでもらいたいと私は思った。自分の専門領域にかぎれば、フレイザーの業績を私などよりはるかに熟知しているが、他の領域での彼の仕事は知らないという読者を想定していた。そうなると、ある領域の読者にとって、領域外の情報は初めて耳にするものかもしれないので、その背景から詳しく説明しなければならない場合もあるだろう。私はそのような読者がいつもいることを意識して書いた。謙遜しないでいうが、私はこのことを何とかうまくやりこなせたと思っている。

私は、出来事が起こった順に書く方法をとった。成人してからのフレイザーの人生に起こった出来事といえば出版に尽きるので、とくに重要と思える出版のみを彼の思想と絡ませながら書いている。それと同時に、これらの出版が、ほとんど知られていない彼の実生活とどのように関連していたか、その出版事情を描いている。彼がどのような生涯を送ったかは知られていないので、私は可能なかぎり一次資料から引用している。驚くほど多作で、まさしく本の虫であった謎だらけの人物を浮かび上がらせることを第一に考えた。膨大な量の日記や草稿に加えて、実に数百にも及ぶ未公開の書簡を見つけ出し編集した。また、ケンブリッジやそのほかいろんなところに足を延ばして、フレイザー（それにフレイザー夫人）を憶えている高齢の人たちから話を聞いた。さらに、ただ一人存命中の子孫で、フレイザーの甥の孫にあたる人に会うことができた。非常に幸運なことに、その人は、フレイザー一家のアルバムをたまたま所蔵していた（この本の図版の多くは、それを用いている〔版権上の問題で日本語版に収録するのを割愛した〕)。それでも、フレイザーの生涯の学問的な部分と学問とは関係ない部分とは切り離せないと思うので、彼の私生活の特色が分かるような資料をもっと使うべきだったのかもしれない。その点に関しては、フレイザーは相変わらずつかみどころがない。

フレイザーのつかみどころがない理由の一つは、彼が非常に勤勉で、また親切でも寛大でもあったけれども極端に内気な性格であったために、実際の面識をもとに書かれたフレイザー伝がほとんど残っていないことにある。そのために、(とくにブロニスワフ・マリノフスキーによるフレイザー伝のことが私の念頭にあるのだが)、現存するフレイザー伝が彼の学問上の後継者たちにある固定したフレイザー・イメージを決定的に植え付けてしまうことになった。そのイメージははっきりしている。つまり、一人きりで書物を読むことだけに没頭し、生活力はなく、ごく平凡な会話に加わることさえできないフレイザー像であった。このようなフレイザー像は、見過ごすことができないほど事実に反しており、修正されなければならない。このフレイザー像には複雑な背景がある。確かに、中年期を迎えた頃、フレイザーは、マリノフスキーに描かれたような性格に変わっていったかもしれない。しかし他方で、マリノフスキーの言葉は、彼自身とフレイザーとの複雑な関係、つまりフレイザーが彼のパトロンであったという事実に照らして、慎重に読む必要がある。実際は、私生活の危機を経験する四十代の頃までのフレイザーは、多くの友人と陽気に付き合っていたし、ケンブリッジ内外の学術交流の場にも顔を出していた。

それでもやはり、彼の内面生活はどこか淡白すぎて、近づきがたい感じがする。彼はそれほど内省的な人間ではなかった。この時代が慎み深さをよしとしていたにしても、喜びや不安といった彼の感情は、ごくまれな場合を除くと、いつも抑制され、表に出てくることはなかった。加えて晩年になると、彼の私的個人としての感情の起伏も緩やかになり、感情を込めた表現も少なくなる。彼のユーモア感覚もまた薄れてくる（この頃になると、ユーモアはいつも辛らつな当てこすりを含んでいた）。そして、自己弁解的な皮肉もめっきりと口にしなくなる。

これだけは、はっきり言っておきたい。先に述べたフレイザー像以外のことでは（もちろん彼についてどんなことを書いても彼を復権する試みになってしまうけれども）、フレイザーが「正しく」て、彼を批判した人たちが「間違っている」などと議論するつもりはない。人類学が経験した大変動を経て、フレイザーの宗教研究が、今日の学問上の慣習からしてみれば、あまり意味をなさなくなったことは、十分承知している。彼の出した答えは新しい答えに取ってかわられたばかりか、何よりも彼の立てた問題自体が今では的外れなものになってしまった。だが、たとえ彼の時代と価値観とが私たちの時代の価値観とは異なっているとしても、彼の使う喩え話は今日の読者や作家に訴える力があり、現代的な精神の礎《いしずえ》となってきた。ある人物の伝記を書くことは、その人への敬意と関心を暗黙のうちに表明することにつながるが、フレイザーはそうした敬意と関心を払うに値する人物である。

（1）R. A. Downie, *James George Frazer: The Portrait of a Scholar* (London, Watts, 1940), p. 11.

（2）R. A. Downie, *Frazer and the Golden Bough* (London, Gollancz, 1970).

（3）Marvin Harris, *The Rise of Anthropological Theory* (New York, Crowell, 1968); Matthew Hodgart, "In the Shade of the Golden Bough," *Twentieth Century*, 157 (1955), 111-19; Edmund Leach, "Golden Bough or Gilded Twig?," *Daedalus*, 90 (1961), 171-79」、"On the 'Founding Fathers': Frazer and Malinowski," *Encounter*, 25 (1965), 24-36. 後者論文は、注釈と答弁を付けて、*Current Anthropology*, 7 (1966), 560-67 に再録。Robert H. Lowie, *The History of Ethnographical Theory* (New York, Rinehart, 1937).

　フレイザーに対する評価が低いことについては、E. E. Evans-Pritchard, *Social Anthropology* (New York, Free Press, 1951), *Theories of Primitive Religion* (Oxford, Oxford University Press,1965)、それに *A History of Anthropological Thought*, ed. André Singer (London, Faber & Faber, 1981); George W. Stocking, Jr, *Race, Culture, and Evolution* (New York Free Press, 1968) を参照。

一九八三年、ストッキングは年次刊行物『人類学史』（ウィスコンシン大学出版局）の編纂を始めている。その第二巻は、*Functionalism Historicized* (1984) という残念な題名にもかかわらず、とても重要である。とくにそこに収められた、Jones、Stocking、Kuper らの論文は優れている。私はジョージ・ストッキングの特筆すべき著作 *Victorian Anthropology* (New York, Free Press, 1987) が本書を印刷に回した後に手元に届いたことを、残念に思う。

（4） 追悼文と死亡記事については以下のとおり。H. J. Fleure, *Obituary Notices of Fellows of the Royal Society, 1939–1941*, 897–914; E. O. James, *DNB*, and *Man*, 42 (January-February 1942), no. 2; R. G. Lienhardt, *International Encyclopedia of the Social Sciences* (New York, Macmillan, 1968), V, 550–53; J. H. Hutton, *Cambridge Review*, 62 (23 May 1941), 439–40 と *Nature*, 147 (24 May 1941), 635–36; H. McLeod Innes, *Cambridge Review*, 62 (23 May 1941), 439; Bronislaw Malinowski, "Sir James George Fraser: A Biographical Appreciation," in *A Scientific Theory of Culture and Other Essays* (New York, Oxford University Press, 1960; orig. pub. 1944), pp. 177–221; R. R. Marett, *Proceedings of the British Academy*, 27 (1941), 377–91 と *Nature*, 147 (24 May 1941), 633–35; J. L. Myres, *Nature*, 147 (24 May 1941), 635; A. R. Radcliff-Brown, *Man*, 42 (January-February 1942), no. 1; H. J. Rose, *Classical Review*, 55 (1941), 57–58.

（5） I. C. Jarvie, *The Revolution in Anthropology* (London, Routledge & Kegan Paul, 1964);

"Academic Fashions and Grandfather Killing-In Defense of Frazer," *Encounter*, 26 (April 1966), 53-55; "The Problem of the Rationality of Magic," *British Journal of Sociology*, 18 (March 1967), 55-74.

The New Golden Bough (New York, Criterion, 1959) は『金枝篇』のセオドー・H・ギャスター版である。また、*Myth, Legend, and Custom in the Old Testament* (New York, Harper & Row, 1969) も『旧約聖書のフォークロア』の現代版である。この本の方が *The New Golden Bough* よりも、フレイザーの原本から自由に書かれている。

(6) John B. Vickery, *The Literary Impact of The Golden Bough* (Princeton, Princeton University Press, 1973); Mary Douglas, "Judgments on James Frazer," *Daedalus*, 107 (Fall 1978), 151-64; Sabine MacCormack, "Magic and the Human Mind: A Reconstruction of Frazer's *Golden Bough*," *Areshusa*, 17 (Fall 1984), 151-76.

(7) Northrop Frye, *Anatomy of Criticism*（邦題『批評の解剖』）(Princeton University Press, 1957), pp. 108-09; Lionel Trilling, "On the Teaching of Modern Literature" (1963), in *Beyond Culture* (New York, Viking, 1965), pp. 15-18.

第1章　少年期と青年期

ジェイムズ・ジョージ・フレイザー卿はその長い人生で数多くの栄誉を受けたが、そのなかでも、一九三三年四月二二日に、生まれ故郷のグラスゴーから授与された名誉市民賞ほど彼が喜んだものはなかっただろう。ことわざに言う、啓蒙とはもっとも無縁な「同胞たち」から認められたからだろうが、受賞後フレイザーは七五年前の幼少時代を懐かしく振り返りながら、謝辞をしたためている。のちに彼は、この謝辞を補足した続編を書いている。それが、最晩年の文章「両親の思い出」である。[1] これらを併せて読むと、フレイザーの少年期と青年期に起きたいくつかの事実を知ることができる。そして、数十年前に受けた教育について彼自身どう感じていたかが伝わってくる。

一八五四年一月一日、ジェイムズ・フレイザーは、のちに四人の子どもをもうける家庭に初めての子として生まれた。[2] 両親には彼より先に三人の子どもがあったが、いずれも生後まもなくに亡くしていた。ジェイムズはまさしく両親に切望されて生まれた子であって、溺愛されたことは容易に想像できる。[3] 第一子か一人っ子によく見受けられるような性癖を彼がもっていたのも不思議ではない。例えば、大人の作法を早く身に付けようとする早熟性がある。フレイザーの場合、早熟さは父親ゆずりの性癖であり、その点で彼と父親はよく似ていた。それに第一子らしく、根っからの真面目さと責任感とを備えていた。

彼の家は中産階級に属する。父のダニエルは薬種商を営んでいた（スコットランド英語では、「薬種商」と「薬剤師」は同じ言葉で言い表される）。ダニエルは、のちにグラスゴーの薬種商業界を牽引するまでに成長する「フレイザー＆グリーン商会」の共同経営者の一人であった。

父ダニエルは家族については口数が少なかったし、フレイザーも多くを語っていない。ところが彼の母には、そうした控え目なところはなかったようだ。フレイザーは「両親の思い出」の紙数の半分以上を割いて、彼女が自分の血統に強い関心をもっていたこと、その関心が家庭にもたらした影響を書いている。彼女は血統をさかのぼり、スコットランドのジェイムズ一世や二世といった王族と血縁関係にあることを突き止める。さらに傍系まで調べて、スコットランドの愛国的な人たちのあいだでは王族にも劣らぬ扱いを受けているオリヴァー・クロムウェルとも血がつながっているという。フレイザー自身は、このことを単なる事実としてあっさり書いている。こうした由緒ある血統は、幼少期の彼が抱いたロマンティックな夢想をかき立てたかもしれないが、彼は家柄を自慢したことはなかった。

彼の幼少期の思い出は、明るさに満ち溢れ、牧歌的ですらある。父ダニエル・フレイザー（一八二一―一九〇〇）と母キャサリン・フレイザー（一八九九没）との裕福な家庭に育まれ、ジェイムズは快適に安心して育った。彼の両親は、堅実にして品格をもち、神への畏敬を忘れない、まさしくヴィクトリア朝に典型的なスコットランド人であった。父ダニエルは、実直で名誉を尊ぶ人物として広く尊敬されていたし、母キャサリンも社交的で聡明であり、音楽の才能まであった。フレイザー家は、一九世紀半ばの厳格に安息日を守る敬虔なスコットランド人の一家として、平凡な教区民の毎日を送っていた。

ジェイムズは、多くの点で父親似であった。だからこそ、彼が父親をどのように語っていたかは見ておく必要がある。彼が父ダニエルから受け継いだ数あるもののなかで、まず目につくのは背の低さである。彼は一五八センチほどしかなかった。父子ともに節度のある生活を送ったので、すこぶる健康で長命であった。より重要なことだが、ダニエルもまたいくらかの書き物を残している。内々ではあったが、彼は三冊の小品を出版した。『紙とペンとインク』（一八七八）と題されたパンフレットがその一つである。[4] これは様々な筆記用具について、その由来と特徴を書き留めたものである。そのため、たいへん興味深い知識がふんだんに詰め込まれている（その点で、彼の息子と文体が非常に似ている）。

二つ目の出版物としては、グラスゴーの薬種商・調剤師協会において、「一八八三年薬事法改正案」について彼が行った講演がある。一八八五年に出版された三つ目の著作はいわゆる彼の「大作」である。『ブキャナン通りができるまで——一九世紀前半を顧みて』と銘打たれたこの著作は、一〇四ページに及んでいる。この回想録には、ブキャナン通りがグラスゴー市の商業センターになるまでにどのような経緯があったかの詳細な説明とともに、当時その界隈で起こった出来事についての驚くほど細かな描写が見られる。この時代は（彼の息子の時代と同様）全体としてのどかで、事件といった事件は起きていない。しかし、父ダニエルが正確無比な描写をすることに執着している点に、注意しなければならない。この執着は非常に徹底したものであったため、回想録によくあるたぐいの「語りたい」という衝動は完全に抑えられている。[5] 彼には、二次的な事柄を追究するあまり本題から逸れてしまう、トリストラム・シャンディ流の脱線癖が息子よりも強かったようだ。[6] 著者はまず、兄の見習いから始め、やがて会社の共同出資者にまで出世したことを事細かく話す。次いで「フレイザー＆グリーン商会」がどのように発展してきたかを語った後、何ページにもわたって脱線して、この四〇年間ブキャナン通りで体験した心に残る出来事を逐一、話し出すのだ。彼の取りとめのない話はとくに重要というわけではないが、そのどこかぎこちなく装飾に満ちた文体には注意を払う必要がある。例えば、ダニエルは「拍手喝采の大絶賛で迎えられるべき」などといった大言壮語を連発するし、ユーモアのかけらもないように見える。彼の息子の著作を読んだことがある人なら、血は争えないものだと、すぐに思うだろう。

フレイザー父子が正確無比でなければという強迫観念に囚われていたと書いてしまったが、だからといって、ジェイムズ・フレイザーのスケールの大きさを、郷里の父親のサイズにまで小さくするつもりはない。確かに二人とも、事実が事実であるがゆえに興味を示すところがあったし、そうした人物特有の几帳面さもあった。それにユーモアのセンスがなく、文体は硬かった。いつも控え目で、そのせいか事件に遭遇してもその公的な側面のみにこだわり、自分がどう感じたか、表に出すことはなかった。しかし、父ダニエルは、言ってみれば、息子の性格を分かりやすくした戯画である。ジェイムズの仕事に特徴的な該博な知識や、独特の皮肉、洞察力とはまったく無縁であった。

もう一つ興味深い資料がある。息子が父親に対してどのようなイメージをもっていたかを明らかにしてくれるので、この方がいっそう興味深い。一九〇〇年一月二〇日付の『薬種商と調剤師』誌に、ダニエル・フレイザーの訃報を知らせる長めの死亡記事が掲載される。この記事は、「両親の思い出」に重要な補足をするとともに、いくらかの誤りを訂正している。(7) そこから私たちは、薬品の取引にたいへん優れた才能を示した人物について知ることができる。「彼ダニエルは、現代の薬種商業界でもっとも顕著な働きをした人物であった。グラスゴーのブキャナン通りにある「フレイザー&グリーン商会」の事業とその三つの子会社が行っている薬事関連事業は、ヨーロッパで展開するこの種の事業のなかでも、もっとも優れたものである」。

この記事は、父ダニエルの心理を知る上でもっと大切なことを教えてくれる。私たちは、ダニエルに情熱的な活動家の性格と気質とを読み取ることができる。彼は生涯を通して、政治的であった。仕事上はもちろん、「政治的」という言葉の広い意味でも政治的だった。父親が自他ともに認めるグラッドストーン派の自由主義者であったと、ジェイムズはたった一行だけ書いていた。だが私たちは、ダニエルが、事業上は多岐にわたる政治的駆け引きを行っていたことを同じ文章から知ることができる。かなり早い時期から、彼は薬学協会の評議員であった。初めはこの協会の北ブリテン（つまりスコットランド）支部の評議員であったのが、のちには国レベルの評議員を務めるまでになる。「しかし評議会は、彼らしい反骨精神を十分に働かせる場所を与えなかった。彼は根っからの論争好きだった。法的権利を尊重しながらも、革新的であった」。「小売の薬種業者に対しては、評議会がそれまで認めてきた以上の寛大な政策と同情を求めて」、尽力を惜しまなかった。「彼は、評議会の会合がマスコミに対して開かれるべきだと声高に主張した評議員の一人であった」。ジェイムズの言葉には、父の敬虔な態度、誇りを失わない事業活動、それに地域での名士ぶりを誇張しているようなところが確かにある。しかし彼による父の描写からは、現実的で有能な商売人であり、政治的で党派心が強く、人気のない大義でも貫き通し、実際に人とものを動かしたという父ダニエルの姿は浮かび上がってこない。確かに、ジェイムズは自分が父から受け継いだものや似ている点をとりたてて強調している。しかしながら彼は、見たところ、早い段階から自分と父は違うことを意識し、場合によっては反発を覚えながら自己のアイデンティティを築いている。こうした彼のアイデンティティ形成に、私たちははっとさせられる。

少年の頃からジェイムズは内に籠る性格で、本ばかり読み耽っていた。驚異的な量を読んだだけではなく、彼は実益とはもっとも無縁な科目、古典を専攻することにもなる。社交の場には顔を出さなかった。第一次世界大戦後に彼はしだいに有名人になっていったのだが、名声にともなう晴れ舞台にも姿を現さなかった。彼はいつも変わらず、内気な性格であったようだ。おそらくこの性格は、グラスゴーとケンブリッジの大学在学中に培われたものだろう。というのも、在学中の彼は極端なまでに勉学に打ち込み、学生たちの浮かれ騒ぎなど見向きもしなかったからだ。生涯の中期から晩年になると、途方もない量の研究が彼の日課となったので、また世間にはいっさい彼の邪魔をさせないという妻の決意も手伝って、彼はいっそう内向的な性格を強めていった。

社交的な生活をすれば、どうしても時間と集中力を奪われてしまう。書簡によると、フレイザーはそれを恐れていた。そのために多くの栄誉を辞退している。しかし、そう言ってしまうと、それはちがうと、すぐさま反論が出るかもしれない。というのも、王立協会や英国学士院への入会やナイト爵、排他的で知られるメリット勲位の叙勲など、もっとも権威のある栄誉については、彼は諾々として受けているからだ。しかし、こうした栄誉を彼が受けたのも、たいていは妻の強い勧めがあったからであり、妻を喜ばそうとしたからにすぎない。かなりの時間と労力とがたえず必要になる学問研究とは違って、こうした栄誉はたいてい入会時や叙勲の際に一度、かたちばかりの儀式的な参席が求められるだけであった。彼が名前を連ねた多くの協会のうち、彼が積極的にかかわったのは王立協会だけだった。しかもそれは、友人のジョン・ロスコーが人類学の調査に出かけるのに支援が必要だったので、このときばかりは協会に働きかけたというものだった。

たいていの学者は、自分たちの仕事が認められて嫌な気持ちになったりはしない。そのため、いくつかの栄誉に対してジェイムズがとった態度に共感するか、少なくとも理解は示すだろう。ところが、（彼の後半生は別としても）彼を個人的に知っていた人たちは、ごくふつうの人間関係でも彼がどことなくぎこちなかったと述べている。そこまでになると、学者とは時間を浪費したがらないものだという一般的な説明では片付かない。ともかくも、フレイザーは四〇歳を迎えた頃から、確かに内気ではあるが多くの友人と親交をもっていた人間から、社会に馴染めない内に籠った人間へと、しだいに変わっていった。この中年期のフレイザーについては、たくさんの証言が残っている。どの証言からも、この頃のフレイザーはひどく寡黙で、内向的だったことが分かる。その後一九二〇年代に入ると、彼は外国を訪れたり、旅行にかなりの時間を費やしたりして、図書館に籠ることはなくなる。この頃になって、彼はふたたび自分の殻から出てきたようにみえる。

ダウニーによると、フレイザーは異常なまでに几帳面で、会話していてもいつも落ち着かない様子だったらしい。もちろんダウニーは、フレイザーの最晩年を知っているだけであり、しかも使用人としての立場から書いているので、その証言を鵜呑みにはできない。しかし、フレイザーの晩年の三〇年を知るブロニスワフ・マリノフスキーの発言は、同様の眼鏡で見るわけにはいかない。彼は、フレイザーが人と気楽に言葉を交わすことができないか、そうでなければ人前できちんと話せないとまで言っているのだ。[8] こうした証言から判断すると、フレイザーの洗練された文体は彼の思想を盛り込むのに好都合な器であっただけではなく、彼が歳を重ねるに従って、外の世界とつながるための主要な経路になっていったことが分かる。

論争好きの父をもっていたにもかかわらず、フレイザーは社交にぎこちなく、公の会合をひどく嫌った。それだから、ダニエル・フレイザーについて直截に書いている死亡記事は重要になってくる。そのなかでは、父ダニエルは実力者として風格があり、その発言はみなに傾聴され、しばしば諸々と受け入れられる人物として描かれている。また党派的な論争家であって、政治に長け、治安判事も務めたと書かれている。つまり、公的にも私的にも、息子のジェイムズの生きざまとはおよそ正反対の側面が並べ立てられているのだ。

「両親の思い出」には額面どおり読めない点がいかにあるかを意識し直して、もう一度このドキュメントに話を戻したい。これは、若い頃のフレイザーの身辺に起こったことや彼の活動を知る唯一の情報源であり、その意味で貴重な資料である。しかし、私たちは彼の父の死亡記事を読んだことで、フレイザーの特徴である表面的な平穏さに隠されたものを垣間見た。そこから、彼が一個の人間としてどう成長したかはかすかに伝わってくるが、その点についてさらに議論を進めなければならない。

父ダニエルはそれほど優れた文章を書いたわけではないが、それでも読書家で、かなり多くの蔵書をもっていた。幼い頃のジェイムズは、そのおかげでたくさんの本を読むことができた。(9) フレイザー父子の愛読書にウォルター・スコットやジョン・カルヴァンがあるのは容易に想像できるが、それ以外にも『ドン・キホーテ』や『千夜一夜物語』が愛読されている。さらに「父の書棚にはすてきな版の［トム・］ムア作『ララ・ルーク』があり、私はそれを貪るように読んでは、古いリュートかギターを伴奏に、そこからの一節を暗唱したものだった」。少年時代のジェイムズの写真を見ると、彼がどれほど本を愛したのかがはっきり伝わってくる。多くの本好きの少年たちがそうであるように、彼も「真面目」で「情熱的な」顔をしている。フレイザーらしいといえばそのとおりだが、彼は父の蔵書のタイトルを列挙するだけで、父がどんな興味をもって本を買い集めていたかは語ろうとはしない。というのも、父ダニエル自身、「自分の趣味について話したがらなかった」からだ。要は、ダニエルの趣味が一九世紀初期の古典復興熱に沸くスコットランドで培われたもので、それ自体に別段変わったところがなかったにしろ（ワーズワスやカーライル、ディケンズの名前は出てこないが）、彼の趣味のおかげでジェイムズは基礎のしっかりした読解力を養うことができたということだ。若き日のジェイムズがスコットやセルバンテス、それに『千夜一夜物語』を読む姿を思い浮かべてほしい。ギターを爪弾きながらトム・ムアの詩句を暗唱する青年らしいロマンティックな情熱は、成熟した彼の作品のなかではすっかり影を潜めてしまうが、完全に消えてなくなりはしなかった。ジェイムズも書いているように、父ダニエルは外国語をまったく解さなかったので、青年期のジェイムズはのちにドイツを訪れるまで、ハイネの詩を知らずに育った。しかし彼がハイネを知ったとき、自分にとってきわめつけの詩人に出会えたような気がした。フレイザーは著作やそのほかどんな場面でもめったに自分の感情を表さなかったが、そんな彼にとってハイネは、彼の内に秘めた感情を代弁してくれる詩人となった。

ジェイムズの両親は敬虔なキリスト教徒だった。父のダニエルは（そしておそらく、母親もそうだったろうが）「筋金入りの長老会派であり、自由教会主義者であった」。一八三〇年代、四〇年代といえば、スコットランドが独自の教会を設立するまでに、動機は別としても、イングランド国教会が成立したときと同じような産みの苦しみを経験した時代である。スコットランドの教会では、叙任権制度、つまり聖職者を各教区に割り当てる方法をめぐって激しい議論が交わされ、大きな混乱が生じていた。各地方の教会が独自の聖職者任用を行っても、英国政府は、原則上、それを無効にできると主張した。これに対して、非常に多くの聖職者や一般信徒たちは、我慢ならない干渉だとしてこれに反発した。結局、主に清教徒や福音主義者を中心とした反体制派は、一八四三年に英国国教会からの分離独立を宣言して、以来「自由教会」という名称で知られるスコットランド自由教会を設立したのだった。前世紀のウェズリーの教会改革運動のときもそうであったが、この分離独立運動は、小売店の店主や職人、農民など小中産階級に強い支持を得た。新進気鋭の若い薬種商であったダニエルは、典型的な自由教会支持者であった⑽。

ジェイムズによると、父ダニエルと母キャサリンは多くの聖職者と面識があり、彼らの訪問を頻繁に受けていたらしい。ヴィクトリア朝の半ばには、「家庭内の礼拝は日常生活の重要な部分を占めていた」。父ダニエルが「礼拝を執り行うときは、いつも決まって聖書のある箇所をいっさいの解説抜きに読み、時折即興的に祈りの言葉を差し挟んだ。その間、家族も使用人もみんな、ひざまずいて熱心に祈っていた」(一二二)。フレイザー家では、スコットランド流の安息日を守るのにとくに熱心であった。日曜日には、神への務めとして家族だけで質素な食事をとり、信仰を啓発する本を読んで過ごした。フレイザーは安息日が好きだったと書いている。「私は、安息日をこんなかたちで守ることが退屈だとかうんざりするだとか思ったことなどなかった。むしろ私は、静かに過ごす安息の日々を思い出すと、感傷めいた気分になる。異国の地にいても、安息日のベルの響きは今なお、私の心の琴線にふれるのだ」(一二三)。両親の信仰について彼が最後に述べていることが、おそらくもっとも興味深いだろう。「付け加えておかなければならないことがある。父も母も純粋に敬虔な人だったが、自分たちの信仰心を人に見せびらかしたりしなかった。そのことについて自分からすすんで語ることも、子どもたちに神についてどう思っているか尋ねることもなかった。この種の話題は、日常会話ではできないほど神聖なものだったのだ」(一三三)[11]。

ここまできてフレイザーは、自身、生涯を通して宗教学者であったにもかかわらず、黙りこんでしまう。彼が信仰について関心がなかったとは思えない。彼のように内気でむしろ古い気質の人間は、たいていの場合、自分の魂の問題を公けにすることに慣れていないものだ。そうした人物にとって、この種の話題全部が「日常会話ではできないほど神聖なものだった」のだろう。多くの人の目にふれるこのエッセイのなかで、彼はそこから先を書くことができなかったか、あるいはあえて書かなかったのだろう。よく言われるように、幸福な家庭というものはおしなべて似通っているものだ。この考えが当てはまる程度には(ちょっとした試しにすぎないが)、若い頃のA・C・ハッドン(一八五五—一九四〇)の家族体験を引き合いに出して、フレイザー像の輪郭に肉付けをしてみたい。またそうすれば、青少年時代のフレイザーがもっていた感情的な気分をもっとよく知ることができるかもしれない[12]。

ハッドンはフレイザーとはほとんど同い年で、ケンブリッジ時代をともに過ごした友人でもある。また二人の出自も似ていて、双方とも非国教会派で、中流階級の家庭に育っている。ハッドンがイングランド出身、フレイザーがスコットランド出身であることを除いて、二人の境遇があまりに似通っていることに驚かされる。ハッドン、フレイザーともに幸福な家庭に育ち、生涯を通して郷里の家族と親密な交流があった。

なぜここで両者を比較するのかというと、福音主義の家庭と聞けば、自伝や小説のなかでは時折残忍な性格の人物が登場人物として描かれて有名だが、その家庭はこのような狭量で偏屈、教養はまるでない要塞であるという印象を払拭したいからである。もちろんこう書いたからといって、フィリップ・ポンティフェックス家やフィリップ・ゴス家、さらにはマーガレット・ラスキン家などの存在と功績とを無視するつもりはない。しかし、それらとは違う一面を、ハッドンの境遇から知ることもまた重要である。この境遇のなかで、若者たちは信仰や生真面目さ、実直さや仕事への熱意（さらにハッドンの場合は、逼迫した家計）を常に意識しながら、しかもそうした事柄を心底大切に思いながら育っている。しかも、この境遇のなかで上手に身を立てていて、自分の世界が風通しの悪いところで、そこにいると嫌になるほど息が詰まるなどとは思いもしない。青年期のハッドンは、家族のなかで意見の深刻な対立を経験しなかった。あえてあったとするならば、彼が動物学への関心から標本の収集と解剖に夢中になっていることに家族が理解を示さなかったことと、彼の父が、自ら経営する文具店を息子に継がせたいといつも思っていたことぐらいである。

フレイザーとハッドンはともに、彼らと同じ階級や境遇の家族が息子に期待するような進路をとらずに、大学に進学したのだが、進学後も家族にとってよくできた孝行息子であった。二人とも、ヴィクトリア朝期の若者に典型的な「転向」という経験をしなかった。そのため、家族の価値観や自分たちが受けた宗教教育を全否定して、そうしたものは無知や迷信、偽善のかたまりだとか過去の遺物だと考えたことはなかった。

研究者向きの性格なのか、また研究とどのように向き合っていたかという二点については、二人には大きな違いがあった。当時ほとんどの人類学者がそうであったように、ハッドンは動物学、フレイザーは古典といった具合に、二人とも人類学以外の分野で訓練を受けている。ハッドンは生まれつき行動好きで、手に入るだけの本を読み漁っただけでなく、すでに少年時代に家の周りを探検したり、簡単な生物実験を試みたりしている。彼にとって何よりも大事なのは、科学と事実であった。洗練された文体だとか巧い文章といったものは、どこか作り物めいていて、彼が大事にする科学や事実とは根本的に合わないと考えていた。フレイザーの方はというと、陽気に大声を出したり、落ち着きなく動き回ることはなかったようだ。博物史にはまったく興味がなかったし、散歩はしても戸外に探検に出かけたこともなかったと、彼自身語っている（ダウニーによると、フレイザーは若い頃、フェンシングと乗馬を楽しんだらしい[13]。とくにこの乗馬の経験は、のちに一八九〇年代になって彼がギリシャ中を馬と驢馬で旅行することになったとき、たいへん役に立つことになる）。

以上のことから次のようにまとめても、大胆だが的外れにはならないだろう。要するに、フレイザーは外界の事物それ自体には関心がなかったのである。そのことは、のちにフレイザーも自分の傾向として認めている(14)。

フレイザーにとって重要な事象は、言葉と思想であった。自分の言葉と思想であり、他の人々の言葉と思想であった。彼はいつも意識的に文学的であろうとしていたが、こうした傾向は大学時代から顕著であった。彼は物ごとの中心に引き戻されるように感じる経験を何度もしている。例えば、パウサニアスの調査のために一八九〇年代に二度ギリシャを訪れたときに、また一八九五年に（ハッドンと一緒に）ニューギニアに旅行しようと思い立つが、その旅行計画に夢中になっているときに、そうした感じに襲われている。結局、ニューギニア行きの件は、本国での研究に忙しかったことと、一八九六年に結婚し、家族への責任が新たに生まれたこともあって実現しなかった(15)。フレイザーの研究生活は概して、彼を内側内側へと、彼の内面へと向かわせたようだ。対照的に、ハッドンの研究活動は彼を外側へと、外的世界へと向かわせている。さらに二人を比べると、フレイザーは内気だったために、主に本を読んだり書いたりする研究生活に埋没しがちだったのに対して、社交的なハッドンは、文献を調べることと同じ程度かそれ以上に、調査旅行に出かけては、いろんな人々と会うことにいつも喜びを感じていた。

さて、フレイザーと彼が受けた宗教的な教育に話を戻すと、フレイザーの場合、宗教は時折施されるワクチン注射ほどの「効き目」はなかったようだ（その点で、フレイザーの友人のエドマンド・ゴスの人生と対照的だ。ゴスには、もっと無理やりに宗教という錠剤が与えられ、彼はそれに強い拒絶反応を示している）。フレイザーの青年期を見るかぎり、彼が宗教に背を向けるきっかけとなるような外傷（トラウマ）は見当たらない。前にもふれたように、彼がこの頃の信仰について思い出す言葉は、穏やかな懐かしさに満ちている。フレイザー家の人々のあいだでは、家族内の信仰は日々の現実であったにしても、若い頃のフレイザーがこの信仰によって、大きな影響を受けたとは考えにくい。彼自身語っているように、彼は教義問答集を熟読もし、教義の正統性を疑ったこともなかった。しかし、ひとり立ちし、自分で読書し、思索をするようになると、彼の趣味や傾向は、どこを取っても、功利主義者やスペンサー支持者に近くなる。こうして、若い頃の恭順な信仰心は知らず知らずのうちに、しかし永久に消えていった。

しかしながら、成人したのちの彼は、その生涯のほとんどを宗教について読み、書き、考えることに捧げている。それならば、彼の研究主題の選び方には、何か象徴的な意味があったにちがいない。フレイザーはこう明言している。彼の両親は強い信仰をもったキリスト教徒であったのだが、その信仰の深いところは、あまりにも個人的で「不可侵なもの」だったため、他人が、ましてや子どもが口に出すようなことではなかったのだと。ひょっとすると、フレイザー少年が考えるかぎり、宗教とは大人たちのもので、もっと言うと父の威厳が強い家庭では父のものに見えていたのかもしれない。フレイザーが生涯を通じて宗教に惹かれていたことを考えると、このような推測も意味がある。確かに、フレイザーはかなり早い時期から無神論者であったかに見えるけれども、単に無神論者の烙印を押すばかりでは、その後も彼の心があちらへこちらへと揺れ動いたことをうまく説明できない⑯。フレイザーがあえて本心とは反対の立場から、宗教の意義を「代弁した」ことで有名な一九〇九年の講演がある（それでも彼は、宗教を迷信と呼んでいる）。『心の営み』と呼ばれるその講演では、宗教が人間社会の発展に概して健全な影響を与えてきたと述べられている。とても不思議なことに、ちょうど同じ頃、理性の営みを第一とし教権制度の愚かさを暴いた学問的集大成『金枝篇』第三版も、出版されている。

フレイザー自身はっきり書いていることだが、彼は父親を非常に尊敬していたが、母親には強い愛情を感じていた。彼の目に映る母キャサリンは、ヴィクトリア朝の理想の「母親」像にぴたりと当てはまる素養を身に付けていたばかりでなく、聖女のように優しかった。しかしフレイザーが母親についてほとんど何も書いてないことからも分かるように、彼は父親っ子であった。というのも彼は、母親の社交性や音楽の才能をまったく持ち合わせていなかったからだ⑰。

学童期を迎えたフレイザーは、ヘレンズバラにあるラーチフィールド学院に通い始める。産業革命の最初の波がグラスゴーに大きな変化をもたらすのを恐れたダニエルは、家族がされている。この学院は一八五八年に設立さ増えてきたこともあり、ヘレンズバラに居を移していた。この学院は一八五八年に設立されている。ある篤実な会衆派牧師が、当時数を増しつつあった非国教会派の中流家庭を対象に、そうした家庭の子どもたちにもよい教育を受けさせられるようにと作ったものだった。校長のアレクサンダー・マッケンジーに、フレイザーはラテン語とギリシャ語の基本文法を学んだ。フレイザーは、「私が古典の趣味をその後ずっともち続けた」のも、彼のおかげだったと述べている（一二〇）。ラーチフィールド学院卒業後、彼はグラスゴー大学へと進んだ。一八六九年一一月、彼はグラスゴー大学に入学を許可されているが、それは一六歳の誕生日を迎える二か月前のことであった。それから六〇年後、彼はグラスゴー大学での経験について次のように回想している。「そこでの経験は、すべての点でその後の私の仕事の出発点となった」（一二〇）。

スコットランドの大学は、イングランドの大学とはいつもどこか違っている。一九世紀には、オックスフォードやケンブリッジに比べるとずいぶん低い年齢で入学できた。フレイザーのように一五歳で入学する学生は珍しくなかった。なぜならスコットランドでは、進級に年齢は関係なく、習熟度だけを尺度として進級が認められたからである。伝統的なイングランドのパブリック・スクールの場合、生徒も教師も同じ上流階級の出身であり、そのため概して、どの生徒も似通っていて、自意識が強く、オックスフォードやケンブリッジに進学してからも優等生で通ることになる。当然そこには学閥ができるのだが、スコットランドにはこれに類するパブリック・スクールがないため、イングランドと比べると、大学には様々な階級出身の学生が集っていたし、彼らの学力も基礎的知識がまだ十分に備わってなかった[18]。

スコットランドではいつの時代も教育は重視されてきたが、一九世紀には、学位は専門職に就くために、あるいは上流社会の仲間入りをするためにどうしても必要となる免状ではなかった。フレイザーが入学した当時のグラスゴー大学では、今日の水準で見ればかなりよい中等教育に相当する授業が行われていた。さらに上で学びたいと思う卒業生は、進学するだけの経済的余裕があれば、フレイザーのようにオックスフォード大学やケンブリッジ大学に進んでいた。

一世紀前にグラスゴー大学で実施されていた教育カリキュラムについて、フレイザーは次のように述べている。

私の時代には、修士〔最初の学位である〕を取得しようとする学生に選択肢などなかった。つまり、例外なく全学生が共通の科目を勉強し、試験官を満足させる解答をしなければならなかった。その共通科目とは、ギリシャ語・ラテン語、数学、自然哲学（すなわち物理学）、論理学・形而上学、道徳哲学、それに英文学の六科目であった（一一二）。

このカリキュラムと、一八七〇年代初頭でまだカリキュラム改革が行われる前のケンブリッジ大学（ひいてはイートン校）で主流であったカリキュラムとを比べてみると、その違いはひときわ目立つ。とくに、グラスゴー大学のカリキュラムに英文学と自然哲学とが含まれていることが、その違いを際立たせている。

フレイザーは、グラスゴー時代に大きな影響を受けた三人の先生の名前を挙げている。三人のうち一人だけが古典の先生であり、あとの二人は哲学と物理学の先生であった。当時のイングランドでは、彼と同じ階級出身の子どもたちが、中等教育の過程で哲学や物理学の先生に学ぶなどということは、まずありえなかった（大学に入ってからも、これらの科目をあえて選んで勉強しないかぎり、この方面の学者に接する機会はなかった）。そうした事情に目を向けるならば、スコットランドで教育を受けたフレイザーが、イングランド出身の学生との違いをしっかりと意識していたとしても無理はない。

三人のうちの一人目はジョージ・ギルバート・ラムジー（一八三九―一九二一）で、一八六三年から一九〇六年までの期間、人文学（つまりラテン語）の教授だった人物である。フレイザーは述べている。「他の誰よりも彼に、私は強い衝撃を受けた。このとき受けた衝撃のために、私はその後数十年にわたって、太古の書物に心を奪われ、古典研究の道を歩むことになった」（一二二）。さらにフレイザーは、古典研究の金字塔ともいうべき注釈付きパウサニアス英訳本全六巻（一八九八）を、恩師ラムジーに献呈している。晩年のラムジーは、そのことをとても喜び、生涯で受けた最大の栄誉だと述べている[19]。

若いフレイザーが古典を総合的に捉えるようになるきっかけを作った点で、ラムジーの影響力は絶大だった。もちろん周知のとおり、フレイザーは、グラスゴー大学を卒業後一〇年ほど経ってから、比較文化研究や民俗学研究といった独特の方法をとることになるのだけれども。ともかくも、フレイザーが他人の追随を許さないほど深くて広いラテン語の素養を身に付けることができたのも、ラムジーとの出会いがあったからにほかならない。

よい感化を受けられたことをフレイザー自身感謝している二人目の先生が、ジョン・ヴィーチ（一八二九—九四）である。彼はグラスゴー大学で論理学と形而上学を教えていたが、同時に哲学史家であり、文芸批評家でもあった。フレイザーの目からは、ヴィーチは一昔前の哲学を依然として教え続けている最後の人に見えた。フレイザー自身、こうほのめかしている。エジンバラが「北方のアテネ」と呼ばれた時代には、市民たちは日々の生活のなかにも、五世紀のアテネ市民たちがたぶん感じたものと同じ思索のプレッシャーをひしひしと感じていたようだ。スコットランドの哲学者についてフレイザーはこう述べている。彼らは「自分たちの教義を説明するのに、手に取るように明瞭簡潔で、言葉の使い方もたいへん洗練されていた。洗練された社会の言葉遣いで、紳士にふさわしい話し方をした。奇妙な学術用語をむやみに振りかざす衒《げん》学者ではけっしてなかった」（一二三[20]）。

フレイザーはヴィーチを尊敬していた。なぜなら彼は、哲学（ヴィーチの哲学は、文芸批評や観念心理学も含んでいただろう）が人文学科目に含まれていた時代を代表するような学者であったからだ。この種の哲学を追究する人たちは誰もが紳士だった。ワーズワスの一七九八年版『叙情民謡集』の序言に登場する詩人のように、人類に語りかける哲人であった。論理学と形而上学に加えて、修辞学もヴィーチは担当した。度量がこれほど大きかったためか、ヴィーチは若いフレイザーをすっかり魅了した。彼との出会いをきっかけにして、フレイザーの格調高い言葉遣いと（こう言っていいならば）「隠された」ロマンティシズムは培われていった。フレイザーも回想しているように、ヴィーチの「真実の詩情」と「ワーズワスの詩やスコットランドの古い民謡であの美しい『パトリック・スペンス卿』を彼が朗読するときにしみじみと伝わってくる、静かだが、深い情熱」に、フレイザーは心を揺さぶられたのだった。

哲学史に出てくるヴィーチは、脚注で扱われる程度の存在にすぎない。というのも彼は、当時のイギリスの知的風土が形而上学（直感主義や反功利主義のことだが）へ傾倒しつつあったことに、けんか腰で論争をしかけるのに全精力を注いだだけで、理論の統合に努めもしなければ新説を唱えもしなかったからだ。『英国人名事典』（*DNB*）も解説しているように、哲学にとって有害だと彼が考えたものすべてに敵対的な態度をとったために、彼は孤立することになる。もちろん彼の個性に惹かれた者も数多くいたけれども、ついに学界に偉大な足跡を残すまでに至らなかった。[21]

彼の著書である『哲学と存在』（一八九九）は、一八八八年から八九年にかけてグラスゴー大学の哲学上級コースで彼が行った講義をもとにしている。当時イギリスではヘーゲルと新カント派の様式がほんのわずかのあいだ不自然にも流行していたが、この本のなかでヴィーチはそうした形而上学を徹底して批判した。彼が槍玉に挙げた先験的形而上学の弱点とは、本末転倒にも認識の問題が心理の問題より先に議論されている点であった。つまり形而上学者の前提では、私たちが何を知りうるかという問いに対して有効な答えを見つけるよりも先に、何をどのように知るのかをまず調べ、分析しなければならない。その点をヴィーチは批判する。

ひと言で言うと心理学、広い意味での意識の研究を試みなければならない。その後で、形而上学ないし現実の科学を行えばいいのだ。さらに付け加えると、いわゆる「知識の理論」を研究する前に心理学をしっかりおさえておく必要がある。その理由は単純だ。人は、ある事物をそれがあるがままの状態で理解しないかぎり、その事物の理論を導き出すことなどできないからだ[22]。

ヴィーチに関する記述の締め括りで、フレイザーは「彼の指導によって、それまで想像もしなかったような学問の展望がにわかに開いた」と書いている。この展望には二つの方向性があったことは容易に推測できる。一つの方向性として、精神それ自体も分析できるはずだという信念がある。こうした発想は、一〇代のフレイザーにはそれまで思いもよらないことであった。もう一つの方向性に、格式高い文体と論調への関心がある。それもまた、フレイザーをすっかり魅了してしまった。

グラスゴー大学のトリオのうち最後の一人は、おそらくこの大学でもっとも高名な学者であっただろう。その人物とは、クラーク・マクスウェル教授の後を受けた自然哲学者で、後にケルヴィン卿の名で知られるウィリアム・トムソン(一八二四―一九〇七)であった。彼こそファラディとともに並び称せられる、イギリスが生んだニュートン以来の優れた物理学者であった(23)。フレイザーがラムジーとヴィーチに師事したのは、彼らの人となりと教師としての資質に惹かれたためであった。彼らは、学生たちがどきりとするほど啓発的な「学問の展望」を示した。そのため、学生たちは彼らから大きな刺激を受けた。対照的に、ケルヴィンはよい教師ではなかった。というのも、学生たちの能力を信じていた彼は、へりくだって学生たちと同じレベルで話をすることをせず、今取り組んでいる研究についてレベルを落とさず講義したからだ。そのため、学生たちは知の最前線にじかにふれ、もっとも高名な学者の手によって、科学が文字どおり進歩してゆくさまを体験できた。しかしながら、ケルヴィンは自分の研究に深く没頭するあまり、学生に対して適切な説明をしなかったので、学生の大半は今目の前で起こっていることが理解できずにいた。フレイザーのように数学の才能がない学生にしてみたら、なおさらわけが分からなかった。そんなフレイザーはケルヴィンの講義から何を得たのだろうか。彼は書いている。

物理的世界は、数学の公式で表現されるような正確無比で絶対普遍の自然の法則に従って規則正しく動くという概念を「私はケルヴィンに教わった」。以来この概念は、私の思想の確固とした基盤となった。歳を経た今でも、私はこれを撤回して昨今の物理学者のあいだでもてはやされているようなたぐいの物質概念を認める気にはなれない。私の理解するかぎり、今の物質概念は、因果関係を否定することによって科学の核心に切り込んでいるように見える。しかし、こうした方法をとることで、暗黙のうちに、世界を理性によって説明することは不可能だと主張しているようにも思える(一二三—四)[24]。

こうした理性的科学主義は、楽観的な一八七〇年代の「時代のムード」として、様々なかたちで現れた。このムードを形容するのに当時の歴史編纂の思潮を例に挙げるならば、繰り返し繰り返し引用されたフォン・ランケの次のような見解が適当だろう。
歴史学の目的とは「現実にあったとおりの本物の姿」を復元することにあった。しかしながら、一方でフォン・ランケとケルヴィンを比較し、他方でランケとフレイザーとを比較してみると、次の点がはっきり浮かび上がる。つまり、この物理学者も歴史学者もともに、世界は客観的な実在であって、「すぐそこに」ある「事実」からできていると想定していた点である。若い頃のフレイザーは、世界が「すぐそこに」外在しているという確信がもてなかった。というのも、この頃、根本的にすべては主観の問題だと考える新しい思潮が登場し始めていたからだ。この思潮に従うと、世界は感覚と精神に内在化していることになる。世界は究極的に理性にもとづくものであって、数学的に説明可能であるとするケルヴィンの楽観主義は、精神に関するフレイザーの考え方ともうまく波長が合った。というのも、フレイザーの考える精神とは、すべての精神とはいわないまでも、進化し、「文明化」したものであれば、発達と機能の独自の規則に従って働いているので、空間的な「場」として理解し、記述できるものであったからだ。

グラスゴー大学のある教授に対してフレイザーが下した（今度は批判的な）評価が、記録としてもう一つ残っている。彼の親友でオックスフォードの人類学者、R・R・マレットに宛てた一九二七年六月二七日付の書簡には、次のような皮肉めいた追伸が付けられている。「たった今、僕はトーテム崇拝に関する三つの理論をより高次の統一理論へと昇華したところだよ。グラスゴー時代に、よくうんざりさせられたエドワード・ケアード教授の口ぶりを真似て、ヘーゲルの専門用語を使って言えばね[25]」。

ケアード（一八三五―一九〇八）は、グラスゴー大学で一八六六年から九三年まで道徳哲学を教えた観念論哲学者であり、カント、ヘーゲル、コントに関する著作を残している。のちに彼はグラスゴー大学からオックスフォード大学に移り、ベイリオル・カレッジの学寮長まで務めた。一九世紀末までの二五年のあいだに、直感倫理学を打ち立てようとする動きが活発になるが、ケアードはその運動の指導者であった。しかし、この運動も、その対極にあった功利主義の運動と同じみじめな末路を迎えた。つまり、功利主義者が不可知論の立場に立って、超自然的な拘束力を問題にしない「科学的な」倫理学を打ち立てようとして失敗したように、ケアードの直感倫理学も直感に十分な説得力をもたせられなかった。ダーウィン理論という爆弾が初めて社会に投下されてしばらく経つと、その衝撃も弱まり、一八七〇年代、八〇年代には、これら二つの陣営間の論争が哲学の領域で盛んになった。一八七〇年代、八〇年代といえば、フレイザーがケンブリッジ大学に在学していた時期と卒業後のしばらくの時期にあたる。ケアード教授に対してフレイザーが露骨な反感を示していることから、彼は早くもこの頃から、筋金入りの、しかも熱烈な功利主義者であったことがうかがえる。

グラスゴー大学時代、フレイザーは数々の賞を受賞するなど輝くばかりの成績を残した。[26] しかしながら、フレイザーは一八七四年に卒業したとき、自分の学問的素養がまだまだ不十分だと自覚していた。自分の専攻を古典にした以上、彼は南へと下らなければならなかった。イングランドの大学に進まなければならなかった。彼はスネル奨学基金に応募してみようと考えた。この奨学制度は、アダム・スミスからアンドリュー・ラングまで数多くの優秀なスコットランドの学生をベイリオル・カレッジに送り込んでいた。フレイザーの父は、息子が自分の商売を継いでくれる方がきっと嬉しかったにちがいないが、それでも息子の学才を認めていたので、彼の進路についていろいろ思案した。父ダニエルにとっては、ベイリオル・カレッジといえばオックスフォードであり、オックスフォードといえば高教会を意味していた。ひいては三〇年前のニューマンとローマのことまで連想させた。「私が悪影響を受けることを恐れた父は、私をオックスフォードではなくケンブリッジに送った」（一二四）。こうして大学が、偶然のいわば感情に左右されて決められたという経緯もあって、どこのカレッジに進むかという判断も父の親友であったジョン・ウィリアムズ・バーンズのひと言で決まった。バーンズはちょうど一世代前にトリニティ・カレッジに在籍しており、彼が母校を勧めたのがきっかけとなった。それでフレイザーは言われたとおり、小額の入学生向け奨学金に応募し、一八七三年の一二月、奨学生に選抜される。翌年の一八七四年一月九日には、給付生（つまり、授業料免除の学生）に選ばれ、同年の秋季学期（一〇月）に、トリニティ・カレッジの学生名簿に正式に登録されることになる。そのとき、フレイザーは二一歳になろうとしていた（二一歳と言えば、当時の新入生のなかでは最年長者であった）。その後亡くなるまで、このカレッジが場所という意味でも心の拠り所という意味でも、フレイザーの生涯の住みかとなる。

（1）「グラスゴー市民栄誉賞受賞演説（Speech on Receiving the Freedom of the City of Glasgow)」と「両親の思い出（Memories of My Parents)」は、*C & E*, pp. 117-51 で読むことができる。この後の引用ページは、本文中に括弧書きで記す。

（2）彼の弟、サミュエル・マッコール・フレイザー（一八五五―一九一四）は家業を継ぐが、事業に失敗してしまう。二人の姉妹のうち姉のクリスティーナ（愛称ティーナ）は独身のまま、一九一一年に死去する。妹のイザベラは（一九四五年まで生きた）J・E・A・スティガルと結婚する。彼はトリニティ・カレッジ時代、フレイザーの学友であった人物で、のちにダンディー大学のユニヴァーシティ・カレッジで五〇年間にわたって数学の教授を務めた。

（3）日記はロング子爵夫人マーガレット女史所蔵のもので、彼女の寛大な許可を得て使わせてもらった。ロング子爵夫人は、フレイザーの甥の孫娘（弟サミュエル・フレイザーの息子、ニニアン・フレイザーの孫娘）にあたる。

（4）*C & E*, p. 135. 副題は「文章作成で普遍的に使われる素材の小スケッチ――いつ、どのように書き始められたかに関する考察を併せて収録（A brief sketch of the principal writing materials used in all ages, with a chapter on how and when we began to write)」となっている。

（5）*FGB*, p. 20.「彼〔フレイザー〕はそれほど話術が巧みなわけではなかった。というのも、彼は内気だったために他人と接しても、どこか儀式ばったぎくしゃくしたところがあった。それは友人と接するときでも（彼には気のおけない友人はいなかったようだ）、彼はほんの些細な発言についても、その正確な出典を求めるタイプだった」。

（6）様々な文脈からスターンとフレイザーを比較したいと望むなら、J. Z. Smith, pp. 11–13 を参照すること。

（7）*The Chemist and Druggist*, 20 January 1900, 90–91.

（8）Bronislaw Malinowski, "Sir James George Frazer: A Biographical Appreciation," in *A Scientific Theory of Culture and Other Essays* (New York, Oxford University Press, 1960; orig. pub. 1944), pp. 181–86.

（9）一八七五年に作成されたダニエル・フレイザーの蔵書目録は、ジェイムズ・フレイザーの蔵書目録（TCC Frazer 20: 1）でも言及されているが、現存しない。

（10）Andrew L. Drummond and James Bulloch, *The Scottish Church 1688–1843* (Edinburgh, St. Andrew Press, 1973) を参照のこと。

（11）フレイザーは父の政治的姿勢について「熱心な自由主義者であり、グラッドストーン氏に共感し、敬愛していた」と記している。ダウニーによれば、フレイザーは概して政治音痴であったけれども、ときたま彼が口にする政治的な意見は古くさい自由主義者の考えであった（*FGB*, p. 19）。フレイザーが父の政治的姿勢についてはたった一行しか書いていないのに、父の社会的地位と信仰については何ページにもわたって書いているのは印象的である。

フレイザーが政治について洗練された考え方をもっていたかどうかは分からないが、彼の政治姿勢は彼が所属するカレッジの政治姿勢にうまく合っていた。一九世紀の後半、トリニティ・カレッジの教員談話室には自由党びいきの空気が満ち溢れていた。ヘンリー・シジウィックは彼の日記（一八八六年七月五日付）のなかで、こう述べている。「カレッジの大食堂で食事をとる。トリニティのフェローのあいだに英国統一を望む強い感情があるのを知って、驚いた。私の知るかぎり、このカレッジは常に、かなり自由党寄りである」(TCC Add. Ms c 97: 25 (93))。

（12） A. H. Quiggin, *Haddon the Head Hunter* (Cambridge, Cambridge University Press 1942), chap. 1.

（13） *FGB*, p. 20.

（14） 「私は（中略）原始生活の芸術、産業など物質的側面についてまったく無知である。（中略）私の研究は原始生活の別の領域、つまり精神的社会的な側面や慣習、迷信といったものを扱ってきた」。一八九三年一二月一六日、フレイザーはフォン・ヒューゲルに宛てた手紙のなかで、そのように書いている。MS: Cambridge University Museum of Archaeology and Anthropology. 同大学博物館館長の許可を得て、引用した。

（15） ニューギニアの件に関して、フレイザーは一八九七年一〇月一〇日にフランシス・ゴールトン宛に手紙を書いている。「数年前、僕がニューギニア旅行について君に話したことを憶えているだろうか。ニューギニア旅行は、友人のハッドン教授と私とで計画していたことだった。少なくとも今のところは、実現しそうにないけれどもね」。（MS: University College Library, London による。許可を得てここに引用した）。

（16）彼は自分がキリスト教徒でないという事実を隠しはしなかった。このことは、一九〇〇年一二月二二日付で、彼の友人であるソロモン・シェクターに送られた手紙からも明らかである。詳細は、第10章を見てほしい。ダウニーの場合（*FGH*, p. 21）、フレイザーを無神論者とは見ていない。その根拠としてダウニーが挙げた説明を読むと、フレイザーがなぜあれほど宗教に執着したのか、その相反する気持ちが伝わってくる。「フレイザーは無神論者と言われるほど、無神論を確固とした信念としていたわけではなかった」。さらに、宗教の問題を俎上に載せるための基礎的条件をフレイザーはいつも考えていたと、スタンレー・エドガー・ハイマンは指摘している（*The Tangled Bank*, New York, Atheneum, 1962, pp. 251ff）。

（17）フレイザーに音楽の才能がまるでなかったことを物語る面白い逸話がある。*FGB*, p. 19を参照してほしい。

（18）一八八一年、フレイザーはアバディーン大学の人文学（すなわちラテン語）の教授ポストに応募したが、うまくいかなかった。このあたりの事情については第2章を参照してほしい。さてここでは、そのときの審査員の一人、トリニティの副学寮長でかつてフレイザーを教えたこともあるE・W・ブロア師の言葉を見てみたい。「このたびの試験で、君の能力を試す機会が何度かあった。試験で君は非常に優秀な成績だったが、それは何もパブリック・スクールで懇切丁寧な教育を受けてきたからではなく、君に才能があり、学問に強い情熱を抱いているからだと分かった。君の研究活動はまだ始まったばかりだが、私はあえて予言しよう。君よりもずっと有利な境遇で研究を始めた者にけっして劣らない成功を、君は将来成し遂げるにちがいないと」(TCC Frazer 16:90)。

(19) パウサニアス英訳本の献辞のなかでフレイザーは、ラムジーの「情熱的で刺激的な指導」のおかげで、「古典的傑作と長年付き合うことができた」と謝意を表している(*Paus.* I, v)。グラスゴー時代、ギリシャ語とラテン語で卓越した能力を示したフレイザーは、同教科教室の教員から賞を授与されている。

(20) この「アマチュア」の人文学精神を示す見事な例が、一九二二年三月八日付でマリノフスキーに宛てた長い手紙のなかに見られる。このなかで、まもなく出版される予定であり、フレイザー自身も序言を書いた『西太平洋のアルゴ船員』についてフレイザーはコメントを付けている。もちろん、マリノフスキーの呪術観が多少話題にされているけれども、彼のコメントはもっぱらマリノフスキーの言葉遣いと文体のことに終始している。マリノフスキーが原住民の言葉をそのままのかたちで引用し、本文に挿し挟んでいることを、フレイザーは評価している。「これは読者にとってはとても便利だ。だが私は、君がもう少し控え目に引用してくれたなら、なおよかったと思う。つまり、意味の誤解を招く恐れがない場合には、英語でそれに相当する語句に置き換えてくれたら、いっそうよかったのではないかと思うのだ。原始民族が使う(ヨーロッパ人の耳には)さっぱりわけの分からない語句が何度も出てくると、この方面にとくに関心のある読者でない私のような者には、読み進めるのにじゃまになってしかたがない」古い人類学と新しい人類学とでは言葉に対する態度がちがうことを、これほど雄弁に語る事例はないだろう（MS: British Library of Political and Economic Science, Malinowski Collection, General Correspondence, File F. 図書館員の許可を得て掲載した）。

（21）このこととも関連するが、ヴィーチも自由教会派の家庭に生まれ育っている（*DNA*）。

（22）*Knowing and Being* (Edinburgh, Blackwood, 1889), p. 3.

（23）ケルヴィン卿については、次の死亡記事 "J. L." 執筆、*Proceedings of the Royal Society*, series A, appendix 1908, "Obituary Notices of Fellows Deceased," esp. pp. xxix–xxxiii に収録、を参照してほしい。

（24）フレイザーは『自然崇拝』（一九二六）のなかで、相対論的物理学が払っている労力について皮肉めいた余談を述べている。それについては、*The Worship of Nature* (1926), p. 12, n. 1 を参照してもらいたい。一九一九年一二月二八日に、フレイザーは友人のM・J・ルイスに手紙を出している。「君はエックスタイン理論の議論を知っているかね。理解できるかね。『タイムズ』紙〔一九一九年一一月二八日付〕に載ったエックスタイン自身の文章は、ドイツ語でも最低の文体で書かれていて、私の目には曖昧模糊として、最初から最後まで混乱だらけだとしか思えない。私は、自分の意見を明瞭に言い表せない人間の言うことなど信じる気になれない。語り口が混乱しているとか、書き方に混乱が見られるということは、とりもなおさず考えが混乱しているということだ。だが、そうは言ってももちろん、彼らの数学の高度に抽象的な概念を分かったふりをするつもりはないのだが」(TCC Frazer 1:23)。

(25) MS: Sir Robert Marret の許可を得て引用した。

(26) グラスゴー大学に在学した五年間で、フレイザーはラテン語科目で数々の最優秀賞を受賞している(一八六九―七〇)。一般的なラテン語能力で特に優れた能力を示した者に与えられる賞をはじめとして、タキトゥスの書物や『アイネーイス』、『ファルサリア』の筆記試験で優秀な成績を修めた者に与えられるミュアヘッド記念賞、夏季期間の課題図書の読解能力試験の結果得た優秀賞(一八七〇―七一)、初級論理学での受賞、数学全般にわたる優秀成績賞、それにリードとホエートリーの読解力試験での受賞(一八七一―七二)など、多数受賞。これらの受賞記録を提供してくださったグラスゴー大学の公文書官の方々に謝辞を述べたい。

第2章　トリニティ・カレッジ時代

第1章では、フレイザーの両親の福音主義信仰、一家の中産階級としての地位、イングランドとスコットランドとの教育システムの違いといった、当時のフレイザーをとり囲む社会的環境、およびそれにかかわる精神風土を呼び出すことにした。それらの側面は、フレイザーが幼少期を過ごした時代背景をはっきり示すのに有効でよく使われる手段となるものであり、また極めて不思議なことに、これらの要素が実際にフレイザーの青年時代の輪郭を「決定して」いたからであった。さらにまた、たいていの人と同様、フレイザーの子ども時代についても詳細な情報が乏しいからでもあった。当然のことながら、フレイザーが成長するにつれ記録は増えていった。その記録により、彼と社会の大きな動きとの相関関係を十分かつより正確に把握することができる。

話題をフレイザーの大学時代へと急いで移す前に、当時のケンブリッジ大学の様子を探ってみよう。フレイザーは成人してからの生涯をトリニティ・カレッジで過ごし、古典文学に対するケンブリッジ大学流の考え方が、彼の人格形成に大きな位置を占めていたのだから、これは理に叶ったことであろう。フレイザーが一八七四年に入学したとき、大学は少なくとも一八六〇年以来続いている騒乱の真っ只中にあった。一九世紀半ばから、長い歴史をもつイングランドの一つの大学は、中世的特権を守る城砦であり学問の面で時代に合っていないと繰り返し非難されており、その非難の声は強くなっていた。しかし同時に改革の努力も大いになされていた。政治的側面から注目された争点は、宗教テストの廃止であった。この点に関しては、数年をかけて非国教徒に対する入学制限が徐々に緩和されてきていた。一方で、新しい科目や学習課程を導入することで大学改革を行おうとする動きが、大学の内部からも出ていた。

ケンブリッジ大学教育の伝統的な要である古典と数学、そしてとくに優等卒業試験《トライポス》に対して変革が要求された。古典の優等卒業試験は一八二二年以来ほとんど変わっていなかった。それは、試験制度擁護派が主張するような真の学識を測るものではなく、知識ではなく技能の試験であるという批判が一八六〇年代にますます強くなっていった。学問の論争でよく起こることだが、恣意的で象徴的な問題が争点となった。この場合、韻文創作の試験であった。古典教育の社会的目的は、紳士として必要な鋭い審美眼を身に付けることであったため、ギリシャ語やラテン語で韻文を書くことは長いあいだ重要なことであった。擁護派は、文体の面と同時に精神にも有益な効果があると主張していた。それに対して改革派が指摘していたのは、好ましくはあるが的外れな技能である韻文創作の才能をもつ学生を優等卒業試験が不公平に報奨していることになり、一方で古代史や哲学に表れている真の古典時代精神を理解するのに必要な膨大な読書を行う強い意志と知性をもった学生を蔑ろにし、結果として不利益を被らせているということであった。

このような論争の結果、多くの議論を経て、一八四九年に言語学以外の唯一の特例として古代史の試験が必須科目となった。しかし、この変更に満足する者は誰もいなかった。保守的な試験制度擁護派は、古代史の試験により優等卒業試験の真の（つまり、純粋に言語学的な）性質が歪められ、ともかく詰め込み式の勉強を奨励するようになってしまったと考えた（実際そうであった）。一方改革派は、この変更が非言語学的要素を組み入れることの第一歩にもなっておらず、優等卒業試験は依然として評価すべきものを評価していないと考えていた。

一八五〇年代には、優等卒業試験を二部に分けようという、その後も繰り返される提案が初めて出された。その案では、一部は言語としてのギリシャ語とラテン語の熟達度を見るもののみとし、もう一部は歴史、哲学、修辞学などを扱うことになっていた。優等卒業試験を分割しようとするそのような企ては激しい抵抗にあい、最終的には撤回させられた。優等卒業熱の入った議論の一例として、改革派であるトリニティ・カレッジのヘンリー・ジャクソンの反論の寄稿文章を挙げてみよう。彼はのちにフレイザーの親友となる人物である。

優等卒業試験は、一八七二年に終わりを迎えた旧制度へしばらく戻さねばなるまい。〔T・E・〕ページ氏によるとそれは黄金時代の制度、「純粋な学識」を評価するものであったのだから。その「純粋な学識」と呼ばれるものの実態は以下のとおりだ。トゥキュディデス［前五世紀のギリシャの歴史家］を学んだが、グロート［一九世紀イギリスの歴史家］は学ばなかった。演説の構造を研究したが、その趣旨を研究することに頭を悩ませたりはしなかった。プラトンの『パイドロス』を読んだが、プラトンやプロタゴラスが何を言わんとしていたかは知らなかった。キケロの手紙を二、三〇読んだ（精選されたものを読むよう気をつかっていた）が、それらとの関連でローマ帝国の歴史を調べたりはしなかった。(1)

状況を悪化させたのは、大学の学科最優等賞である大学総長賞を得ようとすれば古典専攻の学生も数学の優等卒業試験で最低でも次席の成績をおさめなければならなかったことである（数学は、論理的思考能力の発達のために欠かせないという理由から優等卒業試験の科目に入っていた）。古典の成績が一位または二位の学生ではなく、それより下の順位でありながらたまたま数学の才能も同様に持ち合わせていた学生が、大学総長賞を獲得することがしばしばあった。結局、大学理事会側の数度にわたる拒絶の後に、改革派は一八六九年に妥協案を通した。その変更により、韻文創作試験は残された一方で、新たに三つの科目、言語学に関する一科目と哲学と修辞学に関する二科目が加えられた。

結果、優等卒業試験は、三時間の試験が一四科目分、九日間にわたって行われるものとなった。内訳は、創作系四科目（それぞれ英語からラテン語散文、ギリシャ語散文、ラテン語韻文、ギリシャ語韻文にするもの）、翻訳系六科目、古代史一科目、古典言語学一科目、哲学者・修辞学者（プラトン、アリストテレス、キケロ、ルクレティウス、クウィンティリアヌスに特定されていた）に関する翻訳一科目、同じ哲学者・修辞学者の「主題」に関する一科目だった。そしてこれが一八七八年にフレイザーが受けた優等卒業試験だった。一八七九年になって、優等卒業試験の分割（「二重優等賞制度」）がようやく認められ、それは今日実施されている試験制度のもととなった。

それほど表立った制度上の問題ではなかったが、一八七〇年代に、ケンブリッジ大学教育に関して、教育は開かれているが、対象はそれを求める人たちに限られているという指摘があった。一八六〇年から一八八〇年までを振り返ってみて皆が口を揃えるのは、学生がはっきりと異なるいくつかの集団に分裂している状況が顕著であったことだ。分裂は今日よりもずっと大きかった(2)。大多数を占めるのは、普通学位を取る「普通及第学生」であった。その学生たちは、学問的関心から大学に来ているのではなく、家族や社会階級の命じるところとして、一八歳から二一歳までの三年間を大学で過ごさねばならなかったのだ。なかでも目立っていたのが、スポーツ選手や、穏やかな時代に「派手な」生活に興味をもっていた「洒落者たち」であった。言うまでもないがフレイザーは、学問そのものに関心をもつ、いつの時代にもいるがけっして多くはないたぐいの人間、「学究派の一人」だった。(3)

教育方法も、熱心な学生に対するものでさえ、今日の方法とは大きく異なっていた。次に示すのは、一八七三年にトリニティ・ホールに入った、フレイザーとほぼ同時代の人物トーマス・ソーンリーの証言である。

最良の研究は密かに自室で行われていた。というのも、大学の講義は議論の余地なく貧弱なものであり、学識を深める手段というより一つの修練と見なされていた。「大学講師」という概念はまだ存在しておらず、複数の学寮で教える講師はめったにいなかった。一方、教授陣は、仮に講義をするところまで降りてきてくれることがあったとしても、極めて優秀な学生しか相手にしていなかった。このような不適切な教育を補うため、金銭的余裕がある者たちは個人教育に大きく頼っていた。(4)

講師の技量は学寮ごとに異なっており、比較的大きく裕福で名声のあるトリニティ・カレッジは、より多くの（ひょっとすると）よりよい学生を引きつけ、したがってより多くの（ひょっとすると）よりよい特別研究員や個別指導教官も引きつけた。そこに入ったフレイザーはソーンリーより幸運であったが、総じて体制はどこでも同じであった。[5] 学生は、自由にやりたいことができたが、学位取得のための比較的少ない要件を満たさなければならなかった。例えば、一年次の最後に受ける「文学士学位第一次試験」であった。この試験では、古典語、数学そして聖書(ベイリーの『明証』も含む)の基礎知識を確認した。そして当然ながら、学生はできるかぎり多く、あるいは優等卒業試験に必要であると考える量を頭に詰め込んだ。この試験で、(現在と同様に)受け取る学位が完全に決まってしまった。

大学生であった時代のフレイザーについては、多くのことが分かっており再現可能である。(のちの業績との関連で見るかぎり)この時代の彼の活動でもっとも重要なものは、おびただしい量の読書であった。その最初の記録は、自筆による一八七五年一〇月(つまり二年次の始まり)の古典作品の読書リストだ。その範囲の広さは、すべてを掲載するに値するだろう。[6] 彼の個別指導教官J・M・イメッジ(一八四二—一九一九)の欄外の書き込みによると、「J・G・フレイザーが読んだのは以下のとおり」。

ギリシャ語

1. 韻文

ホメロス(『イーリアス』『オデュッセイア』)

ヘシオドス（断片は除く）
ピンダロス（同右）
アイスキュロス（同右）
ソポクレス（同右）
エウリピデス（同右）
アリストファネス（同右）
テオクリトス（同右）
テオグニス、テュルタイオス、その他ベルクの『ギリシャ抒情詩人』第三版第二部（数では一四）五六九ページまでの詩人。また偽アナクレオンの詩文多数。

2．散文

ヘロドトス
トゥキュディデス
クセノフォン（『ヘレーニカ』、『アナバシス』第三巻から第四巻）
プラトン（『ソクラテスの弁明』、『クリトーン』、『パイドン』、『ゴルギアス』、『パイドロス』、『国家』、『プロタゴラス』）
アリストテレス（『政治学』）

アイスキネス（『クテシフォンにて』）
デモステネス（「オリュントス演説」、「フィリッポス攻撃演説」、「和平について」、「ハロンネスス島の帰属について」、「ヘルソネセ領有について」、「フィリップの書簡への返答」、「フィリップの書簡」、「組織について」、「海軍部隊について」、「ロディオン市民の自治擁護」、「メガロポリス市民を援けよ」、「アレクサンダーとの講話について」、「金冠授与の件について」、「使節団における不正について」、「レプティネスに対する反論」、「ミディアス糾弾」、「アンドロティオン糾弾」、「アリストクラテス糾弾」、「フォルミオーに対する訴え」、「ラクリトゥスの特別訴状に対するアンドロクレスの返答」、「パンタエネトゥスに対するニコブルスの特別訴状」、「ボエオトゥスに対する名前に関する訴え」、「ボエオトゥスに対する母親持参金に関する訴え」、「ディオニュソドルス告発」）
イソクラテス（デモニクスへの助言、頌徳文）

ラテン語

1．韻文

ウェルギリウス、ホラティウス、ルクレティウス、ユウェナリス、ペルシウス、プロペルティウス、ティブルス、テレンティウス、プラウトゥス（「モステッラリア」と「ペルシャ人」）、オウィディウス（『祭暦』、『女主人公たち』一―一四、『変身物語』一―五および抜粋）

2. 散文

キケロ（「ウェレス弾劾演説」、『フィリッピカ〈アントニウス弾劾演説〉』、「カティリナ弾劾演説」、「クルエンティウスの弁護」〈数章を除く〉、「神々の本性について」の少量、そして少数の書簡）

リウィウス（I-X, XI-XIV）

タキトゥス（『年代記』、『アグリコラ』、『ゲルマニア』）

シーザー（『ガリア戦記』いくらか、分量は不明）

サルスティウス（『ユグルタ戦記』おそらく六〇から七〇章分、『カティリナ』分量不明）

プリニウス（書簡集）

聖アウグスティヌス（『神の国』第一巻）

上記書物の多く、例えばトゥキュディデス、ウェルギリウス、ホラティウスなどは、二回以上読んだ。上記に加え、ディオドロス・シクロス、ルカヌス、マルティアリス、クインティリアヌス、テルトゥリアヌスも少し読んだ。

ジェイムズ・G・フレイザー
一八七五年一〇月

古典学者は自分で判断を下すだろうが、それ以外の者はこのリストの長さ、網羅する作家の数の多さ、そしてフレイザーの徹底した読書姿勢に圧倒されるだろう。彼が二一歳までにプラトンの全著作を、エウリピデスの全著作を、ピンダロスの全著作を読破したのは、大いに感嘆させられるところだ。ラテン語の著作とギリシャ語のものがほぼ等しく挙げられているので、リストからは彼がどちらを好んだのか分からない。二一歳でこれほど多くを読了できたということは、できるかぎり幅広く読むことが彼の長年の目標であったことを表している。加えて、このリストには古典文学の後期の作家が多く載っている。フレイザーが、今日読むことができるような教科書版でそれらの作家を読んだとしても、それは当時異例のことであった。古典学の歴史家の言葉では、当時〔ディオドロス・シクロス、テルトゥリアヌス、ルカヌス、クウィンティリアヌスのような〕「後期の作家はめったに読まれず、研究者でさえめったに扱わなかった。たいてい古代ギリシャ時代ではホメロスからデモステネスまで、古代ローマ時代ではプラウトゥスまたはテレンティウスからオウィディウスまで（当然タキトゥスを含む）であった。[7]」

フレイザーより若干年上の同時代人に、ドイツのウルリヒ・フォン・ヴィラモヴィッツ＝メレンドルフ（一八四八―一九三一）がいた。フレイザーの読書リストと、当代きってのギリシャ学者であったヴィラモヴィッツが同じ年頃に読んだものとを全般的に比較すると、得るところが大きいだろう。二人とも二一歳までに並外れて広範囲の古典作品を読んでいた。しかし、後者の伝記作家W・M・コールダーは次のように記している。

総じてヴィラモヴィッツが読んだ〔ギリシャ語〕作品、とくに〔プフォーテの〕学校で読んだものは、より『古典的』であった。彼は、例えばヘシオドスやテオクリトスを二次資料に引用されている断片以上には読んでいなかったであろう。フレイザーは散文、とくにデモステネスやアイスキュロスについても先を行っていた。ヴィラモヴィッツが初めてアリストテレスの『政治学』を読んだのはいつなのか不明だ。学校でヴィラモヴィッツとニーチェは、プラトンの『饗宴』のみを、それぞれ独力で、おそらく少なくともいくらかはみだらな動機から読んだ。ラテン語作品に関しては、ヴィラモヴィッツは一八歳まで、そしておそらく二一歳になっても、オウィディウスの『祭暦』と『女主人公たち』、聖アウグスティヌスの『神の国』第一巻を読んでおらず、そしておそらくプリニウスの書簡集もごくわずかしか読んでいなかった。フレイザーが、ルカヌスやクィンティリアヌスに加え、ディオドロス・シクロスやテルトゥリアヌスをいくらかでも読んでいたというのは驚くべきことだ。[8]

フレイザーが、プラトンの『対話篇』を七つも読んだという事実は、青年期特有の興奮を求める性格以上のものがあったことを示している。その真剣さを考えると、若い頃にプラトンを多く読んだことは、心理学と認識論に対する彼の関心の広がりによるものであったと考えるべきだろう。そしてその関心は、グラスゴー大学のヴィーチにより喚起され、その後ずっと彼のなかに存続し、まず一八七九年のプラトン哲学の認識論に関する特別研究員時代の論文を、続いて「哲学」についての未発表原稿を、そして最終的には膨大な量を誇る、彼のもっともよく知られている業績『金枝篇』、および推論的主知主義にもとづく人類学のその他の著作を生み出した。

上記リストの最後、一度以上読んだ作家と「少し」だけ読んだ作家とを区別しているところに見られる、フレイザー特有の良心のとがめに注目しておこう。その言葉は、誇張ではなく事実として文字どおりに受け取るべきだ。彼は、自分の読書範囲が実際以上に広かったとJ・M・イメッジに誤解されることを望まなかっただけでなく、事実そのものを提示せねばならないという強迫観念に囚われていた。この特徴は、彼が論証のための証拠を扱うときに細心の注意を払っていたかどうかに疑念が持ち上がった際、重要な判断材料となる。

一九〇七年に個人蔵書の目録が作成されていたので、フレイザーの読書についてはさらに多くが分かっている。[9] その目録から何らかの推論を導き出す際には注意しなければならないが、明らかに目録は記載された項目についての一つの到達点を示していた。そこからは、フレイザー夫人ののちの証言とも一致するが、一九〇七年よりずっと以前から、フレイザーは必要ならばどんな書物でも購入するようになっていたことが分かる。というのも、この年に彼の蔵書には五〇〇〇近くもの作品が揃っており、しかもその多くは複数巻のものだったからだ。家族がおり、巨額の個人資産もないような大学の特別研究員にしては膨大な数の蔵書であった。目録からは、特定の本をフレイザーがいつ購入したか、あるいはいつ読んだか確かなことはうかがえないが、一人の著者によるもので、出版されたのがすべて数年以内である一群の書籍の存在は、様々なことを教えてくれる。

目録の統一性がもっともよく分かる例であり、とくに進化論者としてのフレイザーを考える上で関連があるのは、ハーバート・スペンサーの著作である。一八七〇年代、つまりフレイザーが大学生だった頃、スペンサーは英語圏全体で非常によく読まれていた。目録には一〇もの作品が載っており、スペンサーの死後に出版された『自叙伝』以外はすべて(ほぼ、フレイザーがトリニティ・カレッジの学生だった時期である)一八七五年から一八八〇年に出版されたものであった。スペンサーに関しては、フレイザーが後援者のフランシス・ゴールトン(一八二二―一九一一)に一八八五年三月八日に書いた手紙が残っているため、より多くのことを知ることができる。フレイザーは、この手紙と一緒に彼の最初の重要な人類学の論文を、人類学会の会長であるゴールトンに提出し、学会で「魂の原始説を例証するある埋葬習慣について」という題でその論文を発表した。手紙には次のようにある。

人類学会で論文を発表させてもらえるのはたいへんな栄誉です。あなたをはじめとして、言及された高名な方々に喜んで論文を聞いてもらえることを誇らしく感じております。なかでもハーバート・スペンサーに聞いてもらえるのは、言い表せない喜びです。彼の書物からは非常に多くを学び、それは生涯続いていくでしょうから。知的な喜びと啓発を強く与えてくれた方に関心をもってもらえると考えるだけで感激せんばかりです(10)。

少なくともスペンサーについては、この目録は、フレイザーが蔵書のなかの彼の本をいつ読んだのかを特定する手掛かりとして信頼できる。

この時期の他の重要な目録記載書物である『ミルトン英詩集』(一八七六)は、署名とともに一八七七年五月三一日の日付が記されていたが、読書と同じ程度にフレイザーの著作と関係している。フレイザーのような文学素養と好みをもつ者がミルトンを読んだことがあるというのは、当然驚くようなことではない。重要なのは、その本に書き加えられているものだ。本の見返し全体に、「詩的な響きをもつ」複合形容詞をミルトンの詩から抜き書きしていた。[11]前扉の向かいのページに、美辞麗句や聞き慣れないたぐいの形容詞、名詞、動詞を鉛筆で書き込んでいた。そのリストから、仰々しい言葉遣いを好むフレイザーの子どもの頃からの傾向は、グラスゴー大学でのヴィーチの影響で強まり、ケンブリッジ大学でさらに磨きがかかっていったことが推測できるだろう。篤学の、いくらか生真面目すぎる若い著述家が、「最良の」模範をもとに文学的な高みを目指して修辞的修練をみずからに課している姿を思い浮かべることができる。往々にして精巧華麗なフレイザーの文体は、少なくとも若い時期においては、たゆまぬ努力の賜であることが、この本に見て取れる。

その気質のゆえに、前世紀の偉大な著述家たちを手本とすることを、フレイザーは早い時期に決心した。その偉大な師匠とはアディソンとギボンであり、フレイザーの文体の二つの側面の範例を示していると言えるだろう。彼の著作の大部分は明瞭で平易なアディソン様式の文体で書かれており、意味が不確かになることなどない。高揚や感銘の効果を狙う際には、意識的なラテン語法と金言的文体が特徴のギボン様式の文体を好んで用いている。この後者の要素は、(ときには直接的に)ミルトンに倣《なら》ったものであり、突き詰めればルネサンス人文主義に多く見られるキケロの系譜に連なるものである。

フレイザーの個人的な研究や関心のことはこれくらいにしておこう。優れた成績とは別に、彼の大学時代には注目すべき事実がある。すなわち、その在学期間の長さである[12]。彼は、一八七四年一〇月にトリニティ・カレッジに入り、一八七八年三月に優等卒業試験を受けるまで、一一学期、三年半ものあいだ大学で学んでいた。その当時、優等卒業試験の受験資格として定められていた在学期間は九学期（一年には三学期ある）であり、たいていの学生は九～一〇学期かけていた。どうやらフレイザーは、すでに優秀であった成績を試験に備えてさらに良くするため、個別指導教官の勧めで在学期間を延ばしたようだ。本当に学問的に高い能力をもっていて、単に第一級の優等学位が取れそうというだけでなく、大学総長賞あるいは他の最優等賞を得る可能性があると個別指導教官が判断した場合、その学生に在学期間の延長を勧めるのはよくあることだった。フレイザーの学業成績は群を抜いており、それはいかなる時いかなる場所でもそうであっただろう。それが、この優等卒業試験において三歳ほど年下の相手と競ったのであり、その点でもさらに優位に立っていたのだった。

当然フレイザーは、グラスゴー時代と変わらず次々と賞を取っていた。一年目、二年目そして三年目（一八七五年、一八七六年そして一八七七年）に、学内年次試験で「第一級」の成績をおさめた者たちのリストに名前が載った[13]。しかし、これらの試験は後の優等卒業試験と比べられるようなものではなかった。彼は必要なときには全力を出した。一八七八年には古典で次席の成績をおさめ、[14]『ケンブリッジ大学卒業生名簿』の受賞者リストで、彼の名前のところには「大学総長賞試験で最優秀の成績をおさめた」と記されている。

ここで、優等卒業試験《トライポス》について詳しく述べておくのも重要だろう。すべてが優等卒業試験の成績に左右されていた（そして現在も左右されている）ため、優等卒業試験やオックスフォード大学でそれに相当する試験（公式第一次試験《モッズ》と人文学課程最終試験《グレイツ》）について私たちはたえず耳にしたり目にしたりする。しかし、その試験の性質と内容をいくらかでも理解していないと、（とくにイングランド人以外には）そのような話にあまり意味があるように思えないだろう。

優等卒業試験に関してまず注意を引くのは、その期間の長さである。当時は試験が分割されていなかったので、三年間のすべての成果が一度に試験されていた。したがってこの試験に備えて受験する者がよい成績をおさめようとすれば、何よりもまず心身共によい健康状態にある必要があった（そしてフレイザーは、視力以外は生涯健康であった）。それは、チェス・トーナメント選手権と同様、コンディションの優れた者のみが最後までやり抜くことを望めるのだ。

試験問題それ自体をみても、優等卒業試験は試練であると皆に見なされていた。言語学の問題だろうと歴史学の問題だろうと、翻訳があろうと韻文創作があろうと、受験者は試験問題の尋常ならざる数に圧倒された。当然学生は、何よりも迅速に問題を解かなければならなかった。このような試験で優れた結果を残すには、思考にかけている時間などないので、ほとんど考える必要もなく問題が解けるよう十分に題材に通じている必要があった。分かりやすい例は、最初の科目で提示された問題群、プラトンの『ゴルギアス』とルクレティウスの『ものの本性について（デ・レルム・ナトゥラ）』冒頭三巻に関する問題に見ることができる。引っかけ問題はないが、プラトンについては五問、ルクレティウスについては七問、さらにそれぞれに小問がいくつかあり、その多くでは翻訳が求められており、受験者はすべてに解答しなければならなかった。知識の多寡に関わりなく、知っていることを即座に呼び起こさねばならなかった。次々と素早く解答することが重視され、分析力や知識の深さに対して点数は与えられなかった。知りすぎていることは致命的だろう。三時間に一二問解くには、一問につき平均一五分しかないのだから。他の科目でも同様であった。古典言語学第一部には一五の設問があり、その多くには複数の小問が付いていた。また設問も、「バットマン、ボップ、G・クルティウスのそれぞれが用いた科学的手法を批評し、彼らがもたらした言語科学での進歩を記述せよ」というものから、「ラテン語における奪格の使用法を分類し、ラテン語の奪格の機能がギリシャ語の名詞の格にどのように割り振られているか説明せよ」というものまで、広範囲にわたっていた。

各科目の試験時間が強いる過酷な解答速度を考えると、優等卒業試験は何よりまずスタミナと生き残る意志を試しているというのが正しいようだ。受験生に求められる知的熟達は、他と比較して高すぎるわけではなかった。したがって、フレイザーが次席であったことは、主としてこの試験の独特な制約をよく理解し、その年一人を除いて他のどの学生よりもうまくそれに適応したという点で感嘆に値するのだ。実際、彼には真の（広く深い）学識が備わっていたが、この試験でそれを示す機会はあまりなかった[15]。

博士号が制定される以前の時代、フレイザーのように突出した成績の者は、その学寮の特別研究員となるか、それが叶わない場合には教師となるのが普通だった。イメッジに宛てた一八七八年四月一一日付、つまり優等卒業試験後で学位を授かる直前のフレイザーの手紙には、次のようにある。「父親からもう少し独立したいと考えています。そうするための唯一の確かな方法は学生を受け持つことですので、来学期〔夏期あるいは夏季休暇の時期〕に何人かの学生を寄こしていただけないでしょうか」。さらに、優等卒業試験の少なくとも最後の難しい時期に、イメッジがフレイザーにとって重要な存在であったことが、「いつも親切に援助とお気遣いをいただき深く感謝しております[16]」という一文に強調されている。

しかし彼の計画は変わった。次の一八七八年六月三〇日付のイメッジへの手紙は、ハンブルクから出されたものだった[17]。彼のドイツ語はなかなか上達せず、古典研究に費やす時間がほとんどなかったため特別研究員《フェロー》の論文を提出することを諦めなければならなかったと書かれている。また、「近代哲学」の研究は続けるつもりだが、それも帰国するまで待たなければならないという。

つまり、学生を受け持つというのは、特別研究員を目指しているあいだ、財政的に独立してやっていくための、単なるその場しのぎだったのである。「近代哲学」は、当時フレイザーがその分野で学問研究を修める意思を示しており、一八八〇年代半ばにパウサニアスと民族学の研究を始めたときまで長く続いた関心の対象だった。

おそらくフレイザーは休暇でドイツへ行ったのだろう。優等卒業試験の重圧は相当なものであり、彼の優れた成績への褒美として、おそらく彼の父親が旅行をプレゼントしたのだろう。友人ジョゼフ・シールド・ニコルソンと旅をするという喜びもあった(18)。ニコルソン(一八五〇―一九二七)は、のちに四〇年間エジンバラ大学の経済学教授を務めた。彼が一八七三年から七六年までトリニティ・カレッジで倫理学を学んでいたとき、フレイザーと出会い親交が始まった。友人と一緒であってさえ、フレイザーのように学問を真に愛し、研究に駆り立てられる者は、休暇中も学問から離れることはできず、旅行の機会を捉えドイツ語を上達させようとしていた。その過程で、ハイネの詩に出会い好むようになった。

その年の夏は論文を書き上げる時間がないと判断して、フレイザーは計画の延期を決めた。そして、翌年(一八七九年)にトリニティ・カレッジの四つの特別研究員枠の一つを目指し、勝ち取ったのだった。幸いなことに、そのときヘンリー・シジウィックを上級特別研究員に再選するかどうかという、フレイザーの件とはまったく無関係ではあるが議論の的となった問題のおかげで、一八七九年の特別研究員選考会議の詳しい様子をヘンリー・ジャクソンが書き残している[19]。そこには、選考者たちがフレイザーを最良だと考えたことがはっきり示されている。

彼の論文は「プラトンのイデア論の発展」という表題であった。この論文は、一九三〇年に、そのとき七六歳のフレイザーに敬意をささげるしるしとして、手を加えずに、一冊の本として出版された。この本のために彼の書いた序文はかなり興味深いものだ。それによると、「私は早くからプラトンを愛読してきた。一八七八年に初めてケンブリッジ大学で学位を取る以前に、その全作品を原文で読んでいた」。そして、その後長いあいだプラトンを離れ、まったく異なったたぐいの題材に目を向けていたが、「半世紀を経て若い頃の論文を読み直してみると、それは、プラトンの頭の中で展開したイデア論の興亡をうまく表していると考えたくなる。それゆえ、あえて執筆したときのままで出版することとする[20]」。

『プラトンのイデア論の発展』は、まとまった分量の作品としてはフレイザーが初めて書いたものだった（余白と行間が広く空いた八ツ折版一〇七ページの量である）。のちの彼の本を読んで、例証としてはあまり適切でないものを過度に例示する手法にうんざりすることがある人たちも、この本に対しては喜びのため息をつくことだろう。これは論文であり、百科事典ではない。さらに、おそらくフレイザーがその後すぐに民族学に傾倒し哲学を離れたため、明細総目録へと膨らんでいかなかった、あるいは目録の一部に組み込まれることのなかった、数少ない学術論文の一つである。単純な一つの論旨をある程度の長さにまとめるのにフレイザーがどれほどの腕をもっていたのかという疑問には、それは非常に優秀であったと答えられる。一八七九年に特別研究員選考のために提出された論文のなかで、試験官たちが、他の者たちの論文ではなく、この論文を気に入った理由は容易に分かる。それは新しいことを試みており、知性と熱情をもって本物の主題を追究しており、そして完成度が高かった。

この論文には、二つの目的が明示されていた。一つ目は、プラトンの幻影を自分たちと同等の位置まで下ろすこと、プラトンを別の哲学者と論議する一人の哲学者として捉えるようにすることである。ここには、大学生のような自信のなさなどまったく見られない。問題となっているのは、プラトンの認識論の中心的成果とフレイザーが考えるもの、すなわち、ソクラテスの知の理論をプラトンが誤解し結果として誤った存在理論へと転換させてしまったやり方である。フレイザーはこれを、プラトンの「輝かしい誤り」と呼んでいる。論文第二の目的は、第一のものから派生するものであり、イデア論の興隆と衰退にもとづいて、長年問われてきた対話篇執筆の道筋についての理論を大胆にも打ち立てることである。

精神的な問題以上に、フレイザーの成長全体から見てこの論文でもっとも特筆すべき点は、その文体である。『プラトンのイデア論の発展』は、相当な長さのフレイザー作品としては、ほとんどアイロニーが含まれていない数少ないものの一つとして注目に値する。特別研究員審査論文にアイロニーがふさわしくないと考えたわけではなく、人類学を研究主題とし比較を手法として用いるようになって初めて彼はアイロニーを身に付けたのだ。あるいはひょっとすると、身に付けざるを得なかったのかもしれない。一八七九年には、われわれの古代の原始的な祖先の並外れて奇怪な振る舞いを、彼はまだ目にしていなかった。そのような資料を理解するよう暗に求められた場合、他の大多数の人類学者と同様、道徳の相対主義に陥ることもあり得ただろう。フレイザーはこれに陥ることなく、あるいは陥ろうとせず、結果、その後消えることなかったアイロニーの態度を身に付けたのだった。

彼はあまり権威者たちを引用しはしなかったが、ただそれらの引用もとの大部分がアングロサクソン人の経験論者であったことは驚くべきことではないだろう。というのも、極端な実在論者のプラトンに対して、彼は実験的経験論者で唯名論者を自認していたのだから。しかし、哲学の専門家に交じって「未開人」の心理状態に言及しているところも二か所見つかる。一つ目は、ソクラテスやプラトンは自然科学の目標と目的を誤解しており、そのため論理を優先させ物理的現象に目を向けるのを止めてしまった、とフレイザーが非難している箇所である。（フレイザーによると）真理に至る唯一の道を放棄したため、プラトンは一様に無駄な努力をして諸現象を説明するために目的因という説を持ち出した。よく知られているように、「善」がすべての行動、すべての事物の目的因であるとプラトンは述べている。フレイザーは、プラトンの考え方を次のように結びつけている。

あらゆる人の自発的な行動のすべては何らかの善、あるいはその人が善と考えられるものに向かっているというのはまったく正しい。しかしこのように善のために行動するということは、達成されるべきことを心に思い描いていることを意味する。自発的な行動のすべては達成目標の予想に促されているという事実から、かりに善を求める努力が物理的事物の変化のすべてを引き起こすと推論するならば、未開人がするのと同じ過ちをわれわれは犯すことになるだろう。すなわち、自分たちの行為との類似性から、無生物に生じる作用を、それらに備わる生命、思考、感情の原理で説明するのと同じ過ちである。（六六―六七）

これは、未開人の考え方に関するタイラーの記述のようだ。しかし、フレイザーがタイラーの『原始文化』を読んだのは、心理学者であり哲学者のジェイムズ・ウォードにその本を紹介されてからであることが、フレイザー自身の言葉から分かっている。そして、フレイザーがウォードに出会ったのは大学時代だが、親しく付き合うようになったのは特別研究員になった後のことである。[21]したがって、一八七九年の時点では原始的な考え方に関するこのような見解は漠然としたものであり、概括的に述べるだけならば、特定の出典にもとづくものと考える必要はない。

もう一か所の言及は、その三ページほど後に出てくる。フレイザーが、容易に理解可能であっても姿を想像することができると同時にできないものにふれる箇所である。彼は、千面体の多角形という概念についてのデカルトの例を提示する。

誰もそのような図形を頭に思い描くことはできないが、それがどういうものか文明人は誰でも分かっている（文明人と言ったのは、よく知られていることだが、未開人には、全員とは言わず知性と発達の度合いにより程度は異なるにしても、しばしば数の概念が欠けている者が多い）。　（七〇）

これは、当時フレイザーが読んでいたスペンサーから引いた可能性がある。だが、この考えについても、いずれかの著者や著作にもとづくものと考える必要はない。疑いなく重要なことは、その出典ではなく、一八七〇年代半ばの若い古典学者がすべて、このような問題に関してスペンサー（あるいは他の出典）を読み、読んだものを自分の考えに統合していたわけではないということだ。

特別研究員の身分は、フレイザーの人生の重要な時期に経済的な安定をもたらした。向こう六年間は、生活費を心配する必要がなく学問研究に打ち込むことができるようになった。彼の身分は、旧学則で資格アルファと呼ばれる種類のものだった。一八七九年は、ケンブリッジ大学の制度改革直前の時期で、そのような特別研究員の奨学金は相当自由に出されていた（これらの奨学金は、一八八二年の大学改革の一環としてかなりの制限が加えられた）。それは「成績優秀者奨学金」として知られているものであり、特別研究員年度試験で最優秀の成績をおさめ、最優秀の論文を提出した者に無条件で与えられた。その受賞者にはいかなる義務も求められておらず、学問研究を行う者もいたが、多くは奨学金をもらっただけで出て行って別のことをしていた。

資格アルファの奨学金には、配当報酬（トリニティ・カレッジ用語で言う「率報酬」）が付いていた。これは、大学が投資から得る収益により額が異なっていたが、どんな場合でも非課税で年二五〇ポンドを超えることはなかっただろう。当時大学の収入の大部分は、農地からの地代として入ってきており、第一次世界大戦前の四半世紀のあいだではイギリスではたいてい農業不況の状態であったため、その期間内では率報酬が二五〇ポンドに達しなかった年が多く、二〇〇ポンド以下に下がる年もあった(22)。

イングランドの一八八〇年時の小売物価を一九八〇年代中頃の価格に換算する際の妥当な乗数は五〇から六〇である(23)(このような無味乾燥な説明からは、一八八〇年代の出費は使用人、蠟燭《ろうそく》、馬、馬車に対してであり、一九八〇年代には自動皿洗い機、ビデオレコーダ、スポーツカーを買うために出費しているという事実は、うかがい知ることはできない。とはいえ、乗数によりフレイザーの相対的な財政状況を大まかに知ることができる)。したがって、率報酬が二五〇ポンドに達した場合、購買力の面では、一九八〇年代中頃のおおよそ一万二五〇〇～一万五〇〇〇ポンドの手取り収入に相当する。すなわち、相対的に見てフレイザーは裕福であったと言える。第一次世界大戦以前の時期で率報酬が二〇〇ポンド付近をさまよっていたときには、経済的に困窮したことがしばしばあった。なぜならば、この時期に彼は結婚し(妻の二人の連れ子を養うこととなり)、住居を数度変え、独身時代と同じように金に糸目をつけずに本を買い続けていたからだ。

フレイザーの特別研究員奨学金は、一八八五年、一八九〇年、一八九五年の三回更新された。そして最後の更新のときに、終身受け取り可能となった。すなわち、残りの人生において毎年率報酬を大学の年金として受け取るということである。しかし当然のこととして一八七九年時の彼には、その後の六年間は収入が確保されているということしか分かっていなかった。特別研究員になって最初の数年間、フレイザーは何も発表しておらず、また手紙もほとんど残っていないので、いくらか時間をかけて重要な研究課題を探し回っていたようである。一八八〇年に記された独特な「哲学」ノートが、この時期の典型的な成果であるか否かは知ることはできない。だが、当時ケンブリッジ大学で行われていたような、そしてフレイザーが依然として携わっていた古典研究が、彼の思索的性質を発揮する機会をほとんど与えなかったと推論するのは理にかなっているようだ。

この時期に彼が実際に行ったのは、法を学ぶことだった。ドイツで夏を過ごし、戻ってきた直後の一八七八年一〇月二四日、法曹学院の一つ、ミドル・テンプル法学院の名誉協会に入学が認められた。法曹界に入るための義務試験は一八七二年に導入された。そしてそれに応じて、法曹学院の試験実施団体である法教育委員会が、将来の弁護士のための授業コースを制定した。フレイザーは、授業のいくつかを受講したかもしれない。あるいは、義務ではないが慣例に従って、実際の法廷弁護士の見習いとして弁護士事務室で時を過ごしたかもしれない。何をしたにせよ、彼は試験に備え、そして合格し、その結果一八八二年一月二六日に法廷弁護士の資格を得た。だが、一度も開業したことはなかった。

なぜフレイザーは法を学んだのか。一九三一年にミドル・テンプル法学院の名誉評議員（理事）に任命された際、法を学んだのは父親を満足させるためであったと述べている。父ダニエル・フレイザーは、息子が専門職に就くことを望んでおり、それゆえスコットランド人に人気がある法曹界を提案したのだった。[24] フレイザーのように優れた学業成績の者が教職に就くのは自明のことであったが、ひょっとすると彼自身その将来の展望をあまり気に入っていなかったかもしれない。二四歳のときに、彼が教職についてどのように考えていたのか容易には知れない。だが疑いなく、のちに大学の特別研究員という隠遁生活を愛するようになっていたときさならば、教職や実際のところ大学講師の職にすら就きたがらなかっただろう。ともかくフレイザーは、完全に子としての義務から弁護士になったのだ。彼の研究に、法に関する教育のいかなる影響も見られない。原始時代の法あるいは法制度に特別な注意を払っているわけでもなく、またデータを集め提示する手法はすべて、法ではなく古典の研究様式から身に付けたものである。

法関係のように行き止まりとなった足跡を別として、八〇年代初期にフレイザーが読書以外に何をしていたのか、多くは知られていない。蔵書目録から判断するかぎり、この時期に彼が読んでいたのは、主に古典、歴史、文学、哲学であり、人類学または民俗学ではなかった。親友である心理学者ジェイムズ・ウォードの回顧録に、フレイザーのことが断片的に書かれている。この回顧録は、ウォードの娘オルウェン・ウォード・キャンベルがまとめたものである。キャンベル夫人は年代をとくにはっきりと覚えていたわけではないが、八〇年代初期と思われる時期の記述に、彼女の父親が昼間は生理学と心理学の研究に精を出し、夜は「文学に時間をあてて、一人で英語とラテン語の書物を読んだり、オスカー・ブラウニングやJ・G・フレイザーといっしょにダンテを読んだりしていた」と書いている(25)。

フレイザーがウォードに出会ったのは一八七五年であったが、親交が深まったのは八〇年代初めであった[26]。キングズ・カレッジで行われているオスカー・ブラウニング主催の有名なダンテ読書サークルに二人で参加しただけでなく、幅広い分野に関心をもっていたウォードが、フレイザーに向かって、普通に古典を研究していては出会うことのない哲学的あるいは心理学的傾向の本を多く勧めたのは確かなことだ。その顕著な例が、すでに述べたタイラーの『原始文化』である。ウォードの熱心な勧めによってこの本を読んだとフレイザーは語っている。しかし、そう言った後で、続けて次のように述べている。「タイラー氏の著書は、ウォードに人類学への興味を喚起し、それを読んだことは彼の人生で銘記すべきことだった」としても、「私に関しては、ケンブリッジ大学でのもう一人の友人、ウィリアム・ロバートソン・スミスの影響がなかったならば、人類学への関心はまったく消極的で鈍いままであったかもしれない[27]」。

フレイザーの生涯でよく知られていないこの時期を照らし出す文献が、他に二つある。一つ目は、一八八一年一二月、アバディーン大学に古典文学（すなわちラテン語）の教授職に空きが出たときに、古典研究の先輩同僚から彼が集めた堂々たる推薦状だ[28]。複数の推薦者が、彼の長所をいくつか挙げている。それらは、彼の勤勉さ、その心構えと学問の堅実さ、読書の幅の広さ、優れた独創的な考え方、高潔な人格、である。W・H・トンプソン博士（トリニティの学寮長）やH・A・J・マンロー教授の所見は、おおむね表面的なつきあいにもとづいて書かれているようである。しかしながらその他の推薦者は、彼の個別指導教官や審査官であったので、書状にはより詳細な考査が載っている。例えば、副学寮長でありフレイザーの最初の個別指導教官であるE・W・ブロアは、フレイザーの輝かしい成果は、彼が学問的成功をおさめる通常の進路を歩んできていない（すなわち、イングランドのパブリック・スクール出身でない）にもかかわらず達成されたため、よりいっそう際立ったものであると認めている。

もっとも詳細であるがゆえにもっとも興味深い推薦状は、ヘンリー・ジャクソンによるものだ。ジャクソンはフレイザーを、それ以前の一五年間にトリニティ・カレッジで教育を受けた最良の古典学者の一人と評価している。しかしそれ以上に、フレイザーの文学的才能、とくに翻訳の文体が優れていることに注目している（「彼がギリシャ語やラテン語で書いた散文は、しばしば名人の技だ」）。またジャクソンは、特別研究員試験でフレイザーが示した「精神および道徳哲学に関するかなりの学識」と学位論文での独創性と説明能力も称賛している。すでに書き終えていた文学の推薦状を次のように締め括っている。「フレイザー氏が自分の学識を伝えるのに優れていたことについて語るのは、他の人に任せたい。彼らは意見を述べるよい機会をすでに得ている。しかしながら、最高の文学作品すべてに対する彼の真の情熱に心を動かされない学生がいるとすれば、それは異様なことだと言わなければならない」。

もちろんその職に就いたのはフレイザーではなく、適任であることは間違いないがあまりよく知られていないJ・ドナルドソンであった。フレイザーにとって、このアバディーン大学の職を得られなかったことが幸いであったことは、ほとんど疑いようがない。もし彼が、授業や委員会の仕事や、小都市の小さな大学の教授にふりかかってくる社会的義務などのなかに押し込められていたら、フレイザーのように勤勉な者でさえ多くの本を出版するのは困難であっただろう。興味深いことには、もし彼がアバディーン大学に行っていたとすれば、おそらくそこでロバートソン・スミスに出会っていただろう。だが、一八八一年とその後の数年間スミスは法的な問題に多くの時間をとられており、また当時近東に出かけていた。したがって、当時二人が出会っていたとしても、おそらくまだフレイザーが人類学の研究を始める時ではなかったといって差し支えないだろう。その時は、それから三年後であった。

八〇年代初期のフレイザーの活動に光を当てるもう一つの文献は、一八八三年三月に彼と友人のウォードが行った三週間のスペイン旅行の際につけていた手書きの日記である。[29]キャンベル夫人は、父親の回顧録にその旅行が「極めて上首尾であった」と記しており、また当時フレイザーの気分が落ち込んでいたことが、その旅が実施された（少なくとも部分的な）理由だとほのめかしている。[30]フレイザーの日記からはこのようなことはまったくうかがい知れない。

一般に日記がつけられる理由は様々である。治療のため（告白の場としての日記）、記憶補助（備忘録としての日記）、文学的理由（将来の発展のためにアイディアの概略を記す研究の場としての日記）などだ。おそらく最良の日記というのは、これらの数多の動機にもとづくもので、それにより、日記をつけた者の感性を多く表しているものであろう。一八八三年時のフレイザーの感性に関心がある者にとっては残念なことだが、彼は日誌を厳密に日付順の記録とし、記憶補助のため（彼はいつも記憶力が悪かった）のものと考えていたようである。それゆえに、この日記や、一八九〇年と一八九五年のギリシャ旅行のときにつけたもの、一九〇〇年のローマ旅行のあいだのものは、ほぼ完全に公然の出来事の記述に終始している。これらの日記は、他人に読まれてはならないものは書くべきではないということを前提としているようだ。しかしながら、このような徹底して無味乾燥で表向きの話でも、たまたま何気なく個性が現れ出ているところを見つけ出そうと専心している読者には、何らかの情報を与えてくれる。

幸い、旅するフレイザーの大理石のような平静さにも、ときたま揺らぎが見出される。例えば、彼とウォードは旅行の最初の晩をパリで過ごし、上演中の劇、サルドゥー作『フエドラ』（ベルナールが表題の役を演じていた）のチケットを取った。劇場の舞台装置を詳細に描写したのち、フレイザーはついに劇について記述する。「この劇自体は、楽しいとはとうてい言えない。主人公と女主人公はロシア人で、女主人公の服毒自殺で劇は終わる」。それから、『フェドラ』の複雑な粗筋を述べている。そして、「サラ・ベルナールの演技は力強く、ウォードはとくに強い印象を受けていた。上演は真夜中までには終わり、われわれはホテルまで歩いて帰った」と締め括る。

すなわち、フレイザーは劇の暴力と邪悪さに衝撃を受けていたが、「楽しいとはとうてい言えない」という表現以上は使おうとしない。このような無感動な印象は、幾分の堅苦しさと自己満足のために強調される。その一例は、二人がグラナダでちょうどアルハンブラ宮殿を訪れた後の記述にある。夕方に日没を眺め、「そこで、赤い地面の耕された畑の中にある石の上に座り、蟬がやかましく鳴いているのを聞きながら、われわれは日が沈むのと光がシエラネバダ山脈を照らすのを眺めていた。山々が夕焼けの赤に染まるのを期待していた。これは期待どおりにはいかず、処女雪がぶしつけな視線に頰を赤らめることはなかった」。この最後の部分の純情ぶりあるいは茶目っ気は、鼻に付くほどである。

フレイザーがのちに宗教に強い関心を抱いたことを考えると、スペインのカトリックの強烈なキアロスクーロ画に対する彼の反応は書き留めておくに値するだろう。一八八三年三月二四日、バレンシアにて、

朝食の後、大聖堂へ歩いていった。それは、(このように書くのをお許しください)ローマのサンピエトロ大聖堂風の古典様式の建造物だ。つまり十字架の形をしていて、

十字の交わる部分の上に頂塔がある。まったく面白味のない建物で、趣味が悪く、安っぽい装飾をごてごて付けて外観を損ねている。教会というより安酒場にふさわしい。様々な礼拝が行われており、祈禱書の一部が大音声で詠唱されていた。それぞれの祈願部分が「我らのために祈れ」と締め括られると、聴衆も「我らのために祈れ」と詠って応じた。初め、その効果は幾分耳障りであったが、耳が慣れるに従って、韻律的な響きが感動的にさえ感じられた。絵画はベールで覆い隠されていたが、礼拝中ある局面でオルガンが大きな音を鳴らし、鐘の音が轟き、そして高い祭壇の後ろに掛かっている絵画を隠していたカーテンが引き上げられた。その効果は、多少芝居がかっていた。

これは、一八六〇年代の「非国教徒の異議」に見られた反動的な反カトリック主義とはまったく異なっている。この断固として冷静で突き放した記述で、フレイザーは祈禱書に感動し、礼拝に（そのあいだ中、芝居がかっていると考えていたが）感銘を受けたと認めている。また、この記述は、唯美主義と呼ばれる姿勢がけっして唯美主義者だけのものではないことを思い出させてくれる。いずれにしても、唯美主義者の大半は一八八三年には十代であった。

一八八〇年代より随分前に、フレイザーは無神論者（あるいは少なくとも不可知論者）になっていた。世界を一つの機械として見るようケルヴィンに教わったと彼が述べていることから、グラスゴーにいたとき、すでにそうなっていたようである。このような科学的かつ唯物主義的傾向は、大学時代にスペンサーの著作にすっかり没頭したことでいっそう強まっただろう。しかしながら、「神の存在を信じるか」で始まるような教理問答に単純化してしまうことでは、ある人物の宗教への関心にうまく迫ることはできない。この日記の記述からは、宗教に対するフレイザーの相反する態度について、彼の「教理問答式」無神論と呼べるだろうものを論じるよりも、もっと多くのことが分かる。

フレイザーがトリニティ・カレッジを経て前進していく過程を、賞や試験の成績で測りながら辿っていくことと、彼の人生に関する側面をそうした業績などから理解するのとは別のことである。トリニティ・カレッジでの社交生活に関する情報はあまり残っていない。しかし、現存する手紙から判断して、義理の兄弟となったジョン・ステゴール以外、この時期から後年まで交友または文通が続いた者はいなかったと分かる。『ケンブリッジ・レヴュー』誌が一八七九年にフレイザーの部屋で創刊されたことは分かっている[31]。このことから、彼はおそらく文学的なグループに入っていたと思われる。友達がいたことは明らかだが、おそらくこの頃すでに生真面目で物静かな人物であっただろう。彼は静かに暮らしていた。ひょっとすると、彼のスコットランド人的特徴とその家柄や財産が（トリニティ・カレッジの貴族的水準から見て）並であることが、人付き合いの妨げとなっていたのかもしれない。少数の古典研究者とは知り合いになっただろうが、まず間違いなく長期休暇はスコットランドの実家で家族と過ごしただろう。[32]

彼が専攻していた主題（古典）と、彼がもっとも関心をもっていた主題（蔵書目録や大学卒業後初期の研究が示すように、哲学、心理学そして文学）との不一致については、論評を加えておかなければならない。この不一致は事実であるが、フレイザーがみずから望まぬ「古典の虜囚」であったことを意味していると考えるべきではない。彼が生涯にわたって古典文学を愛したことと周期的にそこに戻っていったことを考慮すると、多種多様な彼の関心が文学的かつ哲学的中心から放射状に広がっており、そしてその中心は、言語学的というより、はっきりと人文主義的であったと考える方が理に叶っているようだ。彼は有能な文献学者であったが、自分を文献編纂者あるいはまったくの言語学者であるとは、けっして考えていなかった。[33] パウサニアスから『祭暦』まで、明らかに古典を取り扱った彼の研究はどれも、文献学の研究課題としては行われていなかった。常に彼の関心を引いたのは、文献学者が重要ではないと伝統的に考えてきたものであった。彼がパウサニアスの研究にかけた労力は極めて大きなものだったが、原文の下調べにだけは手をつけなかった。そしてそれこそが、古典学者にとって編纂に必要不可欠な作業である。注釈は、一巻から四巻へと極端に膨れ上がったが、考古学的そして民俗学的側面についてのもののみであって、文献学的なものはなかった。

しかしながら、フレイザーのこのような選択をうまく説明するために、ケンブリッジ大学のカリキュラムが狭いことを理由にあげるのはばかげているだろう。ここで必要なのは、トリニティ・カレッジに入学した一八七四年当時、フレイザーのような比較的成熟した若者にとって知的状況と展望はどういうものであったのかを視野に入れることだ。彼がケンブリッジ大学に入ったとき、『種の起源』が発表されてから一五年が経過していた。このことは言わば、一八七〇年代の真面目に物事を考える人たちにとって、中心になる問題は信仰に関することであったということだ。一九世紀を通して大きな社会問題は多かれ少なかれ宗教的側面をもっており、教養人の考え方はしばらくは一般に宗教に反発する傾向にあったけれども、一八五九年にダーウィンが論文を発表するや否や戦いが始まった。ダニエル・フレイザーの善意にもかかわらず、息子を送ったケンブリッジ大学は、信仰心を弱めるという点では一八七〇年代のもっとも適した場所だった。

当然誰もが考えるように、大学は常にその時代の聖書研究に関心をもっていた。しかし、オックスフォード大学が、常にあるいは初めは理想主義的であり、歴史主義が登場した初期にそれと悪戦苦闘したあかしとして『批評と論評』を一八六〇年に出版したのに対して、ケンブリッジ大学は、伝統的に非科学的なものを許しておけず、概してオックスフォードより政治的にリベラルであったため、すでに人類の新しい宗教を受け入れていた。シェルダン・ロスブラットは次のように書いている。

一八六〇年代のケンブリッジ大学は、コント的実証主義が蔓延しているようだ、と不幸な〔チャールズ・〕キングズリーが〔F・D・〕モーリスへの手紙に書いている。心理学と論理学に重点をおく歴史的手法が、かつての人間性の科学に取って代わりつつあった。聖書研究や古典研究は、ますます歴史指向のものに変わってしまった。そして人類学や社会学も、社会組織の状態と過去への信頼を重視して、歴史的手法に注目が集まるのを手助けした。[34]

若きフレイザーが、自分は第二のルネサンス期に生きる特権を与えられたと考えていたと想像する人もいるかもしれない。それは、新しい「全神話解読の鍵」すなわち進化論の見地から知性の世界をあらためて解釈しようとする時期である。一八七五年までに、進化論への反論となる最初の一斉射撃が年配の世代からすでに行われていた。その世代は、ダーウィン以前の知性の世界に感情的に強くかかわっていたのだ。その大多数は、新しい手法を理解し受け入れるのに苦闘しなければならなかった。しかし、一八七〇年代に若年であった思慮深い男にとって（ジェイン・エレン・ハリソンやベアトリス・ポッターのような思慮深い女性にとっても）、進化論は多くの大きな疑問に対する明白な解答、言わば常に舵取りの目印とすべき星と思えたにちがいない。[35] フレイザーも、大学生活に付きものである長く激しい議論に参加した。また周囲の至るところで、真面目な同時代人たちが「哲学」

を夜遅くまで論じているのを耳にしたにちがいない。この場合の「哲学」は、進化論を意味していた。そして、彼らの総意ははっきりしていた。すなわち、親たちや学校が繰り返し教え込んできた宗教は、もはや役に立たないだろうということだった。

それならば、どこに目を向ければよいのか。優れた仕事によってヴィクトリア朝時代の最盛期を飾る預言者的人物、真面目で道徳的な激しさをもって大勢の人々を奮い立たせるような人物たちが存在した。すなわちカーライルやラスキン、ジョージ・エリオットのような「賢者」(ジョン・ホロウェイの言葉を借りると)が、熱心な労働と務めという擬似宗教を作り上げていた。それは、あたかも神が存在する「かのような」生き方のことである。[36]また、功利主義者、合理主義者そして実証主義者がいた。そのなかでもっとも有名なのが、J・S・ミルとT・H・ハックスリーだった。そして彼らは次の若い世代にうまく受けとめられ、その代表は、フレイザーと同じ学寮のヘンリー・シジウィックとジョン・モーリー、フレデリック・ハリソンそしてW・K・クリフォードだった。

同様に、旧来の保守的な宗教統合体を作り変えて時代に合ったものとするよう奮闘した、反対の立場をとる才能ある人物たちがいた。エドワード・ケアードはその一人だった。彼の使う「ヘーゲル哲学の専門用語」は、グラスゴー時代のフレイザーを大いに閉口させたのであった。周囲の知的状況に対するフレイザーの反応をわれわれが知るための唯一の証拠である蔵書目録には、合理主義者たちに交じってはっきりとケアードの名前もある。目録にある本と、主要な論争者が生み出したものとは完全には一致しないが、結論は見逃しようがない。目録に見つかるのは、ミルの本が六冊、すべて一八七〇年代後期の版のもの、モーリーと（一八八〇年代のものだが）ハリソンの本、そして膨大な数のハーバート・スペンサーの本である。先に引用したゴールトンへの手紙に、フレイザー自身がスペンサーの影響を認め伝えている。その手紙が存在していなかったとしても、われわれはこのことを推論していただろう。

スペンサーは、ここ最近無名の状態から急に名が知られるようになり、この二〇年間にそれ以前の五〇年よりずっと多くの人気と注目を集めているのだが、一八七〇年代においては学識ある者達の実質的リーダー格として称賛されていた。スペンサー哲学を学ぶということは、若いフレイザーが理性派に与《くみ》すると決心したことを意味していた。揺らぐことはあったがけっして覆ることのなかったこの決心の結果については、次の章で述べることとする。

（1） D. A. Winstanley, *Later Victorian Cambridge* (Cambridge, Cambridge University Press, 1947), pp. 210, 211, n. 3. 大学史の概説は大部分ウィンスタンリーの著書から得た。

（2） 例えば、T. R. Glover *Cambridge Retrospect* (Cambridge, Cambridge University Press,

1943); [Leslie Stephen], *Sketches from Cambridge* (London, Oxford University Press, 1932); Thomas Thornely, *Cambridge Memories* (London, Hamish Hamilton, 1936).

（3）もちろん、フレイザーが研究以外何もしなかったわけではない。ダウニーによると、そして総じて一八世紀様式を守っていたことから、彼はフェンシング、乗馬、そして若者らしく散策をした（*FGB*, p. 20）。少なくともユニフォームを着て写真に写るくらいにはクリケットをしていた。熟年になってからの運動は、主に散歩だった。

（4）Thornely, p. 26.

（5）今日と同様当時も、トリニティ・カレッジは大学内で最大かつもっとも裕福な学寮だった。フレイザーが入った一八七四年には、全大学生の四分の一以上（二二二九人中、五八三人）がトリニティ・カレッジにおり、次に大きな二つの学寮（セント・ジョンズとトリニティ・ホール）を合わせた五五七人より多かった。

（6）フレイザーの個別指導教官はE・W・ブロアであり、イメッジではなかったが、後者がフレイザーの支援者であったことは手紙から分かる。イメッジの寛大な気質に関しては、A. E. Housman, "J. M. Image," *Cambridge Review* (28 November 1919), *Selected Prose*, ed. John Carter (Cambridge, Cambridge University Press, 1962), pp. 151-53 に再録、を参照。フレイザーの読書目録は、TCC Add. MS. b. 17: 102.

（7）コロラド大学のW・M・コールダー三世教授からの私信によると、フレイザーがルカヌスを読んだのは、一八七〇年から七一年のグラスゴーでのミュアヘッド教授賞と関連してのことだった（第1章、注(26)を参照）。その他の後期作家を最初に読んだ時期についての情報は、まったく存在していない。

(8) 私信による情報。一八歳までにヴィラモヴィッツが学校で読んだものに関しては、彼自身の *My Recollections*、G. C. Richards 訳 (London, Chatto & Windus, 1930), pp. 77-85 を参照。W. M. Calder III, "Three Unpublished Letters of Ulrich von Wilamowitz-Moellendorff," *Greek, Roman and Byzantine Studies*, 11 (1970), 139-70、とくに第一と第二の書簡は、ヴィラモヴィッツが二一歳のときに読んだものの詳細を伝えている。

(9) TCC Frazer 29.

(10) ロンドン大学ユニバーシティ・カレッジ図書館所蔵。許可を得て引用。

(11) その例を以下に示す。snow-soft, cold-kind, yellow-skirted, sable-stoled, silver-buskined, star-proof, sin-worn, vermeil-tinctured, sky-robed, smooth-dittied, white-handed, love-lorn, empty-vaulted, flowry-kirtled, silver-shafted, night-foundered, close-curtained, solemn-breathing, sun-clad, amber-dropping, tinsel-slippered, rushy-fringed, coral-pav'n, rosy-bosomed.

(12) トリニティ・カレッジ図書館の大学公文書係助手のマーガレット・ファラー夫人に、フレイザーの在学期間の詳細を調べてもらったことに対して感謝したい。

(13) フレイザーは、数学が苦手なわけではなかった。グラスゴー大学で数学の賞を取り、そしてトリニティ・カレッジの年度試験で一八七七年に「数学と古典」で第一級の成績をおさめた。問題となる数学の能力は、おそらく中等学校のレベルだっただろう。

(14) 古典の主席は、動物学者アルフレッド・ハンズ・クックであり、彼もまた古典で大学総長賞を取った。審査委員会のメンバーは、T・E・ページ、J・S・リード、R・D・アーチャー＝ハインド、T・H・オーペン、A・F・カークパトリック、そしてW・M・ガンソンだった。

(15) 試験官の一人ジェームズ・リードは、一八八一年にアバディーン大学のラテン語教授職にフレイザーが応募した際の推薦状に次のように書いている。「一八七八年にフレイザー氏が学位を得たとき、私は古典の優等卒業試験の試験官の一人でした。彼の学識の広さと正確さには、他の試験官とともに大いに感心させられました。フレイザー氏の翻訳は、どのような試験で見たもののなかでも、断然最良のものだったと考えております」。（TCC Frazer 16: 93）

(16) TCC Add. MS. b. 17: 104.

(17) TCC Add. MS. b. 17: 105.

(18) （*DNB* に）W・R・スコットはニコルソンについて、一八七七年以降「彼の友人の（サー）ジェイムズ・ジョージ・フレイザーとともに、ハイデルベルクへ行った。そこで彼は、主に法に関する大学の講義を受けた」と書いている。

(19) TCC Adv. McTaggart 4 (between 490 and 491).

(20) *The Growth of Plato's Ideal Theory*, p. vi、以降の出典箇所については本文中の（　）

内に表記する。

(21) *C & E*, p. 126. 彼はウォードがタイラーを読むよう勧めた時期を記していないが、ウォードのことを「親友」と呼び、一八七五年頃から互いに面識はあったが、親しくなったのはフレイザーが特別研究員になってからだと書いてある。一八八〇年代初期と考えるのが妥当だろう。

(22) 特別研究員の奨学金についてのこの情報は、トリニティ・カレッジの特別研究員であり前の上級会計係であった、T・C・ニコラス氏のおかげである。

(23) この情報は、キングズ・カレッジの、そしてケンブリッジ大学応用経済学科のウィン・ゴッドリー教授のおかげで得られた。

(24) フレイザーの法律学習の情報に関しては、ミドル・テンプル法学院の司書であり記録管理官であるE・マクニールに感謝したい。ダニエル・フレイザーが「法的権利を高く評価していたこと」が、息子に法律を勉強させたことの裏側にあったかもしれない。

(25) Olwen Ward Campbell, "Memoir" of James Ward, in James Ward, *Essays in Philosophy* (Cambridge Cambridge University Press, 1927), p. 70.

(26) TCC Frazer 28: 190 に、フレイザーが王立地理学会の司書になろうとした際の、ウォードの推薦状が保管されている。手紙は一八八五年二月二六日付で、冒頭には「私はフレイザー氏を知って一〇年になります」とある。

(27) タイラーを認める言葉は、一八八五年の発表「魂の原始説を例証するある埋葬習慣について」に続く議論のなかにも見出せる。*GS*, p. 49. スミスについては、C & E, p. 126.

(28) 推薦状は、TCC Frazer 16:89-96 として保管されている。

(29) この日記は、TCC R. 8. 43.

(30) Campbell, "Memoir," p. 75.

(31) 一九五八年に P. W. Filby は、"Life under the Golden Bough" と題して、一九三七年から三九年までフレイザーの書記を務めた体験を回顧録に書いた。これは、*Gazette of the Grolier Club* 新シリーズ no. 13 (June 1970), 31-38 に発表された。*Cambridge Review*, 105 (30 January 1984), 26-28 に、"Life with the Frazers" と改題して再録されたとき、編集者は次のような注を付けた。「『ケンブリッジ・レヴュー』誌が誕生したのは、一八七九年の休暇中うだるような暑い日に、トリニティ・カレッジのサー・ジェームズ・フレイザーの部屋でだった」。

(32) 毎年夏の一時期をスコットランドで家族と過ごすという習慣を、彼はほぼ生涯を通じて続けた。

(33) このことは、H. J. Rose が *Classical Review*, 55 (1941), 58 の死亡記事でも指摘している。

(34) Shelden Rothblatt, *The Revolution of the Dons* (London, Faber & Faber, 1968), p. 153.

(35) 以下を参照。Beatrice Webb, *My Apprenticeship* (London, Longmans, 1926); Jane Ellen Harrison, "The Influence of Darwinism on the Study of Religion," in A. C. Seward (ed.), *Darwin and Modern Science* (Cambridge, Cambridge University Press, 1909), pp.

494–511; Martin J. Wiener, *Between Two Worlds: The Political Thought of Graham Wallas* (Oxford, Clarendon Press, 1971), pp. 8–13.

(36) John Holloway, *The Victorian Sage* (New York, Macmillan, 1953).

第3章　人類学の過去の風景

フレイザーは人類学の周縁に位置する学者なので、ここで、ヴィクトリア朝後期のイギリスの人類学における思想的、社会学的、哲学的、歴史学的な先祖といえる諸領域について——とくに、フレイザーの専門の主題である、「未開の」宗教や神話に対して人類学的な論じ方をする研究領域について——、その輪郭を述べておくことは必要であろう。そのような輪郭を描いた概説書のたぐいは確かに何冊か存在する。(1) しかしながら、この種の輪郭を提示するにあたっては、二つの問題がある。一つ目は、そうした概説はたいてい今日的観点に立って行われるが、そうすると、その当時考えられていたような疑問点が歪められてしまうという問題である。二つ目の問題は、ヴィクトリア朝後期の人類学の分野においてまとめあげられた思想的、社会学的等々の学問上の研究成果は複雑であるゆえ、そのような概略は、たとえ読者にとって扱いやすい規模のものであったとしても、フレイザーのような個性的な学者の特徴を照らし出すことはできない、という事情から生じてくるものである。

当時のこれらの人類学にかかわる研究の様々な趨勢や動向を考察してみよう。

㈠ 原始的および異国的な文化に対する一八世紀的な興味。この興味は、新世界、アフリカ、オリエントへの旅行者、伝道師、探検家から新しい情報を大量に入手したことと、「フランス知識人たち」による、「卑劣な迷妄を撲滅しよう」という闘いによってこうした情報が広範に知れわたったことにより、喚起された。

㈡ 政治と相互に関係するもの。すなわち、帝国主義時代の首都、とくにロンドンにあって、世界の中のほとんど未知の地域に居住する「未開人」についての新しい情報が氾濫していた一九世紀には、植民地主義者たちが増大していたという状況である。

㈢ 一八世紀スコットランドの推測にもとづいて歴史を研究する人々や道徳哲学者たちから構成されている地方学派。彼らは、未開の人類に見られる現代人との精神的な同質性を主張した。

㈣ ロマン主義的歴史主義と比較言語学の勝利。それらの派は、潜在的には「原始的な心」と未開世界を理解するための根本的科学と見なしうるものとして、神話学に新たな焦点を合わせた。

㈤ イギリスに元来存在する古物研究とフォークロア運動の強さ。

㈥ 地中海東部や他の地域で見られた数々の考古学的発見によりもたらされた、先史学と古代史の新しい発想。

しかしながら、そのようなとどまることを知らない「時代精神性」を重視する研究方法では、個々人の生活の真実を忠実に捉えることはできない。ある学者の生活と彼が詳述した学説とを、暗黙のうちに同一視することは、まぎれもなく、実際に一人の人間が営んできた混沌とした現実の生活を、縫い目のない思想史でもって置き換えるということである。これは、認めがたい単純化である。そのような研究方法は、当然のことだが、学者たちの幾世代にもわたる生活のなかで形成されてきたと思われるが、そのことはそれぞれの研究に望まれてもいないヘーゲル的解釈を与えてしまうことになり、伝記の必要性をすぱっと切り落としてしまうのである。

しかしながら私たちは、舞台背景をまったく取り上げずに済ませることはできない。最初に目にとまることであるが、一九世紀の最後の三〇年間に、イギリスで人類学の「興隆」を見るきっかけとなった知識人たちの危機的状況について何か述べるべきであろう。二番目は、フレイザーの専門の主題についてである。――古代人、そして未開人の神話やそのほかの信仰のなかに表れる「未開の心」についての研究には、いくばくかの紹介を必要とする長く複雑な歴史がある。この章では、私はそれらのうちの最初の問題について述べるつもりである。神話学については、第5章まで持ち越す予定である。

数名の学者たちは、一九世紀の最後の三〇年における「科学的自然主義」の開花を論じてきた。それは、知識人たちにとっては、一九世紀イギリスにおいてキリスト教信仰に対してもっとも鋭い哲学的な挑戦を行ったものと見えた。(2)「科学的自然主義」という名前が暗示するように、その思想学派は超自然主義を拒絶し、それ自身の立場が自然科学の手法や理論にもとづいていた。実験にもとづく科学の大勝利とその並々ならぬ展望は、ところかまわず、思索家たち——T・H・ハックスリーやハーバート・スペンサー、フランシス・ゴールトン、W・K・クリフォード、G・H・ルイス、フレデリック・ハリソンらのような科学者、哲学者、国際法学者——に対して、混乱した宗教の主観論を捨てさせ、科学の厳密な客観性を選ばせる呼びかけに正当性があることを証明した。そしてこの科学の勝利と展望は、科学的思考や制度によって与えられるものであって、そこには私たちの自然界理解に将来劇的な進歩がもたらされることが期待されていた。一八五〇年代に出されたスペンサーの数々の出版物は、その後四〇年間にわたって続き、その間にかたち作られた進化に関する理論が世に出るための重要な素地となった。けれども、もっともなことではあるが、その進化論に関する議論全体は、『種の起源』(一八五九年)の出版の成功により、勢いがついたのであった。

正統信仰派の人々はすぐに、道徳律反対主義について用いる言い方で言うと、通例混乱と誤謬の権力集団と見なされていたものに対して、論争をすべく立ち上がった。(3)しかし、科学者や彼らの支持者たちのその攻撃的な主張は、同様に、学者たちや思想家たちのあいだにも二次的な反応を引き起こした。学者たちは、知的にも感情的にもキリスト教徒であり続けることはできなかったが、人間の意思や熱意が無意味なものだとされる宇宙を容認することができず、容認するつもりもなかった。したがって、この後者のグループは、宗教的に正統派と呼ばれるグループよりは一層実質的に、自然主義者たちが宣言した挑戦を取り上げた。そして一世代の期間にわたって（一八八〇―一九一〇）、倫理学や心理学、科学哲学の領域で、知識人の心や精神を捉えようと自然主義者たちと争った。反自然主義者たちを導いたのは、ヘンリー・シジウィック、アルフレッド・ラッセル・ウォーレス、F・W・H・マイヤーズ、ジョージ・ローマーネズ、サミュエル・バトラー、そしてジェイムズ・ウォードらであった。この長い議論を詳しく述べずとも、重要なのは、それらのうちの二人、ジョージ・ローマーネズとジェイムズ・ウォードが、トリニティ・カレッジの特別研究員（フェロー）であったことである。[4]

トリニティ・カレッジでの予期せぬ出来事と、フェローの地位をもたらした学術的な成功、およびその結果生まれたいくつかの友情とによって、若き日のフレイザーは、知識界の戦場のさなかに置かれることになった。進化論という観点から再評価され、改めて白日のもとにさらされた、これらの永久に終わらない問題について非常に鋭い攻撃が両派から開始されたとき、彼は「物を書く状態」にあった。それらの問題とは以下のようなものであった。経験主義は、人類が現在発見した闇を照らすために、宗教の光よりも明るく、もっと頼りになる光を身に付けていたのか。直観を避け、ただ客観的な区分のみを用いる進化論的倫理学は存在し得たのか。目的というものは、人間や自然の生活の何らかの側面に正当に帰属するものなのであろうか。もしくは道徳的な進歩を望むことは、空虚な夢であったのだろうか。観念連合心理学は、心の動きを正確に表していたのであろうか。もしくは、それは心の内にある真実の複雑さを、認めがたいほど根本から単純化しただけのものだったのだろうか。

それらの問題に対して両派が示した答えは、現在すたれてしまっている。生物学における遺伝メカニズムとしての生殖細胞質の発見、心理学における無意識の概念の探究、そして、今世紀の哲学におけるより重要な方法論的厳密さや言語学的分析に向けての方向転換によって、彼らの疑問はもはや私たちにとって有効なものではないことをすっかり意味することになった。しかしながらその論争は、単なる歴史上の関心事にとどまるものではない。というのも、それは、のちに同じような知的な衝突が起こることを前もって示していたからである。さらに言えば、この論争は大きな人間的関心をひきつける。なぜならば、人生の十分な導き手たりうる宗教が、致命的な打撃を受けたという点で両派が同意したことにより、その論争を記した出版物は、真剣で高潔な男たちの一連の努力の記録となったからである。彼らは、意味のないと見える世界でどのように生きるべきかを明らかにした。このような時代背景を鑑みて、フレイザーの成功と失敗の記録を理解し、評価すべきなのである。

この知識界において演じられていたすべての劇が、どのように一八八〇年の若きジェイムズ・ジョージ・フレイザーに影響を与えたかを語るのは難しい。たとえ彼の教師、友人、仲間のうちの幾人かがそのなかの主役級の俳優であったとしても、フレイザーは脇役でしかなく、主役に駆け上がる野望ももっていなかった。フレイザーは優秀な学生ではあったけれども、大学を出る前にすでに社会的な出世が約束されているような学部学生たちの一員ではなかった。彼はそのときには、注目を浴びていた一連の問題に対して自分の意見をもっていたが、この大いなる哲学的な論争に、公にはけっして参加しなかった。またフレイザーは、トリニティ・カレッジのフェローという名誉ある立場を、彼自身や彼の意見を世に送り出すための踏み台として使おうとはけっして考えなかった。

学者のなかでもっとも頑固な人でさえ、崇高で学術的な種類のものではあっても、野望というものをもつものである。八〇年代の初頭、フレイザーは、心血を注げるような知的な計画（必然的に古典学の範囲に収まるものであった。というのも、古典学はフレイザーがその頃知っていたすべてであったからである）を探し求めていた。彼もまたそれが成功した暁には名を成せるだろうと考えていたと想像したにしても、そこにさもしい動機を読み込むことはできない。私たちはすでに、彼の好みや興味が尋常でなく幅広いことに注目してきた。また、フレイザーの知的形成を助けたケンブリッジ大学の人々をもっと詳細に観察してみると、一人として言語学者はいなかったという事実から、彼がすでに古典学研究の範囲の中では満足できないほどに成長していたと思われる。というのも、フレイザーの時代のケンブリッジ大学では、事実上、古典学研究は原典《テキスト》の編集と同意義であると解釈されていたからである。その状況の背後にいた教師たち、いまや同僚であり友人である人々は、より大きな、より強い嵐のような風が吹きすさぶ知的世界の住人であった。そして彼らは、独立した知的研究に参加しようとする若い人間を魅了する人物となることもあれば、時に反感を買う人物となることもあった。前者のグループのうちもっとも重要な人物は、ヘンリー・ジャクソン、ジェイムズ・ウォード、そしてウィリアム・ロバートソン・スミスらであった。後者のグループは、ハーバート・スペンサー、E・B・タイラー、ハインリッヒ・ハイネ、そしてエルネスト・ルナンらであった。

二つのグループのうち、より重要であったのは最初のグループであった。なぜならば彼らは、輝かしく野心に溢れたその若い大学卒業生に、個人的な模範として影響を与えたからである。フレイザーがそれらの人々に会った順番は、年代順に明らかである。フレイザーは学部学生としてジャクソンの講義を聞き、スペンサーを大量に読んだ。彼はまた、学部学生であったあいだにウォードに出会った。フレイザーが一八七九年にフェローの地位を勝ち取ってのち、フレイザーとウォードの友情は育まれていった。一八八四年初頭に、スミスはトリニティ・カレッジに来た。そしてフレイザーは彼の魅力のとりこになった。フレイザーは一八七八年にハイネを読んだ。しかし次章で明らかになる理由で、ハイネはスミスが強い関心をもっていたことにより、より一層理解できるようになった。『金枝篇』に取り掛かろうとした八〇年代の中頃に、フレイザーは最後にルナンに辿りついたようだ。したがって、このような順序で彼らについて述べていくことは、理にかなっていよう。

トリニティの古代哲学の学寮評議員で、のちにカレッジの副学長、そしてメリット勲章受章者の一員にもなったヘンリー・ジャクソンは、一九世紀後半のイギリスにおいて、プラトン研究者のリーダー的存在であった。同じくらい重要なことだが、ジャクソンはその半世紀の大半、カレッジ社会の中心的存在であった。[5] ジャクソンがフェローの地位を得た一八六四年から副学寮長であった第一次世界大戦中を通して、彼の部屋のドアは、夕方にはいつも、入ってくるすべての人に向けて開かれていた。多くの談話から、それらの年月のあいだ、トリニティでの生活にとって、ジャクソンの夕べの集いが重要であったことが証明されている。フレイザーの手紙からも、彼がジャクソンの寛大さを分かち合い、その年取った男を確かな友人と思っていたことが分かる。個人的に問題が発生したときには、[6] ジャクソンに打ち明けさえした、とフレイザーは記している。ジャクソンは学生をずっと歓待し続け、快く、カレッジや大学における学問上や運営上の改革のため熱心に働いた。その結果、彼は、一生を通じて計画していたプラトンについての本を、一度も書くに至らなかった。したがって、彼の学者としての研究成果は、つまるところ、プラトンの後期のイデア論、つまりプラトンがそれぞれ異なる対話形式で考察を加えたイデア論について論じた、一連の七つの長い論文だけである。それは一八八二年から一八九七年まで、『哲学雑誌』に掲載されていた。ジャクソンの学問的な関心事と出版物における考え方を見てみると、フレイザーがフェロー応募論文として提出した一八七九年の学術論文の題名と議論は、ジャクソンの弟子としての立場からの行動と見るべきであろう。フレイザーの小論文は、ジャクソンの初期の論文に明らかに表れている考えと、フレイザーが聴講したことがある一八七〇年代中期のジャクソンの講義に見られる考えとを、発展させたものにすぎない。

ジャクソンは、非常に幅広く知的な教養をもった人間であった。人類学に着手したフレイザーは、ジャクソンもまた人類学に興味をもち学識があることに気づいた。ジャクソンはおそらく、プラトン哲学の認識論についての彼自身の研究から、その主題に引き寄せられていた。プラトン的な認識により、ジャクソンは人間の精神の発展についての一般的な疑問を考察する道に導かれたのであろう。いずれにせよ、私たちは伝記から、ジャクソンがマクレナンによるトーテム崇拝についての研究に関心をもった初期読者のうちの一人であり、彼が「民間伝承と未開世界の習慣の比較研究について、(中略)情熱的とはいえなくとも、ひたむきに、夢中になっていた。彼はマクレナン、ロバートソン・スミス、タイラー、サー・ジェイムズ・フレイザーらの研究を、熱中して追っていった」ということを知ることができる。[7]フレイザーが『金枝篇』の執筆に集中する生活を送る年月のあいだ、ジャクソンは、この人類学についての知識と興味があったおかげで、フレイザーの思考の共鳴板のような役割を果たし、この若者を実際に助けることができた。
最初の指導教官であり友人でもある人がイデア論哲学者であったとしたならば、二人目は理想主義心理学者であった。道徳哲学と論理学の教授で、ジャクソンとちょうど同世代のジェイムズ・ウォード（一八四三―一九二五）は、四五年の長きにわたってフレイザーの友人であった。[8] 古典学研究者であった友人フレイザーに『未開文化』の価値に注目するよう提言したのはウォードであった。一八八三年にウォードとフレイザーは、一緒にスペインに旅行した。ウォードは多くのことに関心があり、（ジャクソンやロバートソン・スミスのように）、この若者に、古典学や人類学さえ超越する発想を教えた人物であった。私たちは、ウォードがフレイザーと親しかった数少ない人物のうちの一人であり、二人の知的な交流は深く、長く続いたことを知っている。一九一一年、フレイザーは、友人ウォードについて「ずっと以前から、たいてい週に一度は、私は彼と散歩し、地上と天上にあるすべてのことについて話し合った」と書いている。[9]
今日、ウォードは、ほとんど忘れられている。ウォードが活躍した時代（一八八五―一九一四）は、彼は英語圏では最初の心理学者のうちの一人であった。他の著名なヴィクトリア朝時代の知識人たちと同じように、彼は福音主義に傾倒している宗教色の濃い（そして経済的には困窮していた）家庭で成長し、青年時代から牧師になるよう定められていた。

彼は組合教会制派の大学で神学を学んだ。けれども、ある友人が神学と哲学を学ぶために一八六九年にドイツに行くにあたり、ウォードは預金をすべて解約し、その旅に同行した。ベルリンとゲッティンゲンで吸収したヘーゲル哲学は、ウォードの宗教的、哲学的な気質に対して衝撃を与えた。その衝撃により、ウォードは若い頃から信じていた信仰に疑念を抱くようになった。その結果、イギリスへ帰り、ケンブリッジの地元の非国教会の教会に牧師候補者として派遣されることになったが、一年もたたないうちに、ウォードの洞察力や疑念は、彼と彼の保守的な信者の両方に対して、彼が地域の仕事に合わないということを実証してしまった。

この点では、ウォードの人生は『日陰者ジュード』の主人公に、幾分か似てくることとなる。石造りの大学の外壁に向かって働くこと以上にはその大学オックスフォードに近づくことができなかった学問を愛する石工、ジュード・フォーリーのように、ウォードは、その体こそケンブリッジに佇んでいたけれども、非国教徒の空虚な世界に生きているだけであった。そして、ウォードの心は大学からはるかに離れているようであった。ウォードの心のなかで混乱が急速に、そして秘めておくには大きすぎるほど育ったとき、友人たちは、学問の世界で天職を全うするよう彼を励ました。しかしながら、ハーディの小説の主人公とは異なり、ウォードはそのときにいくばくかの幸運を掴んだ。彼は（二九歳のときに）、学寮に属さない学生としてケンブリッジ大学に入学を認められた。そして一八七三年には、先頃設立された道徳科学研究の講座を拡大させ、その地位を向上させた功労により、大学の改革者に贈られる努力賞の受領者となった。ウォードは、トリニティ・カレッジが設けたその研究課題により奨学金を勝ち取り、そしてフレイザーのように、彼が以後決して離れなかったトリニティの一員に加わった。というのも、一八七五年に、ケンブリッジ大学でついに認可された道徳科学講座の最初のフェローに選出されたからである。彼の「生理学と心理学の関係」についての学術論文は、イギリスにおける精神生理学の調査についてのもっとも初期の研究論文の一つであった。それは当時、ドイツで、フェヒナーや他の研究者によって行われていたものであった。実験室の科学者ではなかったウォードは、哲学と切り離せないほど密接に結びついていた古い時代の理論心理学の、イギリスにおける最後の偉大な専門家であった。哲学者、そして心理学者として、ウォードと一八八〇年のフレイザーは、人文学的で哲学的な同じ言語を使い、話していた。

ウォードの主な関心――ここではフレイザーにとってもとりわけ重要なことであるが――は認識論であった。イギリスで認識論は、一九世紀を通して、感覚論的で経験論的な傾向にあった。これは、ロックから始まり、ディヴィッド・ハートリー、ジョン・スチュアート・ミル、そしてミルの弟子ベインに続く思考の系譜である。その一派は、精神とは、本質的に、連想と習慣の装置が作用して、精神（感覚器官）上で衝突する刺激から世界の像を受け取る、受動的な媒介である、と断言した。内省と、ドイツで育まれてきた彼の性質の理想主義的な衝動から、ウォードは、この観点は大いに間違ったものであると信じていた。そして彼は（F・H・ブラッドリーと協力して）、『ブリタニカ大百科事典』（一八八五）の第九版の、「心理学」についての独創性に富んだ記事のなかで、当時君臨していた感覚論に対して最初の重大な攻撃を加えた。

この記事で、ウォードは、精神というものはまったく受動的なものではなくて、みずからが受け取る世界を構築する（単に記録するだけではない）ように、ものごとを構成し解釈をする機能をもつものである、と論じた。さらに言えば、少なくとも機械的な過程をもつと見なされる連想というものは、より高次の精神機能と呼ばれるものを語るには、ましていわんや説明するには、完全に不適当であると論じた。当時のフレイザーは、認識論に関しては「ウォード的」ではなかった。というのも、精神機能についての議論で、フレイザーは、少なくとも未開の人間のあいだには、ある種の観念連合主義が成り立つと常に想定していたからである。むしろフレイザーは、精神の本質的な機能は認識論にもとづいたものであり、未開の人間にとっての世界（現代人にとっての世界と同様）は、本質的に、彼らの私心のない好奇心が解き明かすことのできる一連の問題で構成されていると想定していた。その点でフレイザーは観念連合主義者（そしてタイラー）に完全に同意していた。重要なのは、フレイザーが、トリニティの「くつろいだ雰囲気のなかで」、研究の中核となる問題に命を懸けて興味を抱く、ウォードやジャクソンのような人物に出会ったということである。彼らの長く続いた知的な交流も、フレイザーに、目に見えるような変化を何ももたらさなかったという事実から、フレイザーがいかに早くいかに深く、自分自身の学問上の位置を確立していたかが、推察できるだろう。

ハーバート・スペンサーは、フレイザーが一八八五年の人類学協会の学会で研究論文を発表して知識人世界の中に第一歩を踏み出したとき、その発表を聴いた聴衆の一人であったが、その二人のあいだには個人的な関係は何もなかった。当時、ジャクソンやウォードといった人々とは異なって、スペンサーがフレイザーに与えた影響は明らかだった。スペンサーは七〇年代のイギリスの哲学界におけるもっとも有力な存在として、確実に、ミルに取って代わっていた。しかしながら、フレイザーの精神は、スペンサーとは、性質がかなり異なっていた。そしてそれゆえフレイザーは、学生時代にスペンサーに強烈な印象を受けていたにもかかわらず、結局、その老人から多くは学ばなかった。スペンサーが考えたものであるか、彼自身が考えついたものの一つであるかにかかわらず、フレイザーは、統合哲学はあまり好まなかった[10]。

フレイザーとスペンサーのあいだには必然的に、人柄や、受けた教育、そして方法論において多くの相違点が存在する。前者は大学の学者で、純文学的な傾向のある古典学学者であった。後者は、主に独学で、エンジニアとして訓練を受けており、反文学的であった。かつてスペンサーは、一八五〇年代に統合哲学の大筋を思いつき、その概略をまとめるとき、タイミングよくその時期に入ってきた遺産を使い、助手を雇った。助手たちはスペンサーの指示のもと、文献を読み、統合哲学の推論を立証するのに役立ちそうで、関連があると考えられる事実を抜粋した。一方、フレイザーは、友人たちやトリニティでの指導者たち、あるいはスペンサーのようなかつての英雄たちによっても、根本が変えられることはなかったけれども、本質的に、推論をする思索家ではなかった。推論を例証するために何よりもまず事実を使うスペンサーとはちがって、山のように積み重なる事実に対するフレイザーの態度は、謙虚なものであった。フレイザーは常に、新しい情報がもたらした観点で、自分の精神を変えたいと望んでいた。スペンサーは理論家であったが、フレイザーはそうではなかった。フレイザーは、自身の理論と思索はすべて一時的なものであり、よりよいものによって置き換えられるべきである、と認めていた。そして、彼は、自分の研究がデータの貯蔵庫として残ることを望んでいた[11]。

幸運にも、フレイザーがとった哲学的な立場への洞察が示されている、この時代の未出版の文書が残っている。そこには彼の知的な苦痛（したがって彼のスペンサー観に関しても重要である）が明らかにされている。もっと重要なのは、その文書は、フレイザーが私的に使用するつもりであったものなので、彼の思考の声を立ち聞きする機会を私たちに与えてくれるということである。この一連の抽象的な資料とメモは、フレイザーの著書には珍しく個人的な覚え書きの性質さえ帯びている。そこには、無駄に終わったが、学術的な哲学界での地位を確立したいというフレイザーの希望が見て取れる。

一八八〇年の四月六日、新しくトリニティ・カレッジのフェローになった二六歳のフレイザーは、研究ノートに日付を書き、それに「哲学」というラベルを貼った。[12] このノートは、水泡に帰してしまったすべての努力の残骸である。そのノートは哲学――とくに、倫理学と科学哲学における独自の研究について書かれていた。そのノートに刺激されて生まれたのは、おそらく、前述の年に完成したプラトンについての学術論文であろう。どれくらいのあいだフレイザーがそのノートに取り組み続けていたのか見当がつかない。その記事の筆跡が目立って変化していることから、かなり長い時間をかけて組み立てられたものであるということが分かる。そのノートは、このように、フレイザーの哲学的な大志が死んで終わったことも記録してはいるけれども、彼が知的に発展していく過程を見る上で、はかりしれないほど貴重な指標でもある。そしてそれは、彼の円熟した研究を特徴付けている考えが、どれほどはるか昔にさかのぼれるものであるかを、私たちに見せてくれる。そこから、「哲学」と「科学」が、八〇年代から研究を始めた、伝統的な教育を受けたスコットランド人の若者にとって、どのように見えたかが推察できるだろう。

先に言ってしまうと、そのノートは少なくとも四つの理由で価値がある。(1)フレイザーがいまだにテーマと手順を探しているということが分かる。(2)ノートからは、フレイザーがすでにプラトンに評価を下し、彼には欠けているものがあるのを発見し、フレイザーのもうひとりの初期の指導者、スペンサーにも同じことを行っていることが分かる。(3)その哲学的な内容からは、フレイザーの天賦の才能も、分析に関する情熱も見出せない。そのことは、フレイザーが一八八四年に、新しくて、しかも「哲学的な」主題を人類学のなかに発見したときに、なぜ哲学をいとも簡単に黙って諦めたのかという理由を説明しているのだろう。そして(4)少なくとも、ノートの一つの記事は、フレイザーが個人的な混乱や問題点を抱えていたことを示唆している。彼の未来への漠然とした自信のなさを考えると、それは特別驚くべきものではない。

そのノートのなかには、タイプライターで打たれた、全部で二〇ページにのぼる、九つの記載事項がある。そのうちのいくつかは事実上の小論文である。ゆったりとした流れるような筆跡で書かれており、補足説明がつけられ、詳しく述べられている。その他の記載事項は、明らかに震えた筆跡で書かれており、わずかなパラグラフからなっている。それらはページに残っている余白に合わせて押し込められたかのようである。最初の一篇（小さいものだが完全な小論文）は、八ページ書かれており、二篇目（しだいに少なくなってメモのような断片）は五ページ半ある。残りの七つの記載事項は、長さが二ページから一行まで の、走り書きである。したがって次に述べるのは、主に、最初の二つの記載事項に関するものである。

フレイザーの頭を占めていたのは、主に次の二つの疑問である。(1)人間の慣習についての分析は、どの程度にまで、それらを生み出した人間精神の研究に当てはめることができるのか。そして、⑵現在、科学哲学、心理学、社会学、人類学と呼ばれる諸学問のあいだの本質的・方法論的な相互関係はどうなっているのか（この問題に取り組んだ主な思想家は、コント、スペンサー、ウィリアム・ヒューエルとJ・S・ミルらである）。

フレイザーは、ノートの最初のエッセイを、一部は、スペンサーからの独立宣言にも等しい信条をもって書き始めた。というのも、スペンサーは少なくとも『心理学の原理』の第一版（一八五五）においては、現象を超えた「究極存在」と称するものの存在を断言して、理神論に似たような立場をとっていたが、じつのところ、他の研究書と同じく、『心理学』においては、自然主義者、物質主義者、集産主義者、そして社会学者としての立場から書いていた。一方、フレイザーは、疑いもなく自然主義者であったが、最初から理想主義者、個人主義者であり、心理学者的な傾向があった。それゆえ、学部学生時代にスペンサー理論を、少々吸収したが、それは、三〇年間にわたって毎週続けられたウォードとの会話と同様に、フレイザーを変えることはなかった。したがって、この小論文の始まりのパラグラフでは、スペンサーが考える物質主義であろうと、他のどの学者が唱える物質主義であろうと、物質主義が明らかに否定されている。そこでフレイザーは、（「学問の唯一可能な対象は、〔人間〕自身の精神の働きである。それゆえ、自然科学は精神の科学である」と記し）、大胆にも物理学を心理学へ合体させると断言した。

フレイザーは、ミルのように、科学がもつ疑いようのない明瞭さと直観のもつ曖昧さとを入れ替えようとはしなかった。そして、ミルのように、彼は、多くのことを詳しく知ろうとはせずに、科学について書こうとした（フレイザーは自分の準備の乏しさを認めており、数学と科学を勉強しようと決心していた。――もっとも彼はその決意に従って行動はしなかったが）。彼は、適切な認識論的基盤を欠いた哲学はすべて捨てるために、現代的な科学心理学（彼は観念連合説を意味している）のデータを使おうと提唱している。フレイザーは、多くのヴィクトリア朝時代の文化評論家たち（例えばカーライルのような）の一員ではなかった。彼らは、形而上学の結果として生じる空虚に耐えがたく、一度は前の扉から若い頃の宗教を追い出しておきながら、ふたたび後の扉から、その宗教を取り入れたのだ。その当時、知識を習得するもっとも重要で正当な手段としての理性と科学を拒否する人が増え続けていたが、フレイザーはそのような人々とも一線を画した。有神論に対する彼の異議申し立てがどのようなものだったかということを正確に知るのは不可能である。というのも、彼はけっしてその異議を、このノートのようなごく私的な場所においてでさえ、明らかにはしなかったからである。しかし、このノートとそしてこれ以降の文章のなかで述べられている、物質主義に対するフレイザーの反対意見を見落とすことはあり得ないのである。

しばしば注目されてきたことだが[13]、大まかに言えば実証哲学と呼ばれるイギリスの社会思想の主流は、その起源や手法や特徴が、個人主義的で心理学的である。一七世紀には、教養のある少数の人間にのみ個人の人生と社会的な自由が許されている、という状況に対する分析が始まった。より古いキリスト教では、この世界と次の世界に階層関係が存在する、とされていた。しかし、実証哲学の伝統により、この世界は、この世にただ一人自分だけで、自分のために生きている個人の集合体であるという考え方がしだいにキリスト教の考えに取って代わるようになった。その個人は、神に染み込まされた良心と、神の力で植えつけられた理性によってのみ導かれている。個人個人が、自分自身が理解する自分の関心、あるいは関心事のために単独で動いているのに、そのようなばらばらに分かれた個人の集合体が、なぜ社会に混沌をもたらさないかという、その明らかな疑問に対する答えは、ロックによって与えられた。そして、伝統的な経済学者たちが表面上は一分のすきもない科学的な方法で、それを補強した。――個人の関心事が自然に一致し、同一化することについての「法」であって、それによって個々人の努力は、すべての美徳に有益に適応させられるものである、という考え方である。そのような理論は、それが社会と経済の相互作用を、個人の動機にまで還元させるがゆえ、活性化してきたのであった。そしてそのときその動機は、理性による自己反省という便利な手段によって調べることができたのであった。体系的に整理された現象を理解することは、したがって、個人の心理を理解する研究に依存していた。一八世紀の哲学の中心話題は、もちろん人間性の探究である。その探求とは、感情が理性や意思によって変えられ、最終的には制御される、複雑な方法のことであった。

ジョン・スチュアート・ミルは、一九世紀の後半のイギリスのすべての思想は、ベンサムかコールリッジのどちらかの知的な子孫が導いてきた、と指摘した[14]。フレイザーは、まぎれもなくベンサムの線上に連なる。ベンサムは、すべての人間の行動原理には功利主義があると分析し、その功利主義が道徳に還元できるとした。ベンサム、そして彼の後のJ・S・ミルは、ルネサンスへとさかのぼって研究し、人間はみずからが支配して、支配することができた世界に生きていたと論じた。なぜならば、既知の心理学的特質を授けられた個人として、人間たちが作ってきたものこそが世界であるからである。結果に対して動機が、そして事象に対して意思が卓越するものであるという前提は、二〇世紀まで続くイギリスの哲学的構想における一つのテーマとして、深く強く浸透していった。そしてフレイザーは、ここでは、教養のある人間によって支えられている信条にのみ同意している。

このノートの最初に書かれている論を見ると、ジャクソンと共にトリニティ・カレッジで過ごした学部生時代において、フレイザーが、一方では、一九世紀のスコットランド哲学の遺産であった心理学的で理想主義的な傾向を知り、他方では、ケンブリッジで猛烈に読んだスペンサーの強力な科学的自然主義的挑戦を知って、その二つのあいだに知的に折り合う論点を探していた、と指摘するのは理に叶ったことのように思われる。スコットランドの心理学者と道徳哲学者の優れた系譜に連なる、最後の流浪者であるヴィーチは、疑いようもなく、その若者に、認識論の重要性と認識論的な視野を示した最初の人物であった。認識論は、福音主義的な家庭で子ども時代に受けた教育の結果、育まれた人間の良心を綿密に考察する性質を帯びるゆえに、フレイザーを引き付けたのだろう。

もし、その若きフレイザーに、そのような精神的で哲学的な傾向を認めるとするならば、プラトン（そしてヘンリー・ジャクソン）の手法や実例の価値を考えなければならない。ジャクソンはプラトンを、思想史上のすばらしいエピソードとしてではなく、人が自分自身の人生を発見することさえできる、生命ある哲学者として詳しく説明した。ジャクソンに知的な才能があり、そして彼が一八七〇年代を通して大学で社会的に高く評価されていたことにより、プラトンの研究はフレイザーのような真面目な古典学の学部学生にとって、特別に魅力のあるものと感じられたことであろう。

しかしながら、プラトンを勉強していたのと同じ時期に、フレイザーはまた同時代の哲学者たちについても研究していた。というのも、そのノートから分かるように、フレイザーはいまだ、自分は彼らの同輩となるべき一人の志願者であると心に描いていたからである。イギリスでの同時代の哲学者とは、その時代にはスペンサーを意味していた。フレイザーよりも哲学の素養があった多くの人々は、スペンサーに打ちのめされていた。

より印象深い事実がある。スペンサーの同時代人たちは、すべての（科学的な）知識が統合された意見を示すスペンサーの主張に眩惑されていた。もちろんコントやJ・S・ミルも似たような研究方法を提示していた。しかしコントは、自分の意見を曲げず抽象的な次元にとどまった。一方、例を挙げて証明したミルは、スペンサーが行ったように、みずからの特徴のある手法だけではなくて、みずからの研究全体についての卓越した特徴を備えるというような、豊富な実例を提示することができなかった。

加えて、フレイザーが受けた古典学的な鍛錬は、どんな主題に対しても、忍耐強く詳細に情報を蓄積して取り組もうとする傾向を強めた。古典学者は常に、学問上の何らかの疑問を口にする資格を得るには、すべての一次資料と主要な二次資料を管理下におく必要がある、ということを当然としてきた。それゆえ、スペンサーや他の研究者から、目的に応じた事実や例証するための事実を、フレイザーが自分の好み（あるいは、執着）で選び出すことは不要であったのである。[15]

フレイザーとスペンサーとの特有のつながりは、スペンサーがとくに関心をもっていた、一方の自然科学（生物学）と他方の社会科学（社会学）・心理学との関係に見られる。その種の情報を統合する力が、精神や身体や社会のあいだにある関係に向けられたとき、読者がフレイザーの素性や関心事に、深い興味を抱くようになるのは確実だろう。したがって、フレイザーは、すべての社会科学者と同じように、ある程度、一般的な概念をスペンサーから借りている。例えば、社会や社会的組織とは複雑な進化過程をへて生まれたものと見る見方。また、進化論の発展の指標として差異化を重視する見方。心理学を社会的慣習と関係があるものとして心理学研究の必要性を主張する見方。社会心理学的な現象を体系的に組織化されたもの、さまざまな機能を果たすものと見なす必要性の主張、などである。しかし、このスペンサーに対する全面的負債は、スペンサーのすべての同時代人に共通しており、かつては社会科学の理論と実践の両面にわたり深く浸透していたものであったが、この負債を超えたところに、何かもっと重要なものがある。フレイザーは、哲学的思考の面で独立して成熟するためには、スペンサーを一度は受け入れなければならなかったのだ。スペンサーへの同化とその拒絶の過程の一部が、私たちの前にあるノートで演じられている。そのような入り組んだスペンサーからの脱却は、明らかにそのノートが書かれた数週間や数か月では完結しないことを、それは語っている。しかし、明らかなことであるが、そのノートは、フレイザーの立場に対する指標というだけでなく、一八八〇年代のイギリスの思想的「風潮のなかで」科学についての広く行きわたっている観念に対する指標としても貴重なものである。

ノートにある最初のエッセイは、フレイザーが（理想主義の変異と呼ばれる）主観的、もしくは認識論的な理想主義について率直に主張しているが、それ以上に、フレイザーの哲学的な土台が人類学的な研究を妨げていないと見出せる点で、もっとも重要である。このノートからは、フレイザーの後期の主題は、彼がすでにもっていた考えを完全に変えることを求めず、また変えるように強いられることもなかった、ということがはっきりと分かる。原始的な形而上学についてのフレイザーの考えは、彼自身の形而上学とは完全に同性質のものであり、また、その形而上学を発展させただけのものでもあった。未開人たちは、素朴ではあったが、世界は自分たち自身のものであろうと神々のものであろうと、完全に精神から引き出されたものである、と信じていた。その点で、未開人たちはフレイザーと同意を見ていた――「言い換えると、人が、外の世界を構成していると見なしてきた諸現象について、それらの多くの現象の原因は、外の世界ではなく精神に属するものであることが理解されていた」。したがって、進化論の時代になると、ある種族が未熟であった時代と今日の成熟した時代のあいだに存在する進化の段階を追うために、原始文化研究に対してヨーロッパの紳士的学者がとるべき適切な取り組み方は、心理学的なものである、という考えが出てくる。つまり（フレイザーの表現を採用すると）科学と形而上学という長いあいだ二つに分かたれていた姉妹が出会ってふたたびキスをしたので、社会と制度の起源について正しく研究するには、歴史的観点から認識論的観点へと焦点を移さなければならないということなのである。社会学は、徹底して再検討されて思想の起源に発展したものとなった。

現在では、私たちの感覚の大部分は、外部の物理的なわずかな法則を参照する科学によって説明されている。しかし、それらの物理的法則自体が、物理的法則で説明している感覚と同じで、かつ感覚にほかならないものであると認められたときには、ついにはその環は完全となるだろう。すべての感覚は、他の感覚、おそらく一つの感情についての感覚に照らし合わせて説明され得るのだろう。長いあいだ分かたれ、争ってきた姉妹である科学と形而上学は、出逢い、キスをしたのだろう。

しかし、思想の起源と発展は、解剖学と生理学によって根本的に制限されている。それらは頭蓋骨のなかで生まれるものであり、歴史のなかに生まれるものではない。また、個人個人のあいだに生じるものであり、文化のなかに生じるものではない。したがって、すべての人間の精神は基本的には似通っていると述べることは小さな一歩である。そして、精神の発展は、環境や文化によって根本的に影響されることはなく、進化の展開を支配する固有の心理学的な法則にただ単に従うものであるから、どこでも同じである、と述べることは、まさしくもう一つの、ややもっと大きな一歩である。

知的なもしくは心理学的な出来事を説明しようと試みるときによくあることであるが、単独ならばおそらく差し支えないが、集まったときには混乱し衝突し合う、数多くの正当な根拠が一堂に会することがある。これは心理学者が「多重決定」と呼ぶものである。この場合、フレイザー自身が考える心理学が必要とするものや彼の心理学的な傾向がどんなものであれ、イギリスの思想史に慣れ親しんだ人は、すぐに理解するであろう。彼の一八八〇年のノートに記されていた主題は——認識論的な理想主義、人間の精神的均一性という前提、歴史に対する無関心——すべて風変わりなものであったというよりは、典型的で、長く続く有名な系譜にのっとるものであった、と。それらは、スコットランドの啓蒙運動が生み出したものであった。とくに、ファーガソン、ヒューム、アダム・スミス、そしてデューゴルド・スチュアートといった、スコットランドの推論的心理学者や哲学者の一派が思い起こされる。

フレイザーの時代のスコットランドは、前世紀の偉大な人々の作品に誇りをもっていて、現にそれらの人々の多くの作品を生み出していた。もしその著作が、父親の書庫になかったならば、まさしくグラスゴーの大学に行けばよかった——おそらくジョン・ヴィーチという人物にふたたび直《じか》に接すればよかった——そこでフレイザーは、スコットランドの推測にもとづく歴史家と呼ばれる人々の思想をよく知ることができたのだ。ヴィーチはウィリアム・ハミルトン卿の伝記作家で、遅ればせながらその学派（そして彼自身がデューゴルド・スチュアートの編集者であった）の、最後の代表的人物であった。したがってスコットランドの思想の歴史や発展に深く精通している、と指摘されており、ヴィーチがフレイザーの知識の源であった可能性は高い。ここに、アダム・スミスの『言語起源論』（一七六一）について話しているスチュアートの言葉がある。しかし、スチュアートの論評は、実質的には、人間性とその歴史に関してスコットランドの思想家たちの皆が提示した仮説や方法にあてはまるものであろう。

私たちが今生きているような社会の一時代において、自分たちの知的な才能、意見、風習、制度と、未開人のあいだで普及しているそれらとを比べたときに、どのような段階を徐々に踏んで変遷してきたかという、興味深い疑問が湧かざるを得ない。（中略）これらの主題の大部分についての情報は歴史からはほんのわずかしか得られない。というのも、人間が自分たちの交流を記録しようと考え始める、そうした社会上の段階に至るずっと以前から、人間の進歩におけるもっとも重要な段階の多くはかたち作られているからである。おそらく、わずかな断片的な事実のみが、未開の国々を見てきた旅行者たちの偶然残した記録から集められているのであろう。しかし、明らかなことであるが、人間の進歩についての規則的に関連付けられた細部に取り組むという この方法では何も得られない。直接的な証拠が不足しているので、推測によって場所や事実を補う必要があるのだ。そして、どのように人間が、特定の状況で実際に自分たちを導いてきたのか確かめるのが不可能だったとき、どのような方法で人間が進んできたのか考える必要がある。（中略）そのような疑問について、旅や航海をすると得られる事実は、断片的なものだが、私たちが思索をする際に指標としての働きをしてくれるものである。そして、時折、私たちの先験的な結論は、一見したところ疑わしいものか信用できるものか分からない事実についての確実性を決定してくれることがあるのだ。(中略)物質世界の現象を検証する際と同様に、人間の歴史を検証する際に、出来事が「実際に生み出された」過程の跡を辿れないときには、それが自然の原因によって「生み出されてきているかもしれない」ありようを推定することは、時には重要である。(中略)私たちの言語では適当な名前がない、この種の哲学的な研究に対して、「理論的、もしくは推測的歴史」という名を与えても許されるであろう。この表現は〔『宗教の自然史』で〕ヒューム氏が用いた「自然史」というものと、そしてフランス人の作家たちが「合理的歴史」と呼んだものと、意味がかなり一致している。(中略)〔スチュアートは、そのときにこの手法の専門家として、モンテスキューの例を取り上げている〕。したがって、モンテスキューが、ローマ法学を副次的に解明する際に、学者たちや古物研究家たちの学識のあいだでうろたえたりしないで、地球上のもっとも遠く、関係のまったくない地域から知識を借りてきて、そして、読み書きできない旅行者や航海士が偶然つけた記録を結び付けて、歴史や風習についての哲学的な解説を作り上げる姿を、私たちはしばしば目撃することができる[16]。

スチュアートが「地球上のもっとも遠く、関係のまったくない地域から知識を借りてくる」と呼んだモンテスキューの方法論は、オーギュスト・コントののち、「比較研究法」

となった。今や、比較研究法は、一九世紀の――解剖学や言語学における――最初の偉大な科学の大勝利の要因となっている。しかし、それらの二つの分野においては、何が比較されるべきであるのか、比較によりどのような種類の推論が合理的に抽出されるのか、という点での合意はすでにその初期になされていた。しかし比較研究法が大々的に使われることになった（そしてフレイザーは、唯一人のもっとも熱心な専門家であった）人類学のような社会科学の場合では、これまでにそのような合意には至らなかった。そのかわりに、タイラーやフレイザーのような作家は、私たちの観点からみるとそれぞれの関係がいくらよくても希薄であるとしかいえない多様な種類の民族学上のデータをただ併記したのであった。

それは合理的なことであるように思われた。というのも、完全にダーウィン[17]の魔法にかかっていた一九世紀の最後の三〇年の社会学者は、人間の精神の発展は、他の生物の発展と同様に、規則的で直線的なものである、と単純に想定していたからである[18]。そして彼らが、精神の成長の普遍的で動かしがたい展開を描いたその地域の記録が、当然のことながら存在しない無文字社会を扱いだしてから、世界中の様々な進化連鎖のなかから得られる行動にかかわる人工物や道具が、進化の一つの「段階」から次の段階へと移るために必要であった動的要素を提供するものとして取り上げられることとなった。したがって、それらの道具は進化の梯子上にある多くの消えた横木を埋める役割を果たすこととなった。もし、精神的でそれゆえ文化的な進化が起こったと仮定すると、そしてもしいくつかの行動が、言ってみれば、アマゾンのジャングルのなかでは観測されたが、不運なことにコンゴのジャングルのなかでは観察されなかったとすると、そしてもし――何よりも重要なことであるが――人間の精神が均一なものであると仮定すると、その場合コンゴについて主張するためにアマゾンから得た記録を使うのは、完全に理に叶っていることである。

啓蒙主義運動が生み出した推定的な歴史学の「生き残り」がどのように呼ばれるべきかはさておき、そのエッセイはまた、フレイザーが単なる「人文学者の集団」のうちの一人――一九世紀最後の四半世紀において成功したベンサム功利主義的社会科学の性質を帯びている合理主義的、非宗教的物質主義者――と見なされてしまう危険性を、明らかにしている。フレイザーが、一般的に合理主義者と呼ばれることは疑いようがない。そしてフレイザーには、功利主義者に独特な特色のうちのいくつかが備わっているのも間違いない――彼は、まったくといっていいほど歴史を意に介さなかった。そしてフレイザーは、進化の一線上にもっとも起こりそうだと考えたものにもとづいて、進化の過程に存在する空白部分を推論で復元しようと、すすんで歴史を論理と置き換えた[19]。フレイザーは疑いようもなく、進化は人生と歴史の双方の規則であると想定していた。しかしながら、彼の理想主義においては、フレイザーは明らかに型に当てはまらなかった。スペンサー自身が、G・H・ルイス宛の手紙で、憤懣しながら、自らとコントとのあいだに見出した区別に注目してみよう。

コントが公言した目的とは一体何なのだろう。それは、〈人間の概念〉の進化について一貫した説明をすることだ。では、私の目的は何であろうか。〈外の世界〉の進化について一貫した説明をすることである。コントは、〈概念〉の必然的な、そして現実的な分岐を述べることを提案している。私は〈物〉の必然的な、現実的な分岐を述べることを提案している。コントは、できるかぎり、〈自然を構成する〉現象の起源を解説すると公言している。一つ目の目的は〈主観的〉なものである。もう一方は〈客観的〉[20]なものである。そうしたら一方はどのようにして他方の創始者たりうるのだろうか。

この基準では、フレイザーは明らかにコント派である。ここには、矛盾が生じる危険性をすでに示している別の例が示されている。というのも、ミルがここでベンサム派とコールリッジ派のあいだに設けた示唆的な区別は、ひとたびその論争の場をイギリス外にまで広げると、解体してしまうからである。

フレイザーは、根本が方法論的である野心的な計画を続けて述べている。物理世界の構造や発展についての研究から、知覚できる精神の構造と発展へ重点を変えて、フレイザーは、「科学の発展の一般的な流れ」を描こうとした——簡単に言うと、彼は、思考するもっともよい方法と、思考を研究するもっともよい方法について考えたかったのである。

フレイザーは、思考の発展が辿る一般的な進化の道は、普遍的なものから特殊なものに至る道である、と断言している。普遍化とは、彼が「裏面の、もしくは表面に出ない思考」と呼ぶものである。一方、その反対に位置する特殊化とは、進歩的な、もしくは前面に出る思考である。思想が前者から後者へと発展してきた理由について、彼はみずからの論に疑念を抱かないスペンサーに憤然として、以下のように書いた。

差異（区別）の増加が特殊化の本質であるように、それゆえそれは、もっとも明白に組織化された物事の進化の本質である。（中略）それゆえ、特殊化されるのである。私たちは限られた性質しかない一般概念から出発して、一歩進むごとに、属や亜属、種、亜種、ほか様々なものを経て、異なった数々の性質を加えながら、祖先から進化してくるのである。

その厳密なリンネ式動植物分類学の傾向は、至るところで逸脱しようとしたり脱線したがる、本筋から離れようとする衝動により裏切られるが、この最後の行は、『金枝篇』の体系的な原理についてよく説明している。

このノートは、フレイザーの思考の律動を耳にすることができる、一八八〇年以降では手紙以外で唯一の現存している文書である。その意味では、ノートはプラトンについての研究論文に似ている。というのも、ウォードとのスペインへの旅行についての単純な日記よりももっと練られた表現が使われており、技巧がこらされているからである。したがって、このノートの最初の記載事項を見ると、紙の上でフレイザーがつぶやいていた独り言——主張をし、問題点を見つけ、それに合わせて自分の思考を調整すること——について十分知ることができる。そのノートには物事を分析するフレイザーの天賦の才能を何ら見出せないとしても、私はそれを出版された研究と比べるという不公平なことをするつもりはない。というのも、もしフレイザーがそれを一部でも公にすると決めたならば、確実に文章と論を洗練させたにちがいないからである。その理由からしても、そのノートはここではより重要な意味をもつ。

最初の記載事項には、フレイザーの悩みについての記述が最後にある。前述の、低俗な物質主義に反対する必要性について述べた文章を引用したすぐ後で、フレイザーは、このノートを書き続けることで、副次的なものではあるがそれでも現実に得られる利得を考え、次のように述べている。「私がもし研究に専念するならば、その研究は少なくとも私の頭を一杯にし興味で満たして、私から憂鬱な考えを追い出してくれるだろう」。そのような憂鬱な考えは二度とノートには表れていない。よって立ち止まって考えてみる価値はある。

フロイトの用語で言うならば、フレイザーの人生は、彼のすべての膨大なエネルギーが、研究さらに研究へと向けられた、昇華の記念碑である。ノートのその記載事項からは、そのような考えにふける時間が十分にあり、その考えを書き留める自由な一人きりの生活をしていいた、そのようなわずかな一期間をフレイザーが過ごしていたことが分かる。自己のなかでは完全に消失してしまうものは何もない。たとえフレイザーがすぐに新しい自分のテーマや手法を見つけたとしても、この悲しみの調べは繰り返し思い出されるであろう。

このノートの二番目の記載事項は、より小さな文字で書かれており、努力の成果はたいして見られない。「義務論的な科学、もしくは存在論的な科学〔について〕」という印象的な題名にもかかわらず、その記述は残念ながらしだいに少なくなっている。その記事に関するかぎりでは、フレイザーは、功利主義的な考え方をとる、全面的に典型的な道徳的思想家であった（このノートを見るかぎりでは、功利主義倫理学においてJ・S・ミルの後の偉大な人物であったヘンリー・シジウィックは、存在していなかったかのようだ）。

フレイザーは、何が存在するかという（存在論的な）研究と、どうあるべきかという（義務論的な）研究の、二種類の科学のあいだの区別をつけ、それらのあいだの関係を決めるところから、単刀直入に研究を始めている。彼は、どうあるべきかという疑問は、何が存在するかという疑問から生まれている、ということについて疑いをもっていない。そしてそれゆえ、フレイザーは、道徳科学（法学や倫理学、心理学）が依存している物理的な世界について、私たちのもつ知識が欠けており、その欠落に比例して、それらの学問には欠陥が生じる——生じるにちがいない、と、信じている。「このように、義務論的な科学は、存在論的な科学の進歩とともにのみ進歩する。後者における進歩は、前者の本当の進歩にとって必要な〈予備段階〉である。一方、存在論的な科学は義務論の〈手段〉としてのみ存在する」。しかしながら、最後の一節は突然、論旨を反転させるものである——科学者は、正当にも哲学者の不正確さを軽蔑しているが、後者の哲学者は、追随しているものがあるにもかかわらず、もっとも関心がある偉大な主題——自分自身と、暗に、自分の自己という主題——にのみ焦点を集中させるのだ。

これを基本とすると、フレイザーは、非の打ちどころがないベンサム功利主義的な立場をとっていると言える——かくして、「目覚めている人生のすべての瞬間、すべての人間が自分自身に常に示している人生の目的は、幸福である。すべての感情は、喜ばしいものであるか、苦しいもののどちらかである。幸福は喜ばしい感情（喜び）である」。フレイザーは、ジョン・スチュアート・ミルやシジウィックが戦いを挑んだような問題についてはまったく支持しなかったのだろう。彼にとって、幸福と喜びは単位であり、量を表すものでしかない。ソクラテスを不満がらせるか、ブタを満足させられるか、そのどちらが望ましいかなどという問いにかかわる必要はなかった。フレイザーの考えは、明らかに一八八〇年の古い功利主義信者のものと同じである。

この点で、フレイザーは、義務論に対する存在論の効果について、さらなる考察に移っている。存在論的科学が、自然界についての私たちの知識を増やしていくにつれて、この科学はまた、

感情の源泉を絶えず解明し続ける。感情が生まれる源は前もって分からず、それゆえ私たちは感情を支配することができない。そのような感情を生み出す原因が理解されうるというだけでなく、支配されうるときには、私たちはその原因を支配することができ、それにより、その源から生まれた感情をもまた、支配できるのである。——私たちは自然から、人類のために新たな領域を、幸福の新たなる手段を勝ち取る。かつて〈選択の自由がない〉と考えられていたものは、人間の意思に委ねられることになるのである。

自己という有機的組織全体における感情の役割に対するフレイザーの意見は、一般的な経験主義論の——感覚論者の立場からのものである。感情は、外部から与えられる刺激の結果として表れるものである。彼は、外部からの刺激への順応を可能にする生理学的な知覚能力についても、先天的な反応形態についても考えなかった。フレイザーは、哲学側に断固としてみずからの観点を固定した。知れば知るほど、無意識ではいられなくなってい

く（論全体を通して強調されたのは意識の「制御」である）とフレイザーは考えた。無意識でなければないほど、人間にとって道徳的自立性を養う機会は大きなものとなる。これは劇的な観点であって、（いかにも最良のヴィクトリア朝的なやり方だが）、意思にあわせて感情を矯正するという、精力的な道徳的努力を意味している。一八六〇年から一八八五年のあいだのいかなる時でも、この一節は、イギリスの心理学者や道徳哲学者なら書くことができたであろう。――いわばそれは、ミルの門弟であるアレクサンダー・ベインが書いた感情についての研究出版物と、ウォードやブラッドリーらが行った観念連合説への攻撃とのはざまにあるものである。

フレイザーの主な論点――道徳が自然科学に服従する――の影響は、楽天的なものである。なぜなら、誰もが分かるように、存在論的な科学はたちまち進歩するので、同様に、義務論的な科学も相関的に進歩する、とあからさまに期待できるからであろう。道徳的に中庸であると解釈されうる人間の振る舞い（言ってみれば、喜びにも苦しみにも通じない）がますます少なくなるにつれ、自然世界についての私たちの知識が増し、ますます、すべての現象が相互に依存していることを正しく理解できるようになる。これはなぜかというと、そのような中庸性は実際、私たちの無知の別名でしかないからである。どのように物事の筋道が立っているか（いわば、より正確に、より科学的に）をより理解したら、私たちは自分たちがとる行動のもっともよい進路を決めることができるのであろう。不運にもフレイザーは、幸福と喜びとを同一視する試みで暗示された自己の興味の啓発を除いて、正義を知る人間に正義を行わせるための、刺激や動機の一覧をけっして示さなかった。この記載事項そしてこのノート全体を通して見ても、確かにフレイザーは個人に焦点を合わせていた。社会のなかでの個人の影響と制約は、一時的に述べられているのみである。ここでは、スペンサー主義だと自分で宣言したような人に求められるほどは、スペンサーらしさは存在しない。しかしもちろん、この個人と心理学を重視する傾向は、フレイザーの後期の人類学における研究と完全に調和している。ここでふたたび、フレイザーが古い先入観を新しい主題へと適応させなくてはならなかった領域がどれほどわずかであったかが分かる。

その小論文は以降、野心的なものであったことを想像させつつも、続きの文章の概略を述べるだけの一連のメモ書きへと劣化していく。フレイザーは最初、「(1)その人為的な(現実的ではあるけれども)動機や強制力がともなう原理と、(2)超自然的な(現実的でない?)動機や強制力がともなう宗教」とを区別しようとしていたのであろう。様々な動機と強制力とのあいだに起こった衝突について論じた後、フレイザーは、科学が完全に自然の神秘のベールを取り除き、したがって人生のすべてを(ふたたび理論上は)人間の意識の支配下におくときに、もしくはおけたとしたら、完全な道徳というのは理論上は存在しうると、論証するつもりであった。最後に、功利主義的思想の啓蒙運動の根幹に立ち返ると、「個人と種族の幸福を調和させる」という命題が存在する。それは、先ほど言及した古典的経済学者が抱く問題をより大きく書き直したものである。楽観的な考えに照らし合わせると、社会制度の礎についてフレイザーが後期に行った調査は、一八八〇年には彼がけっして想像し得なかった個人と種族とのあいだに存在する緊張関係を示している、といえるだろう。かつて、この緊張状態に行き当たったとき、個人の要求と社会とが実際に調和できるかどうか、フレイザーはどうしても心を決めることができなかった。

この同じ主題について、幾分か異なった観点から描かれている五つ目の記載事項がある。その記事では、もう一度同じ論点――義務論的な科学は存在論の発見を待たなければならない――から出発すると、いかなる道徳体系も、定義上、暫定的に理解されうるとフレイザーは思い描いている。そして彼は、自己の内部に真理を求めるものであるがゆえ、物理的な世界から観測されるデータ、そして物理的な世界についての資料に一見したところ依存しなくてもよい心理学に方向転換している。しかしながら、心理学は事例ではない、とフレイザーは言う。いつの日か心理学は、（神経心理学のような）幾分か存在論的な科学であると想定されるにちがいない、と暗示するその内省は不十分なものである、とフレイザーは述べている（なぜかは説明していないが）。フレイザーは未来の心理学の到来を期待すべきかどうかについては不明瞭にしているが、心理学は、物理学の業績に依存していると認識すべきだ、と明らかにしている。

最後に、三つ目の記載事項についての考察をしよう。もっとも単純な現象を研究する科学から、もっとも複雑なものを研究する科学に至る――フレイザー自身が言うように、「コント以来分かりきった」概念である――、一つの梯子の上に配置されているいくつかの科学についての記述でもってフレイザーは論を始めている。フレイザーはここではふたたび、さまざまな科学の相互関係に興味を抱いている。そしてもう一度、終結の概念について展開している――「それぞれが独特な性質をもつ科学のデータが、その複雑な仕組みまで、それの下にあるそれにもっとも近い科学によって完全に説明されたとき、科学は完全なものになるだろう。その結果、一連の科学全体が、途切れることなくお互いに関係づけられて収まることになるであろう」。しかしながら、フレイザーは、次のような疑問も問うている。各々の科学が、すべての科学に共通の要素からなるより大きな複雑な体系をもつという観点からみると、それぞれの科学はその下の科学から異なっているというのは真実であろうか、という疑問である。もしくは、各科学は、情報の量と同様に質で異なっているのだろうか。とくに生命というものは生理学に特有のものであろうか、それゆえ化学の中に存在しない（もしくは化学には含まれない）のであろうか。それとも生命は「ただ化学的なさまざまな力が結合した、新しい複雑な様態」なのであろうか、とフレイザーは問うている。

フレイザーは、生命の特殊な位置にかかわるものとして、この問題をけっして追い求めなかった。けれども、心理学は最終的には生理学の特別な事例として証明されうる、そして証明されうるかもしれないものであると信じる点で、フレイザーはミルやベイン、そして他の物質主義者（のちのフロイトも含む）には同意しなかった、というのは疑いようがない。というのも、フレイザーにとっては、心理学のデータは他の科学のデータに還元できないというだけでなく、彼は、心理学を、さまざまな人間科学の女王として、そして確かに、人類学や宗教研究の母親としては考えていたようである。ロバートソン・スミスの影響にもかかわらず、フレイザーは社会学についてさらに学ぶ必要性をまったく感じなかった。後年、フレイザーは「未開の」経済学についてのマリノフスキーの研究を尊敬していたが、けっして、彼自身がそれを学ぶほど十分な重要性があるとは考えなかった。いわんや未開生活を分析をするときに、経済学的な資料や分類法を使おうとは、少しも考えなかった。そして、タイラーや、ケンブリッジの人類学博物館のヒューゲル男爵との長期間にわたる交友の例があるにもかかわらず、フレイザーは科学技術の発展それ自身が、人間の姿勢に重要な変化を引き起こすかどうか、ということをまるで考えなかった。一八八〇年までに、当時二六歳のフレイザーは、再検討する必要がないと感じる、確固たる基礎概念を身につけた青年になっていた。しかもフレイザーは、好奇心と学識に裏打ちされており、同じような経歴の人がもつありふれた展望では満足しない人間であった。それゆえもし何かが現れたらどこでも見てやろうと、とても野心的で、少なくとも十分に冒険好きであった。

（1）序文の注の（3）を参照。エヴァンズ＝プリチャードの三冊の研究書への言及。

（2）Frank M. Turner, *Between Science and Religion: The Reaction to Scientific Naturalism in Late Victorian England* (New Haven, Yale University Press, 1974); J. W. Burrow, *Evolution and Society: A Study in Victorian Social Theory*, rev. edn. (London, Cambridge University Press, 1966); Reba N. Soffer, *Ethics and Society in England* (Berkeley, University of California Press, 1978).

（3）B・M・G・リアドンは「宗教に〈対する〉科学という論争は、両派が衝突する風潮にあった、およそ一七六二年から一八七七年に、もっとも顕著であった」と述べている。〔Reardon, *From Coleridge to Gore* (London, Longmans, 1971), p. 13.〕

（4）反自然主義者の三人目として挙げられているマイヤーズは、一八六〇年代にトリニティ・カレッジの学部学生であった。しかし、フレイザーほど重要視されていない。マイヤーズは心霊研究の先駆者であった。

（5）この回想録は、R. St John Parry, *Henry Jackson O. M.* (Cambridge, Cambridge University Press, 1926) である。

（6） バプテスト派の神学校で説教をする可能性が出てきた一九〇四年。そして、フレイザーが財政上の問題で大学を離れるよう強いられ、それを考えなければならなかった一九一〇年。11章参照。

（7） Parry, p. 43. 彼がマクレナンの著書を読んでいたことについては、一一頁。

（8） 心理学史や哲学史においてウォードが占める位置について。R. S. Peters (ed.), *Brett's History of Psychology* (London, Allen & Unwin, 1962), pp. 675-84 を参照。かつ *The Monist*, 36 (1926), 1-175 のウォード記念号では、フランク・M・ターナーが十分に章を割き、ウォードについて述べている。

C・A・メイスが "James Ward," *Encyclopedia of Philosophy* (New York, Macmillan, 1967), VIII, 288 において「ウォードの心理学は、しかしながら新しい心理学、行動主義心理学や精神分析学が華々しく発展したことにより、そして実験に基づく生物学上の手法に基盤を置く科学的な心理学が急速に拡大したことにより、すぐに旧式のものとなってしまった。精神哲学から科学的心理学を分離することは時代遅れであった」と書いている。

（9） フレイザーからマレットへの手紙。17 May 1911, TCC Add. MS c. 56b: 200. 一八六七年に宣教師に選ばれたウォードは、フレイザーよりも優秀な話し手で、社交的であった。

（10） 一九九二年にフレイザーが人類学の歴史を要約することになったときに（"The Scope and Method of Mental Anthropology," in GS, pp. 234-51）、スペンサーの名前は出てこない。

(11) "Preface to the Second Edition," GB², I, xviを参照。

(12) TCC MS O. 11. 41

(13) ノエル・アンナ、*The Curious Strength of Positivism in British Thought* (London, Oxford University Press, 1959)を参照。

(14) *Mill on Bentham and Coleridge*, intro. By F. R. Leavis (London, Chatto & Windus, 1950).

(15) R・R・マレットはそのように例証するための事実を好んで選んだ。Tylor (London, Chapman & Hall, 1935), p. 69.

(16) グラディス・ブライソン、*Man and Society: The Scottish Inquiry of the Eighteenth Century* (Princeton, Princeton University Press, 1945), pp. 87–91からの引用。この引用の大部分は、私が最初にそれに出会ったJ・Z・スミスpp. 114–15, n. 18でも引用されている。その1節はスチュアートの"Account of the Life and Writings of Adam Smith, LL. D." in Sir William Hamilton (ed.), *The Collected Works of Dugald Stewart, Esq. F.R.S.S.* (Edinburgh, Constable, 1858), X, 32–37. に由来する。

(17) ジェイン・エレン・ハリソンの"The Influence of Darwinism on the Study of Religion," in A. C. Seward (ed.), *Darwin and Modern Science* (Cambridge, Cambridge University Press, 1909), pp. 494–511の冒頭を参照。「私の論文の題名は、『宗教の科学的研究についてのダーウィン進化論によって創造されたもの』であろう」。

(18) 秩序だった進化ならば是認するが、直線的な進化は否認。フレイザーは、ルイス・ヘンリー・モーガンのような人々に対し、しばしば異を唱えた。彼らは、社会の発展はただ一つの経路のみを取り、それゆえすべての社会は唯一の避けがたい一連の段階を通過していくものであると信じていた。この問題についての数多くの抗弁のうちの一つである“The Scope and Method of Mental Anthropology”(1922)を参照。「しかし、人間の進化が一点から始まるか否かは別にして、異なる時代や世界の異なる地域では、それは非常に異なった過程をとっていることは確実である。進歩の速度が、時間や場所によって変わっているというだけでなく、その産物、いわば人種がお互いに、種で異なってきている。今後、私たちは進化の系列のなかに、人類という種の存在を配置することができない。そして、自然の推移においては、低位のものは、ゆっくりとではあるが必然的に高位のものに発展していく、とも言えない」(GS, pp. 238-39)。フレイザーはおそらく、この「よろめいている」進化(階段状の進化)についての概念を、最初にルナンに見出していた。

(19) A・R・ラドクリッフ＝ブラウンが「もし私が馬の誤謬であったとしたならば」と呼んだもの。E・E・エヴァンズ＝プリチャード、*Theories of Primitive Religion*, p. 24を参照。

(20) Herbert Spencer, *An Autobiography*, 2 vols. (London, Watts, 1994), II, 488.

第4章　パウサニアスとロバートソン・スミス

一八八〇年代初頭の学問の世界において、フレイザーは非常に前途有望な位置にいたが、彼が手がけていたものはまったくかたちになっておらず、将来の展望はなかった。法律家の資格はあったものの、法学に関心はなく研究を進めていなかったし、哲学からもしだいに離れていったようだ。アバディーン大学の古典教授のポストに応募してはみたが失敗に終わっている。しかし、フェローの地位の期限は一八八五年までであり、とくに行動を起こす必要に迫られているわけではなかったので、フレイザーは手当たりしだいに読書を進め、新しい興味が生まれるとそれを追究していった。したがって、明確な証拠はないものの、人類学の研究を始めたのは一八八四年以前であるといってかまわないだろう。おそらく、それは偶然に始まったのだろう。その当時読んでいたE・B・タイラーの『原始文化』の脚注に想像力をかき立てられたのかもしれないし、ヘンリー・ジャクソンなどの友人の勧めによるのかもしれない。いずれにしても、八〇年代の終わりまでにフレイザーが収集した人類学の資料は膨大なものになったのは確かで、ロバートソン・スミスは自著『セム族の宗教』（一八八九）で、それが重要な資料になったとしている。[1] フレイザーとスミスが出会った一八八四年以降になって初めて人類学の研究に取り掛かったとは考えにくい。

しかし、フレイザーは、八〇年代半ばに人類学に目覚めてすぐに夢中になったものの、古典学を捨てはしなかった。この二つの学問分野が相容れないものであるとも、いずれか一方を選ばねばならないとも思っていなかったのだ。それどころか、パウサニアスの研究を通じて、フレイザーは古典の作品を解説する上で人類学が有効であると悟った。すなわち、スミスに出会ったときにはすでに人類学の研究に取り掛かる下地があり、積極的に人類学という分野に誘い込まれていったといえる。ところで、この一八八四年は別の意味でも注目すべき年である。この年、フレイザーは初めての著作を上梓した。

この年、ウィティカー社ロンドン商店とジョージ・ベルが、すでに有名であったグラマースクール・クラシックシリーズで、サルスティウスの『カティリナの陰謀』および『ユグルタ戦記』の改訂版となる第二版を共同出版すると発表した。[2] この改訂者こそが、当時まったく無名であった弱冠三〇歳のジェイムズ・ジョージ・フレイザーである。一八八四年六月五日付となっているこの第二版の序文で、フレイザーは、一八六〇年初版の高名な古典学者ジョージ・ロング（一八〇〇―七九）校定本を新たに増補したものを書くようベルから依頼されたと述べている。ベルがフレイザーにロングのテキストをできるだけ活かすよう望んだのは当然であり、新しいテキストや注釈を作るのではなく、第一版には使われなかったロングの書いた注釈を編集するよう、つまりそれを取り入れ、説明し、その正当性を示すよう依頼されたとフレイザーは書いている。それ以外のフレイザーの作業は、最終セクション（二八七―三四九ページ）の編纂で、サルスティウスの歴史書「選り抜かれた歴史物語の言説と手紙」（"Orationes et Epistulae ex Historiis Excerptae"）から新たな引用を行い、序章と注釈を付けることであった。

この序文は、フレイザーの学問に対する真摯な態度を初めて目に見えるかたちにしたものとして注目に値する。フレイザーは、まったく新しいテキストを提示したわけではないが、序文によると、近年の五つのドイツ語版を参照し、サルスティウスの年表に関する難解な問題については、さらに別の二人のドイツ人学者の著作を引用している。[3] ここでもっとも深い謝意が捧げられているのは、友人でトリニティ・カレッジの同期生でもある、ラテン学者J・P・ポストゲイト（一八五三―一九二六）である。ポストゲイトは、込み入った問題についての相談相手となっただけでなく、校正刷りを読み修正点を示してくれた。[4] もしかしたら、ベルがロングのテキストの改訂者を探しているときに、フレイザーを紹介したのは、ポストゲイトであったかもしれない。

この頃フレイザーは複数の企画に同時に取り組んでいた。この序文からフレイザーがサルスティウスの仕事を終えたのは六月五日であることが分かるが、いつ取り掛かったのかは不明である。フレイザーの作業量を考えると、また出版でのデビューをできるだけ幸先のよいものとしようとしたとすれば、おそらく一八八四年の前半五か月がサルスティウスに費やされたのではないだろうか。同年七月には、パウサニアスの翻訳に着手することをジョージ・マクミランと契約しているが、この作業に取り掛かったのはいつなのだろうか。まず、古典学者、考古学者や古代史学者のあいだでしか知られていないパウサニアスについて若干説明しておきたい。「旅行者」パウサニアスは、二世紀（紀元後）の地理学者・古物研究家であり、ギリシャ中を旅し、自分の目に映ったものをガイドブックに書いている。パウサニアスの『ギリシャ案内記』は、現在のわれわれの興味をひくような内容は多くはないものの、非常に詳しく広い範囲を網羅しており、今日でもたいへん貴重な書である。現在の読者にとっては都合のよいことに、パウサニアスは表現上の技巧に凝りすぎることなく自分の目にしたものを正確に描いている。当時は「在りし日のローマの栄光」を示す建築物のほとんどが残存し保存されていたため、ギリシャ建築についてのパウサニアスの記述は、現在に伝えられるもののなかでも突出している。これは、遺跡や発掘に興味をもつ現在の旅行者だけでなく、数百年ものあいだ、ギリシャで発掘作業を行う考古学者にとっても主要な参考書となっていたものである。パウサニアスは、宗教や神話、伝承にも常に特別な関心をもっていた。地方に行くと、パウサニアスはさまざまな儀式や習慣に着目したが、それは彼にとって異様で古めかしく見える、アテネではるか昔に廃れたものであった。元来好奇心が旺盛であったので、パウサニアスは自分の目にとまったものの意義についてさまざまな質問をしている。その結果、現在に至るまで、パウサニアスは、ローマ時代のギリシャの日常生活、とくに宗教的風習の、かけがえのない唯一ともいえる目撃者となっている。

フレイザーの偉大な学問的業績が認識されたのちの世から見ると、その成功の要因を、パウサニアスとフレイザーの民族誌や古物研究に対する関心との明らかなる一致に求めてしまいたくなる。確かに、両者とも非日常的な宗教的信仰や儀式に強く引き付けられ、並外れた好奇心をもっていたことは疑いようもない。どんな学問的試みも、後になって真実への無欲な追究であるかのように正当化されることはあっても、純粋に学問的理由によってのみ果たせるものではない。自分自身という個人と学問対象のあいだに根本的に共感できるところがなければ、パウサニアスのような困難な対象に長い時間を費やすのは不可能だろう。さらには、パウサニアスのぎこちなく均整を欠いたギリシャ語を美しい英語に翻訳することは、文学的な挑戦でもあった。しかし、フレイザーが最終的に達成した均整のとれた持ち味のある翻訳を、彼が最初の段階から可能であると確信していたと考えてはいけない。フレイザーの民族誌学への関心は、この長期にわたる翻訳作業のなかで着実に培われていったものである。ありがたいことに、この翻訳がどのように進められていったかをある程度まで明らかにする資料が残っている。

パウサニアスの著書は、フレイザーの翻訳以前に、八ツ折本で本文と注を合わせて二巻、多くとも三巻のものがあった。[5] 一三年にも及ぶ翻訳作業の結果、一八九八年にフレイザーは相当の分量の四ツ折本六巻を完成させた。それは三〇〇〇ページ以上にもなり、英語の翻訳（一巻）と、その規模において後先に例のない膨大な注釈（四巻）と、地図と図と索引（一巻）とから成っており、ギリシャ語の原文はついていない。明らかに、これまでのパウサニアスの注釈者のなかでも、誰よりも多くの時間と努力と集中力をパウサニアスに捧げたフレイザーは、もっとも大きな仕事を成し遂げた注釈者となっている。類を見ない分量の解説を書いているのである。当然、パウサニアスの書を翻訳する前に、フレイザーはその内容を咀嚼しなくてはならなかったはずで、それゆえ特別な配慮をもって注釈がつけられている。しかし、注記の五二ページ分を除けば本文は掲載されていないので、古典学者が考えるような厳密な意味では、フレイザーの監修したものはパウサニアスの著書としてのテキストとはいえない。

いずれにしても、この出版事業は翻訳というかたちで始まった。これは、フレイザーの本の発行者であり五〇年来の友人となった、ジョージ・A・マクミラン（一八五五―一九三六）[6]との書簡から知ることができる。これらの手紙から、フレイザーが一八八四年の中頃にはパウサニアスに取り掛かっていることが明らかであり、また、サルスティウスの仕事を完了した次の月にあたる同年七月六日には、古典学者でのちにウェストミンスター・スクールの校長を務めるジェイムズ・ガウ博士（一八五四―一九二三）が、友人であったマクミランに次のように書き送っている。

私の特別な友人である、J・G・フレイザー（トリニティのフェローで、一八七八年の古典卒業試験成績第二位）は、パウサニアスの翻訳にたいへん強い興味をもっており、出版者を探しております。彼は、サルスティウスの書を監修した際の出版者であるベルに打診したのですが、ベルはこれまで出ている翻訳を手直しすることを希望したようで、フレイザーはこれをよしとはしていません。ある程度安価なパウサニアスの翻訳書は今でも大きな利益につながるはずであり、私はフレイザーが非常に立派な仕事をすると確信しています。彼は非常に研究熱心で優秀な学者であり、自分の名前を載せるのであればできるかぎり優れた作品にしたいと考えているでしょう。非常に几帳面で分別のある人物でもあり、的を射たものであればどんな実用的な提案にも応じるはずです。彼に手を貸していただければ幸いです。(7)

この紹介状を受け取ったマクミランは、自身も学者であり(8)、一八七九年にはヘレニズム研究振興協会の設立者の一人となった人物であるが、ガウの手紙を読むとすぐにフレイザーに連絡を取った。マクミランは、その手紙（七月七日付）に、「学術的に申し分なくかつ読みやすい翻訳」と、ギリシャ語は理解できないが熱心な旅行者のニーズに応えるような「若干の注釈」を備えたパウサニアスの全一巻本を出版することに大いに興味をもっていると書いている。[9]というのも、一八七〇年代のシュリーマンの大発見が評判になって、ギリシャを訪れる旅行者の数は急増していたのだ（おそらく、ガウがパウサニアスの翻訳が利益を生む企画だと考えたのもこれによる）。最初の手紙で、マクミランは、この企画の商業的な展望が不確かであると述べ、二者で等分の支払いを条件とする出版契約を提案した。すなわち、出版者がすべてのコストを支払い、利益は著者と二等分するというものであることになる）。(以降フレイザーは、著書のほとんどを、この二等分支払いの契約でマクミラン社から出版すること

七月一二日、フレイザーはマクミランに返事を出しているが、二人の文通はこの後五五年にも及ぶことになる。フレイザーは、マクミランの提案を受け入れながらも、「分量については、翻訳と注釈（適切な）を一巻に収めることは不可能に思えます」と返信している。トイブナー古典叢書ではギリシャ語の原文だけで八五〇ページにのぼるとフレイザーは指摘する。そのかわりに、とフレイザーは提案した。「翻訳とは別の冊子として、一巻の注釈か原文を付けてみてはどうでしょうか」。マクミランがこれに応じないとすれば、フレイザーは翻訳と注釈の作業を進め、注釈は付録としてつけるか、のちに別の本として出版するつもりでいた。

マクミランから返信がなかったので、フレイザーは八月一日にふたたび手紙で尋ねた。返答がないのは、この著書の分量についての自分の提案を受け入れてくれたと考えてよいのだろうかと。ここで、「二巻（コルヴィン教授にお話しすると、三巻でもよいとおっしゃっていましたが、私は二巻で十分だと思います）[10]」になる見通しが初めて述べられ、「まず、はずすことはできない」地図や図表についても問い合わせている。

この手紙を読んで驚いたマクミランは、八月八日に返事を出している。翻訳と注釈で複数の巻になるというのは、フレイザーが考えているよりも大きなリスクをともなうものだ、と。マクミランの提案は、翻訳と同時に注釈の材料を集めて、「スペースがあれば、それを要約したものか取捨選択したものも翻訳と同じ巻に入れられるのではないか」というものであった[11]。フレイザーはマクミランに宛てた次の手紙（一〇月一一日付）で、コルヴィンの意見を伝えている。

パウサニアス自身のアッティカ、コリントといった区分に従って、翻訳も地方ごとに分けて出版してはどうかということです。そうすれば、ギリシャを旅する人のガイドブックとして活用できるでしょう。それぞれが注と図がついた持ち運びしやすい本となるのです。この案に同意いただけるならば、春にでも注釈のついた第一巻（アテネとアッティカ）をお渡しできます。（中略）ロバートソン・スミス教授にも相談したのですが、コルヴィン教授のご意見に全面的に賛同されました。

この時点で、マクミランは、コルヴィンとロバートソン・スミスにけしかけられたフレイザーの思いつきに断固として待ったをかけた。一〇月二二日付の手紙では、地方ごとに複数の巻に分割する出版は問題外であると伝えている。パウサニアスのギリシャ案内記は一〇以上の地域を扱っており、商業的に見れば悪夢とさえいえるからだ[12]。とはいうものの、「トイブナー版の分け方にでも従って、持ち運びに便利な二つの巻に分け、それぞれの巻末に本文に応じた注をつける」ことにマクミランは同意した。しかし、問題は残っている。フレイザーは、全文の翻訳を掲載したうえで、旅行者にどうしても必要な注釈をつけて持ち運びできるような本に収める必要性にこだわった。ともかく、この当初の段階で、旅先で持ち歩ける便利な本を作るということでフレイザーとマクミランは意見を一致させた。

どのような経過を辿って、そしてどのような理由によって、フレイザーの監訳によるパウサニアスの書がついにあのような大分量になったのか、じっくり考えてみる必要がある。なぜならば、良くも悪くも、この書は、質素な始まりが烈しい成長を遂げるという点で、非常にフレイザーらしいものであるからだ。このように手がつけられないほど分量が増加するというパターンは、フレイザーのすべての主要な著書に踏襲されている。例えば、

『金枝篇』は、元来、『ブリタニカ百科事典』の「タブー」の項にあたる三ページ分の記述にすぎなかったが、第一版（一八九〇年）では二巻、第二版（一九〇〇年）では三巻となり、第三版（一九一一―一五）においては一二巻（索引含む）にまでふくれあがり、最終的に、一九三六年の第四版では『余波』という一三巻目の補巻を生むことになる。また、一八八五年の『ブリタニカ百科事典』の一項目であった「トーテミズム」も、一八八七年に八七ページの一冊の本になり、一九一〇年には、『トーテミズムと外婚制』という二〇〇〇ページを超す分厚い四巻のかたちにまで至った。『旧約聖書のフォークロア』についても、最初のかたちは『タイラー追悼論文集』に寄稿された長めの注釈であったが、一一年後にはボリュームのある三巻の本となっている。

いずれにしても、一八八四年の時点で、フレイザーはパウサニアスの翻訳の依頼を受け、それを進めていた。そして、パウサニアスに関するマクミランへの次の手紙の日付は約四年も経った後、一八八八年六月七日になっている。この手紙は次のように始まる。「パウサニアスの翻訳は、二年以上前、一八八六年の春に終わりました（しかし未推敲です）」。注釈については海外のほとんどの考古学の学会誌に目を通し、パウサニアスに関するあらゆる重要なものを記録している、とフレイザーは言っている。また、「パウサニアスがふれているギリシャの神話や慣習を実証するような、人類学の分野でそれに相当する事例をかなりの量」収集している、と述べる。さらに、「アッティカ」（パウサニアス自身は一冊目として出している）の大部分は、一八八六年五月の学期に大学で行った講義——フレイザーが大学教員として散発的に行っていた講義の初期のもの——を文字にしたものであり、「私が出版しようとしているより正確でより厳密な注釈の基礎の部分にしかすぎない」ということわりが続く。

一八八六年までには、マクミランが出版してくれようがくれまいが、フレイザーはできるかぎりの注釈を書く準備をすると決めていた。また、一八八六年の末には、パウサニアスの仕事を中断したままでまだ再開していないと言っている。その理由としてフレイザーは、それまでに、またその時点でも、「比較神話学の著作のための資料を収集しています」、また、「書き始めるまでに私はすべての資料を集めて整理します。そうすれば、比較的短時間で書くことができます」と述べる。ここでフレイザーが取り掛かっていた著書とは、もちろん、『金枝篇』である。

このように、パウサニアスの監修は、そこから生まれた『金枝篇』によって中断されてしまった。これは、パウサニアスの出版に長い時間がかかった理由のある程度の説明となる。『金枝篇』の完成に先立って前金としてマクミランから支払われた一〇〇ポンドのほとんどを費やして、フレイザーは初めてギリシャを旅した。その目的は、パウサニアスの本をより充実したものにするため、当時順調に進んでいた考古学者たちの仕事を自分自身の目で見るというものであった。しかし、パウサニアスと『金枝篇』には、さらに深い関連があった。パウサニアスの著書に描かれた宗教や、神話、民俗学に関する要素の解明に力を尽くすことを通じ、フレイザーは、二世紀のギリシャ人の信仰が、それまで読んできたタイラーの著書やロバートソン・スミスとの会話のなかにいつも出てくる原始の人々の信仰と極めて似通っていることを発見していた。結果として、パウサニアスの注釈のために集められた資料は質量ともに充実し、そこから時間をかけて導き出されたフレイザーの見解は、ここにきて「爆発した」にちがいない。また同時に、フレイザーは、世界中の宗教的信仰や行動に見られる数多くの例が実証する「古代の精神」の研究から類推して、アルキニアの森の「奇妙な風習」を説明しうる可能性を見出していた。話を進める上で、以降はパウサニアスと『金枝篇』第一版を重ね合わせて述べることは避けるが、実際はこの二つは非常に深い関連があると考えられる。

フレイザーがいつパウサニアスの研究を始めたのかは正確にはわからないが、おそらくジェイムズ・ガウにジョージ・マクミランへの手紙を書くことを依頼した一八八四年七月以前には、すでに翻訳の準備があっただけではなく、実際に作業に取り掛かっていたと言ってかまわないだろう。ところで、そのほんの数か月前、一八八三年から八四年にかけての冬、すべてを変えてしまうような出来事がフレイザーの身に起こっていた。それは、ロバートソン・スミスとの出会いである。スミスはフレイザーを人類学の世界に導き、親友かつ指導者になり、彼の人生をことごとく変えてしまった。スミスとの邂逅、そしてそこから実を結んだものが、フレイザーがパウサニアスやギリシャ・ローマ古典時代に対してもっていた考えを変え、ついには『金枝篇』の誕生へとつながっていった。

ウィリアム・ロバートソン・スミス（一八四六―九四）は、スコットランド人で、優れた聖書学者、ユダヤ学者かつ人類学者であり、一世紀にわたるドイツの「高等批評」をイギリス向けに解説したことにおいては右に出る者はない[13]。この功績がかえってあだとなって、スミスはイギリス本土で最後に行われた異端裁判で告訴された。結局、無罪となったが、この裁判における長期にわたる重圧は、慢性的な働きすぎの原因ともなる彼のとりつかれたような研究への熱意とあいまって、確実にスミスの死期を早め、傑作となるはずだった『セム族の宗教』は未完に終わってしまった[14]。

スミスは、ユダヤ教全体の研究に対して、比較進化論的人類学にもとづいたアプローチをとった最初のイギリス人である。国内においては優れた語学力とドイツの批評家の手法に精通した知識をもって、ロッツェ、ラガルド、リッチェル、ヴェルハウゼンの研究を行い、中東に滞在した経験をもち、まさにフレイザーと同じスコットランド自由協会派の生んだ傑出した人物といえる。彼は言語学にも非凡な学識を発揮し、二三歳にしてアバディーンの教会の神学校でヘブライ語と旧約聖書の教授を務め、同門信者たちのはるか先を行っていた。このため、彼らがスミスの学問的見解をスキャンダルの種にするのはまさに時間の問題であった。告発の根拠とされたのは、スミスが共同編集者でもあった『ブリタニカ百科事典』に一八七五年に書いた、「天使」と「聖書」の項目である。このなかでスミスは聖書の自然史研究的解釈を試みている。すなわち、聖書は神の言葉を書き取ったものではなく人間が記述したものとし、それゆえ記述された時代や場所の精神を反映しており、その時代は彼自身の時代とは本質的に異なるものと見なしたのだ。

つまり、スミスは、ギリシャ・ローマ文明に対する一九世紀の概念が丹念な歴史学的かつ言語学的研究を通してくつがえされたように、聖書についても、同様な過程をとおして初めて意味が明らかになる複雑な研究対象と考えていた。とくに、スミスは、旧約聖書について、次のような意見を展開する攻撃的な文章を書いている。旧約聖書は、一枚岩の均質で統一性のあるものではなく、それどころか、何世紀にもわたって書き直しと編集が行われてきたアンソロジーであり、このためそれぞれの部分のあいだで相関性を欠くこともある。旧約聖書のすべての部分が文字どおりの真実を示しているのではなく、ほとんどが何らかの意図をもって書かれているのであり、それを象徴的に捉えて解釈する必要がある。旧約聖書から新約聖書に予型論的《タイポロジー》に引き継がれている箇所は、旧約聖書の言葉が実現を達成した預言であることを証明するわけではない。天使の存在は聖書に明記された教義事項ではなく、聖書の文中から推察されるべきものである。簡単に言うと、彼は同時代のドイツにおける聖書の高等批評の典型を提示したのである。

予想どおり、スミスと同門の教会関係者のうちでも原理主義的な者は、スミスがプロテスタント・キリスト教の全体と、とくに自由教会の大本に全面的な攻撃を加えたと見なし、一連の教会裁判に先立ってスミスを批判する異教嫌疑を提出して反応した。スミス自身も元来好戦的な性格であり、主張を撤回することも今後意見を表明しない約束をすることもしなかった。長い期間に及ぶ厳しい審問と公判の末、スミスの嫌疑は晴れたが、結果として彼の評判は悪くなり、スコットランドのどこにも職を得ることができなくなってしまった。このため、ケンブリッジのアダムズ講座アラビア語教授であって、スミスが改訳聖書の発行を進める委員会のメンバーとして知り合いであったウィリアム・ライトが、ケンブリッジのアルモナー卿講座アラビア語講師のポストを確保してくれたのはたいへんな幸運であった。

スミスがトリニティ・カレッジの一員として採用されたのは一八八三年一〇月のことであり、彼はこの年のクリスマスにケンブリッジに赴いた。幸いなことに、フレイザーとスミスの出会いについては非常に詳しい記録が残っている。この記録が現存するのは、スミスの死の三年後にあたる一八九七年に、友人であったジョン・F・ホワイトがスミスの追悼集を発起したからである。ホワイトは、他のスミスの友人たちに宛てたのと同様に、フレイザーにも情報と回想を求める手紙を書いた。普段は大げさな表現を避け、感情的な手紙を書くのをよしとしないフレイザーであるが、たいへん珍しいことに、一八九七年一二月一五日に極めて長い返事をホワイトに出している（現存する多くの手紙のうち、突出した

長さをもつ）。次の引用は、この希少な手紙の一部である。(15)

彼がケンブリッジにやってきてトリニティの一員になった当時は、ウェウェルズ・コートにたいへん小さな部屋を割り当てられていました。（中略）知り合いになる前に、私は彼がカレッジのホールで食事をしているところや時々通りを歩いているところを見かけました。一八八四年の一月だったと記憶していますが、ある夜私がいつになく食事の後に談話室に行ったとき、彼がやってきて隣に座り会話が始まったのでした。

その夜の話題の一つはスペインにおけるアラブ人だったと思いますが、私はそれについてほとんど知識がありませんでした。それにもかかわらず私は彼に論争を仕掛けたのですが、あの彼らしい丁寧でおだやかな作法と博学さですぐさまやっつけられ、ただちに降参してしまいました。彼はまれに見る才能と勤勉さを持ち合わせ、私からは仰ぎ見なければならない位置にあり続けたので、覚えているかぎり私は以降議論を挑むことはありませんでした。それから私たちは午後一緒に散歩をするようになり、時々彼は私を部屋に招いてくれました。（中略）のちに彼はもっと広くてよい部屋へ引っ越し、クライスト・カレッジのフェローに選ばれ、トリニティを去るとき〔一八八五年〕までそこに住んでいました。はなはだ自分勝手な理由ですが、私は彼がクライストに移るのを残念に思いました。それまでのように簡単かつ頻繁に会うことができなくなるのですから。

スミスはフレイザーのスコットランド訛りを聞くのを喜んだのであろう〔この後にフレイザーは、スミスが「彼の親友でアラビア語の教授であり、ご自身もスコットランド出身の故ウィリアム・ライト博士に私のことを「スコットランド代表団の一員」と紹介してくれました」と記している〕が、いずれにしても二人はすぐに親しくなった。スミスはすぐに、フレイザーの優秀さやパウサニアスとサルスティウスの研究のみに時間を割いているのではないことを見て取った。『ブリタニカ百科事典』の編集者として、スミスは常に寄稿者を探していたのであるが、すぐさまフレイザーにこの仕事を依頼した。

当時、『ブリタニカ百科事典』は、完成すると、その度に一巻か二巻ずつ出版されていた。一八八四年には、AからOまでの一七巻が出ていたので、フレイザーが執筆するのはP以降の文字から始まる項目ということになる。フレイザーは次のように続けている。

まだウェウェルズ・コートに住んでいたとき〔一八八四年〕、彼は当時共同編集者をしていた『ブリタニカ百科事典』の古典に関する小さな項目の執筆を担当するように依頼してくれまして、私はとても嬉しく感じました。私の小さな項目に彼は満足して、その後、より重要な項目を任せてくれました。「ペリクレス」です。しかし、彼が信頼してくれたのは嬉しかったのですが、実際に書いてみると自分で満足することができず、かなり骨が折れて、別の人にその仕事を依頼してくれるようスミスを説得しました。彼は一生懸命私を慰めて、(私の記憶が正確なら) 電報を打って遠方にいる人にその仕事の打診をすることまでやってくれました。そしてそれがうまくいかないと分かると、私の部屋にやってきて、私が書き始めるのを促すために、私が口頭で述べたことや私が覚え書きをしていたものを自分の手で書き取り始めたのです。これは彼が『ブリタニカ百科事典』の編集者としていつもたいへんな苦労をしているのを、それとなくうかがわせる出来事でもありました⑯。

切迫した状況に陥ったり急な困難に直面したとき、すなわち、急いで決心したり心を変えたりしなくてはいけないとか、柔軟な態度を示さなくてはならないとか、見知らぬ人に会うとか、公式の場で重要な役割を果たさねばならないとかいうとき、フレイザーはいつもすぐに彼特有の反応をした。それは、自信がもてないために心配、動揺してどっちつかずの態度をとってしまうか、はっきりと否定的な態度に出てしまうかのいずれかである。そのすばらしい業績にもかかわらず、彼はいつも自分に自信がもてず、自分は不適当な人間かもしれないという考えに凝り固まっていたようだ。

フレイザーとスミスの関係は、もちろん学問を通じて培われたのであるが、ある種の恋愛のようなものだといっても過言ではないだろう。しかし、今の時代の読者のために、二人が同性愛者であったという意味ではないとはっきりさせておかなければならない。今も昔も、いくら当人たちの背景や立場が学究的なものであろうとも、同性のあいだの友情も明らかに深い感情に支えられており、それを恋愛になぞらえたとしてもフレイザーの言葉を中傷するわけではない。実際、「降参した」、「仰ぎ見るような位置」という暗示的な言葉は、フレイザー自身のものである。

さらにこの長い手紙（くれぐれも注意してほしいのだが、まったく見知らぬ他人に宛てられたものだ）で、フレイザーは、ほとばしるような感情を表して、スミスと共有した貴重な経験について語り続ける。この幸福な最初の年である一八八四年に、二人はスコットランドへ徒歩旅行に出かけている。

彼は山が大好きでした。私のなかで彼についての一番鮮明な記憶は、丘の斜面に座って山を眺めながら、うっとりした様子でヘブライ語の聖歌を歌っている、というより軽く口ずさんでいる姿です。私にはその歌の意味は分かりませんでしたが、おそらく山を見上げているところを歌った詩なのだろうと考えていました。彼は、樹の茂った山よりも草とヒースだけの丸裸の山が好きでした。そして私もそのときからそんな山を好むようになったのです。私たちは入り江までボートを漕ぐ小旅行をして、羊飼いの小屋で一晩過ごしました。彼は、羊飼いの生活の気高さを讃えていました。羊飼いの生活は、都市の汚れや悪徳とは縁がなく、ふんだんな自然とともにあるが、羊の群れを守るために多くの困難に耐えなくてはならない、彼はそう言いたかったのでしょう。山の上を長い時間かけて散歩した後、私たちは小さな宿屋に戻ってお茶を飲んだものです（非常に心休まるよいお茶でした）。それから、一人はソファー、もう一人は安楽椅子に楽な姿勢に体をのばして、軽めの読み物を楽しみました（私はフランスの小説を読みました。彼が何を読んでいたかは覚えていません）。これは私の生涯のなかでももっとも幸福な時間でした。ふたたび彼とあんなふうに過ごしたいと私は望みました。しかしあのような日々は二度と戻ってはきませんでした。

フレイザーはそれまで、これほど徹底した親密さをもてる相手に出会ったことはなかった。「しかしあのような日々は二度と戻ってはきませんでした」というのは、生涯でもっとも輝きに満ちた瞬間に対して捧げる墓碑銘のようなものである。

スミスはとても優秀であったが、トリニティの他の秀才たちと異なり自分の学才で人を威圧するようなことはなかった。

友人として彼は非の打ちどころがありませんでした。いつも思いやりがあって親切で、楽天的で陽気で、話題は多岐にわたり、とても面白く、けっして涸れることない様子で会話が続きました。それなのに、彼は会話を独占することはありませんでした。彼は他人の話のよいところを引き出すように話をしました。彼は私が知るうちでもっとも話が上手で、聞くこともっとも上手でした。彼は他人の言うことに細心の注意を払い、即座にそれに反応したのです。彼と話していると、言いたいことを最後まで言い終わらなくてもいいのではないかと感じたものでした。彼は、相手の最初の数語を聞いただけで言いたいことすべてを直感的に理解しているようでした。私は彼をまるですばらしい楽器であるかのように感じていました。すべての弦が敏感な性能をもち、ふれると即座に音を奏でるような。（中略）彼と話していると自分に自信をもつことができたのは、彼が自分よりもよく自分の内側も外側も知り抜いているような感じがしたからです。そして彼は相手の欠点を知り抜いていても、それでも友人でいてくれたからです。彼は私のことを理解し尽くしていると感じさせてくれた、ただ唯一のとは言わないまでも、おそらくほぼ唯一の友人でした。彼の観察力は誰にも真似できないものであると私は信じています。人の心のどんな奥底までも入り込んできて理解することができるからです。他のほとんどの友人については、私のなかの一部分しか理解しておらず残りの部分は分からないので、いつ何時私の言葉や行動を誤解するかもしれないと私は思ってしまうのです。

フレイザーがスミスに対して感じていたものを表現するには、「愛」という言葉がもっともふさわしい。出会ってすぐに、フレイザーはこの新しい友人の完全なとりこになってしまった。フレイザーがスミスを喜ばせようと思ったのはもっともであるが、それゆえに、「ペリクレス」の項を書くにあたって、満足な仕事ができるかどうか反射的に心配になり激しく葛藤したにちがいない。二人にとって幸いなことに、フレイザーはなんとかこの項を書き上げることができた。

のちにフレイザーは、これもまた少し変えれば恋人の回想録になりそうな、魅力的な小エッセイを書いている。それはスミスがクライスト・カレッジに移った後のある日、二人でカレッジのボートレースを見に行ったときのことである。スミスは川岸で、

非常に興奮して、(中略)自分の所属するクライスト・カレッジのボートの横を一緒に並んで走ろうと決めました。彼は果敢に走り始めましたが、ディットンの川の対岸の曲がり角に来たときには、息を切らして立ち止まって休んでしまったのです。自分たちのカレッジのボートを応援するために押し寄せてきていた、例によって騒々しく乱暴な学部生の集団に彼が殴られたり踏みつけられたりしてしまうのではないかと心

配になり、私は自分のがっしりした体を楯に細い彼の体を群衆からかばいました。今でもはっきり覚えているのですが、群衆が私たちの横を叫びながら通り過ぎていくとき、彼は川岸に立ってあえぎながら私に感謝のまなざしを向けてくれました。

フレイザーの人類学への入門、というより「転向」という方が適当な表現かもしれないが、それはこのような感情の大きな波のうねりに乗ったものであった。友情を深めるためにスミスの専門分野を知ろうとしたことが、この新しい分野にひきつけられた原因の一つになったのは間違いない。しかし、将来に大きな望みをもっていた若きフレイザーが人類学に魅力を感じた理由はほかにもある。その一つに、古典のように開拓され尽くした分野と比べると人類学はその当時ほとんど「空白の」学問で、そのため十分に体系も整っておらず専門家も少なかったという点が挙げられる。すべてがこれからという状態であった。それははっきりしていたので、フレイザーが迷いを克服して「ペリクレス」の項を書き上げるとすぐに、スミスはフレイザーにとって初めての古典以外の分野である、「タブー」と「トーテミズム」についての記述を依頼した。この依頼が非常に実り多い結果を生むことになる。「タブー」からは五年後に『金枝篇』が、「トーテミズム」からは二五年後に、分量のある四巻からなる『トーテミズムと外婚制』(一九一〇)が生まれる。さらに、後者は、明らかにここからタイトルがとられているフロイトの『トーテムとタブー』(一九一三）に直接的な影響を与えている。

当時フレイザーは、この二つの項目について自信をもって『ブリタニカ百科事典』に書くほどの知識はなかった。おそらくスミスが一緒に作業をしてくれることを条件にこの仕事を引き受ける気になったのではあるまいか。ことの成り行きについて、一八八六年にスミスは二人の共通の友人であったJ・S・ブラックに次のような手紙を書いている。

ブラックさんたち（『ブリタニカ百科事典』の編集者）に「トーテミズム」が重要度の高まりつつあるテーマであるのを理解してもらいたいと思います。学会誌や論文などで頻繁に扱われるようになったのですが、まだ適切な解説がどこにも見当たりません し、人々に一歩先んじて高い評価を受けるまさによい機会ではないでしょうか。私は、この巻のなかではこの項目が一番気になっています。私自身、フレイザーに心をくだいて助言するよう努めてきました。フレイザーも、自分の執筆したこの項目が今後のこのテーマについての基準となることを期待して、もう七か月間も頑張っています。他のどんなものを削除したとしても、この項目のためのスペースを確保しなければなりません。「拷問」の記述はすばらしい内容ですが、絶対必要とは言えません。拷問については、ほかのところで知ることができますし、だんだんと古びているテーマであり、人々の興味が強くなっているようなものではないからです[17]。

しかし、どんなに理解ある編集者でも、フレイザーの七か月間の努力が実を結んだ解説のすべてを掲載できるスペースを割くのは無理というもので、それは縮小されたかたちで『ブリタニカ百科事典』に載ることになった。この論文全体は、一八八七年に、フレイザー自身の最初の小さな本、『トーテミズム』となって出版された。世界中から集めたデータを網羅したこの本は、このテーマについてそれまで書かれたもののなかでもっとも重要な単行本として、スミスが予言したように、研究者の少ないこの分野において、すぐさま参照すべき典拠となった。フレイザーはそのうちデータに対しても結論に対しても不満を覚えるようなったが、それにもかかわらず、約二五年後の一九一〇年、『トーテミズムと外婚制』第一巻の冒頭部分として書き直しをせずに再出版された。

一八八五年までに、フレイザーは自分のテーマを見つけ出していた。それは、神話学を視野に入れた、「原始の」精神と「原始の」宗教についての比較人類学である。これには、もっとも有名なところではタイラーやアンドリュー・ラングという先行研究者がいた。フレイザーならではの貢献をするとすれば、古典についての深く広い知識にかかっており、彼はそれによってこの分野を比較という手法で拡充することになった。それ以前は、このようにギリシャ・ローマや東地中海沿岸の宗教の「原始的な」要素に鋭く焦点を当てた者も、それらを「未開人《サヴェッジ》」(フレイザーははじめその時代の人は文字使用以前の人間をそう呼んでいた)の宗教活動と大きなスケールで併置した者もいなかった。フレイザーはより以前、パウサニアスの研究をしていた八〇年代の中頃からすでに、自分が何か珍しく重要度の高いものに光を当てようとしていると思っていたようだ。そして、いったんそれに取り掛かると、振り返りはしなかった。純粋な古典の学問を中断することはなかったが、それは常に人類学的な視点から進められていた。フレイザーの業績全体に対する評価がいかなるものでも、彼の研究は、一七世紀の終わりに始まり啓蒙主義の時代に花開いた一世紀にわたる成果と同等の規模をもち、ついにはルネサンス以降特権的な地位を享受していた古典学の勢力を奪うに至ったことを否定する者はないであろう。明らかに、古典の分野にフレイザーのようなかたちで対峙することは、モーセの律法に従わない劣った種の人間の行いのごときものであって、ギリシャやローマの学問から特権を奪い、それらにこれまでほとんどありえなかった角度から光を当てる働きをしている。

しかし、それは後の時代から見て言えることである。一八八五年のフレイザーにはもっと差し迫った問題があった。研究テーマは見つかったかもしれないが、これから職を探さなくてはならなかった。なぜならば、その年でフェローの任期が終わってしまうからだ。フレイザーはカレッジの委員会に更新を申請したが、それが叶えられる確信はなかった。カレッジでは、一八八二年の改革の産物である、いまだ実際上は執行の例がない新学則が施行されていた。しかし、それ以前の学則でも任期の延長を認められた例はほとんどなかった。理由は明らかである。トリニティにせよ他のカレッジにせよ、フェローの職の栄誉を授けることでカレッジを活性化できるのはよいが、それを授けられた栄誉ある優等者には通常教鞭をとる義務はないので、そのような多くの者に期限延長を認めるような余裕はなかったからだ。

フレイザーは空いている大学の古典教授のポストに応募したのかもしれないが、それを示す証拠は残っていない。分かっているのは、英国王立地理院の司書に志願したことで、これについてはフレイザーが当時集めた証明書などが残っている。アバディーン大学の職に応募した四年前のものと同様に、これらの資料はフレイザーの友人や同僚が彼のことをどのように見ていたのかを明らかにするという意味で重要性が高い。

四つの手紙が残っているが、これらを書いたのは、W・H・トンプソン（トリニティの学寮長）、ヘンリー・ジャクソン、ジェイムズ・ウォード、フレイザーの古くからの友人で旅行仲間であり当時エジンバラ大学の政治経済学教授を務めていたJ・シールド・ニコルソンである[18]。当然であるが、四人ともフレイザーにはそのポストに対する適正があると確証をもって述べている。また、フレイザーには、すばらしい学問的業績があり、博識で、語学力があり、勤勉で熱心で誠実な人柄であるとも述べている。それに加え、興味深いのは、四人がそれぞれ別の方向からフレイザーを称えている点である。四人のうちでフレイザーとの親交が一番浅いトンプソンは、客観的事実の記録について述べるにとどまっている。ジャクソンとウォードはともにフレイザーの人類学に対する関心の深さについてふれている。それがこのポストと直接的な関連があるのは、王立地理院があまり知られていないような世界各地の探検旅行のスポンサーとなっていたからだ。ニコルソンの手紙はわずか三つの文章からなるとびぬけて短いものであるが、フレイザーを「長年にわたって親しく」知っていると述べているところが際立っている。ニコルソンは、フレイザーが「仕事をする上では気の毒になるほど誠実で、誰からも好かれる誠実で親切な紳士である」とも書いている。

ウォードの手紙は、フレイザーの関心や才能を細かいところまで明らかにするという点でもっとも行き届いたものである。ウォードはフレイザーの人類学に対する関心をより広い現代科学に対する関心と照らし合わせ、フレイザーが「おそらく（現代科学、とくに人類学については）大学のなかで誰よりも徹底した知識をもっている」とさえ述べている。十年来の親交にもとづいて、ウォードは次のように証言する。

フレイザー氏は、非常に壮健な人です。学問においても著述においても彼の絶え間ない努力と仕事に対する不朽のパワーはトリニティでは有名です。彼には気取ったところやうぬぼれたところが少しもなく、温かい心をもった親切な人なので非難されるということがありません。彼に親しみを感じている友人は多く、敵対したりけなしたりする人はいません。

ウォードはフレイザーが司書の仕事を完璧にこなすであろうと結論付けている。「もし仮に困ったことがあるとすれば、そのうち彼自身が探検家になってのちに高い評価を受けるような仕事を［王立地理院から］奪ってしまうことでしょう」。この最後の文から分かるように、公式なものではないとしても、フレイザーはこの時点ですでに現地調査旅行の計画について口にしていたと考えられる。実際、十年後には、フレイザーはハッドン調査団のニューギニアにおける調査への参加を真剣に考えている。現在のわれわれからしてみると、フレイザーはいわゆる「肘掛け椅子の人類学者」であるが、彼自身は違った考えをもっていた。

いうまでもないが、アバディーンの教授職への就任が実現しなかったのと同様に、フレイザーが地理院の司書になることはなかった。一八八五年五月二二日、大学委員会はフレイザーのフェロー任期をさらに六年間延長する決定を下した[19]。この決定は主にフレイザーの将来性を考慮に入れてなされた。というのも、彼にはまだそれほど業績はなかったからだ。サルスティウスの学生用の改訂版と『ブリタニカ百科事典』の小さな記述事項（もちろんジャクソンはその意義の大きさについて証言したにちがいない）があるばかりで、パウサニアスの翻訳と注釈はスタートしたばかりだった。また、この更新の決定は、ある意味で人間関係にもとづく判断による。これまで六年間にわたってかかわった結果、上層部はフレイザーがカレッジの精神にふさわしい人物であると判断したのだ。

ジャクソンのほかにも、フレイザーには少なくとも二人の影響力のある友人があり、その二人、フランシス・ゴールトンとロバートソン・スミスは、フレイザーの留任を強く後押ししてくれた[20]。このときフレイザーが学者として公的なデビューを果たしたのは偶然の一致ではないだろう。一八八五年五月一〇日、ロンドンの人類学会の会合で、フレイザーは初めて人類学のテーマについて研究発表を行った。これには、「魂に関する原始的理念を例証する埋葬習慣について」というフレイザーらしい特徴的なタイトルがついている[21]。

なぜこのタイトルがフレイザーらしいのかというと、フレイザーはこの時点で、またこれ以降も、次のように考えているからだ。つまり、原始の人々は、理性的な傾向をもつ現代人と同様に、世界を一連の知的な問題と捉えており、この考えに従って、問題——ここでは魂の本質について——の解決（または理念）を導き出そうとするのである、と。両者の大きな違いは、原始の人々の理念には誤りがあり、現代の私たちの理念は正しいということだ。もしくは、少なくとも私たちの理念には原始の人々のような滑稽な誤りはないということである。ほかにフレイザーらしいといえるのは、彼が文化の遅れた人々の行動からその行動に駆り立てていた動機を辿るのに抵抗を感じていない点である。

この口頭発表は、他の学者との交流を広げる場であったとも考えられる。印刷された記録が残っており、発表の後に続いた議論を今に伝えてくれている。フランシス・ゴールトン（フレイザーの助言者の一人）が司会を務めており、聴衆のなかには学会のメンバーであった旅行者や冒険家に交じって、ハーバート・スペンサーやE・B・タイラーの名前も見られる。不屈の勤勉さと聴衆を印象付けたいという熱意をもって、フレイザーは、死や死後の世界、葬儀に関する信仰や儀式の「原始の」概念について、世界規模にわたる百科事典的な研究を発表した。この最終的に活字になった論文を見ると二七七もの脚注がついており、そのほとんどが複数の出典をもっている。古典からの類似例だけではなく、英語、ドイツ語、フランス語、イタリア語の文献から引用がされており、注のうちの多くは小さな版の一ページ以上に及んで、さながら小さな一つの論文のようになっている。もちろん、脚注は書物の中心として読まれるべきものではないが、注釈のもととなった本文そのものもすばらしく、例えば一つの文章のなかに見られる中国からペルーへといった目もくらむようなスピーディな移動が印象的である(22)。

博識な聴衆に対して、気のきいた話し方をするのにフレイザーは骨を折ったことであろう。フレイザーの博学と学者としての力量はそれ自体で強い印象を与えるのであるが、彼はいかにも学者らしい人物に見られることをよしとしなかった。それゆえ、この公式の場への初進出において、フレイザーは洗練された皮肉《アイロニー》な調子の話し方をすることにした。会話においてのフレイザーは、ウィットや機転で注目されるような人物ではないが、書いたものにおいてはこれが一転する。彼の学問の全体的な視点は皮肉に満ちたものと見なしうるかもしれない。それは呪術や宗教の誤謬からみずからを解放し科学や理性の純粋な空気を吸い込もうとする人間の混迷しながらのたどたどしい努力を記録しているのであるが、この宗教についての最初の論文においても、皮肉で嘲笑的なトーンがうかがわれる。フレイザーが声に出して読んだかもしれない重要な最初の脚注で、彼は研究対象と自分自身のあいだに距離をとることの困難について述べている。

これから挙げる多くの慣習についての私の説明は、その慣習を実際に執り行っていた人々による説明ではないことを断っておきたい。人は自分自身の慣習について何も説明しないか、もっとよくあることには、誤った説明を行う。それゆえ、ここで挙げた資料は、慣習の事実そのものとして引用されたのであり、慣習の解説ではないことを読者は理解しておかねばならない。(三)

フレイザーはこれらの慣習を揶揄《アイロニー》的に解説するために利用しただけでなく、自分が引用した書物のなかに示されたものを批判的に扱うこともあった。それらの慣習を実践していた古代の人々自身よりも自分の方がその慣習の意図や動機が理解できると確信していたからだ。自分たちは原始の人々よりも彼らの慣習について明確な調査を行うことができる、とフレイザーも当時の研究者たちも考えていた。人類学者はその当事者たちよりも対象となる行為を理解することができるのか。それは今日でも論争の的となる問題であり、学者のあいだには賛否両論がある。しかし、フレイザーの時代には現在のような込み入った見解は提示されていなかった。ただ単純に、原始の人々よりも教育ある現代の西洋人の方が当然理解力をもっと考えられていたのである。

フレイザーはまず自身の資料の信頼性を否定し、様々な表現方法を用いて皮肉な語り口を強めていく。計算された修飾語句が好んで用いられている。例えば、眠っている者の魂は体を離れてしまうと信じられていたことにより、病気の人間に悲惨な結末を引き起こした例が挙げられる。魂が肉体から離れて戻らなくなってしまう恐れがあるので、病気の人にとって眠りは危険であると見なされていた。このため病人に対して親しい者たちは病人を眠らせないようにした。

そのような目的をもってチェルケス人たちは病人のそばで何時間にもわたって踊り、歌い、演劇を行い、話を聞かせたりする。肺の強さをもとに必然的に選ばれた一五人から二〇人の若者が、病床の周りに座り声を張り上げて歌を歌うというぞっとする夜が始まる。時折、そのうちの一人が、思いやりを込めて病人の床の横に置かれた鍬の刃を金槌で叩いて心地のよい変化をつける。(二四、傍点は筆者による強調)。

フレイザーは明らかに原住民より自分が上であると考えており、それを証明する必要さえ感じていない。フレイザーがみずからの優位性を伝え、強調しているのは、こういった語り口によってでしかないが、これは聴衆を本質的に誤解させてしまう危険性もある。そういった意味でいえば、この論の根底にはみずからの優位性に対する自信があり、またこの語り口は、こうした大きな前提を共有する専門家集団に向けられたパフォーマンスであることが分かる。

これ以降もフレイザーにはおなじみのやり方になるのだが、彼は何のことわりもなく、話の途中でいきなりプルタルコスの書に記録されている奇妙な葬儀の行事はいったいどういうことだろうと問いかける。「ドライ」な分析的な前置きをしなかったことで、フレイザーは聴衆の興味をかき立てるのに成功したが、自分の論点が理解されるように言葉を駆使しなければならなかった。そのため、いくつかの仕掛けが武器として用いられた。技巧的な修飾の言葉に加え、フレイザーは短い余談を好んで使用している。この例は、霊を鎮める目的をもつ葬儀のしきたりを論じた記録の最後の部分に見られる。フレイザーによると、「人が死んだとき、ユダヤ人たちは家中の器の中にあった水を外に捨ててしまう。これは、そのなかに死者の霊が落ちて溺れてしまわないようにするためである」。記録ではフレイザーは出典を挙げて次のように論じている。

タルムード学者のなかでももっとも博識な者たちによると、この習慣は、死の天使が血のついた剣を洗ったので水が穢れてしまったという考えからきている。水をあけてしまうということを死の知らせと解釈する味気ない合理主義と比較して、この精神性豊かな説明はどうであろうか。古い習慣というボトルに新しい理性というワインを入れてしまうのは本当に虚しいことだ。(三二)

この発表の評判は上々であった。これに続く討議の記録が伝えるところによると、タイラーみずからが「フレイザー氏の独創的で工夫に満ちた実例の分析は、アニミズムにもとづく葬儀習慣の研究を大いに発展させるにちがいない」と述べている(四八)。フレイザーの側は、「タイラー氏が彼の論に対して示した興味に深い感謝を捧げている。そもそも氏が最初に人類学に興味をもったのはタイラー氏の書を通してであり、それを熟読することはフレイザー氏のこれまでの生涯において画期的な出来事となった」(四九)。この当時トリニティのカレッジ評議委員会の議事録にはほとんど決定事項だけで議論の内容までは記録されていないが、この学会発表での成功がフレイザーのフェロー任期更新に実質的にひと役買ったと考えてかまわないだろう。

一八八四年から八五年にかけて、フレイザーの人生には劇的な変化があった。傑出した存在であるロバートソン・スミスという友を得て、初めて出版物を出し、最初の大きな仕事であるパウサニアスの翻訳に取り掛かった。しかし、これがすべてではなく、フレイザーの学問に対するエネルギーには限界というものがないかのようである。古典と人類学の研究と並行して、文学への興味も追究しているのだ。最初の手紙から二年後、パウサニアスの翻訳をしていた最中にあたる一八八六年七月一八日、フレイザーはジョージ・マクミランにまた手紙を書き、今度はドイツ語でハインリヒ・ハイネの詩の選集を出版してはどうかともちかけている。その本は、ハイネの生涯の紹介と言語学と文学の両分野にわたる注を含んだものになるはずである。「もしそのような本の出版を決定されれば、私が喜んで編集を行います。私は優れたハイネの詩に親しんでおり（ハイネは私のもっとも好きな文学者の一人です）、すぐに選定した詩のリストをお渡しできますし、印刷作業はすぐに終わると思われます」。

　フレイザーが手紙のなかで述べているように、「ハイネはイギリスでもっともよく読まれ愛されている詩人」である。これより二〇年前、マシュー・アーノルドが、全面的な称賛とまでは言えなくても、ハイネについて影響力のある概して好意的な論文を書いており、イギリスにおけるハイネの評価を確立していた[23]。フレイザーは、前に述べたように、ドイツ語をマスターするためにドイツを訪れた一八七八年以来、ハイネのファンになっていた。ハンブルクでハイネの選集を購入し、それ以来ハイネへの熱は冷めることがなかった。

　フレイザーの好きな詩人はハイネとウィリアム・クーパーであったが、この組み合わせはかなり奇妙なものだ。フレイザーは一九一二年にクーパーの書簡集を編集している。一八世紀のイギリスには度重なる精神障害の発作により悲惨な人生を送った詩人が数多くあり、クーパーもそのうちの一人であった。クーパーの心を打つ多くの詩や手紙は、狂気の発端についての様子と、情熱をすべて使い果たしたのちにようやく辿りついたぎりぎりの平静とについて伝えてくれる。死の前の数年間、クーパーは田園地帯で静かな生活を送り、もう詩を書くことはなく、イギリス国教会の敬虔な聖体拝領者として宗教的な瞑想に日々を過ごした。

詩からみてもその生涯からみても、ハイネほどクーパーの対極にある詩人を見つけるのは容易ではない。ユダヤ系ドイツ人であったハイネは、若い頃は非常に政治的であり、極めて影響力のあった政治的出版物に左翼的な思想を発表した結果、ドイツを去ってのちに最愛の都となるパリに移住せざるを得なくなった。ハイネは主に若者の恋を取り上げそれを鼓舞するような「ナイーブ」な感情をシンプルなバラードのかたちで印象深く描き出すが、その傑出した詩才はウィットや皮肉な笑いと結びついて、それは、理性の名のもとに、あらゆる制度や大義を根本から攻撃し、その対象はかつての友人たちの自由主義的な合言葉にまで及ぶ。詩人は、孤独のうちに梅毒による惨めな死を迎えた。アーノルドをはじめとする批評家の評価にもかかわらず、ヴィクトリア朝社会の基準からするとはなはだしい道徳的逸脱のため、ハイネの名にはスキャンダルがつきまとっていた。生前から死後何世代かにわたって危険で破壊的な詩人とみられていたという点で、ハイネはP・B・シェリーに似通っている。
フレイザーが最初に、ハイネのどんなところにとくに魅かれたのかは分からないが、T・S・エリオットの言葉を借りれば、ハイネの詩はやがて、フレイザーの人生においてほかの表現形態では吐き出せない彼の激しい感情を表す「客観的相関物」となったのだろう。ロバートソン・スミスに対する深い愛情を考えれば、二人の友情がこのような感情のすばらしい例であることは驚くにあたらない。J・F・ホワイトに宛てた長い追悼の手紙のなかで、スミスの風鳴琴のような性質について述べている箇所を見てみよう。

会話のなかで何かとくに気になるものにふれたりすると、つまり何か詩的なものやすばらしいことがふと取り上げられたとき、まるで彼のなかで弦が震えているように感じられたものです。そしてこれは、彼がそのときの自分自身の言葉がきっかけで急に黙り込んでしまうとき、さらによく感じることができました。私の記憶に焼きついている二つの小さな出来事がこれをよく示しています。ある時期、私は自分の持っている本の中の言葉に赤い線を引いていたのですが、彼と一緒に本を読んでいるときこの赤い線が目に入ったので、「あの細い赤い線」と口に出して言いました。彼は何も言いませんでしたが、その一瞬の沈黙には彼がこの言葉に興奮している様子が表れていました。もう一つの出来事は、スミスの友人で亡くなったドナルド・マクレナン（有名な人類学者の弟で自身も優れた人類学者です）とケンブリッジで過ごした日のことです。スミスの頼みで私が二人を乗せてボートを漕いで川を上ったのですが、スミスは私の背後の船首に、マクレナンは私と向き合って船尾に座りました。グランチェスターに近づいたとき、ゴロゴロという音が聴こえてきました。「あれは電車ですか」とマクレナンが聞いたので、私は、「いや、あれは水車ですよ。Ich höre sein fernes Gesumm.（私にはあのうなる音が聴こえる）」と言いました。そう言ったときロバートソン・スミスは私の後ろにいて、私はその姿を見ることはできませんでしたが、彼が突然黙り込んで沈黙が一分かそこら続いたので、そのハイネの美しい詩の残りの部分が彼の心のなかを駆け抜けていったのを私には完璧に理解できました。

マクミランは海外古典シリーズにハイネを加えることに賛同を示した。ケンブリッジ大学がドイツ語の優等卒業試験制度を定めていたので、学生のあいだで人気が出るはずだった。しかしフレイザーはこの本にはもっと広い読者層を考えていたので、両者はこの企画を見送ることとなった。しかしこの出版中止にひるむことなく、フレイザーはマクミラン社との長い付き合いのあいだずっと純文学に関する企画を提案し続けた。

一八八四年から八六年にかけては大きな躍進の期間といえる。このあいだに、これまで準備、研究してきたものが実を結んだ。これまで先送りされていたことやスタートでの失敗はすべて忘れ去られた。いったん取り掛かると、フレイザーは無駄にした時間や遅すぎたスタートを埋め合わせる決意をしたかのようである。ここから彼の生活は仕事でいっぱいになり、たいてい同時進行で複数の大きな仕事を進めることになる。八〇年代半ば以降、フレイザーは二度と後ろを振り返らなかった。

(1) ウィリアム・ロバートソン・スミス『セム族の宗教』(William Robertson Smith, *The Religion of the Semites*, rev. edn 〈London, A.&C. Black, 1894〉) ixページ。

(2) 正式なタイトルは *C. Sallusti Crispi Catalina et Jugurtha* (『C・サルスティウスの「カティリナの陰謀」と「ユグルタ戦記」』) である。

(3) 学生用のテキストであるが、ドイツ語で注がつけられている。TCC Frazer 22: 2-3 には、アウグスト・シンドラーの『ドイツ文学新聞』(*Deutsche Literaturzeitung*) 一八八五年五月二日掲載の書評を訳したもの (フレイザー自身の手による) がある。シンドラーは、この本に「サルスティウスのすばらしい書」との極めて高い評価を与え、編者の巧みさ、熱心さ、工夫を称賛している。

(4) J・P・ポストゲイト (一八五三―一九二六)。トリニティ・カレッジのフェローで古典語講師。ロンドン大学ユニバーシティ・カレッジの比較言語学教授。『クラシカル・レヴュー』(*Classical Review*) および『クラシカル・クォータリー』(*Classical Quarterly*) の編集者。プロペルティウス、ルカヌス、ティブルスの監修者。

(5) パウサニアスの書は一八二二—二八年にC・G・シーベリスが監修したものがあるが、フレイザーはJ・H・シューバルトの四〇年にわたる力作で、一八三八年、一八五四年、一八七五年に出版されたテキストを使用している。フレイザー以降の監修者は、H・ヒッツィヒとH・ブルームナー(一八九六—一九一〇)、F・シュピーロ(一九〇三)、M・H・ローシャ゠ペレイラ(一九七三—八一)。

(6) ジョージ・A・マクミラン(一八五五—一九三六)編集者、マクミラン社取締役。

(7) 手書原稿、大英博物館。Add. MS 55257.

(8) この最初の手紙で、マクミランは、パウサニアスの翻訳の出版に興味をもったきっかけについて、「数年前、私自身がそれを手掛けてみたいと思ったからです」と述べている。

(9) 大英博物館。Add. MS 55418 (1), pp. 169–70.

(10) (サー・)シドニー・コルヴィン(一八四五—一九二七)。文学・美術評論家。トリニティ・カレッジのフェロー、ケンブリッジのフィッツウィリアム博物館館長。

(11) 大英博物館。Add. MS 55418 (1), p. 427.

(12) 大英博物館。Add. MS 55418 (1), p. 963.

(13) J・S・ブラックとジョージ・クリスタルの伝記『ウィリアム・ロバートソン・スミス』(J. S. Black and George Chrystal, *The Life of William Robertson Smith* 〈London, A.

& C. Black, 1912〉）参照。

（14）『セム族の宗教』は、一八八八年から一八九一年にかけてスミスが行った三つのシリーズのバーネット記念講義の第一シリーズのタイトルである。スミスの健康状態が悪化したため、第二、第三シリーズを見直して出版することは叶わなかった。

（15）TCC Frazer 1: 40.

（16）フレイザーが寄稿した『ブリタニカ百科事典』の項目は、「ペナーテース」、「ペリクレス」、「プリーフェクト（長官）」、「プラエネステ」、「プラエトール」、「プリアポス」、「プロセルピナ」、「プロウィキア」、「サトゥルヌス」、「タブー」、「テーセウス」、「テスモポリア祭」、「テスピアイ」、「トーテミズム」。「テーセウス」と「テスピアイ」にはフレイザーの署名があるが、ベスターマンの文献目録には載っていない。

（17）『ウィリアム・ロバートソン・スミス』四九四―九五ページ。

（18）TCC Frazer 28: 188–91.

（19）トリニティ・カレッジ評議委員会議事録学内版（Trinity College Council Minutes, Domestic, 1882–1897, p. 59, 22 May 1885）。「学則一五条一〇項に従って、J・G・フレイザー氏のフェロー任期五年延長認可を満場一致で可決した」。この当時の議事録は決定事項だけを記載し、議論の内容は含んでいない。ここからのカレッジ評議委員会議事録からの引用については、トリニティ・カレッジの副図書館長であるティモシー・ホッブス博士に感謝の意を表したい。

(20)　一九二九年七月二三日のカール・ピアーソンへの手紙でフレイザーは次のように書いている。「契約更新についてはフランシス・ゴールトンと亡き親友のロバートソン・スミスが影響力を駆使してくれて、うまくいきました」(MS: University College London Library).

(21)　この学会発表は、『人類学協会ジャーナル』一五号 (*JAI*, 15 〈1885–86〉, pp. 64–101) に掲載され、『ガーナード・シーブズ』(*Garnered Sheaves*) に再録されている (pp. 3–50)。これ以降ここからの転載はページ数を括弧内に入れて引用する。

(22)　J・Z・スミス、第一巻第三章には、この論文に対する別の見方の分析がある。

(23)　マシュー・アーノルド「ハインリヒ・ハイネ」(Matthew Arnold, "Heinrich Heine")。『講演と批評論集』(*Lectures and Essays in Criticism*, ed. R. H. Super 〈Ann Arbor: University of Michigan Press, 1962〉, pp. 107–32) 収録。

第5章　神話学と相反する感情

一九一一年、フランスの古典的人類学者サロモン・レナック（一八五八―一九三二）は、その当時までの神話学の発展を振り返っている。そして、ロバートソン・スミスには、「フレイザーの父」という墓碑銘を与えれば十分だと言った[1]。実際のところ、スミスという学問上の父の存在があったからこそ、フレイザーは人類学者になることができた。スミスが亡くなるまで、二人は互いに往来を繰り返す親友であり、散歩や談笑に長い時間を過ごしたものだった。一八九〇年の初頭、スミスがその四年後には彼の命を奪うことになる肺結核に突然見舞われ、ひどく体調を崩したときも、フレイザーは頻繁に彼の病床を訪れ、できるかぎりの援助を惜しまなかった。スミスの死後にも、彼はJ・S・ブラックを助けて、『セム族の宗教』の再版を出版社に働きかけたのだった。フレイザーとスミスとはそれほど親しかったにもかかわらず、先ほどのレナックの碑文では、二人の関係は完全に単純化され、そのせいで歪められてしまっている。二人ともケンブリッジに住んでいたので、互いに手紙のやりとりをする必要はなかった。そのために、わずかばかり残っている二人の往復書簡が、両者の交流を知るほとんど唯一の手立てとなっている。フレイザーからスミスへ、あるいは他の知人に宛てられた手紙を見ると、二人のあいだは深くて強い友情の絆で結ばれていたことが感じられる。それと同時に、学者としては未熟な頃のフレイザーが、その学問上の父の後見のもとに育った「子供時代」は、実際はほとんど長くなかったと断言できる。あるいは、フレイザーがスミスとの日々を回想するときよく使う求婚の比喩を用いれば、彼らの蜜月は、大概の蜜月がそうであるように、ごくごく短いものであった。

二人はそもそもの出会いのときから、宗教の定義と意義、それに宗教が今後どうなっていくかについて、互いの意見が大きく異なっていることを認識していた。二人はこの意見の食い違いを、出会ってすぐに感じたにちがいない。それで、二人の行き違いを解決することには、たいした時間をかけなかったのだと思う。解決という言葉を使ったが、二人はお互いの意見がどんなに違っていても、それを理由に互いの親交を損なうようなことはしないと決意したのだった。

二人の考えの違いは、フレイザーにとって人類学への最初の進出となった、『ブリタニカ百科事典』の「タブー」の解説からして、すでに明らかだった。フレイザーは「負のマナ」の発想にもとづいて、「タブー」を宗教的禁忌の体系として解説し、それに合致する多くの例を挙げている。タブーやそれに似たものが原始社会の至るところで見られることを示した後で、彼は次のように結論を下している。「タブーのもっとも特徴的な性質のいくつかは、程度の差はあれ、あらゆる原始種族に共通に見られる」[2]。フレイザーは議論をさらに展開して、こうした原始的体系の「痕跡」は古代のイスラエルやギリシャ、ローマで営まれた宗教儀式にも見られると言う。

ところが、『ブリタニカ百科事典』のなかに、「社会学的進化の効用」という見出しが付けられた非常に興味深いフレイザーの文章がある。その部分では、フレイザーは具体例の説明から話を転じて、タブーの社会的機能について推測を交えた解釈を試みている。原始種族が原因と結果とを混同したり、自然の法則を知らなかった結果、タブーが生まれたことは周知の事実である。ところが意外にもフレイザーは、タブーが過去数千年にわたって文化の進歩に大きく貢献してきたと論じている。

原始民族のなかには(ギリシャ、ローマそれにヘブライ起源でのちに文明化した今日の末裔たちのように)、タブーに典型的に示されるような原始的な精神の混乱から近代の理性的な明晰さへと、緩やかだけれども着実な進化の流れのなかに身をおき、そこから恩恵を受けてきた民族がいた。ところが他方に不運な原始民族がいて、彼らは社会学的には外部の暗黒世界としか表現できない領域に追放されたままになっている。フレイザーはこの二種類の原始民族を明確に区別している。こうしたフレイザーの区別に対して、私たちは民族主義者の単なる偏見だと烙印を押すわけにはいかない。なぜなら、今日、文明社会に住む無教養な小農民層も、理性の進化とはまったく無縁であった民族と精神的には大差ないからである。文体の点でも、フレイザーの成熟は見て取れる。例えばそれは、言葉の調子を変えて将来的展望を述べる文体（「……と信じる愚は今後一切犯さないだろう」）によく表れている。また、「哲人」の筆によって宗教が安易に説明されていることに彼は不快感や不信感を露わにしているが、そんなときに出てくるどきりとするほど風刺のきいた比喩も、彼の文体が成熟したことを物語っている。

タブーの原初的な特徴を知ろうとするならば、集団生活の側面ではなく宗教の側面に目を向けなければならない。タブーは執政者たちがこしらえたものではなく、アニミズム信仰が緩やかに変化していく過程で生まれたものである。その後、この変化に乗じて、執政者や聖職者は私利私欲からタブーを人為的に操作するようになる。しかしながら、タブーは一方で、執政者たちの私利私欲のためにうまく働きながらも、他方で文明の進化にひと役買ってきた。つまり、私有財産権は認め合わなければならないだとか、婚姻は神聖なものであるとする概念が定着するのにひと役買ったわけだ。こうした概念は時を経ていくあいだに一人歩きをし始め、原始共同体では判断の唯一の拠り所であった迷信とは無縁なものになる。社会がこれからどんなに進んでも、道徳感情が単なる感情であって、経験にもとづいた観念にならないかぎり、私たちの道徳感情がタブーの原初的体系に左右されるなどと信じる愚は、今後いっさい犯さないだろう。こうして、タブーには法と道徳という黄金の果実が接木された。他方で、大本の幹はゆっくりと枯れていき、民間迷信という酸っぱい果実と無味乾燥な樹皮だけが残った。今日の近代社会でも、豚どもが民間迷信を貪り続けている(3)。

スミスとフレイザーとが共同研究を始めた当初から(レナックの言葉を使えば、当時のスミスは確かにフレイザーの学問上の父であったが)、フレイザーは啓蒙主義期の最善の方法を用いて、原始宗教を研究していた。表向きの研究テーマが何であれ、彼は宗教全般、とりわけキリスト教を批判してやろうという心積もりでいた。この百科事典の執筆箇所では、旧約聖書のなかの一連の出来事を引き合いに出し、それらが古代ユダヤ教の(原始的)タブーの名残だと説明している。スミスは進化論者であり、比較宗教学者でもあったので、そのような説明に異論を唱えはしなかっただろう。

フレイザーにしてみると、早くからコントに傾倒していたこともあり、聖書が原始宗教の要素を含んでいることを実証できれば、聖書にもとづくどんな宗教も、今後の考察からうまい具合に外してゆけるはずだった。ところがスミスにしてみたら、この点についてユダヤ教ないしはキリスト教に原始宗教の要素が見られるといったところで、宗教に対して致命傷を与えることにはけっしてならなかった。『ブリタニカ百科事典』第九版の出版は、ヴィクトリア朝の理性尊重主義が最高潮に達したことを証明するものであり[4]、それはとりもなおさず、フレイザーの執筆の仕方、彼の上気したような声の調子も、この事典のもつ全体的なムードに合っていたことになるのかもしれない。それでもやはり、フレイザーは自分の得意な領域の話になると、かなり偏った書き方をしている。その点について、スミスはフレイザーに何の訂正も求めていないが、このことから、二人が強い友情の絆で結ばれていたこと、そしてスミスという人物の度量の広さがうかがえる。スミス自身は、自分の考えを表明したために非難にさらされたが、フレイザーが書いたものについては、それが明らかに拙劣でないかぎり、手を加えはしなかったようだ。もちろん、フレイザーの文章が拙劣であったためしはないのだけれども。

このように見てくると、二人のあいだに最初から、岩床のように揺るぎない友情があったと思われるかもしれない。確かに友情という岩床の上に、学問上の見解の違いからしばしばぎくしゃくする危うい関係を、二人は築き上げていた(少なくともフレイザーの目から見れば、危うい曖昧な関係であった)。彼らはお互いのすぐ傍で、多くの共通のテーマに取り組んだ。お互いにコメントを求めて見解を述べ、言い負かし言い負かされ、負かされても再考してまたコメントを求めることの繰り返しであった。フレイザーがスミスをやりこめるよりも、スミスがフレイザーをやりこめた数の方がおそらく多かったであろう。なぜなら、少なくとも最初の数年間は、明らかにスミスの方が専門領域についてよく知っていたからだ。こうした経緯から、フレイザーの方がスミスに対してより複雑な感情を抱いていたと考えられる。

二人はお互いに対して概していい感情を抱いていたが、両者の関係はけっして対等ではなかった。これらの事情から判断すると、スミスの方がずっと利口であったと結論せざるを得ない。(5) さらに言うと、宗教が人々の生活の営みのなかでこれから果たしていく役割、あるいはこれまで果たしてきた役割について、スミスはフレイザーに比べると、はるかに広く深く理解していた。その点だけとっても、スミスの方が、学問上も学者気質という点でも宗教研究に適していた。対照的にフレイザーはというと（もちろん、彼は学才豊かで、驚異的に勉強したのだが）、宗教を理知的に捉えたいとする衝動が強すぎるあまり、例えて言うと、色の違いが分からないのに絵画を必死に批評しているようなところがあった。加えて、スミスには社交の才があり、娯楽のつぼを心得た都会派だったので、ベドウィン族からケンブリッジの大物教授、さらにドイツの哲学者に至るまで、誰とでも分け隔てなく気楽につきあえた。(6) フレイザーは、もちろん友情に応えるぐらいはできたが、社交場の手腕など持ち合わせていなかった。私の印象では、フレイザーが社会的で心理的な活動を行う上で、スミスの存在はなくてはならないものであったように思う。フレイザーにとってスミスは無二の親友であった。しかし、スミスも同じように思っていたかどうかは、はなはだ疑問である。

二人の関係を十分に理解するためには、フレイザーがスミスに案内されて分け入った学問の風土を感じ取らなければならないだろう。原始宗教の研究は、フィールド調査が実施される以前には、主に神話学研究の一領域として行われており、それ自体に、長くて複雑な歴史がある。しかし、ここでどんな概説を試みたとしても、この研究に付きまとう「頑迷な学者間の憎悪」を伝えることはできない。事実、この「憎悪」のために、一七世紀以来この分野の学者たちは、原始宗教と神話におけるその起源と歴史と意義をめぐって堂々巡りの議論を繰り返し、その議論自体を曖昧なものにしてきたのだ。この風潮はフレイザーの時代以前からあったし、今日に至るまで続いている。スミスは、当時としては非常に「熱しやすく」扱いにくい研究テーマをフレイザーに勧めたことになる。

ヨーロッパの神話学研究は、ヘロドトスによる民族誌的な観察に始まる。その後、前キリスト教時代のアレキサンドリアで、ホメロスにヘレニズム風の注解を施す本格的な研究が盛んになり、いったん下火になった後、ルネサンス時代にふたたび蘇る。[7] ひとたび古典古代の手稿が発見され、その内容が編纂、出版されると、神話学の学究は二つの流派に分かれていった。両派の比較から一派は（いつも、かなりの数の学者からなるのだが）、「下部」批評と呼ばれている。この一派は権威を確立しており、新しい資料と洗練された技術（例えば、碑文読解や考古学調査の技術）を用いて、着実に多くの良質の原典を確定した。また、この派の編集者の多くが、研究遂行上の規則をしっかりと守り、堅実な努力を積み重ね、時折綺羅星のような偉業を成し遂げたことも、このように良質の原典を生産できた理由であった。もう一派の方は、解釈を主な仕事としているが、「高等」批評と呼ばれている。啓蒙期にこの一派は、学究を装いながらもキリスト教を批判することを本分としていた。一八世紀のイギリスやフランスでは、「哲人」や神学者たちが、キリスト教をあからさまに批判する者に対して厳格な処罰を求めていた。そのために、この一派の神話学者は、民族誌の情報が大量に帝国の主要都市に入ってきていることを利用して、表向きは冷静に学者らしく見せながら、きわどい比較を行っていた。つまり、ヨーロッパ古典古代の神話や信仰が、いくつかの「原始」種族、とりわけアメリカ・インディアンの神話や信仰とどれほど似通っているかを議論したのである⑧。

そのときになって初めて、宗教を研究するといっても、それは神の御言葉としての教義的価値をもっているか否かを考えて、個人の救済という観点から受け入れられるか、拒絶すべきかを判断する研究ではなくなった。そして、社会制度として宗教を捉え直し、その背後にある人間の必要と行動の歴史を調べ、それぞれの宗教が発達するのにどのような規則が働いていたかを考察し始める。当然、この考察は異教徒たちがもつ宗教観の起源にまで、問題を広げていく。しかし、字義ばかりにこだわる学者は別として、たいていの読者なら、キリスト教がいかに思慮分別を備えた宗教とはいえ、この種の議論から免除されるとは考えなかったはずだ。その結果、原始民族にとって何が引き金となって宗教の基礎が作られることになったかを推論する研究――現実には、人類（すなわち、ヨーロッパのキリスト教社会）文化の「起源神話」研究になったが――は、一八世紀の多くの学術論文で好んで取り上げられる論題となった。確かに、原始種族のなかから少数の進歩的な集団が登場し、ドイツの学者がのちに名づけた「原始の蒙昧」状態を脱して、自分たちが存在する世界――畏怖心を抱かせ、危険ではらはらさせられるこの世界――を理解しようとし始める。そうした転換期に、これらの集団はいったい何を考え、何を感じていたのか、読者は想像しないではいられなかった。

宗教とはそもそも（啓蒙期によく使われた表現で言うと）「謬見《びゅうけん》」だと考える立場の人々は、現地からの本物の情報が得られないこともあり、原始的種族がある支配的な感情に囚われていたと勝手に想像をめぐらした。つまり、畏怖のとりことなっているというのだ。手に負えない自然の猛威を恐れるあまり、原始的種族は恐れをもたらすものを擬人化し、その後に神格化し、こうして生まれた神々を宥《なだ》めようと努めた。次の段階として、ずるがしこい聖職者たちが現れ、これら聖職者たちは、作られた神々について特別な知識をもっていると吹聴し、権力と地位を独り占めしようとした。そして、世界観が変わりつつあることにつけこんで、自分たち聖職者が社会に寄生して生きていけるための巨大な制度を作るように求める。そのため、原初の時代を回想した神話は嘘偽りだらけの混乱した記録であって、その後幸いにも理性的になり宗教というインチキの慰めを必要としなくなった人類は、すぐにでも忘れてしまう方がいいのである——そう主張する学者たちにとっては、神話はあくまで忘れ去ってしまうべきものとして扱われる。いやむしろ、彼らは神話を当て馬として使い、その次には真の敵であるキリスト教を攻撃しようとしていた。

起源神話の研究のなかには、今まで見てきた仮説とはまったく別の仮説もある。それによれば、原初期の私たちの祖先は自然に怯えることも聖職者の言いなりになることもなく、現代人よりはるかに「神聖な創始者」に近かったとされる。なぜ近かったかというと、彼らの祭儀が神への畏怖よりも愛の気持ちから湧き起こったもので、神への愛を中心に組み立てられていたからである。この発想でいくと、神話は原初期の宗教的直感を正確に記録しながら、まるで言葉でできた琥珀の中に閉じ込めるようにして、人類が集団で神にもっとも近づくその近づき方を保存し、今に伝えているとされる。同様の観点から、神話のなかには真理が模倣されていて、それが象徴的に、あるいは寓意的に再現されていると考えられる。そうであるならば、神話は丁寧に解読されなければならない。というのも、人類にとって黄金時代が遠い昔になる以前に、人類がどのように考え、感じていたかを、神話は教えてくれるからである。「哲人」の記述が進化を強調していたとすると、以上のような記述は明らかに退化を強調している。だが、両者ともに黄金時代を想定している点で一致している。唯物論と世俗主義の立場をとる宗教学者は、黄金時代は、人類がもっと理性的になった暁に到来するはずだと考えた。他方、伝統的でロマン主義の薫陶を受けた宗教学者は、黄金時代は遠い昔に過ぎ去ったと考えた。したがって、今私たちにできる最善のことは、黄金時代の遺物を拾い集め、その遺物が放ち続ける聖なる残光からよい感化を受けることだと説いている。

これら二つの動向には、優れた解説者たちがいた。一八世紀に畏怖説を信奉したのは、フランスやスコットランドの啓蒙主義者たちであった（ピエール・ベールやディヴィッド・ヒュームがその最たる哲学者である）。他方、一七七〇年頃から一八二〇年にかけてのドイツのロマン主義者たち（J・G・フォン・ヘルダー、ルードウィッヒ・ティークそれにシュレーゲル派）は、神話を超越論的に解釈することに重要な役割を果たした。これに加えて、一八世紀のフランスやドイツには、当時としては斬新な聖書解釈をする人たちがいて、ヘブライ語聖書の構成と原典には複数の著者と編者がかかわっていることを突き止めた。さらに一七九五年には、F・A・ウォルフによって「ホメロスの疑問」と呼ばれる衝撃的な疑問が問いかけられた。それにより、ホメロスの叙事詩は伝統的に考えられているように一人の吟遊詩人が書いたものなのか、それとも数世代にわたって何人もの詩人たちによって書き連ねられてきたものなのかが、新たに問われることになった。これらの動きが巻き起こしたホメロスや聖書解釈の議論は、実証的分析の技術を発達させ、それはたちまちのうちに古典神話をめぐる多くの問題にも応用されることになった。そうして、原初期の歴史的記録の陰に埋もれていた神話が、当時の社会についてじつは計り知れないほど重要なことを教えてくれることに、古代史家たちはしだいに気づき始める。

一七七〇年頃から一八三〇年のあいだに、ドイツでは、B・G・ニーブールのような歴史家、さらにC・G・ハイネやオットフリード・ミューラーなどの古典学者らによって、個々の神話を言語学的に辛抱強く分析すれば、想像力が生み出した空想や虚実の混同などの不要な殻を脱殻して歴史の重要な穀粒が取り出せることが証明された。同時に彼らは、歴史的資料だけでなく、神話も古代世界の「心性」を映し出す鏡として無視できないものであり、十分な関心を払う必要があると主張した。少なくともヨーロッパ大陸では、神話学こそが一九世紀の「最高の科学」であり、すべての「人間科学」に結びつく可能性があると考える者まで出てきた。一九世紀の人間科学は、そのどの分野においても、概念の上でも制度の上でも自律することを求めるという経緯をもっているけれども、神話学とも何らかのかたちで結びついていたことは興味深い事実である。言語学、古典学、（古代）芸術史、古代史、考古学、民俗学、人類学、神学それに宗教史等々、どの分野も明らかに神話学と関係があった。

最後に、こうした有意義な学際的状況にさらに加えて、比較研究法がそれだけで大成功を収めていた事実を付け加えておかねばなるまい。そのなかでも最大の功績があったのは文献学であった。二世代にわたる（主にドイツの）文法学者や民俗学者によって、インド・ヨーロッパ「語族」が一定の統一性をもって存在することが実証された。さらに民間伝承を比較すると、アーリア人の末裔たちが広い範囲にわたって、アーリア語を継承していることも明らかになった。しかしもちろん、この時期の解剖学者、動物学者、発生学者たちが成し遂げた目を見張るほどの功績も、比較研究法の評判を高めることにつながった。大学に自然科学分野の研究所が設立される一九世紀半ばまで、どのような科学的問題を取り扱うにしろ、その方法としては比較研究法に勝るものはないと考えられていた。そのような状況のなかで、比較研究法を歴史科学に応用したとしても、何ら不思議はなかった[9]。

一九世紀初めにカーライルやコールリッジらがドイツから輸入した文化品目にロマン主義神話学が含まれていなかったことは、イギリスでは今日でも説明できない興味深い事実である。それだけでなく、イギリスでは多くの伝統的な立場に立つ学者たちによって、神話学研究を行うのに重要な手段となる比較文献学や比較歴史学、そしてとりわけ聖書解釈学もまた頑強に拒絶されていた[10]。こうした拒絶が起きた背景については、自由教会の臆病な聖職者やオックスフォードの大物教授らが書いた無害な論文集、『エッセイと批評』の出版に絡んで突発したスキャンダルに要約できる。サミユエル・ウィルバーフォースといえば、進化論論争で不遇にもハックスリーとやりあった如才ない枢機卿としてよく知られている。彼は、当時話題となっていた文献学の研究方法が特定の立場に肩入れしすぎる傾向のあることをはっきり理解していた。論文集のなかでは、一人の執筆者が、ドイツの聖書解釈研究の最近の成果を単に紹介しただけであったが、ウィルバーフォースはその執筆者を槍玉に挙げて、こう書いた。「ニーブールに加担してリウィウス殺害の血を味わった者は、唆《そそのか》されて次は聖書を食い物にするにちがいない[11]」と。そのため、一九世紀の後半になるまで、イギリスでは神話の起源と意味を解明しようとするどんな研究も生まれなかった。なかには神話に関心をもち、宗教上の理由にもとづいて異教的なくだらない物語として排除することに加わらない学者もいた。しかし、そうした学者でもその大半は、神話は魅力的だが荒唐無稽な話の寄せ集めだと考えるか、そうでなければ、当時有力であった功利主義の風潮を受けて、人類が未熟だった時代に特徴的な「迷信」ないし愚かなもの程度にしか考えなかった[12]。

おそらくはこの理論的空位時代があったために、一八五六年に「比較神話学」の名で知られるF・マックス・ミューラー（一八二三—一九〇〇）の長いエッセイが発表されたとき、そこで開陳された考えは瞬く間に広がったのであろう[13]。このエッセイのなかで、このオックスフォード大学サンスクリット語教授は、今や勝ち誇っているインド・ヨーロッパ比較文献学の技術と成果を応用して、神話の起源と意味を論じたのだった。ドイツの詩人を父にもち、どこか神秘的な気質を引き継いでいるミューラーらしく、網羅的な分析をした後に、古代のアーリア人はふつう神話と呼ばれる物語を通して、絶対的なものへの憧れを表現しようとしたと結論付けた（サンスクリット語の学者で、インド・ヨーロッパ比較文献学者であったミューラーは、自分の属する語族以外について意見を述べることはなかった）。ところが、原始アーリア人特有の弱点――つまり動詞をあまりに使いすぎることと抽象名詞を多くもたないという弱点があったと、ミューラーは断言するが――この弱点のために、ウィリアム・ワーズワスを先取りしたような神との合一を望む想いも、単刀直入な哲学的陳述では表現できなかった。そのため、原始アーリア人は、ちょっとした物語のかたちで憧れを表現せざるを得なくなる。動作語句の過多と抽象名詞の欠如は、原始民族が世界を活性化したいと根強く思っていることの表れである。「いつも新しい単語は、大胆な比喩と明解な概念を体現した詩から生まれる」[14]。時間が経過し、言語変化の規則がたえず働き続けるなか、原始インド・ヨーロッパ語に本来含まれていた比喩的で神秘的な教訓的意味合いは消え去ることはないにしても、その原語が変化してできた派生言語の話者にとっては、認識できないものになる。したがって、神話はそれ自体言語的破損を、ミューラーの有名な言葉で言うと、「言語の病い」を体現していることになる。そして、現代において誤解されているじつに多くの物語は、概して天界の現象、とりわけ太陽に関係していることが分かってくる。そこから、ミューラーの理論は「太陽重視説」として知られるようになった。ミューラーや彼の支持者たちにとって、神話は純粋に言語的な過程のなかで作り出されたものであった。そのため彼らは、比較言語分析を丁寧に行いさえすれば本来の意味は復元可能だと考えた。彼らの目から見ると、それ以外のどんな方法を用いても、それは非科学的で、最初から失敗は見えていた。

神話を人類学的に研究する方法は、太陽重視説の論者との長い論争の末、確立された。論争の一方の側に、ミューラーとかなり大勢のミューラー支持者がいて、他方の側には、スコットランド出身の古典学者で詩人・ジャーナリスト・民俗学者それに文学者でもあったアンドリュー・ラング（一八四四―一九一二）を領袖とした小規模ながら勢力を拡大しつつあった人類学者や民俗学者がいて、両陣営は激しい論戦を繰り広げた。この論戦は一九世紀末の二五年間ずっと続き、ミューラーの死でようやく終息した[15]。

当時、太陽重視説論者たちは、科学的な方法を用いたと言いながらも、個々の神話の意味をめぐってしばしば異なる結論を導き出した。才気煥発なラングは、そのような結論の相違を目にするたびにフィールド調査に出かけた。それだけではない。もしインド・ヨーロッパ語族圏の神話は数千年にわたる言語的「病い」により必然的に生まれたものであり、言語規則に否が応でも縛られた結果だとすれば、なぜ多くの似たような語り方や人物・状況設定がインド・ヨーロッパ語圏以外の民族神話にも見られるのか、ラングは疑問に思った。太陽重視説の仮説をとらずに、ラングは次のように自問する。アーリア人だけでない原初期のすべての人間に共通した物質的、社会的、それに心理的条件があって、神話とは人類がそうした条件に反応した証なのだと考える方が理屈に合うのではないかと[16]。確かにこう仮定した方が、言語的にも文化的にも相互に何の交流もなかった民族同士に、否定できないほどよく似た神話が見られるという事実――太陽重視説論者の頭を悩ましていたこの事実を、うまく説明できるように思える。

当時の人類学者はもちろん進化論者だった。『種の起源』の末尾から数えて三番目の段落で、チャールズ・ダーウィンは進化の原則を人類研究にも応用してほしいと呼びかけている（「もっと多くの光が人類の起源と歴史にも当てられるようになるだろう」）。一八五〇年代に、すでにスペンサーは、社会現象を説明するのに進化論の議論を行っている。したがって、一八五〇年から七五年にかけて進化論的な説明が爆発的に流行りだしたのは、ひとえにダーウィンの直接の影響によるものだとするのは、興味をそそられる考え方だが正しくない。ジョン・バローはこの点を的確に述べている。「この分野で見ても、ダーウィンは間違いなく重要である。だがそれは、どのようにしても正確に測定できないたぐいの重要性である。彼は進化論的人類学の産みの親ではなかったが、この分野を育てた裕福な叔父だったとは言えよう」[17]。言うまでもなく、進化論的人類学のもっとも重要な見本となったのは、タイラーの『原始文化』（一八七一）であった。公正に見て、この本こそが現代イギリスの人類学の基礎を作った書物といえる[18]。

エドワード・バーネット・タイラーは、ロンドンに住む裕福なクエーカー教徒の家の息子として一八三二年に生まれた。スペンサーと同じく、彼は大学へは進まなかった。（彼は一九一七年に八五歳で天寿をまっとうするが）若い頃から体が弱く、転地療養をするように勧められた。しかし彼は、当時お決まりのヨーロッパ周遊旅行には出かけず、キューバとメキシコを訪れた。その結実が、彼がダーウィン理論に出会う前の一八六一年に書いた『アナワク』である。後年、彼がふたたび戻っていく多くの考えや問題は、断片的ながらすでにこの本のなかに表れている。例えば残存体とはどんな概念で何を意味するのか、人間には統一的な性質があるのかどうか、文化は諸々の地域で独自に進化したのかそれとも一つの中心から派生したのかなど、タイラーはすでにこの頃から問題にしている。さらに加えて、クエーカー教徒にはありがちなことだが、この『アナワク』の著者は頑強にカトリック教会に反発していて、とりわけ彼の目からは見せびらかしにすぎない宗教儀礼に対して、あからさまな不快感を表している。この時期に原始宗教に興味をもったほとんどの学生の例にもれず、彼は不可知論者であった。彼自身、宗教的信念を持ち合わせておらず、宗教儀礼の遵守に偏見を抱いていた。のちの原始宗教研究に彼が与えた影響は大きく、原始宗教の肉体的で感情的な部分（儀礼や儀式）を無視して、知的で純理論的な部分（信念や意図）を過大評価する伝統はこうして生まれた。彼には慰めより信条の方がはるかに大切だったのである。

タイラーの人類学は起源の人類学である。彼がみずからに課した仕事は人類の先史時代を明らかにすることであった。人類には根源的な統一性があり、諸々の文化間には相違点よりも類似点がはるかに目立つと考えるのは啓蒙主義の大前提であった。タイラーもまたその大前提から出発する。彼の仕事は、全ヨーロッパ規模で起こりつつあった自由民主主義の流れを映し出している。なぜなら、比較進化論的人類学とは、人類に統一的な性質が見られることを科学的、「客観的」に例証する学問だと考えられるからである。事実、人類には統一性があるという主張は、アメリカ独立戦争やフランス革命以来、一方で理神論者が、他方でロマン主義者が、様々なかたちで繰り返してきたものである。

タイラーは、人間社会には発達と進化を司る有機的な法則があって、それによって社会制度は発達してきたと仮定した。これが意味する内容は、はっきりしている。世界中どこでも、変化は緩やかに、段階的に起こっていて、以前は単純で混乱していた制度も、時とともに複雑になり、しかし整然と整備されるということだ（これより二〇年も前から、スペンサーは同じことを言い続けている）。この種の議論はなるほどとは思わせるが、自明の真実ではけっしてないし、例証することは極めて難しい。証拠立てという点で、タイラーは困難に直面した。タイラーはこの本を、ギリシャや地中海東部地方の発掘が始まる以前の古代期のデータがまだ手元にない時代に書いている。そんな状況で、人間社会は自然界に見られるほかの現象と同じように進化してきたという見解に説得力をもたせるには、どうしたらいいのか。未開社会から複雑で高度な（ヨーロッパの）社会へと成長してきたその系譜を論じたいのに、そうした連続的な系譜がそもそも存在したというだけのしっかりとした論拠はあるのだろうか。これらの問いに答えるために、タイラーは比較研究法と残存体の理論に目をつける。

タイラー（それにフレイザーを含め、四〇年にもわたってタイラー説の有効性を信じ続けた学者たち）は、次のように断言して、この問題に片を付けていた。つまり、人間の本性と発達の仕方は概して均質、均一なので、現代の原始種族の行動様式を観察すれば、進化の鎖のどの部分に彼らがつながるのか分かるはずだというのである。原始種族の歴史の方がそれを観察するヨーロッパよりも歴史が浅いとする証拠はないにもかかわらず、これらの「未開人」は生きた化石だと見なされた。彼らを観察すれば、数千年前には人類はどんな姿で存在していたか分かるし、現代ヨーロッパの社会的成熟を（必然的に）もたらした偉大な知的文化的進歩がまったく起こっていないか、あるいは部分的にしか起こっていないとすれば、そこで人類はどう生きているのかが分かると考えた。ひとたびこの偉大な歩みが始まれば、次の段階まではそれほど遠い道のりではなかった。原始種族が種族全体の進路として、上の方へ、上の方へと進化の歩みを着実に進めていることが分かれば、散在するもっとも原始的な社会から得られた文化事象をひとまとめにできるし、先史時代の発達をダイナミックに捉える展望も開けることになる。商人や伝道師がこぞって旗を掲げて世界の奥地に足を踏み入れ、「異教徒の土地」に築いた居留地で原始種族の社会を観察し、報告できるようになったという事実は、本国で民族誌学が誕生するきっかけとなった。タイラー説への関心から、民族誌学には、人間行動と社会とがどのような「段階」を経て発達してきたか、その詳細を説明する仕事が与えられた。

十分な説得力をもつためには、どんな発達論的な議論であっても、文化遺跡調査や行動観察をした上で、個々の要素がそれに先行する要素から生まれたこと、それに一連の事象が実質上、進歩の関係にあることを証明できなければならない。そのためにタイラーは「残存」という概念を思いついた。[19] 残存体とは、ある発達段階で「存在理由」をもっていたが、その後廃れてしまったか誤解されてしまった事物や特性や行動傾向を指す。というのも、こうした残存体は社会的ないし宗教的保守主義に守られて生き残り、当初のかたちでは役に立たなくなったにしろ、それでも、新しい高次の段階に「残存」しているからである。こういうふうにして、魔術師のガラガラや戦士の弓矢は子どものおもちゃに姿を変える。この文脈でもっと適切な例を挙げよう。タイラーが挙げている多くの実例のなかには、原始的な混乱や誤解にもとづく信仰や儀礼が多く含まれていて、それらは今日でもキリスト教やそのほかの宗教に痕跡を残していると説明されている。タイラーやそのほかの進化論者の考えでは、こうした残存体の装置を使えば、文化間の隙間は埋められ、過ぎ去った時代の生活様式も復元できるのである。憶測好きなスコットランドの歴史家が当時よく挙げていた議論とこの議論を比べてみるといい。両者は明らかに似ている。

だがこれだけでは十分でなかった。物質的な残存物が未開社会で徐々にかたちを変え、今日に生き残ったことを証明する多くの証拠を示せるかもしれないが、タイラーの読者はおそらく満足しない。それというのも一九世紀も後半になると、生身の読者にとってももっとも魅力的な話題は、農業や金属製錬の起源や発達より、むしろ宗教や道徳の起源や発達の方であったからだ。当時の教養のある人々は、信仰上の混乱や場合によっては危機さえ感じていた時代である。宗教の屋台骨を揺さぶるような、そうでなければ補強するような証拠が示されると、熱心な読者は確実に飛びついた。こうした経緯があって、タイラーの『原始文化』とのちにまとめられた調査報告書『人類学』（一八八一）のなかに、人間の感覚にかかわる社会的でも「霊的」でもある制度、すなわち芸術、言語、神話それに宗教についての起源と発達を扱った重要な章が収められている。

タイラーは、宗教とは霊的存在を信じることだとする最小限程度の定義から議論を始めている。彼にとって、宗教と神話は同じものを起源としていた。もちろん、「起源」というより「誤解」といった方が、彼の意図に近いように思われる。ともかくも、この起源は厳密に精神的なものであって、私たち現代人の心の働きとはおそらく本質的に異なる、未開人特有の心の働きが生み出したものである。原始種族の精神世界は、根本的に主観にもとづいている。自然界に命を吹き込みたいという執拗な習性を主な特徴にしているが、これは現代では幼児の空想というかたちで残存する。[20] 未開人は自然に息吹を吹き込む。タイラーの言葉で言うと、「彼らは自然に関する大ざっぱな哲学をうまく当てはめ、日々体験した事実を神話に変える」。大ざっぱな哲学といったが、それは「原始的で粗雑だとしても、よく考えられ一貫していて、実用的でしごく真剣な」ものである。[21] 後継者のフレイザー同様、タイラーも個人主義者であった。何が重要な引き金となって原始社会の精神性が高められたのか。個人主義者ならその問いにこう答えるはずだ。孤独を好む慧眼の士が、一心に抽象的で哲学的な問題を解こうとしたからだと。タイラーというもう一人の「未開社会の哲人」（この表現自体、印象的だ）[22]も、「アニマ」つまり魂という概念をもとにしてみずからの理論を組み立てた。そのため、タイラーの理論は「アニミズム」として知られることとなる。魂は実在する。なぜなら、よく知られているように、死人（の魂）は生きている者の夢や幻のなかに現れるからだ。そんなことが起こるのだから、死人のある部分は生き続けていなければならない。原始社会の賢者はこの推論から出発して、みずからの教義の及ぶ範囲をさらに広げる。そして、ある種の魂が人間以外のもの、例えば動物や植物、ときには石にまで宿っていると説くようになる。

そもそもタイラーは、宗教を取り上げるときも神話を論じるときも、それが本当のことかどうかが気になった。この疑問は、彼が何を前提としていたかを考えると当然である。なぜなら、神話は（それを伝える宗教もまた）原始種族の推論が生み出したものであるのだから、どんな精神活動もそれが正しい方向に向いているかどうかで判断されるように、神話が本当かどうかはこの推論が正しいかどうかで判断されなければならないからだ。この基準から判断すると、たいていの神話は明らかに無意味なものになるけれども、それでも読者が神話を真剣に取り扱うことをタイラーは切望する。というのも、私たちは神話を丁寧に読むことで、とりわけ曖昧模糊とした先史時代についてたくさんのことを知ることができるからであり、神話を手がかりにしないと、この時代については何も見えてこないからであった。タイラーが一八八一年に書いたように、「神話を単に間違った考えや愚かなものと考えるのではなく、人間の精神が作り出した興味深い産物だと捉えなおさなければならない。神話は嘘偽りの歴史であり、起こりもしなかった出来事を収めた虚構の物語である」[23]。しかしながら、神話や他の宗教的説話を注意深く調べて、多くの荒唐無稽な部分は捨てて本当にあった事実の部分だけを取り出すことは、意味もあるし有益でもある。タイラーの言うとおりに神話を研究すれば、人類の記憶から抹消され物質的証拠が何一つ残っていない多くの原始種族についても、先史時代にその種族間にどのような関連があったかが明らかになる。

一八八〇年代当時に通用していた人類学的思考の礎となった人物がもう一人いる。ジョン・ファーガソン・マクレナン（一八二八―八一）である。このもう一人のスコットランド人、マクレナンはアバディーン大学時代からのロバートソン・スミスの親友であって、フレイザーに言わせると、古代や原始の宗教研究に初めて比較研究法を導入した先駆的人物であった[24]。早くも一八六九年と一八七〇年に発表された数篇のエッセイ、それに『原始期の婚姻』（一八七五）や『古代史の研究』（一八七六）を通して、マクレナンは個人的な力技で、彼の二つのテーマを学会の中心的な関心となるまでにした。二つのテーマとは、その後一九二〇年代に盛んになる宗教研究に多大な影響を与えた（そして歪曲もした）族外婚とトーテミズムである。スミスとはよく似ているが、タイラーやフレイザーとは違って、マクレナンは社会学的な思考をする人であった。すなわち彼は、神話や宗教を人並み外れた個々人の思想や行動という点からではなく、何よりも集団と制度との相互作用の点から捉えたのである。その後、彼の理論はフレイザーの理論同様、完全に否定されてしまったが、それでも着眼点についてだけいえば、目の前にある諸問題に対処するのに正しい方法を理解していたとして、今日の人類学者のあいだで評価が高いのである。[25]

トーテミズムと外婚制が人類学の研究テーマになったのも、マクレナンが原始種族の家族や婚姻を考察したことがきっかけであった。E・E・エヴァンズ＝プリチャードは、ある文章のなかで、さりげなくこう示唆している。マクレナンや彼の支持者たちがこの二つのテーマに固執した背景には、ヴィクトリア朝社会に深く根ざした性や私有財産、それに階級に対する強迫観念があるのだと。[26] 一九世紀の理論家たちの仮定によると、原始世界ととりわけ原始種族の家族は、自分たちの社会とは正反対の社会で、原始種族の社会的な取り決めや婚姻の申し合わせなどはすべて、ヴィクトリア朝の男性がもっとも恐れるかたちをとっていると考えられた。ヨーロッパの理論家たちがこうした投影を大規模に行った結果、次のようなとりとめのない議論が次々に生まれた。例えば、原始種族の婚姻のすべてが花嫁略奪によるものなのか、いや大半がそうであるにすぎないのかだとか、原始種族の群れ

（「群れ」と彼らが呼ぶのも、原始種族は定義上、家族をもたないと考えられたからだ）がやたらと性的交渉をもちたがったのかどうかだとか、トーテムとはいったい何なのかだとか、原始種族のすべてがトーテムを崇拝していたのか、それともごく一部の者だけがそうしたのかなど、際限なく話し合われた。なかでも、原始種族の男性は族外婚（つまり、よその氏族や部族と婚姻関係を結ぶことだが）をしたのか、そうだとすれば、どのくらいの頻度でしたのかが、しきりに議論された。[27]

マクレナンは神話ではなく家族と婚姻にもっとも関心があった。そのため、フレイザーに話をかぎるなら、『金枝篇』へ与えたマクレナンの影響は間接的なものであった。というのも、フレイザーは『金枝篇』の執筆にあたってスミス経由でマクレナンの影響を受けているが、実は、マクレナンの発想に夢中になったのは、このスミスだったからだ。のちにフレイザーは百科事典的な概説書『トーテミズムと外婚制』を著す。学問の系譜をさかのぼると、マクレナンはこちらの著書の生みの親という方が正しい。

マクレナンのように神話より原始種族の行動様式の方に関心をもった人物で、フレイザーの初期の研究にも大きな影響を与えたのが、ドイツの民俗学者ヴィルヘルム・マンハルト（一八三一―八〇）である。フレイザーは、『金枝篇』初版の序文のなかにこう記している。「私は先頃亡くなったW・マンハルトの研究を大いに利用させてもらった。正直なところ、彼の研究がなかったならば、私はこの本を書いていなかっただろう」[28]。マンハルトが原始種族の民俗学研究を始めたとき、ミューラー流の太陽重視説論者の立場をとっていた。ところが、科学的方法の実践者であると自称する研究者たちのあいだで意見の対立が尽きないことにうんざりして、文献学を捨ててフィールド調査に出かけるようになる。

当時、この分野の思想家たちのあいだには、原始種族の精神性についてもったいぶった口調で理論化する風潮があって、とりとめのない仮説が次々に出されていた。マンハルトの偉大な功績は、そうした風潮に効果的に釘を刺したことにある。マンハルトは、見聞する前からあれこれ推論することをせずに、観察可能な民俗的証拠を収集するという当時としては画期的な方法を選んだ。とくに、実際に足を使って当時のヨーロッパの農奴の行動様式を示す数百に及ぶ具体例を収集し、分類するという、忍耐のいる方法をとった。フレイザーは、「アーリア人の原始宗教について私たちが入手できる範囲で、できるだけ多くのしかも正確な証拠」を与えてくれたとして、マンハルトを絶賛している。[29] 四〇〇〇年も前にアジアに居住した謎の多い民族の信仰と（マンハルトがフィールド調査を行った）一八六〇年代にヨーロッパの農奴が行っている農耕祭との関連については、乏しいとしか私たちには思えなくなっている。しかし、フレイザーや彼の読者にとっては、けっしてそうではなかった。

マンハルトについて語ったフレイザーの言葉が示すように、フレイザーが一八九〇年に抱えていた課題（この課題がすなわち、『金枝篇』の本題である）は、早くも一八五六年にマックス・ミューラーが抱えていた課題と同じく、「アーリア人の原始宗教」の性格についてであった。古代神話を分析するのにミューラーが用いた方法は、基本的に文献的で、テキストの解釈が中心であったため、それだけでは不十分だった。というのも、フレイザーが述べたように、「原始アーリア人はその精神構造や特質といった点では、絶滅などしていないし、今でも私たちの周りにいる」からであった[30]。アーリア人の末裔は、その多くが一九世紀後半のヨーロッパにも読み書きのできない農奴として生活を営んでいる。そして、近代の（自）意識の洗礼を実質的に受けておらず、そのため依然として、先史時代から連綿と続く精神世界に生きている。そうであるなら、神話を研究するのに文献を隈なく調べるのではなくて、私たちと同時代の原始種族が実際に何を行っているのかを民俗学的に観察しなければならない。フレイザーやマンハルトはそうした見方をしていた。

マンハルトが出した結論とは、現代の農奴たちが行う農耕祭の大半は、主に女性や家畜の多産、それに大地の豊穣を確実にする目的で行われ、魔術的性格が強いというものであった。これをフレイザーが解釈するとこうなる。農奴たちはキリスト教徒であっても、キリスト教以前の原始的信仰を知らず知らずのうちに受け継いでいる。この原始的信仰とは、古典古代の公的儀礼と共存し、その儀礼を根底から支えていたものである。また本来、農耕年でいう死と再生のサイクルと深く関係していて、そこから発達してきたものなので起源は古く、新石器時代にまでさかのぼることができるだろう。こうしてフレイザーは、

「食物霊」や「穀物の守護霊」といった重要な概念をマンハルトから教わった。この概念でいう「食物霊」や「穀物の守護霊」とは、成長するものすべてに宿る霊的存在であって、魔術的儀礼によって宥めたり喜ばせたりできると考えられたものを指す。

同時に、フレイザーがみずからの主義として採用した重要な方法論「類似の原則」は、マンハルトの研究から受け継いだものだった。この「類似の原則」の立場に立てば、別々の社会であっても慣習が似ているならば、その慣習を守っている動機も種族間で似ていると自信をもって推論できることになる。この原則は、人類の精神の働きには統一性があると説くタイラーの仮説と完全に合致するし、心理学的な説明を好むフレイザーの傾向ともうまい具合に合致していた。フレイザーにとって儀礼や儀式は重要な意味をもっていたが、それは儀式や儀礼がなければ知るすべもない精神の状態が、これらを通して「行為というかたち」で露わになり、観察できるからであった。同様に、これらの行動様式の一つ一つが彼にはとても興味深く思えた。なぜなら、(彼が見たところ)行動様式が互いに似ていると判断できれば、似ている部分は、似たような、ひょっとすると同一の精神状態があることが証明されるし、この似ている部分は同一の精神状態から派生してきたことになるからである。人類の精神的な、または霊的な進化の全行程を明らかにしたい民俗学者や人類学者にとっては、慣習や儀礼は非常に重要なものであった。概して考古学は、ときには美しくはあっても生命力を失った文化遺物を掘り返しているだけであった。ヨーロッパが本当に知りたがっていること——原始種族や古代人がもっていた行動の動機や感情、ひいては宗教の起源——について、考古学者は、せいぜい示唆的な見解を述べることはできても、結局曖昧な結論しか出せずにいた。

しかしながら、一方で類似の原則を受け入れ、そして他方で一九世紀末になってもまだ遅れた種族がいて、ここ数千年ものあいだに精神構造を本質的に変えてこなかったと仮定したとしよう。その場合、この遠大な二つの仮説をいっしょに組みにして考えると、理論上タイム・マシーンの発想に行き着く。「原始期」の行動様式の実例を探す場合でも、ヘロドトスやパウサニアス、タキトゥスなど古典的歴史記述者が書き残したわずかばかりの、しかもお互いに矛盾の多い証拠だけに頼らなくてもよくなる。そうなると、時空を難なく横断するかのように古代と現代の記述を織り交ぜながら、普遍の原始的精神をいわば解剖し、その全貌を図解できることになる。

フレイザーが原始種族の宗教と神話を人類学的に研究することに没頭していた一八八〇年代の半ばから末にかけて、タイラーやロバートソン・スミス、マクレナンそれにマンハルトは、彼にとって非常に重要な存在であった。この四人のうちスミスは才能のある学者であったばかりでなくフレイザーにとって無二の親友であったのだから、彼の存在はもっとも大きかった。しかしながら、二人が実質上まったく正反対の理論を掲げていることの意味は大きく、それはフレイザーの側に、完全には緩めることのできない緊張感を植え付けることになった。

フレイザーの相反する感情は、一八九四年にスミスが亡くなったとき、その直後に書かれた追悼エッセイのなかに暗にほのめかす感じで表れる[31]。そのなかでスミスは、マクレナンを継承して古代と原始の宗教研究に比較研究法を応用し、イギリスの学界に決定的な足跡を刻んだとして称賛されている。フレイザーは書いている。この研究によって、宗教的な観念や制度の進化は、少なくとも初期の段階では世界のあらゆる民族のあいだで共通のステップを踏んでいて、近代の（ヨーロッパの）宗教は原始、古代期に見られる共通の土台の上に築かれたことが、完全に証明されたのだと。ここまでくると、どの単一の宗教も――原始期、古代それに近代のどの時代のものであれ――他の宗教との関係を見なければ、十分な理解は得られないということになる。

そこからフレイザーは議論を展開する。確かに、歴史的な主題別の分析は、今日でいう中立的で科学的な言葉を使ったところで、宗教（キリスト教も含むことが暗示されているが）が唱える真理について正しいとか間違っているとか判断を下すことはできない。それでもやはり、こうした分析は、一般の教養ある読者が真理というもっとも重要な問題について判断する際に、役に立つはずだと。彼の考えでは、比較研究法によって、多くの宗教の教義や慣習は、文明社会の教養のある人々のほとんどが長いあいだ謬《びゅう》見《けん》にすぎないと斥《しりぞ》けてきた原始的観念にもとづいていることが証明された。それを受けて、人々が原始的観念にもとづくような教義はインチキで、宗教的慣習も愚かな考えであると考えるのも無理はないし、ありそうなことだ。（中略）今も昔も、人生の様々な局面で人々に指針を与えてきた行動規範は、大ざっぱな見方をすれば、宗教上ないしは神学的上の前提に由来している。したがって、宗教の比較研究がこれらの前提を無効にする以上、神学と倫理との想定上の土台も見直さなければならない[32]。

ということになる。フレイザーが親友の死を悼む機会にわざわざ論争の火種を蒔いているのは、感情的には理解できないし、異様な印象を与える。その追悼文を読んでもっとも驚かされるのは、スミスが生涯を通してキリスト教徒であったことにひと言の言及もないことである。ひょっとすると、フレイザー自身もスミスが信仰をもっていたことが理解できず、その言及を避けたのかもしれない。しかしながら、自由教会の牧師の息子に生まれついたスミスのことだから、比較研究法は必然的に宗教を毀損することになると結論するフレイザーに賛同することはなかっただろう[33]。

もし二人が宗教の根本的な意義と真理について違う見解をもっていたとすれば、宗教とは何か、どのようにそれは発達したのかという問題について意見が食い違うのは当然だろう。宗教とは本質的に哲学体系であって、超自然の拘束力を取り込んだ体系であると考える点では、フレイザーとタイラー（それにオーギュスト・コント）は同じ立場に立っていた。宗教はそっくりそのまま神学として扱えると、フレイザーは考えた。つまり、宇宙の起源や成り立ち、それに支配に関する命題やら人類が宇宙のなかで占める位置についての命題やらがまずあって、そこからその他すべてのもの——道徳や倫理それに儀礼——は派生したというのだ。フレイザーに言わせると、宗教はそれ自体、もともと知的構築物である。先史時代に個々の思想家たちが世界の深遠な謎を目の前にして、ごくふつうに、ときに進歩的に反応した結果、生まれたものである。宗教がそういうものである以上、もっと正確で包括的であると認められる別の知的体系が、ゆくゆくは宗教に取って代わって人々を説得できるはずだし、またそうすべきなのだ。そのよりよい知的体系——科学——は、もう人々の手の届くところにあった。それはとりもなおさず、宗教が科学に道を譲る時代が来たことを意味していた。

ところが、個々の思想家が知的な問題にそれぞれに解答を見つけ出した結果、宗教が生まれたという考えは、スミスには受け入れがたかった。彼の考えでは、宗教が生まれるのに重要な役割を果たしたのは、個々人ではなく集団——血縁やトーテムによって結ばれた種族や氏族——であった。そして、宗教は社会制度内の変化に呼応するかたちで発達したものであった。スミスにとって典型的な宗教行為とは供犠であった。この儀式のたびに、同じ信仰をもつ仲間同士が寄り合って、畏怖心から神を宥めるというよりも、神と一つになろうとしたのだった。生り贄にされるのは共同体のトーテム動物であると、スミスは考えた。トーテムである以上、世界各地のトーテムと同じように、通常はタブーとされ、特別な条件のもとでなければ食されてはならないものであった。スミスは古代セム族の供犠にこのような仮説を与えている。トーテムが生け贄にされるとき、神がトーテム動物に宿ると人々は信じており、それを食べることで神が彼らのなかに入り、彼らも神のなかに入ると考えられたと。[34] 原始宗教といえども、他の宗教同様、神からの贈り物であるから、共感を込めて接しなければならないし、単なる愚行としてぞんざいに扱ってはならない。それが、キリスト教信者としてスミスがもった信念であった。原始宗教から歴史の必然としてキリスト教にまで発達する道筋が見えてくるということもあったが、スミスは原始宗教それ自体の意義も認めていた。現代宗教は原始期の誤った認識にもとづいて発達してきたのだから致命的な欠陥があるという考えは、スミス個人の信念から、また学問的立場から容認できなかった。まして、欠陥があるという理由で宗教が科学に道を譲らなければならないとは、スミスは思いもしなかっただろう。

それだけではない。二人とも比較論者ではあったけれども、それぞれに比較研究法を別々の流儀で使っていた。また、はっきり明言されてないが、使う目的も違っていた。元来、スミスはセム学の研究者であった。つまり、スミスには聖書解釈研究の素養があって、それが幸いしてフレイザーよりも広い歴史的展望をもっていた。もちろん、すべての宗教に作用した全地球規模の進歩は起こっていたと彼は信じたし、セム族の集団もそれに巻き込まれたことは認めていたとしても、である。スミスがセム族の個別性を認めていたと言ってしまうと、『セム族の宗教』の序文がすぐさま思い起こされ、明らかな矛盾が生じるかもしれない。しかしながら、セム族の宗教的発達を観念的な発達モデルに合致させたり、セム族と非セム族とを表面的に比べたりすることを優先的に考え、セム族の宗教がその発達の過程で経験した諸段階を省略することは、スミスにはできなかった。セム族と非セム族とを比較することに頭から反発したわけではないが、『セム族の宗教』を執筆中に、もうその宗教だけでは抱えきれないほどの問題に直面したために、この十分に広範囲で学者のあいだでも意見がまちまちな宗教を離れて、余分な負担を背負い込む余裕はなかった（またこうも言えるだろう。一八九二年、スミスは重病を患いながら『セム族の宗教』初版の改訂を行っていた。そんな時期だから、もはや視野を広げる時間も体力も残っていなかったのかもしれないと）。ロバート・アラン・ジョーンズも述べたように、聖書学者でありキリスト教徒であったスミスの究極の目標は、「人間の思想の発達を解明することよりも、古代宗教の全般的で普遍的な特徴を明らかにすることにあった。それが明らかになれば、古代宗教と、その後の〔旧約聖書の〕預言者たちの黙示録との有意義な比較ができるからであった」[35]。

他方フレイザーには、スミスがもたされたような制約は初めからなかった。ギリシャとローマの宗教を専門に選んでいたことが幸いして、彼は調査と比較の範囲を広げることができた（スペンサーもタイラーも古典の素養はなかった）。しかし、スミスが古代セム族の宗教に特権的な位置を与えたのとは対照的に、フレイザーは古代の宗教を特権的に扱う理由などないと考えた。『金枝篇』の初版でこそ、この本の全般的なテーマはアーリア人の原始宗教だとされたが、第二版、三版では全人類の宗教の発達がこの本のテーマであると明記されている。フレイザーは、原始期の人類の精神構造を十分に理解していると自負していた。そのため、現代のもっとも多様な行動様式から、その行動様式の背後に見られる原始的で単純な（つまり混じりけのない）動機へ、しかも定義上は世界に共通の動機へと、さかのぼることをためらわなかった。その結果、原始期や歴史上に存在した宗教や共同体の資料であれば、時期や地理をまったく考慮せずに使っても、彼にとってはたいした問題にならなかった。彼の目からすると、地理や時期による物質的な違いはときには大きい場合もあるが、それでも現代が古代や原始期と共有する精神的要素と比べると、ごくささいなものであった。

二人の理論上の食い違いは明らかに深刻だった。おそらく、意見が違ってもあけすけに言えないフレイザーの方が、よけい気詰まりを感じていたと思われる。この時期にフレイザーが思っていることを口に出さなかったことが一つのきっかけとなって、のちに奇妙な反動が生まれた。つまり、フレイザーは自分の見解がスミスの見解とはどれほど違うかということを世間に――そして自分自身にも――認めなかったために、スミス没後二〇年も経った後で、半ば無自覚のうちにスミスの存在を否定するような発言を始める。一度ならず何度も、スミスが抱きもしなかったような考えをまるでスミスから聞いたかのように書いている。そうすることでフレイザーは、生前には無理だったのでせめて死後に、スミスが自分の考えに賛成しているかのような印象を作り出そうとしたのである。このようにフレイザーは自分にとって都合のいいスミス像を作ろうとしたのだが、その一連の目論見はすでに追悼文のなかにもはっきり見て取れる。そのなかでは、比較研究法を使ってフレイザーみずから導き出した宗教批判めいた結論とスミスの見解とが、さりげなく結び付けられている。

ここまで過去にさかのぼってスミスとフレイザーとを比較し、二人が研究面でどう似ていて、どう違っているかその「全体像」を見てきた。幸いなことに、フレイザーが気持ちを込めて書いた四通の手紙が今に残されている（そのうち二通はこれまでに公開されていない）。これら四通の手紙によって、私たちは二人のあいだの溝が「しだいに広がっていった」ことが分かる。三通は一八八〇年代の終わりに書かれたものであり、残りの一通は、それからおよそ四半世紀後に、フレイザーが過去のことを思い出して書いたものである。

これら四通をまとめて読むと、一八八四年から八六年にかけてフレイザーが一部を執筆した『ブリタニカ百科事典』には強く見られたスミスの指導的影響力が、早くも一八八八年には弱くなり、フレイザーがスミスから距離をおき始めていることがわかる（スミスは人を惹きつける磁力のようなものを発していたが、それにもかかわらずフレイザーは離れようとする）。これらの書簡が示すように、フレイザーが『金枝篇』の構想を練り、その執筆に忙しかった一八八八年と一八八九年という時期は、彼が積極的に自問自答し、周囲の考えにも疑問を投げかけた時期にあたる。またこの時期、フレイザーは、ケンブリッジの人類学研究の仲間内で自分が少数派なのだと、幾度となく再認識させられる。

手紙のうち二通は直接スミスのことにふれている。フレイザーがご意見番として付き合っていたヘンリー・ジャクソンに宛てた残りの二通の手紙も、幾分回りくどい書き方だがスミスに関係がある。最初の三通でフレイザーは、一つの重要な問題――「原始種族」の行動様式を近代理性の基準に照らして評価することが、はたして妥当なことか――を取り上げている。だが、これらの手紙を見るかぎり、この問題に対してフレイザーが出した答えは否定的であった。

確かに一〇代の頃、フレイザーは多感な少年ではあったけれども、本当のところロマン主義者ではなかった。彼はハインリヒ・ハイネを愛読したし、第一次世界大戦以前の知的風潮を反映するかのように、大のドイツびいきであった。それでも彼は、原始種族を理解するには、ヘルダーが言うように、彼らの意識のなかへ「手探りで入って」いかねばならないとは思わなかった。まして、原始種族の意識全体からは計り知れない価値が見つかるはずだが、それは、現代では完全に喪失してしまった価値なので、（神話を読むことでしか）垣間見ることはできない、などとも思わなかった。確かに、ジャクソン宛の手紙でフレイザーが展開した議論には、功利主義者の言葉と発想が濃厚に出てくる（この議論の中心になっていながら、十分に検証されていない言葉が「迷信」である。明らかに、「迷信」をどう捉えるかは近代理性の基準がどこにあるかを暗示する）。それでもやはり、フレイザーの究極的なスタンスはロマン主義のスタンスから程遠いわけではなかった。

教養あるふつうのヨーロッパ人が見ているとおりに世界は「実在する」という前提を否定することが、これらの書簡の趣旨であった。フレイザーが見たところ、神話や「原始種族の」思想についてものを書いている当時の多くの知識人たちが、この前提を暗黙のうちに作り上げていた。フレイザーは彼らに反発して、意識それ自体も文化遺物や制度と同じように進化という長い歴史のなかで作り出されたものであり、そういうものとして理解しなければならないという。したがって、原始種族の精神は、発達の歴史上、ひとレベル遅れた状態を表している。同様に、現代の意識も同じ歴史の流れのなかにあって、原始種族の意識よりひとレベル先を行っているにすぎない。けっして、私たちが原始種族とは違う歴史を辿っているわけではないので、離れたところから原始種族が「本当は」どんな存在だったのか観察できるわけではない。原始種族の信仰や制度を高く評価し、そこに近代理性がすでに働いていると主張する者が一方にいて、他方に、原始種族には私たちがふつうにもつ「常識」がないと貶《けな》して言う者がいる。その言い方は明示的であったり暗示のかたちをとったりするが、根本は同じである。両者ともに、認識上の同じ過ちを犯しているし、私たちが本当に知りたいことは教えてくれない。

こうしたフレイザーのスタンスから、彼が感情的にも精神的にも大きく変わったことが分かる。この手紙からさかのぼることわずか三年、彼が人類学協会で発表した報告では、その内容も論調もまったく違っていた。古代人や原始種族がどっぷりつかっていた愚行（理性にもとづかないのでそう呼ばれる）は、それがどんなものであっても、近代理性をもってすれば正確に効率よく解明できるのだと、フレイザーは自信満々に語っていた。ところが、この二番目の手紙では論調はここまで変わっている。現地の種族がなぜあのような行動様式をもつのかを本当に知りたいと思い、それらを単に貶すだけで飽き足らなければ、その行動様式に正面から向き合い、私たちは知らないが彼らが実際生きている精神世界に意識的に住むように心がけねばならない。フレイザーはそこまで言い出している。

もちろん今日の目で見ると、それほどまでに歴史的想像力が必要な仕事は、図書館より野外のフィールドで行った方が効果的だとフレイザーが考えなかったのは残念である。彼は一八九五年にA・C・ハッドンに付き従ってニューギニアを訪れようと計画していたのだから、フィールドワーカーとしてのフレイザーの誕生もばかげた話ではなかった。しかし、フィールドに出られなくなったやむを得ない事情――翌年一八九六年の結婚とパウサニアスの翻訳を仕上げなければならなかったこと――は脇に置いてみても、彼には出かけられない理論上の理由もあった。人類の精神的、宗教的な発達の諸段階を明らかにするのに、比較研究法こそ最善の方法だとフレイザーが信じ込んだのには、隠れたわけがあった。フィールドでの研究者であるかぎり、事実を発見したら発見した生《なま》のかたちで紹介することが求められ、解釈を試みて事実を結果的に捻じ曲げてしまうことは許されない。他方、発見された事実を文化的、社会的文脈で解釈することこそ、図書館に詰める研究者の仕事である。この種の仕事は、民族学の世界を綿密に総合的に理解しようとする者だけに許されている。そのようにフレイザーは心中考えていたようだ。一八八八年当時、今日の私たちが知っているようなフィールドワーク研究をまだ誰も思いつかず、有意義な業績を得るには比較研究法が最善な方法だとまだ考えられていたこの時期、フレイザーのように考えるのも無理はなかった。そして、フィールドワーク研究と図書館での文献研究とは敢然と区別しなければならないという前提がひとたび受け入れられれば、飽きることなく文献を読むフレイザーにもっともふさわしい仕事場は、もちろん図書館であった。

これはフレイザーが生涯変えなかったスタンスであったということもあるし、ふつう彼は教条的な理性第一主義者だと見られてもいるので、これらの書簡はいっそう重要である。

最初の二通の手紙に顕著な学問への情熱を考えると、フレイザーは書きながら考える癖があり、二度三度と推敲するタイプではないと思えるふしがあることから、この頃のことを知る手がかりがこれ以外に残っていないのは残念である。フレイザーとジャクソンとのあいだで交わされた議論にどこか緊迫感も感じられるので、二人はその後も直接会うか、現存しないが往復書簡を通して議論を続けたと考える方が自然である。

最初の手紙（一八八八年八月二二日付）は、現存しないジャクソンの手紙に対するフレイザーの返信である。しかし、フレイザーの返信には事情がとても詳しく書かれているので、二人のあいだで問題となっている事柄は手に取るように分かる。

親愛なるジャクソン君

とても示唆的な手紙をありがとう。僕もそれに何とか答えてみたい。僕は君が考えているような意味で、形而上学と迷信とを比較するつもりはなかった。いつものことだが、どうも君の本題が僕の議論の枝葉になり、僕の本題が君の議論の枝葉になっているような気がする。迷信とは、制度として認識されたものを憶測にもとづいて説明したものだと君は言う。そして、同じ状態の社会には似たような利害があり、そのため似たような制度が生まれるのは当然だから、迷信もまた万国共通だとも言う。こうした考え方は形而上学と迷信とを比較することで生まれたようだと君は書いているし、君もそれは認めているようだ。そこで、君の考えによると、そもそも人類は厳密に利害関係を基礎に制度を作り出したのだが、後になって現行の慣習を説明するのに、わざわざばかげた（迷信的な）理由をこしらえたことになる。人類はなぜそんなことをしなければならなかったのか。もともと人類が理性的ならば、なぜ後になってわざわざ非理性的なことをするのか。原初期の人々は経験を通して何が有用で何が不用であるかというごくごく単純で正しい観念を学び、その観念に従って慣習を作り出した。それなのに、後になって正しい慣習は続けながらも、そもそもの初めにあって社会構造の基礎となった正しい観念の方は捨ててしまい、損を承知で（私の見るところ）理由もなく原始期の真理という黄金を迷信というくず鉄と交換してしまった——と、君の考えではそうなる。僕にはその理由が分からない。未開種族の「慣習」（制度）に対する君の立場は、「言語の病い」を唱える人々が「理論」（神話）に対してとる立場とまったく同じじゃないか。「言語の病い」派ならこう言うだろう。原始期の人間は自然現象を単純で正確な言葉で表現した。なぜなら、自然現象それ自体、彼らの目には単純で正確な姿で映ったからだ。言い換えると、迷信という視界を悪くする靄《もや》に包まれることなく、生来の理性という透明な光を通して現象を見ていたわけだ。ところがその後、彼らの末裔はもともとあった言葉を捻じ曲げることになる。そして、一九世紀のそこそこ教養のある人であっても原始種族であっても単純に理性的に受け止める自然現象を、ことさらに取り上げ、まったく荒唐無稽な観念を作り上げてしまった。「言語の病い」派の主張はおおむね、そんなところだ。

君も彼ら（マックス・ミューラーとその一門のことだが）も、僕に言わせれば根本的な過ちを犯している。というのも、君たちは、人類史上のどの段階にあっても、偏見のない教養人が世界を観察すれば、一八八八年の今日、僕たちが見ているのと同じ世界を見ていたはずだと仮定しているからだ。君は僕が問題にしていることが分かっていない。つまり、僕たちの世界観は、僕たちの目に映る事実を純粋に余分なバイアスを入れずに描き出したものでは必ずしもないことが分かっていないのだ。僕たちの世界観は、数世代にわたってゆっくりと練られてきたもので、じつに様々な面をもっている。それが作られる過程で、多くの哲学（世界の説明）が吟味され、部分的にか全体的にか否定されてきた。今日僕たちが行っている世界認識の仕方は、意見が出されては捨てられる際限のない繰り返しの結果、残ったものである。もし僕たちが過去に起こったことをもとに未来を予測するならば、今の世界認識の仕方は（僕たちにはごく自然で一点の曇りもないように見えても）ひょっとすると暫定的なものにすぎなくて、将来の子孫には遠い過去のばかげたもので、まったく不自然なものに映るかもしれない。それはちょうど、原始種族が抱いたもっとも突飛な考えが、僕たちにはばかげて見えるのと同じことだ。『万物は流転する」の格言は、自然同様人間にも（また、人間であることは精神をもつことを意味するのだから精神にも）当てはまる。どうも君は、人類は川の中の同じところにずっと立っていて、水が足下を勢いよく流れるのをただ眺めているだけだと考えているようだ。でも、そうじゃないだろう。僕たちだって流れに運ばれてきたんだ。世界を見るのに絶対的な方法などありえない。（未開の発想であれ、哲学的なもの、科学的なものであれ）様々な世界観を考え出しながら、いわゆる事実に少しずつではあっても休むことなく近づいていくものなのだ。可能性から言うと、たとえ事実に完全に到達することはできないにしてもだ。なぜなら、

「経験とは一つのアーチである。
それを通して、人跡未踏の世界が微かに見える。
もっと見たいと足を踏み出すと、その世界の輪郭は永劫の彼方にかすんでゆく」
［アルフレッド・テニソン「ユリシーズ」（一八四二）一九―二一行］

だがこれは、むしろ心理学者の課題だ。もちろん、人間の精神機能と能力とをいちいち書き出し、一覧にして表示するタイプの古い心理学のことを言っているわけではないのだが、やはり心理学が扱う事柄だ。とにかく、心理学的側面から心理を研究する人たちもきっと僕に賛成してくれると思うのだが、僕たちが過去にさかのぼればさ

かのぼるほど、その世界観は僕たちの世界観とはかけ離れていく。さらに言うと、僕たちが未来に自己を投影すればするほど、未来の人類が抱く世界観は今日の僕たちの世界観とはきっとちがうんだろうなと思ってしまうのだ。

だから、迷信とは制度を説明するためにこしらえられたものではなくて、その反対で、迷信が制度を作り出したのだと考える。僕は、君たちが言うように、制度が似ていれば世界中どこでも似たような迷信をもっているとは思わない。これもまったく反対で、迷信が似ているから制度も似てくるのだと思う。君の意見では、迷信とは慣習という樹に寄生した植物になる。私の意見では、迷信とは制度を発芽する根にほかならない。思うに、世界は原始種族に何らかの観念を授けたのだ。その観念にもとづいて彼らは行動したし、それ以外には行動のしようがなかった。原始種族が世界から得た観念が僕たちの世界観と違っている以上、当然彼らの行動は僕たちの行動とは違う。それなら似たような制度が世界中に「普及」した理由はどうやったら説明がつくのか、君は即座に尋ねるだろう。理由は簡単だ。一つには自然界の事実が世界中どこでもよく似ているからであり、もう一つには未開種族の精神性が地域の区別なくよく似ているからだ。そのため、自然が未開種族の精神に刻み込む印象も世界中で似通ってくる。つまり、未開種族の観念はいわば万国共通になるわけだ。そこから議論を一歩進めると、未開種族の慣習や風習もまた、彼らの観念にもとづいているのだから、よく似ていて当然だ。僕なら「普及」をそのように捉える。ところで君は、原始種族も一九世紀の合理精神を兼ね備えていると仮定した後で、迷信が現に存在することを、いったいどうやって説明するつもりだい。ぜひここのところを説明してほしい。それに神話はどうなるんだろう。原始種族が実践上は理性的だったが、理論上は非理性的であったとでも言うのかい。それとも、「言語の病い」派と同じように、原始種族は最初のうちこそ実践上も理論（自然哲学）上も理性的であったと相変わらず主張し、神話も迷信同様、後から寄生的に生まれたというのだろうか。僕は、今の一つ目の仮説が意味するような理論と実践の乖離など起きなかったと思う。また、二つ目の仮説が暗示している理性から非理性への退行も起こらなかったと考えている。神話は、迷信的な慣習や未開社会の制度を作り出した諸観念と同じたぐいの観念にすぎない。人間が対処できる事柄であれば、この種の諸観念は現実的な効力を発揮するのだが、神話の場合、人間の領域を超えた事柄を扱っているので、そうした効力を発揮できなかった。神話を原始種族の観念一般という意味で捉えれば、迷信は神話の応用にすぎなくなる。つまり、迷信は原始種族の観念に実践的な慣習を加えたもので、神話は彼らの観念から実践部分を差し引いたものになる。以上のような見地をとるかぎり、人類はずっと着実で滞ることのない進歩と発達を遂げたことになる。人類は世界と向き合うなかで最初に誤った観念を連想し、その観念にもとづいて制度を立ち上げた。しかしその後、より真実に近い観念とそれにもとづく制度が生まれ、しだいに修正されていった。人類は上昇しても堕ちはしない。君の考えでは、人類の「知的」進歩は少なくとも一回はどこかで中断したことになる。人類は理性をもって歴史を歩み始めたけれども、一度非理性的状態に陥り、その後また非理性のぬかるみからもがき出て、理性を回復したことになる。これでは人類の堕落だ。僕には、君がアダムと禁断の木の実の話までおまけに持ち出してきて、丸ごとうのみにしているようにしか思えない。堕落説を言い出したら、きりがない。

君に一つ頼みたいことがある。この手紙を取っておいて、君が意味があると思えば、R・スミス博士に見せてもらえないだろうか。僕はいつもこうした議論では、彼とちょっとした言い争いになるんだが、まだ一度も真剣な論戦を交えたことはない。というのも、歴史哲学に対する僕の態度は、［トマス・］ドクィンシーが殺人を扱うときの態度とは正反対だからだ。ドクィンシーは言っている。「そこまではやってみたい。つまり、一般的な原理原則なら提出してみたいと思う。だが個別のケースについては、私はいっさいかかわらないつもりだ」と。僕はむしろ個別のケースに関心があるし、一般的な原理原則など議論しても時間の無駄だと考える癖がある。(36)

この手紙だけでもケンブリッジに人類学研究サークルが存在した「明白な」証拠になる

かもしれない。このサークルにはメンバーとして、少なくともフレイザー、ジャクソン、ロバートソン・スミス、クライスト・カレッジの古典学者W・H・ラウス[37]、そしてたぶんジェイムズ・ウォードも名を連ねていたのではないだろうか（ウォードについては、テニソンの詩「ユリシーズ」からの引用の直後に、新しいタイプの生理学的心理学者として言及されている点に注意してほしい）。彼らは原始種族の精神や宗教に関して、それぞれ独自の見解をもっていたが、そうした見解が理論的にはどのような意味をもつかについて、会う機会を見つけては、忌憚ない意見を言い合った。

この手紙は、何らかの強迫感情に突き動かされて衝動的に書かれ、読み返しや書き直しはいっさいされずに投函されたかのように読める。一通目の手紙の書き出しで、フレイザー自身、憂鬱な気分にまかせて一通目を書いてしまったと告白している。そのため二通目は、どこか弁解めいた書き出しになっている。そして、一通目が投函されたわずか二日後の日付が付いている。ジャクソンには二日間あれば、一通目を熟読、消化して、返事を書く十分な時間があった（一日のうちに六回～八回配達があったヴィクトリア時代の郵便制度が、今日の郵便制度よりもどれほど便利だったかを雄弁に物語っている）。だが、このジャクソンの返信は今は残っていない。

親愛なるジャクソン君

正直に言うと、僕の最初の手紙がひょっとしたら君を怒らせてしまったのではないかと不安になっていたのだが、そんなときに君の手紙が届いて、僕の不安はきれいに吹っ飛んでしまったよ。君を傷つけなくて本当によかった。そして、そんな不安を抱いてしまった僕をどうか許してくれたまえ。ちょうどあのとき嫌なことがあって、とても憂鬱な気分にまかせて手紙を書いてしまった。ところが告白すると、あんなふうに書いてしまったために、手紙のことを思い出してはさらに憂鬱な気分になっていたところだ。僕たち二人が遠慮なく意見を交換できることを、僕はいつだって光栄に思っている。今週僕たちが交わした議論から多くを教わったよ。僕は大きな刺激を受けることができたばかりか、これまで曖昧であった問題を明確に意識することができた。これらの話題をもちかける相手はほかにはいないんだ。R・スミスでさえ、彼はあまりに厳格な功利主義者なので、幽霊や精霊の話を彼に向けるのは薄氷を踏む思いがする。だから、これからも時々、僕の考えを君に聞いてもらえたらとてもありがたい。僕は仮説をやたらと振り回すことの危険は重々承知している。だから、僕がそんなことをしそうだったら、君の批判で諫《いさ》めてほしいんだ。どんな制度も物質的な事実がきっかけとなって生まれるという点では、僕たち二人とも意見が一致している。唯一意見が違うのは、どうやってそのきっかけが生まれるかという点だけだ。もちろん、このきっかけは未開種族の心の働きを通して感じられる。僕の立場はこうだ。未開種族が外界に向き合うとき、その精神のかまえは僕たち現代人のかまえとはぜんぜん違う。だから、彼らの態度を少しでも理解したければ、彼らの生活と思想を記述した書物をひたすら読み続けるしか手はないと思うんだ。しかしながら、このように書物に没頭して、これこそ未開種族が抱いた観念だと思うものから彼らの生活を類推して解説したところで、そんな解説は現代の読者にはまったくばかげて聞こえるだろう。その結果、今の読者は、解説されているような野蛮なことを人類が信じたはずはないと思い、そんな解説など出来の悪い学生が考えのまとまらないまま出した解答程度にしか受け取らないだろう。だが「比較神話学」が挙げる驚異的な例を目の当たりにすれば、この手の批判が不当なものだと、きっと誰もが思うはずだ。(38)

この二通目の手紙から、周囲の仲間たちがフレイザーのご意見番として大切な役割を果たしていたことが分かる。また、ジャクソンがスミスとは対照的な役割を務めていたこともいっそうよく分かる。スミスが人類学の権威であったのに対してジャクソンは単なる素人学者にすぎなかったけれども、一通目の手紙の最後の段落から感じ取れるように、フレイザーはジャクソンとの方が気楽に話もできたし、スミスの前だとできないような発言や態度をとることができたようだ。フレイザーはスミスを慕っていて衝突をひどく恐れていたので、胸襟を開いて話をすることに気後れを感じて、本音を打ち明けることができなかったようだ。
それから一五か月後の一八八九年一一月二七日（つまり、『金枝篇』が実質上、完成した時期）に、三通目の手紙がJ・S・ブラックに宛てて書かれた。ブラックはスミスの終生の友であり、のちに彼の伝記を書いた人物である。そして、この手紙が書かれた頃には、もうすでにフレイザーとも親しくしていた。この手紙のなかで、フレイザーはスミスの公刊されたばかりの『セム族の宗教』にふれている。

確かにそれは画期的で説得力のある本だ。独創的な考えがあちこちに出てくるし、有益な見解に溢れている。それでもやはり、僕は若干の疑問を抱いてしまう。あれほどまでに単純化していいのだろうか。宗教史を再構築するのに取り上げられた材料があまりにも少なすぎはしないか。しかも、単純で自明な材料ばかり扱っていないだろうか。この材料に関する批判について、君は変な印象をもつかもしれない。僕が言いたいのはこういうことだ。原始種族の世界観は僕たちの世界観とはまったく別物であって、僕たちには単純で自明に思えることでも、彼らはきっとそう思わないだろうと思うんだ。また「反対に」、彼らには単純で自明に思えることでも、たいていの場合、僕たちの思考では全然ついていけないので、僕たちは想像のしようもないとも思う。したがって、宗教や社会の起源についてのどんな説明も、それがどんなに理に叶っていてありそうな説明に見えても、細心の注意を払って聞かなければならないと僕は思う。（僕の視点で見ると）説明のとおりのことが起こるべくして起こったと考えるのは大きな思い上がりである。（極端な例を挙げると）社会の起源に関する［ジャン＝ジャック・］ルソーの説明は、前世紀の道理をわきまえた人たちにはよく受けた。というのも、仮に「彼ら」がもう一度基礎から社会を築き上げなければならない破目に陥ったら、原始種族はこうやって社会を築いたんだとルソーが説明したやり方を喜んで真似ただろうからだ。ルソーが受けたのも、それだけの理由だ。だが、原始種族からフランスの百科事典編纂者登場までは、時間的に長い間隔がある。スミスは思い違いから、原始セム族がまるで一九世紀の人間と同程度に理性的な判断をしたかのように論じていると、言いたいのではない。僕はただ、彼の推論の仕方があまりにも単純で短絡なので、どこか理由のはっきりしない、ひょっとすると理由のない不信感を抱いてしまうと、言いたいのだ[39]。

四通のうち最後の手紙に話を移そう。一九一一年、ブラックはスミスの生涯についての伝記を執筆中に、二年前にフレイザーからもらった手紙を本人に送り返して、スミスの学問的貢献がどのように評価されているかを示す証拠として引用掲載していいか尋ねている。しかしこの頃には、フレイザーとスミスの亀裂はさらに大きくなっていた。一九一一年七月一五日付で、フレイザーは返事を出している。

僕は『セム族の宗教』について君に手紙を送ったことなど、すっかり忘れていたよ。でも、君がその手紙から抜粋した箇所について僕は今でも正しいと思っているし、ひと言も修正や削除をしようと思わない。ただ、以前から思っていたことをそこに付け加えてもいいかもしれない。それはつまり、スミスはたぶん信心深かったのが災いして、原始宗教を思い描くときでも畏怖の影響を軽く見て、善意の感情（愛や信頼、それに感謝）を強調しすぎているということだ。同様に供犠についても、神と一つになることを強調するあまり、供犠を通して神の怒りを鎮め、怒りの矛先を逸らしていた事実は顧みられてない。だが、この後者の事実の方が供犠についてふつう認められていることで、僕も全体として賛成している。もちろん僕は、供犠がときとして神との合一という形態をとるということを否定するつもりはない。だが僕は、供犠とは純粋に宥めの儀式であることの方がはるかに多いと思う。つまり、供犠とは畏怖すべき存在が気に入るものを捧げることで、その存在を宥め喜ばせようとして行われるケースがほとんどだ。要するに、供犠とは原始期の貢物を捧げる儀式であるとする説は、非常に多くのケースに当てはまると思うんだ。（中略）君の意見では、ロバートソン・スミスのもっとも完成度の高い主要著作は確かに見るべきところがたくさんあるけれども、それでもどこか暫定的な仕事であって、時代に逆行していると見る。僕も同意見だ。もしスミスがもっと長生きして精力的に研究を続けていたならば、彼はこの本の中身をかなり書き換えただろうと思う。例えば、トーテムをもつ種族が魔術目的でなく宗教目的でトーテムを生け贄として捧げていた証拠が実際は非常に少ないことを、スミスが十分認識できていたならどうだろうか。トーテム供犠に関する仮説は、彼の議論で言われるほど重要な事柄にはならなかったのではなかろうか。[40]

古代や原始期の人間は本来、環境への畏怖心に突き動かされていて、この畏怖への反応から宗教が生まれたと考える学者一派が当時すでにあった。フレイザーがその一派の傘下で研究していたことは、今まで見てきた手紙、とくに最後の手紙から明らかである。彼はまたみずからも認める進化論者であり、比較論者であった。フレイザーはしばしば見解を変え、新たな出版物のなかで、変えたことを率直に認めた。しかしながら、比較研究法こそ人間精神がどのように発達したかをダイナミックに描き出す最善の方法だという信念は、けっして揺らぐことはなかった。四通の手紙に一貫して、とりわけ一通目のなかで、様々な地域にちらばっているが同質の「未開の精神、ところは違ってもまったく同じ精神」が存在していることが仮定されている（この点では、フレイザーとタイラーは同意見であった）。さらに、人類は世界を理解し、制御しながら着実な進歩を遂げてきたという見解も、これらの手紙のなかに見ることができる。

ジャクソンやブラックに宛てられた手紙はなるほど重要ではあるが、それらを読むだけでは、一八八〇年代後半に『セム族の宗教』と『金枝篇』が相次いで出版された時期に、フレイザーとスミスがどれほど入り組んだ関係にあったかを知ることはできない。フレイザーとスミスとの学問的交流は、フレイザーの生涯においてもっとも重要であったことは疑う余地はない。しかしそれだけでなく、この交流が『金枝篇』の執筆に大きな影響を与えていることを考えれば、二人の関係はもっと詳しく見る必要がある。

『金枝篇』においてフレイザーは、ネミの村の迷宮へと、つまり錯綜する異様な行動とその動機の世界へと、私たち読者を案内したいと考えた。いつものように彼は、自分自身についても謎めいた話をしている。その話のなかには、これまで注意が払われてこなかったものがある。その一つは、『金枝篇』がどのようにして執筆されることになったのか、その経緯にふれた箇所である。フレイザーが一八八八年にジョージ・マクミラン宛ての手紙のなかで、どう書いていたか思い出してもらいたい。フレイザーは一八八六年までにはパウサニアスの翻訳を書き上げ、次の仕事としてパウサニアスに注釈を付ける作業を始めていたのだが、まったく別の本のことが急に気になりだして注釈をしばらく中断していると書かれていた。この別の新しい本というのはもちろん『金枝篇』のことである。今日からすると想像しにくいことだが、一八八〇年代には、ネミの村の祭司については、古典学者や古代宗教史家のあいだでも分からないことが多すぎて、とくに問題にされていなかった。それではなぜフレイザーは気まぐれを起こしたのだろうか。

『ブリタニカ百科事典』のなかの「タブー」の項目を解説することになって、フレイザーは相当の量の文献を読み漁ったが、明らかにその経験が出発点になっている。結局のところ、タブーに関する文献の多くは王の生活を取り巻く禁制の数々を扱っていた。（トマス・マコーレーの有名な言葉を使うと）「殺人者を殺し、自らも殺される宿命を担った祭司」を描いた劇的で絵画のような物語がフレイザーの脳裏にひらめいたとき、「呪われた祭司」がじつは「森の王」であったという事実は彼の豊かな想像力を大いに刺激し、この新しい関心事に彼を向かわせたのかもしれない。

残念なことに、なぜ突然にフレイザーが森のなかで行われていた不可解な行動について興味をもちだしたのかは、彼の手紙からは分からない。その答えを探すには、『金枝篇』の（一八九〇年三月八日付）序言に目を転じなければならない。序言はこう始まっている。

このところ私は原始種族の迷信と宗教に関する概説書を書く準備を進めてきた。私が強い興味を覚えた問題のなかでまだ十分解明されていないものに、アリチアの祭司の掟があった。昨春、私は本を読んでいる最中にたまたま、ある事実を発見した。この発見を以前私がメモしていた事柄に結び合わせると、問題の掟は説明できるような気がした。もしその説明が正しければ、原始宗教のぼんやりとしてよく分からない性格がきっとはっきり見えてくると思った。それで、その点を概説的な仕事とは切り離して重点的に研究し、まったく別の研究として出版することにしたのだ。本書はその成果である。

しかしながら、彼がしばらくの期間書いていたという「原始種族の迷信と宗教に関する概説書」とはいったいどんな本だったのか、よく考えてみると、今引用した彼の率直な説明もにわかに疑わしく思えてくる。フレイザーはその後も、ここで言われているような概説書を出版していないし、現存する書簡を見ても、その本のことはいっさい出てこない[41]。マクミランとの往復書簡は完全に残っていて、二人のあいだのやりとりはすべて分かるのだが、そのなかにも、この大著についてふれられている箇所はない。もしフレイザーがその大著執筆を「昨春」(つまり一八八九年)に中断したとすれば、一八八八年(以前ではないとしても)の時点で、彼はその大著執筆に取り組んでいたことになる。

ともかくも一六か月の沈黙の後、一八八九年一一月八日にフレイザーは出版社に連絡を取り、原始宗教の本があらかた完成したこと、その本はネミの森で起きた出来事を解説しているので、題名は『金枝篇』にするつもりだということを唐突に知らせる。もちろん、マクミランはその原稿をすぐにでも見たいと言ってきた。そして、ある読者から熱のこもった感想文を受け取るとすぐに出版に同意している。活字として残された証拠がないので結論は出しにくいが、証拠がないという事実をうがって解釈すると、幻の「概説書」それ自体、存在しなかったのではないか。もし私の推測が正しければ、フレイザーの側に何らかの理由があって、そんなありもしない本の計画を口にしたにちがいない。その理由について、表面的にはありそうな説明を試みてみたい。

フレイザーは題名こそ挙げていないが、パウサニアスからネミの村へと彼の関心を大きく転向させた本は実在する。一八八五年、フランスの東洋学者で歴史学者、それに作家でもあったエルネスト・ルナン（一八二三―九二）は、古代のアルバ・ロンガにあったネミ村を舞台とした『ネミの祭司――哲学的戯曲』という「観念劇」を出版する。(42) この本はルナンの一連の読み物用戯曲の一つであって、人間社会が相も変わらず脆く、混乱しているさまを教訓的に描いた説話であった。ルナンは序言のなかで、この戯曲の設定をこう解説している。ネミの村にある「啓蒙的な」(賢明な)祭司が現れて、彼自身が主催する「愚かな」祭儀に理性を持ち込もうとする。善意で始められた行為であったが、予想どおり大惨事となる。無知な群集は、神託には絶対に誤りがないことを主張して、その「先駆的な賢者」のかわりに、とある罪人を祭司の職に就かせる。その結果、ネミの民族は裏切られ、ローマの手に落ちる。

フレイザーが長年、ルナンを尊敬していたことは周知の事実だ。一九二三年にフレイザーは、エルネスト・ルナン協会で行った二つの講演をもとに『エルネスト・ルナンについて』と題した小冊子を出版している。これを読めば、フレイザーのルナンに対する熱の入れようは一目瞭然である。そのなかで彼は、人としてみても思想家としてみても、ルナンほど共感できる作家はフランス中探しても見つからないとまで言っている[43]。フレイザーは『エルネスト・ルナンについて』では、『ネミの祭司』にいっさい言及していない。しかし、ルナンに刺激を受けて「ローマの永遠の晩鐘」というイメージが生まれたと告白している。『金枝篇』の結びでもこの晩鐘が描写されているが、その鐘の音は、人類が変わることなく信仰の衝動をもち続けてきたことを象徴していた[44]。

それだけではない。フレイザーの蔵書目録には、一八六〇年代と七〇年代の版も含めて、少なくとも一〇項目のルナンの著作が並んでいる（そのこと自体、フレイザーがルナンに熱を上げていた証拠である）。このルナンの項目のなかには『ネミの祭司』もあった[45]。興味深いことに、フレイザーは一八八六年刊行の第九版を所蔵していた。それはつまり、『ネミの祭司』が他の戯曲とひとまとめにされて一八八八年に『哲学的戯曲集』のかたちで出版されるよりも早く、フレイザーは『ネミの祭司』を知っていたことになる。さてもう一度、フレイザーが一八八八年六月七日付でマクミランに宛てた手紙のなかで、どう書いていたかを思い出してほしい。そこには、「僕は一八八六年の暮れに、どうしてもほかの仕事のことが気になりだして、パウサニアスが手につかなくなった」と書かれていた。私の推測はこうだ。一八八六年の暮れにフレイザーは『ネミの祭司』を読み、すぐさま強い衝撃を受けて、ある本を着想する。その本がどうしても観念的になるのは仕方なかったが、それでもルナンが空想をめぐらせて描いたことを新しい科学的な方法で解説しようとする野心作であった。

この推測が正しいとしても、たちまちある疑問が湧いてくる。カルヴァン派の清廉潔白さを信条とし、他人の見解は逐一、脚注で出所を紹介することで、他の学者と自分との違いをはっきり示してきたフレイザーが、どうしてルナンとその『ネミの祭司』についてだけひと言もふれなかったのか。理由は単純である。ロバートソン・スミスはルナンを似非《えせ》学者と呼んで、ひどく毛嫌いしていた。スミスの目からは、ルナンは、批評的な厳格さを犠牲にして自身の極端に旺盛な想像力を前面に出しすぎているように見えた。そのためルナンの著作は、理性重視主義者が歴史という仮面を付けて戯れる知的な論争程度にしか受け止められなかった。スミスにとってルナンという学者は、個人的な意見を学問的見解として通用させようとするインチキ学者にほかならなかった(46)。

人間関係が気まずくなるのを避けるために、フレイザーはありもしない「原始種族の迷信と宗教に関する概説書」をでっち上げたのかもしれない。そして、フレイザーの言っていることを信じると、『金枝篇』はこの存在しない概説書から派生した結果ということになる。彼は『金枝篇』をどうしても親友のスミスに捧げたかった(そして事実、彼にこの本を献呈している)。それで、もしフレイザーがルナンに啓発されたのだとあっさり認めてしまったら、スミスがそんな本にかかわりたくないと思うのではと懸念したのかもしれない。これに比べたらはるかにささいな困難であっても、人はそれを避けようとして重大な「悪意のない嘘」をつくものだ。私の推測が正しければ、『金枝篇』執筆時には、フレイザーとスミスとが理論上、重要な点で意見が合わなかっただけでなく、この本を献呈することだけでもかなり厄介な経緯があったことになる。

(1) Solomon Reinach, "The Growth of Mythological Study," *Quarterly Review*, 215 (October 1911), 423-41.「フレイザーの父("genuit Frazerum")」という表現は、四三八ページで使われている。
(2) JGF [James George Frazer], "Taboo," *Encyclopaedia Britanica*, 9th edn (Edinburgh, A. & C. Black, 1888), XXIII, 15-18; rpt. in GS, pp. 80-92.
(3) *Ibid.*, GS, pp. 86-87.
(4) Herman Kogan, *The Great EB* (Chicago, University of Chicago Press, 1958) の第四章を参照してほしい。
(5) Lord Bryce, "William Robertson Smith," *Studies in Contemporary Biography* (London,

Macmillan, 1902), pp. 311–26.

(6) 例えば、ヘンリー・シジウィックは、一八八五年二月一九日の晩餐会でスミスに会ったときの印象を日記にこう記している。「その席上、ロバートソン・スミスに会った。この小男は相変わらず颯爽と立ち回り、みなを楽しませ、その場を仕切っていた」。TCC Add. MS c. 97: 25 (31).

(7) Douglas Bush, *Mythology and the Renaissance Tradition in English Poetry* (Minneapolis, University of Minnesota Press, 1932) を参照してほしい。

(8) Frank E. Manuel, *The Eighteenth Century Confronts the Gods* (Cambridge, Mass., Harvard University Press, 1959); Burton Feldman and Robert D. Richardson (eds.), *The Rise of Modern Mythography 1680–1860* (Bloomington, Indiana University Press, 1972).

(9) Henry M. Hoenigswald, "On the History of the Comparative Method," *Anthropological Linguistics*, 5 (1963), 1–11.

(10) Hans Aarsleff, *The Study of Language in England 1780–1860* (Princeton, Princeton University Press, 1967).

(11) Basil Willey, *More Nineteenth Century Studies* (London: Chatto & Windus, 1956)、一四三ページから引用した。

(12) 当時の学説を概観するには、H. G. Hewlett, "The Rationale of Mythology," *Cornhill Magazine*, 35 (1877) を参照すればいい。興味深いことに、ヒューレットは『原始宗教』

（一八七一）で明らかにされたタイラーのアニミズム理論を知らなかったのか、まったく言及していない。

（13） F. Max Müller, "Comparative Mythology," in *Chips from a German Workshop*, 2 vols. (New York, Scribners, 1869), II, 1-142.

（14） *Ibid.*, II, 77.

（15） Richard M. Dorson, "The Eclipse of Solar Mythology," in T. A. Sebeok (ed.), *Myth: A Symposium* (Bloomington, Indiana University Press, 1958), pp. 25-63.

（16） Andrew Lang, *Modern Mythology* (London, Longmans, 1898).

（17） John Burrow, *Evolution and Society*, rev. edn (Cambridge, Cambridge University Press, 1966), p. 114.

（18） イギリスの人類学史の概略をもう少し要領よくまとめたいと思ったが、そうしてしまうと、イギリスでは人類学が一八七一年に始まったかのような印象を与えてしまう。一九世紀半ば頃の、またそれ以前の人類学の発達を解説した優れた本に、George W. Stocking, Jr., "From Chronology to Ethnology: James Cowles Prichard and British Anthropology, 1800-50" がある。これは J. C. Prichard, *Researches into the Physical History of Man* (Chicago, University of Chicago Press, 1973) の序論となっている。

（19） Margaret Hodgen, *The Doctorine of Survivals* (London, Allenson, 1936).

（20） 十分ありうる比較だと思う。というのも、タイラーは未開社会を「人類の幼年期」とよく呼んでいるからだ。

(21) E. B. Tylor, *Primitive Culture*, 2 vols. (London, Murray, 1871). 一九二〇年出版の第六版から引用した。

(22) この表現に関して、マレットは憤慨して「そうしたものが実在したためしはない」と書いている。*Tylor* (London, Chapman & Hall, 1936), p. 119.

(23) E. G. Tylor, *Anthropology*, rev. edn (London, Macmillan, 1924), p. 387.

(24) JGF, "William Robertson Smith," *Fortnightly Review*, 55 (June 1894), pp. 800-07; rpt. in GH, p. 284. フレイザーが一八九二年一一月四日にトリニティの学寮長であるH・モンタギュー・バトラー宛てに出した手紙が残っている。「トリニティはかの故J・F・マクレナン教授の胸像を所蔵する機会を逃しては絶対にいけないと、私は考えます。彼はじつに有能で独創的な学者でしたし、彼による原始社会に関する研究は画期的でした。彼は原始社会研究の草分け的存在でしたし、その天来の才能と正確で健全な判断力という点では、超一流の学者だったと思います」。(TCC Frazer 1: 7)

(25) E. E. Evans-Prichard, *A History of Anthropological Thought*, ed. Andre Singer (London, Faber & Faber, 1981), pp. 62-63. もう一つ重要な論文を挙げれば、マクレナンの『原始期の結婚』が再版（Chicago, Univeresity of Chicago Press, 1970）されたとき、そこに収められたピーター・リヴィエールの序論がある。

(26) Evans-Prichard, p. 68.

(27) この傾向は当然、反響を呼んだ。ハッドンの見解〔*Man*, 2 (1901), no. 124〕を見てみよう。「長いあいだトーテミズムは便利のいい言葉だった。だが今、その言葉を使うことに対して強く抗議すべきときが来たと思う。世界には無数の動物儀礼や植物儀礼が存在しており、トーテミズムもその一つにすぎない。ある種族ではトーテミズムといえるものも、他の種族ではトーテミズムといえないケースも実際にあるのだ。〔中略〕ありとあらゆる動物儀礼をトーテミズムだとして片付ける態度はとうてい容認できない」。

(28) JGF, "Preface," *GB*, I, ix. これ以降の本文の内容は次の私のエッセイを採録したものを含む。"Frazer on Myth and Ritual," *Journal of the History of Ideas*, 36 (1975), 121.

(29) "Preface," I, viii.

(30) *Ibid.*

(31) JGF, "William Robertson Smith," *GH*, pp. 278–90.

(32) *Ibid.*, pp. 283–84.

(33) スミスの弟子であり友人でもあったスタンリー・A・クックは、スミスが常に変わることのないキリスト教徒だったと、きっぱり述べている。「彼は徹底した人間主義もしくは理性絶対主義に共感することはなかった」。*Centenary of the Birth on 8th November 1864 of the Reverend Professor* W. Robertson Smith (Aberdeen, The University Press, 1951), p. 16.

(34) William Robertson Smith, *Lectures on the History of the Semites*, 2nd edn (1894; rpt.

1972), Lectures VII–X.

(35) Robert Alan Jones, "Robertson Smith and James Frazer on Religion: Two Traditions in British Social Anthropology," in George Stocking, Jr. (ed.), *Functionalism Historicized* (Madison, University of Wisconsin Press, 1984), p. 36.

(36) TCC Add. MS c. 30: 45.

(37) フレイザーは、スミスに宛てた一八八八年一一月一八日付の手紙（UL Add. 7449 (c) 236）のなかで、トーテミズムと外婚制についてラウスとどんな話をしたかにふれている。

(38) TCC Add. MS c. 30: 46.

(39) J. S. Black and George Chrystal, *The Life of William Robertson Smith* (London, A. & C. Black, 1912), pp. 517–18.

(40) *Ibid.*, pp. 518–19.

(41) 一八八七年に彼は『未開種族あるいは半未開種族に見られる風習、慣習、宗教、迷信などに関する疑問点』と題したパンフレットを出版し、研究仲間に配っている。一八八九年に再版され、のちに加筆修正もされているが、この質問集が「概説書」でないことは明らかだ。パウサニアスの翻訳でも軽くほのめかされているが（ii. 27. 4.）、それを新証拠として、彼がこの物語に惹かれていったとは言えないだろう。

(42) Ernest Renan, "Le prêtre de Némi," in *Drames philosophiques* (Paris, Calmann-Levy, 1888), pp. 253–400.

（43） 原文は "J'ose même dire que parmi vos grands écrivains il n'en est aucum avec lequel je me sente lié d'une sympathie aussi étroite et aussi profonde qu'avec Renan."（「あえて言おう。フランスの大作家のなかで、ルナンほど強く深い共感の結びつきを感じる人は、ほかには誰一人いない」）JGF, *Sur Ernest Renan* (1923), rpt. in GS, p. 267. ルナンとの比較はH・G・フラールの次の本のなかでもなされている。H. G. Fleure, *Obituary Notices of Fellows of the Royal Society*, 1939–1941, 3 (1941), 899–900.

（44） GS, p. 277.

（45） TCC Frazer 20: 1 (131).

（46） 例えば、ルナンの大作『イスラエル民族の歴史』第一巻を書評したスミスの容赦ない批判を参照してほしい。*English Historical Review*, 3 (January 1888), 127–35; rpt. in *Lectures and Essays of William Robertson Smith*, J. S. Black and George Chrystal (edn.) (London, A. & C. Black, 1912), pp. 608–22.

第6章　『金枝篇』

一八八九年一一月八日、フレイザーはジョージ・マクミランに宛てた手紙のなかで、「原始宗教の歴史に関する研究」の完成が間近であることを知らせている。この研究の表向きの目的は比較研究法を使ってネミ（あるいはアリチア）の森の祭司職を説明することだと述べた後、手紙をこう結んでいる。

私は比較研究法を適用することによって、祭司本人が森の神――ウィルビウス――を体現していて、彼を殺すことで神が死ぬと考えられていたことを説明できると思う。神聖だと見なされる人々や動物を殺す慣習は世界各地に見られるが、それにどんな意味があったのかを私はこの問題を通して提起したいのだ。（中略）私の見たところ、金枝とはヤドリギのことである。そして、これに関連するどんな伝説も、一方で、ドルイド教のヤドリギ信仰とそれにともなう人身御供と何らかの関係があり、もう一方でバルドルの死に関する北欧伝説と関係していると思うのだ。（中略）〔この本の〕仮説がどう受け取られるにしろ、興味深い慣習がふんだんに紹介されていることに気づいてもらえるだろう。実際、人類学の専門家であっても、その例の多くは初めて目にするものばかりだろう。未開種族の慣習や観念の多くはキリスト教の基本教義と際立って似ている。しかし私はこの類似にいちいち言及することは差し控えたい。読者が自分なりの方法で何らかの結論を見つけ出すことに期待したい。

『金枝篇』の三つの版は完成までにじつに二五年もかかったし、アリチアの森とディアナ信仰に始まり、王の供犠とトーテミズムを経て北欧の森とバルドル信仰にまで展開する話の流れは、初版では二冊本で収まっていたのが、第三版では全一一冊にまで引き伸ばされることになる。それでも、この一八八九年に書かれた概要は、フレイザー流に言うと研究の「構想」としてずっと使われていたようだ。長い時間をかけて、かなりの量の加筆が施された。ある部分は批評に答えたものであったが、他の研究者がフィールドで発見したことやフレイザー自身が図書館で発見したことも随時付け加えられていった。そのように話を引き伸ばしたことで、もともと薄っぺらな物語構造にさらに強い圧力が加わった。その結果、『金枝篇』が分厚くなるにしたがって、話の流れを追うことがだんだん難しくなっていった。しかしながら、変わらない点もあった。未開種族の行動と観念が、キリスト教の行動と観念とよく似ている点は、相変わらず「際立って」いたし、読者も独自の解釈を楽しんできた。
フレイザーはマクミランに、出版できるかどうか速やかに判断してほしいと頼んでいる。当然のことだがマクミランは、原稿が完成してなくてもいいので一度それを送ってみてくれと答えた。原稿が届くとすぐ、彼はそれを友人の文芸顧問、ジョン・モーリー（一八三八―一九二三）のもとに送り、意見を求めた。自由党の政治家でもあったモーリーは、編集の仕事をするかたわら、合理主義的な文章を書く作家としても知られていた。その彼がわずか二、三日足らずのうちに、熱狂的な感想を送り返してきた。

比較人類学の最近の研究を熟知しているというつもりはないが、この原稿が発表されることで、この方面の研究に重要な一石が投じられることになるのは間違いないと思う。筆者が科学的精神と哲学的精神との両方を兼ね備えていることは、最初からはっきりしている。つまり、どうすれば事実をうまく引き出せるのかが分かっていて、説得力のある筋の通った説明がなされている。第二に、彼の視野の広さと読書量の豊富さからも分かるとおり、筆者は驚くほど勤勉である。勤勉さで知られるドイツ人でも、彼ほど徹底的に調べ上げ、正確かつ明快な見解は述べられないだろう。第三として、この本には優れた知性のみができる工夫が随所に見られる。そのおかげで、大量に収集された原始種族の慣習と観念とが雑然と並べられているだけだという印象は受けない。素人は素人なりに断言していいと思うのだが、この本はこの分野における第一級の研究書であり、その分野の発展に大きく寄与するだろうと思う。（中略）

筆者は〔ネミの森の掟〕を解釈する過程で、世界各地で行われた神性を備えた人や動物を殺す原初的な慣習にどんな意味があったのか、その大きな問題を考え始めている。原始宗教を解釈するにはより深みのある解釈原理が必要だが、その解釈原理の発展はいつも大規模に起こり、いつ起こるか予想がつかない。それは、『ラオコーン』以来のレッシングの審美科学の発展とよく似ている。筆者の仮説がどれほど確実かは分からないが、ともかくも彼は非常にたくさんの興味深い慣習を集めている。この分野のことに興味をもちそうな読者なら、その具体例を読むだけでも新鮮な驚きと興奮を感じるだろう。贖罪や犠牲、パンとワインの聖餐といったキリスト教の秘蹟については、筆者は（とても賢明にも）慎重に直接の言及を避けている。しかし、勘のいい読者なら、キリスト教の神聖な事柄がどのように始められたのか目の当たりにして驚くだろう。場合によってはショックを受けるかもしれない。以上のことから考えても、この著作は絶対に出版して公開すべきだと思う。（中略）

文体は簡潔で気取りがなく、話題の性質にうまく合っている。読者は読み進むのに何の苦労も感じないだろう。筆者は「人類学や神話学を専門に学んでいる人だけでなく、聡明なすべての読者」の好奇心をくすぐり、興味をもって読んでもらおうと思って、この本を書いたと言っている。聡明な読者でも怠惰から読まないことはあるかもしれないが、そうでないとすると、きっと筆者の希望するとおり広く読まれるはずだ。一般の読者なら、これほどたくさんの細かい事例を目にすると、きっと嫌気が差すだろう。メインやスペンサーなどの学者たちはこれらの話題を取り上げても、どちらかというと、より一般化された高次のレベルで考えることの面白さを教えていた。そのため、もともとの資料を読者に示すことをしなかった。ところがこの本の場合、筆者が様々な時代や社会から集めてきた未開種族の慣習の例は膨大な数に及び、しかもその多くが生き生きとした事例で、とても面白く読める。確かに、取り上げられているフィールドは、タイラーが『原始文化』で扱ったフィールドと比べると狭い。フレイザー氏は原始種族の諸慣習のうち特別なタイプのものを取り上げ、それらを理論化している。しかし、人類の宗教史を見る上で、それが重要なタイプの慣習であることは間違いないし、ひょっとすると、もっとも重要な慣習かもしれない(1)。

原稿はすぐに書き上げられた。そして一二月一六日、フレイザーが大量の書きかけの原稿を送って出版の打診をしてからわずかひと月ほど後のこの日、マクミランは出版を申し出た。出版にあたりフレイザーはいくつかの条件を付けたが、マクミランは黙って受け入れた。その条件とは次のような事柄であった。

一つ、口絵にターナーの『金枝』を版画で入れ、カバーの色は緑を使い、ヤドリギの模様で飾ること。[2]二つ、一五〇〇部を刷ること。三つ、出版社ではなく著者が版権をもつこと。四つ、利益の分配に先立ち、一〇〇ポンドが著者に前払いされること（パウサニアスの翻訳書出版のときと同じく、『金枝篇』の出版に際しても、売り上げ利益の半分を出版社に、もう半分を著者に分けることで両者とも了解していた）[3]。

すべての条件が受け入れられた後で、ようやくフレイザーは、どうしてマクミランに即断を迫ったのかを説明している。フレイザーは一八九〇年の春にギリシャに出かける計画でいたのだが、その旅費を捻出するために前金が必要だったのだ。彼はパウサニアスに注釈を付ける仕事に戻りたがっていた。当時、考古学的に興味深い事実が次々発見されていたが、フレイザーはそうした発見を完全に理解し、正確で最新の情報を得ようと心に決めた。その手始めとして、当時ギリシャ中で発掘されていた数々の考古学的遺跡を自分の足で踏みしめ、何が起きているのかを自分の目で確かめる必要があったのだ。もしそうしなければ、彼にすればどちらに転んでも不本意な選択肢しか残らないように思えた。発掘者たちが空いた時間に研究成果をまとめるか、自分たちの発見がマスコミに取り上げられる際にコメントするか、いずれにしても新発見が小出しに出てくるのを気長に待つ方法が一方にある。そうでなければ書いたものをすぐに印刷に回して、当然受けるに決まっている批判に耐えなければならない。この時期にそんなものを発表しても、発表する前から時代遅れに決まっていると批判されるのは目に見えていた。これまでパウサニアスに費やしたおびただしい時間と労力を考えても、今度の本をパウサニアス注釈の決定版にしたいフレイザーの熱意を併せて考えても、彼はギリシャに行くしかなかったのである。

原稿が受け入れられたら受け入れられたで、フレイザーは本の書式と装丁について多くの要望と提案をし始めた。通常、こうした要望や提案など瑣末すぎて面白くも何ともないが、この場合は注目するだけの価値はある。というのも、この要望や提案から彼の鋭い視覚的感性が伝わってくるからだ。それに、彼がパウサニアスの旅行記を情景描写するときや、『金枝篇』の世界を描くときに、この感性はいつも活発に働いているからだ。

作者なら誰だって本の見栄えを気にするものだが、フレイザーほど微に入り細にわたって多くの注文をつける人は珍しい。ターナーの版画やヤドリギの装飾は当たり前のこと、活字の大きさや字体、紙質や一ページあたりの行数、それにどの印刷機を使うかに至るまで、好みがうるさかった。彼が単に凝り性だったというわけではない。それよりもっと積極的な意味があった。本を構成する要素の一つ一つがうまく働いて、全体として計算どおりの印象を生み出すことを彼は望んでいた。それに、小ぎれいな本の方が見栄えのぱっとしない本より売れることもよく知っていたのだ。外見的な装丁のためだけに特別な効果が施されたわけではない。というのも彼は、(本屋でこの本を手に取る人のためか、批評家を意識してかは分からないが) わざわざ手の込んだ挿話を冒頭と結末に付けているからだ。『金枝篇』第二版と第三版を出すときでも、冒頭部分と結末にはささいな修正をしただけで、もとの挿話をそっくりそのまま残そうとしている。結果、『金枝篇』は、祭司が剣を手に用心深く森をめぐりながら殺害者の登場を待つ話に始まり、金色の黄昏どきにローマの晩鐘が「大平原（カンパーニャ）」に鳴り響く描写で終わることになる。

フレイザーが芸術的な面にうるさく商売も上手という世慣れた才覚をもっていたという と、彼のように象牙の塔に籠りっきりの学者のイメージとはうまく結びつかないという人もいるだろう。しかし、彼が一八九〇年三月一五日付でマクミランに宛てた手紙にも、彼のそうした才覚は感じ取れる。その当時、彼は文芸雑誌『アカデミー』や『アシニーアム』に、これから出る『金枝篇』を紹介するコラムを執筆していた。手紙のなかで彼は、そのコラムを書く苦労をマクミランに洩らしている。

構想と呼べるものをいっさい明らかにしないで本の骨子を手短に述べるのは、かなり難しい。初期のアーリア人の宗教について長いあいだ常識となってきた見解を自明のことのように思っている読者には、かなり衝撃的な結論になるだろう。だからこそ、読まれる前から結論を見せることはしたくないし、同じ理由から目次を事細かく載せることをしなかったのだ。そんなことをするのは、小説家が小説の冒頭で筋の要約をしてみせるのと同じくらい大きなへまのように思えてならない。

つまり、学者が広く関心をもたれているテーマについて何か書くときにふつう考えるように、フレイザーも一挙両得を狙ったといえる。一方で『金枝篇』は冷静な学識と「科学」にもとづく著作になることを望んだ。それには読者が専門的なことを知っている必要があった。だが他方で、彼は装丁に関して口を出したり、専門用語は極力控えることで、ふつうの教育を受けた一般読者にも読んでもらいたいとも思っていた。

一八八九年から九〇年にかけての冬のあいだに、印刷作業は迅速に進められていった。そして、三月になるまでに自分の本を活字にしたいというフレイザーの所期の目標は、叶えられた（序文の日付は三月八日になっていた）。三月の末には、彼はギリシャにいた。約三か月間、そこに滞在するつもりでいた。その間、マクミランは『金枝篇』を春の新刊リストの目玉にしようと決めていたにちがいない。彼は惜しみなく書評用献本を各所に送った。その結果、一八九〇年六月に出版された『金枝篇』には、少なく見積もっても二五名の人から書評が寄せられた。この本がまだ無名の学者の手による処女作で、ノンフィクションであったことを考えると、これほどの書評が集まったこと自体珍しいことだった[4]。実際、イギリスの大手新聞や雑誌のほとんどが、ページ数を割いてこの本への寸評を載せている。もっと驚かされることがある。書評者たちの意見が完全に一致しているのである。否定的な意見はまるでなく、ほとんどの論調は好意的で、ときには絶賛口調のものまであった。一八九〇年末から一八九一年初頭にかけて、有力な学術誌もこの風潮に乗っかり、本格的で概して好意的な書評論文を掲載した。結果としてみると、幸運で鮮烈なデビューであった。

大まかに言うと、批評家たちはモーリーがすでに指摘したことを繰り返していた。みな口を揃えて、フレイザーがどんなものを読んでいるか、とりわけどれほど多くの文献を読みこなしているかに驚きの声をあげている（読書量でいうと勤勉さでドイツ人に匹敵するイギリス人がついに現れたと、多くの批評家が述べている）。さらに、宗教の起源を論じればどうしてもつきまとうデリケートな問題にふれても、派閥臭さがまったく感じられないことも、多くの批評家により指摘された。もう一点、誰もが初めて目にするような事例が並ぶと、読者は乾ききったサハラ砂漠を旅するような思いになるのだが、読者を惹きつける彼の非ドイツ的な文体のおかげで読者が苦労せずに読み進められることにも、批評家は一様に感心している。専門知識がなければ、批評家はつっこんだ話はしないものだ。紙面の大半は彼の議論を要約することに割かれている。

反響は非常に好ましいものであったが、なかには、この本とタイラーと（または）マクレナン[5]の画期的な著作を比較して、フレイザーの仕事に疑問をもつ者もいた。そのなかでもっとも学識経験豊かな人物がジョゼフ・ジェイコブズであり、彼は『フォークロア』誌上で『金枝篇』を『セム族の宗教』と並べて見ている。確かに『金枝篇』は分厚いけれども、そこで挙げられた重大な問題をきちんと扱うには十分な分量ではないと、ジェイコブズは考えた。なるほどフレイザーは幅広く証拠を集めているけれども、議論のなかの核心的な部分部分のつながりに著者の憶測が強引に差し挟まれていると、ジェイコブズは指摘した。もちろんジェイコブズといえどもフレイザーの博識と文体に心を打たれはしたけれども、彼の論理には最後まで説得されなかった。そして、『セム族の宗教』の方が学問的には重要であると断言している。

『金枝篇』初版の刊行は出版のタイミングがよかったことや文体が魅力的であったという点で意義深かったものの、社会を大きく揺るがすようなことはなかった。なるほど一部の読者の目には、この本は画期的なものに映ったかもしれない(6)。しかしながら、この本の真価は学問的にだけでなく文学的にも測られなければならない。というのも、この本が発表されたことを機に、それまで必ず物議をかもしていた宗教史の問題であっても、魅力と機転を備えた作家の手によって扱われれば、ごく一般の読者にも偏りなく受け入れられることが分かったからだ。エドワード朝末期の最後の二五年間のうちに、原始宗教の研究がフレイザーやその他の学者によってこれからどう進展するのか、その方向性を示したところに、この本の真価はあった。

一九二〇年代から今日まで、『金枝篇』の主要な発想は学問の世界のみならず、文学一般やジャーナリズムにまで広く浸透してきた。そのせいか、教育を受けた人なら誰でも、

『金枝篇』を原本や縮約本で読んでいなくても、この本の発想は知っているし、フレイザーがそれを最初に思いついたことなどを、とくに意識しないかぎり忘れているほどである。その上、『金枝篇』をどこかで読んだという人も、その大多数は、第三版の縮約本（一九二二年にフレイザー自身の手によって書かれ、その後も再版を繰り返している本）か、そうでなければT・H・ギャスターが「最新の情報」を盛り込んで編纂した『新金枝篇』（一九五九）を読んでいるにすぎない。だからこそ言いたい。これら三つの版は相互に有機的に関連し合ってはいるけれども、これを一八九〇年の刊行時の状態で見ようとしないにしても、第一版を正確に把握しようとするためにさえも、後になって付けられた余計なものを大幅にそぎ落とす必要があるのである。

しかしながら、ここでどういうふうに議論を要約しても、『金枝篇』をどの版で読んだかに関係なく、いずれの読後感もうまく伝えることはできない。現代の読者は膨大な（第三版に至っては気が遠くなるほどの）量の「証拠」に圧倒される。私が今、証拠という言葉を括弧に入れたわけは、論じられている内容と事実との関係がはっきりしないことが、フレイザーの場合よくあるからだ。これほど多くのデータが示されるのも、非常に大きなテーマを扱っているからで、実際のところ話題は夢の世界のようにくるくる変わってゆく。本の特徴として議論が迷宮に踏み込んだかのように錯綜するのだが、それはフレイザーが自制できずに気ままに脱線した結果でもある。そのため読者は、今読んでいるところが本全体の議論とどう関係しているのか分からなくなってしまう。それだけではない。この本を巨大なモザイク画に例えてみると、古今東西から集められた事実が角石やガラス片の一個一個になるのだけれど、不確かな憶測と想定という漆喰で張り付けられている場合が多すぎる。このように「堅い」事実と「柔らかい」発想とがないまぜになっているので、全体で見れば議論の屋台骨は弱くなる。そのため読者にすれば、随所で挙げられている証拠を信じていいのかどうか分からずじまいである。もっとも致命的だったのは、フレイザーが文化について考える際に、文化が母体となって、社会内部の知識上および行動上のもろもろの事実や関係や制度を生み出しているということを捉え損なっていた点である。つまり文化とは物質的で象徴的な「場」であって、その「場」のなかで行動が起こされ、行動が意味付けされることが見えていなかったのだ。そのため彼は古今東西からデータを拾い集めても、データの分析に当たってはそのデータが意味をもって生きられていた場所に置き直して考えてみようとしなかったし、そんな気もなかったのだ。

そうはいっても、これは「現代の」反応であって、一九二〇年代以降発達してきた文化概念にもとづいた意見であることを思い起こさねばならない。あの本のいったいどこに一八九〇年代の読者は惹かれたのか、考えてみてもいいだろう。フレイザー自身も序文のなかで、自分の推論を表に出しすぎた箇所もあったと無邪気に認めている。初版が出たばかりの頃の読者も、その多くが、フレイザーの言うとおり、やりすぎのところがあると感じていた。それでも、当時の多くの読者がこの本の知的展望の広さと説得力に圧倒されたし、多種多様な未開種族の行動様式に一定の筋道をつけて説明する筆の運びに夢中になった（それにキリスト教の実体も暗にほのめかされていることに好奇心をくすぐられた）。そのため、憶測の部分が極端に多いために本全体の価値を傷つけていると思う読者はいなかった。それに脱線が多いと感じた読者ですら、これらの脱線が致命的な欠点になっているとは思わなかった。

もっとも重要なのは、フレイザーが個々の行動や信仰だけを取り出して、それらの社会的背景を無視していることに、誰も手厳しい批判をしなかったことだ。それだけではない。『金枝篇』が原始生活の物質的側面を実質上、無視してまで、信仰のみに注目していることについても、誰も不適切だとは考えなかった。その理由は容易に推測できる。フレイザーもその批評家たちも、原始宗教に関する基本的な考え方を、民族誌学派の創始者であるマクレナンやタイラーそれにロバートソン・スミスに学んでいた。以前からこれらの創始者たちは、テーマを定義し、方法を提案し、有益な討論をするための基調を示していた。『金枝篇』と彼らの仕事を突き合わせてみても、一八九〇年初版当時、この本は時代遅れの風変わりなものとは映らなかった。むしろ、フレイザーのおかげで無味乾燥な文章で知られる分野に優美な文体がもたらされたとして、彼は大いに歓迎されたのだった。

さらに太陽重視説論者が口にする文献学的には巧妙な妄言と比べてみると、フレイザーほかすべての民族誌学者の方が、観察できる現実に根ざした研究を行っていると見なされる点で有利な状況にあった。一八九〇年の段階になると、読者の側でも、アンドリュー・ラングとマックス・ミューラーとのあいだで延々と闘わされた論戦を見てきた後だけに、インド・ヨーロッパ語族がかつて使っていたと想定され人為的に復元されたインド・ヨーロッパ語をめぐって、一〇〇〇年前にこれこれの言語変化が起こった、いや起こっていないなどという議論には、うんざりしていた。対照的に、日常生活の知恵や伝承なら、遠い植民地のことでもイギリス本国の下層階級のことでも、誰にでもとっつきやすく、場合によってはよく知られてもいた。自然界が豊かな恵みをもたらすことがどれほど重要かを理解するのはたやすいし、原始種族がそのことでどれほど気をもんだかも容易に想像がついた。

文化の優位性という考え方は、マリノフスキーとラドクリフ＝ブラウンが起こした構造＝機能主義革命の遺産である。確かに彼らによる理論の刷新は様々なところに余波をもたらしたが、宗教研究に関してフレイザーの頃と今日とではどうしてこうも違うものになったのか、彼らの理論を見るだけでは分からない。この一〇〇年間で、とりわけ第二次世界大戦後の数十年間で、私たちは、ギルバート・マレーが古代後期に起きた宗教危機にふれて「神経疾患」と呼んだものに近い体験をした。二つの世界大戦を経て、ヨーロッパの帝国が相次いで崩壊した。『金枝篇』初版刊行から第二次世界大戦までの半世紀のあいだ、人類学の試みすべてを支えてきた文化的な自負心は失われてしまった。一九世紀末のヨーロッパの人々、なかでもイギリス人が当然視していたことがあった。彼らは、自分たちが政治的、軍事的に、それに科学技術の点でも優れているのは、社会的および精神的進化の階梯の上の段まで登り詰めているからだと、何の疑いもなく思っていた。今日の私たちは、社会が階級に分かれることは自然で、神の意思にもとづいたものであり変わることはないという意見は、認めることも信じることもできない。そんなことは今では分かりきったことだからこそ、あの時代の自信を支えた心理的なリアリティを少しでも感じようとするならば、想像力をたくましくしなければならないのだ。それほどまで完璧に、かつての自信は失われてしまった。

一九世紀末には――それに二〇世紀に入ってからも――ヨーロッパの教養のある人々は、自分たちには果たさなければならない「文明化の使命」があると信じていた。他の文化に敬意が払われることはまずなかった。フレイザー（それに研究仲間の民俗学者や人類学者）が執拗に訴えていたことがある。後進の種族の文化は消えゆく運命にあり、そのときが差し迫っているので、そうなる前にただちに研究を進めなければならない。なぜならこの種の研究から得られた情報は、人類史を理解しようとする私たちの試みに必要不可欠だからだ。フレイザーたちはそう繰り返し主張した(7)。しかしながら、こうした努力の結果得られた知識は、帝国の権力が行使する政治的、経済的な管理を、知のレベルで実践することにつながる。フレイザーや彼の同時代人は、ヨーロッパ型の進歩が生命の法則であると確信していたので、未開の段階にあると考えたものを、希少だからといってわざわざ保存してやろうという気にはならなかった。まったく異質な文化形態それ自体に価値を認めつつ、生態学的には異種を多く保存した方がいいとする発想とも無縁だった。この問題について言えば、一世紀は長すぎる。フレイザーたちと私たちとのあいだには、心理的に大きな溝がある。フレイザーは間違いなく自民族中心主義者であった。それも無理はない。この当時、ヨーロッパのほとんどすべての人々が、自分たちは非白色人種や非ヨーロッパ民族より優れていると信じていたからだ。

このように読んだからといって、今日の私たちのカテゴリーを別の時代の学者に強引に当てはめるといった時代錯誤にはならない。適切な例になると思うので、次にシャーロット・S・バーンが一八八六年一二月に書いた一節を紹介したい。彼女はフレイザーと同時代人で、当時一流の民俗学者であった。その一節は無頓着に書かれているからこそ面白いのだが、じつはこれは、『フォークロア』誌に寄稿していた堅実な学者に宛てた短い「内輪向けの」文章から取ったものである。バーンはきわめて実利的な問題を取り上げている。つまり、民俗学、より具体的には民俗学協会が、当時流行の心霊学と心霊学協会と比肩できるくらいの知名度と会員を獲得するにはどうしたらいいだろうかというのである。彼女は民俗学本来の魅力を伝える宣伝活動の可能性についていろいろと考えをめぐらし、結果的にそれではだめだと判断する。そのかわりに、民俗学が「実際に」何の役に立つかを伝える宣伝を提案する。彼女が見たところ、民俗学の実用性については、まだ研究者のあいだでも十分に認められていないし、そのため世間の人々は民俗学が役に立つことなど知りもしないからであった。もちろん彼女は主に民俗学のことを考えていて人類学にはふれていないけれども、一八八〇年代末にはこの二つの領域は混じり合っていて、二股をかけていた研究者も多かった。この一節を読むかぎり、「民俗学」を「人類学」と置き換えても不都合ではないし、筆者の意図を裏切ることにもならないだろう。

利潤目的の動機は別にしても、民俗学研究の振興は本来望ましい。それは実際、人間社会の様々な出来事に関連している。テンプル船長も指摘したように、文明をもたない未開の種族の上に立って指導力を発揮することが求められているイギリス人にとって（現実に、多くのイギリス人が関わっているので）、民俗学研究は大きな意義をもつだろう。しかし、インドやニュージーランドよりも身近な本国にも野蛮人がいて、彼らを指導する立場にいる人にも寛大な判断と豊かな見識が求められる。だからこそ、そうした立場で職務を遂行する者は、次のことをわきまえている方がいいだろう。一つに、進歩の様々な段階が一国のうちに同時に存在しているという重要な事実をしっかり認識していること。もう一つ、民俗学的な知識が学校で教わる知識と違うからといって、必ずしもばかにしたり軽蔑したりすべきものではないこともわきまえておいた方がいい。教育を受けていない民衆がもつ偏見を理解しようとするならば、まず何よりもそれらの偏見をどう扱ったらいいのか、またどうすれば偏見を現代文化と文明の原理に一致させられるかは、当然知っておくべきだ。(8)

以上のような言葉遣いと感情、それらを無批判に支える「指導力」という発想がまずあって、フレイザーは人類学協会で発表した論文のなかで、なぜ原始種族があんな奇異な行動をとるのか、本人たちより自分の方が分かっていると豪語することになる。したがって、「偏見を現代文化と文明の原理に一致させ」ることは、指導と統治を行う位置にある人たち、つまり植民地だけでなく近代国家で行政にあたる人たちすべてに課せられた仕事でもあった。法をもたない劣等民族が有色人種であろうと白人であろうと、指導する白人の負担は同程度に重く、引き受けないわけにはいかないものであった。

一九世紀の優れた絵画的文章顔負けに、『金枝篇』は言葉で描かれた一枚の絵画で始まる。そうは言っても、もちろん曖昧な褒め方をしたつもりだ。なぜなら絵画的に美しい文章は、通常、様々な陰影をもつ華麗な言葉を駆使してはじめて作られるものであるからだ。こうした文章にはいわゆる「美文」――古文体、使い古されたミルトン調文体、等々――

も含まれるが、『金枝篇』のこの一節は単なる空疎な文章ではない。

最初の六ページでフレイザーが試みているのは、古代のネミに祭司がいて、彼が森の血の掟に従わなければならなかったことを、単に読者に教えるだけではなかった。そこでどんなに奇妙で別世界を思わせるようなことが営まれていたかを意図的に強調したのだ。レトリックを考えると、ごく平凡な解説ではその内容を信じてもらえない場合には、彼が試みたような凝った解説も信憑性《しんぴょうせい》を増してくる。彼は、この事例を論理的に示すことが求められていたけれども、文体が作り出す雰囲気に助けられ、かなりの説得力をもたせることができた。イデオロギーを考えるとどうか。彼の前提を繰り返すと、もし現代人が原始種族の世界を理解しようとするならば、まず自分たちに染み付いた見識上の前提や偏見をかなぐり捨てなければならないことになる。それがフレイザーの目論見の重要な部分を占めていた。この立場から見ると、この最初の六ページはうまく読者の水先案内をしていて、読者は一連の出来事が起きた個々の情景を思い浮かべることができるばかりでなく、これらの出来事を引き起こした聞いたこともないような世界観を知ることもできる。そして、この別世界の世界観を読者に知らせることが、フレイザーの目論見としてはもっと重要だったのだ。レトリック面とイデオロギー面とその両方を考慮に入れると、金枝を描いたターナーの絵（これは口絵にもなっているが）について語られる第一段落の言い回しは、もっと丁寧に見る必要がある。

金枝を描いたターナーの絵を知らない人がいるだろうか。情景を覆っているのは金色に輝く想像力である。この想像力のなかに、ターナーはもっとも美しい自然の風景を浸し、さらに美しくかたちを変えたのだ。この情景はネミの小さな森の湖、古代人には「ディアナの鏡」で知られた湖を再現した夢のような光景である。アルバン丘陵の緑の谷あいに囲まれた、その穏やかな水面をひとたび目にしたら、その光景は二度と忘れることはできない。湖のほとりに静かにたたずむ二つの個性的な村々、それにイタリア宮殿とそこから湖に向かう険しい斜面に造られたテラス風庭園。これらの人工物も光景の静けさとひっそりとした感じを壊しはしない。このひっそりとした湖畔に、ディアナがとどまっていて、手つかずの森を今もさまよっている。

『金枝篇』という著作の本質をいうと、そこでは人間精神の進化史のなかで遠い過去の時代が想像力の力技で歴史的に復元されている。そのため、ある程度やむを得ない憶測とうまくバランスを取るために、事実にもとづく証拠ができるだけ多く必要になった。もっと注目すべきことがある。「崇高なターナー」に代表されるたぐいまれな想像力をもった芸術家には制作上の自由を認めるべきだと、彼がまず述べていることだ。一般に理解されている写実派の定義に当てはめると、ターナーはけっして写実派の画家ではなかった。また読者が口絵で目にする金枝を持ったアイネイアスの絵も、ふつうは幻想的な風景画として解説される。そもそもフレイザーがターナーの有名な絵を選んだのも、おそらくウェルギリウス的なテーマを扱うからにすぎなかった。それでも、『金枝篇』が版を次々重ねて、一大叙事詩のサイズにまで膨れ上がるにつれて、しだいに、この本をターナーと比較したり、幻想的な絵画世界に喩《たと》えることが的を得ているかのように思えるようになる。

ターナーと彼の風景画の比喩を使うと、「歴史科学」の仕事の大枠が見えてくるし、『金枝篇』がはらむ緊張感がうまく伝えられる。文筆に非常に凝るタイプの著者フレイザーは、彼の目には正反対のものに映った科学と芸術という二つの魅力ある世界のあいだで揺れていた。そして、科学と芸術それぞれのすばらしいところを多少なりとも盛り込んだ本にしたいと考えた。ターナーの幻想的な風景と、見るからに想像力を謳歌している雰囲気が枕にあって、フレイザーの短い散文が始まる。気負った言葉遣いで書かれる散文のなかで、解明を求められているネミの森のミステリーが示される。この前段というべき散文を引き継いで本文が始まり、多くの事実と仮説が並べ立てられ、ミステリーは解明されるに至ったと述べられる。フレイザーは読者にまず懐疑心をかなぐり捨てるよう求める。そして、純真な気持ちで、古代ローマの夢の国を、崇高な天界の静寂を湛えた芸術的光景を旅するようにと誘うのである。

二番目の段落になると、この牧歌的な絵画に悪夢のような色合いが付け加えられる。「古代、この森の風景は繰り返される異様な悲劇の舞台であった」と。ここで突然、読者の感情に訴えるような言葉で話しかけられる。そして、一人の祭司が警戒心を緩めることなく木の周りをうろつき、自分と同じ逃亡奴隷の身の襲撃者が近く必ず彼を襲うだろうと感じながら、待ちかまえている様子が語られる。「祭司になりたいと志願する者は、祭司を殺さないかぎり祭司にはなれない。そしてうまく殺害できれば祭司になれるのだが、それも、より力が強く頭のいい襲撃者に殺されたらおしまいだ」。

フレイザーはこの殺伐とした状況を語った後、これから解明しようと試みる問題にようやくふれる。

この異様な掟は古典古代にはほかには例がないし、解明するのに何のヒントも見当たらない。解明しようと思えば、さらに奥地に進んで行かなければならない。次のように述べたところで、おそらく反論は出てこないかもしれない。このような慣習はどこか野蛮な時代の香りがするし、帝国の時代にまで廃れることなく残ったために、当時の洗練されたイタリア社会とは水と油であると。たいていの読者は、滑らかに刈られた芝生から原始時代の岩が突き出ているような印象をもつだろう。その慣習が非常に粗野で野蛮だからこそ、私たちはそれを解明してみたいと思うのである。というのも、人類史の始まりの時代に関するこのところの研究が明らかにしているように、人間の精神には本質的に似た部分が多くあって、表面に現れた部分を見ると多くの相違があるようだが、その実、共通の部分をもとに最初の素朴な人生哲学を作り出してきたのだ。したがって、ネミの祭司制度のような野蛮な慣習がどこかほかのところにもあることを示すことができれば、またそうした制度を作った動機が分かれば、さらにこうした動機は人間社会で広く、おそらく普遍的に働いており、様々な状況で様々な制度を作り出し、その制度もまた表面的には違っても発生の仕方は似たようなものだと証明できるとすれば、どうだろう。そして最終的に、まさにこれと同じ動機が、何らかの制度を派生的に作り出しながら、古典古代にも現実に働いていたと言えたとしたら、どうだろう。そうなると、はるか遠い過去に同一の動機がネミの祭司制度を生み出したのだと公正に判断できるだろう。

これは、後で具体的な証拠を用いて断定的な見解を示すための前置きであった。そうだとしても、ここで使われている論理や言葉遣いには、常に疑問を感じてしまう人もいるだろう。ネミの祭司制度に相当するものが古代ローマにないことは確かだとしても、それを解明するためのヒントがローマ古典にはないということにはならないし、ふつうに考えると、まずそのあたりの古典から調べるのが順当だろう。森の儀式は「野蛮な時代の香りがする」とはっきりいわれている（たぶん野蛮ということは自明であったのだろう）。そして、あたかも巨岩が滑らかな芝生のなかにひっそりと聳え立っているように、この儀式はローマ帝国の洗練された慣習のなかで異彩を放っていると語られる。さらに、誰も「反論」する余地のないほど「粗野で野蛮」な性格であると聞けば、読者は誰もが、これからその説明に話は移っていくんだなと期待してしまう。ローマ帝国が一様に洗練されていたとする少し意外な描写は脇に置いても、読者はそれとはまったく反対のこと――ネミの祭司制度はあまりにユニークで、なぜそんなものが生まれたのか「存在理由」を見つけ出すのは困難だという判断――を予想してしまうのではないだろうか。論理上の混乱は比喩の使い方にも表れる。地質学者なら、一つしかない「原始時代の岩」よりもその大きな鉱脈がどこにあるかを説明しそうなものである。もう一つ最後に付け加えると、「原始時代の」という言葉遣いが偏見に満ちている。というのも、岩（つまり祭司制度）の実体を解明しなければならないのに、それがはるか昔のもののような印象を与えてしまうからだ。

第三段落に入ると、フレイザーは一連の条件を提示し始める。彼の考えでは、その条件を満たしさえすれば、この事例は解明できたことになるはずだった。その条件のすべては学問的な想定にもとづいていた。とりわけ、「素朴な人生哲学」とは未開種族間で表面的には違うかに見えるが、内実は、すべて同一の「動機」に注目した結果生じた条件であった。そうした性格のものだったので、一八九〇年当時の知的な読者はそこに何の問題点も感じなかっただろう。この段落の結びでは、研究の性質上、推測の域を超えてないことが率直に認められている。現代の私たちの知のあり方がフレイザーの頃とは違うものになってしまって、比較研究法がどうしても推測の域を出ないものとなったことを考えると、『金枝篇』ができる最大の研究的貢献は、やはり「ネミの祭司制度について、まずまずありえそうな説明を与える」ことにほかならない。

もし強い関心があって、辛抱強くやる気があるなら、『金枝篇』の批判的な「テキスト注釈」を延々と続けて、思いどおりにフレイザーの株を下げることもできるだろう。その結果できあがった注釈は、もとの『金枝篇』より長くなるかもしれない。それに、そんな注釈を作るのはたやすいだろうが、あまり意味はないだろう。それでも、最初の三段落に関してだけ試みに注釈を付けてみると、意外なことが分かってくる。

まず、この試みから、初版当時の読者に高く評価された『金枝篇』の「文学性」が見えてくる。フレイザーが事実を述べずに効果を求めている場合、彼の文体はしばしば技巧的で流暢になり、「最良の」古典や新古典派の文章をモデルにしたようなラテン語的な文体になる。今日の読者なら、彼の流儀を知って、上品さと気取りとが混じったかび臭さを感じるかもしれない。しかし、下等な種族について書くことそれ自体、どこか野蛮な行為だと思っていた当時の知的読者のあいだでは、その洗練された文体は大いに歓迎されていた。

なるほどフレイザーの彫琢《ちょうたく》された文体のおかげで、人類学は人文学の論議の一つになることができた。(9) 二〇世紀になると人類学は見るからにより科学的になっていくが、それにともなって独自の語彙を作り出した。新しい専門分野が生まれるときにはいつでも新しい語彙が登場するものである。振り返ると、人類を科学する人類学の仕事は教養のある読者すべてを相手にしなければならないという信念は、フレイザーや一九世紀の先人たち（その多くは男性だが、なかには女性の研究者も含まれる）が、しっかりともっていたものである。そうした学者たちの人文学的遺産があったからこそ、おそらくその後の世代の人類学者もまた、一般の読者にも分かる著作を心がけてきた。

二点目に移ろう。一八九〇年当時、書評者はフレイザーの第三段落を読んでも、誰もそこに論理的な破綻を感じていない。そのわけは私たちの方が彼らより論理に敏感であるからではない。彼らは私たちには受け入れられない前提をあまりに自然に受け入れていたため、論理の綻びが見えなかったのだ。また、今日の人類学者が信仰の問題に飽きてしまったとか、比較研究法が使えない方法だというつもりもない。フレイザーは包括的で折衷的な結論を求めるあまり、文字どおり場所や時代に頓着せず、どこからでも材料を取ってきてはつなぎ合わせる癖がある。そのやり方が批判されてきたのだ。この方法はもはや受け入れられないといわれてしまえばそれまでで、それにもとづくどんな議論も、基本的には的外れのように思えてくる。今日、ローマの宗教を専門にする学生であれ原始宗教全般に興味がある学生であれ、『金枝篇』の基調や方法に共感する者は、文字どおり誰一人いないといっても差し支えない[10]。

これ以上テキストを精読しても、語りの論理に関して次から次に疑問が湧いてきて苛立ちすら覚えるので、続けても仕方がない。概要をまとめること、著作の内容について議論することの方が、どうも適切のようだ。のちに第二版、第三版と比較するのに便利だからだ。

二巻本で出版された『金枝篇』初版は八〇〇ページで構成されている。四章に分かれるが、章ごとに長さはまちまちだ。第一章「森の王」の冒頭、フレイザーはいつもの癖が出て、ごく短い理論的な前置きを述べている。主に神聖な王権と神々の化身、それに樹木崇拝を扱い、それらの概念を紹介するとともに、これらの事柄が未開世界や古代社会では広く行われていた証拠を多く挙げている。「霊魂の危機」と題された第二章では、前章と同じく一〇〇ページの紙数を割いて、タブー概念が紹介される。とくに王と祭司のタブーは詳しく書かれている。第三章「王殺し」は一転、優に四〇〇ページに及び、もっとも長い章になる。神聖な王を殺すことの意味について説明があった後、その章のほとんどは二つの材源からとってきたおびただしい数の具体例で埋め尽くされる。二つの材源とはつまり、一八九〇年当時の小農民の慣習（マンハルトから）と古代社会の宗教（アッティス、アドニス、オシリス、ディオニュソス）である。それに続いて、供犠（「神を食べること」）はトーテムを聖餐として食べることにつながることを短く述べたセクションと、スケープゴートについてこれまた短く述べられたセクションが来る。一五〇ページからなる最終章の「金枝篇」では、体から離れた魂という考え方が具体例とともに説明される。体から離れた魂の話はどんな民話にも共通に出てくることにもふれられる。その後、こうした見解のもとに、北欧のバルドル神話が解説されている。

挙げられた話題のうちもっとも重要な話題は「死にゆく神」のことであって、これはその後もT・S・エリオットをはじめ多くの読者にとって中心的な問題になった。フレイザーの議論では、樹木霊とは迷信にもっと縛られていた時代に広く崇められていたものだが、その化身であったのがネミの祭司＝王ということになる。そのためにこの祭司は、自分たちこそ神々が顕現した姿だと主張する巨大な集団から出てきたのだと、フレイザーは述べた。そうした神聖な支配者は大いに信仰を集めていた。なぜなら、日照や降雨、それに何よりも豊作といった自然の力を意のままに操ることができると信じられていたからである。この自然の力で人々の生死は決まるのだから当然であった。これら自然の支配者たちの力はとてつもなく強かったので、権力の損傷を恐れて、ありとあらゆるタブーを自身にも課していた。それだけではない。老衰や病気の兆候は耐えがたかった。というのも、これらの兆候は、内在する生命力が衰えつつあり、それに付随して国家も存亡の危機に陥りつつあることを暗に意味したからだ。王たるものは常に最大限の力を発揮できなければならない。王が完全無欠でなくなれば、見かけにも完全無欠でなくなれば、死ぬ以外に道はない。

それから、㈠王が病気か高齢により衰弱したときと、㈡ある一定期間統治し終えた後という二つの状況のもとで、王は殺害されることが示される。王の側とすれば、自分たちの実権効力についてこれほど厳しい見方がされると安穏としていられない。そこで、長いあいだに様々な策略をめぐらし、暫定的な王や偽の王、場合によっては一日だけの王を立てて、この掟に対抗しようとする。そうすることで、自分たちの統治が完全に終わってしまうことを避け、単に一時的な王権停止を図るのである。これを契機にこの議論はさらに展開される。一八九〇年当時、民衆のあいだで王の身代わりや生命力の化身が殺される余興が依然営まれていたが、そちらへと議論は進んでゆく。

『金枝篇』を通して小農民の行動について調べられた事例をいくつも目にすると、私たち現代の読者は思いがけず悲しい気分になる。単に長い歳月が流れて忘れられるのは仕方ないとしても、田舎の民衆が無邪気な様子で余興を楽しんでいる世界は、そこに忘れられた無意識の感情が隠れているようで重苦しい。そんな場合、決まって一抹の悲しさを催さずにはいられない。それはこうしたアルカディア風の行事をかつては営んでいたヨーロッパ社会が産業革命によって大きく変貌し、戦争によって荒廃したというのも、その一因としてあるだろう。しかし、それだけではない。それらの行事にかたちを与えていた（そうフレイザーが信じた）無意識も失ってしまったからだ。はっきりと明言されてないにしても、フレイザーの描く小農民の世界は完全に自足していて、うまく機能している社会であった。その点では、彼の知人のトマス・ハーディが描く小農民社会とはまったく違っている。

二つ簡単な例を挙げようと思う。一つはシレジアからの例であり、もう一つはサルディーニャからの例である。二つの例ともに、バレエ『ジゼル』の貴族的な場面の背景となった農耕祭の話に聞こえるし、描かれている内容もよく似ている。実際、この種の話は至るところで聞かれるし、とっつきやすいことも手伝って、この民話は（もちろん適当に脚色されているが）一九世紀の振付師に大いにもてはやされた。

こうして〔シレジアにある〕ブララーでは灰の水曜日や告解の火曜日になると、二頭の白馬と二頭の栗毛馬が、白い布にくるまれた藁《わら》人形を乗せて橇《そり》を引く。藁人形の隣では荷車の車輪が回転し続ける。老人に仮装した二人の若者が、嘆き悲しみながら橇の後についてゆく。村の他の若者はリボンで身を飾って馬にまたがり、この行列に同行する。二人の少女がこの行列を先導していて、彼女たちは常緑樹の冠をかぶり、荷馬車か橇に乗って引かれていく。(11)

サルディーニャでは、アドニスの園は今でも聖ヨハネの名が付く夏至祭との結びつきが強く、それを連想させる植栽が行われている。三月末か四月一日に、村の若者一人が一人の娘の前に名乗り出て、自分の「コマーレ（親しい友人か恋人）」になってほしい、自分もあなたの「コンパーレ（ふさわしい者）」になるからと申し出る。娘の家族はこの申し出を名誉だと考え、快く受け入れる。五月の末になると、娘はコルクガシの樹皮で鉢を作り、これに土を入れ一握りの小麦と大麦を蒔いて鉢植えする。（中略）洗礼者ヨハネの祝日には、この若者と娘は最高の衣装を身にまとい、祝いの長い行列に付き添われ、村の子どもたちが跳ね回って浮かれ騒ぐ後を追いながら、村の外れの教会まで列になって歩いていく。それから参列者たちは鉢を教会の扉に投げつけて割ってしまう。そして草の上で輪になって座り、フルートが奏でる音楽を聴きながら卵とハーブを食べる。一個のコップにワインが混ぜられ、みなで回し飲みする。次に手をつないで、「聖ヨハネの恋人たち」の歌を歌う。（中略）フルートの音を伴奏にして何度も何度も繰り返し歌う。歌に飽きると立ち上がって、夕暮れまで輪になって愉快に踊り、はしゃぐ。[12]

フレイザーはこのようにヨーロッパの小農民の生活をひと通りおさえた後で、古代宗教へと話を移す。この部分で、初版はのちの改訂版とは著しく異なっている。後になってフレイザーは本全体に手を入れているが、セクションまるごと書き換えた例はこの箇所以外に見当たらない。第三版では、うち一巻が「死にゆく神」の説明に、二巻が「アドニス、アッティス、オシリス」の描写に充てられている。残りの三巻で「金枝」が文字どおり扱われるとともに、その象徴的な意味が解明されている。ところが初版を見てみると、アッティス、アドニス、タンムズ、オシリス、ディオニュソス、デメテル、プロセルピナなど古代東地中海地方の植物崇拝についての描写には、五〇ページ足らずしか割かれていない。これらの事柄はフレイザーにすれば大演説前の咳払い程度にすぎなかった。古代レヴァント地方型の宗教への移行についても、ほんの一文で片付けられていて、すでにかなりのページを割いて説明されたヨーロッパ小農民の植物崇拝に、次のように単純にあっさり結びつけられている——「しかしエジプトと西アジアで、植物の死と復活が近代ヨーロッパの祝祭と似たような儀式となって現れ、もっとも広範囲にわたって祝われていたように思える」[13]。要するに、現代のヨーロッパ小農民によって依然営まれている儀礼がもっと重要なのであって、古典古代の宗教はそれに付属したアンティーク調ペンダントにすぎないのだ。古典古代の宗教を扱うことで、フレイザーは古典語の教養をフルに活かしているが、そうすることで自分の見解がマンハルトの受け売りであることをいくらか隠している。

「死にゆく神」を論じたこの章の最後を飾る重要なセクションで、原始種族のあいだに広く行きわたっていた一つの慣習が扱われる。神聖な動物や人間を殺して食べ、これらが体現していた神の力や属性を獲得しようとする慣習があるが、それがこのセクションの中心になる。フレイザーはまず、農耕民族が（たいていは春の訪れを祝う祭りか収穫祭に）神を殺して食べた具体的な例を網羅的に概説する。その上で、牧畜民や狩猟民も似たような祝祭を営んでいたことを示す。続いて、スケープゴートの概念と儀式が話題となる。彼はその由来を功利主義の立場から探り、この一年で部族に蓄積した悪や罪を運び去る役目を何かに担わせようとする古代人の思想が「死にゆく神」というスケープゴートを生み出したと述べる。フレイザーは、これらの儀式を隈なく調べるうちに、ある見解に到達する。つまり、邪悪なエネルギーの発散は季節の変わり目といった一年の定められた時期に試みられ、この時期の前か後には無礼講や空位の期間が設けられると考え始める。植物崇拝や豊穣力崇拝にもとづいた、いわば全般的なリズムが古代や原始世界にあったのだとフレイザーは言うが、その説明部分が後の版では大きく膨らんでいく。その前ぶれはすでに今見た見解にも表れている。残念なことに、『金枝篇』のなかで、読者がこのように分析的な文章を目にする機会はめったにない。議論を埋め尽くさんばかりの雑多な事実の羅列がどうしても目立ってしまう。それに、ここで言われるリズムのパターンにしても、読者は想像するよりほかなく、著者自身はほとんどヒントを与えてくれないのだ。

『金枝篇』の最後のセクションはバルドル神話を扱っている。フレイザーは二つの特色——ロキがヤドリギを剝がし取る行為とバルドルの焼死——がこの神話の核心となっていると主張し、その部分だけをまず抜き出す。その上で、ヤドリギとそれが寄生する樫の木を原始種族が信仰していた事実と、夏至にはあちこちで大かがり火を焚く習慣があったことについて、期待どおりの概説をしてくれる。彼はこれらの二つの慣習が生まれた経緯を説明しながらも、いくつかの事実には注意を払っていない。つまり、二つの慣習のうち一つを執り行っている種族の多くがもう一方の慣習をもっていない事実であるとか、まれに両方を執り行っている種族がある場合でも、両者はとくに関連し合っていないという事実は顧みられない。二つの慣習が様々な地域で執り行われていたことを示すことができれば、フレイザーは満足だったのだ。

身体を離れた魂のモチーフはどの民話にも登場するので、民話やおとぎ話の読者ならそのモチーフについてどんなことがいわれてきたかよく知っていると思うのだが、これはトーテミズム概念の紹介には便利だ。トーテムをもつ社会では、身体を離れた魂は人とトーテムとの関係を説明するのに使われる。「私の見方が正しければ、トーテムとは人間が自分の命をしまっておくための容器にすぎない[14]」。この箇所でフレイザー自身も、自分が非常に断片的な証拠を根拠にして推論しているにすぎないことを認めている。実際、一〇年後に彼が加筆訂正を行う際に、ここのところの説明はすっぽり削られてしまうことになる。

やっとのことで私たちは結論まで漕ぎ着けた。フレイザーは最後にきて話の糸を一つに縒《よ》り合わせ始める。バルドルの命はヤドリギに宿っていた。だからこそ、ヤドリギという植物の扱い一つで、バルドルの命を奪うことができたのである。同様に、樫の木それ自体の命もヤドリギに委ねられていると原始期の人間は考えていた。もう一つの結論とはこうだ。実際には、ウェルギリウスは金枝がヤドリギのことを指すとは言っていないし、単に二つを比較したにすぎない。にもかかわらずフレイザーは、金枝とはヤドリギのことだと主張した。「金枝とは、詩という霞《かすみ》、そうでなければ人々の迷信という霞の向こうに見えるヤドリギにほかならない。そう判断する以外にないようだ(15)」。

ここまでくると、フレイザーはしきりに本を完結したがっているかに見える。多くの学問的な難題を次から次へと繰り出すことに終始してきたのだから、多少息切れがしたのかもしれない。フレイザーは神経を使いすぎて疲れてしまったのか、冒頭でも同じように想像力の「霞《かすみ》」についてふれていたことをすっかり忘れている。冒頭でもターナーと牧歌的風景画を持ち出して、想像力の「霞」について思いをめぐらすように読者に促していたのに、そのことにはふれていない。彼がもし思い出してさえいれば、あれほど性急に詩と迷信とをひと括りにして、幻想を生み出すのに似たような働きをしたなどとは結論しなかっただろう。イギリスでは、フィクション（あるいは詩）とは嘘でも真実でもなくて何か別のもの、「第三のもの」であるということを認めない、あるいは認めようとしない傾向がある。ひょっとすると、想像力を軽く見ることもその表れなのかもしれない。もしターナーを単なる表看板にしないで、彼の影響が『金枝篇』にもっと色濃く出ていたならば、フレイザーもあれほど功利主義者であることにこだわらなかっただろうし、当然、宗教の象徴的な次元にも、もっと関心が向けられたはずだ。

一九世紀に流行した三巻本小説のよき伝統に則るかのように、ネミの森を舞台とした謎に包まれたドラマの結末では、主要な要素がすべて一つに結び合わされる。この本のなかのたいていの議論と同じように、結末はまったくの推測だけで書かれている。探偵小説なら、読者が目から鱗を落とすような新証拠を突き出して、ミステリーを解決してしまうところだが、フレイザーの締め括りは推論に終始している。祭司――森の王――とは金枝を宿す木が人間のかたちをとったものである。もしその木が樫の木ならば、王も樫の木の樹木霊の化身であったはずだ。だからこそ王を殺す前に、金枝を折り取る必要があったのだ。

樫の木の樹木霊として、彼の生死は、樫の木に生えるヤドリギとともにあった。そしてヤドリギが無傷であるかぎり、彼はバルドルが死ななかったように不滅である。だから彼を殺すためには、ヤドリギを手折らなければならない。そしておそらくはバルドルの場合と同じく、ヤドリギを彼めがけて投げつけなければならなかったかもしれない。さらに、この類推を完全なものにするために、「森の王」はかつて夏至の火祭りのたびごとに、生きたままか死んでからか、いずれにしろ焼かれていたと推測する必要がある。そして、先に見てきたように、この火祭りはアリチアの木立で毎年行われていた。（中略）その儀式はおそらく、原初期のアーリア人が樫の木を崇拝する慣習のなかでは欠かせない性質のものであったと思われる。（中略）したがって私たちがこれまで探究してきたことをまとめると、以下のことは言えると思う。ローマ帝国の時代、それから私たちの時代の初期に至るまで、アーリア人による原始的な崇拝はネミの聖なる森で、当初の形態をほとんどとどめたままで営まれていた。それはちょうど、ガリアやプロイセンやスカンディナヴィアの樫の森で同様の儀式が営まれていたのと同じ形態をとっていた。そして、「森の王」はアーリア人が崇拝する最高神の化身として生き、そして死んで、その命はヤドリギ、すなわち「金枝」に宿っていたのだと。(16)

だが、これはまだ終わりから二つ目の段落だ。ターナーに始まった枠組みを完成させるために、フレイザーはアルバの丘近くの牧歌的な湖の風景に戻る。その風景は「かつてディアナとウィルビウスが聖なる森で崇拝者の尊敬を集めていた時代からそれほど変わっていないだろう」と述べられている。なるほど神殿はもはやそこにはなく、「「森の王」ももはや「金枝」を見張って寝ずの番をすることはなくなった」。だが「あたりが静まりかえっていれば」、ルナンが描いたようなローマの鐘が夕べの祈りの鐘の音を響かせているのが聞こえてくるかもしれない。その時間が止まったかのような光景と、その光景が暗示する死と再生との終わることのない繰り返しとが、結びの一文に凝縮して表現される。「王は死んだ。王よ、永遠なれ」。

期待していたことが書かれていないと指摘して、この章を終えた方がいいだろう。呪術から宗教へ、そして科学へという流れは、人間精神が進化する過程で普遍的に存在し、避けては通れない段階だと考えられていたし、フレイザーはその考えを支持した人物としてもっともよく知られている。ところが、『金枝篇』初版のどこにもそうした記述は見当たらない。むしろ、それは第二版のなかで中心的なテーマとして新たに登場する。この初版では、呪術と宗教の対比すらまだ出てこない。そのことは、春の訪れと収穫を祝う農耕祭の例がいくつも挙げられた後で、小農民の行動の話からあっさりと信仰の話に移るような箇所を見ると、明瞭によく分かる。

したがって、春の訪れを祝う慣習と収穫の慣習は明らかに、一つの古代の思考様式にもとづいていて、同一の原始的異教をかたちづくっている。歴史の夜明け前に、私たちの先祖はまぎれもなくこうした異教を信仰していたし、今日でもその子孫の多くが、依然、信仰し続けている。(17)

こうした発想がはずみとなって、次にフレイザーは、普遍的な「原始異教」のいわゆる神学や典礼の主な特徴を解説することになる。彼がリストにした「原始宗教の兆候」には、その四番目と最後の兆候として「その儀式は宥めの儀式というより呪術的儀式である」と書かれている。[18] ある宗教行為の背後にどのような様式と意図が見られるかを書き出した典礼法規があるとすると、ここで言う呪術とは、その典礼法規の小見出しにすぎない。ようやく一八九〇年代も終わりになって、オーストラリアのアボリジニーに関する驚くべき新情報が入ってくる。そのときになってフレイザーは、人類の精神と宗教がどのような総合的発達を遂げてきたかに関心をもち始める。そしてそのことは、その後の彼の研究に決定的な影響をもたらすことになる。

（1）BM Add. MS 55943 pp. 49–51.
（2）装丁は彼の親友のジョン・ヘンリー・ミドルトン（一八四六―一九六）が担当した。ミドルトンは考古学者で建築家、それに（ケンブリッジのフィッツウィリアム美術館館長を務める）美術史家でもあった。*Paus*, I, viii を参照してほしい。
（3）ベイジングストークにあるマクミラン社保管文書に収められた、一八八九年一二月一九日付の契約書による。
（4）TCC Frazer 22: 4 はフレイザー自身が集めたスクラップ集である。そこには二五本の書評が収められている。しかし、ジョゼフ・ジェイコブズ（Joseph Jacobs）の"Recent Research in Comparative Religion," *Folk-Lore*, 1 (1890), 384–97 はその二五本には入っていない。民俗学協会の協会員であったフレイザーは、当然『フォークロア』を手にしていたはずで、冷静で学識のあるジェイコブズの長い寸評は目にしていただろう。

（5）タイラーおよび（または）マクレナンと比較した書評は、*Manchester Guardian, Pall Mall Gazette, Political World, Allhabad Pioneer, Oxford Magazine* に見ることができる。前述したジェイコブズと同じように、評価が揺れていたり、たいして熱心な反応が見られない書評はほかにもある。例えば、*Classical Review, Academy, Speaker* に載った書評に顕著だ。

（6）ジェイン・エレン・ハリソンがそうした読者の一人である。*Reminiscences of a Student's Life* (London, Hogarth, 1925), pp. 82-83 のなかで、彼女は誤解を招くような書き方をして、この本を絶賛している。それを読むかぎりでは、ありとあらゆる古典学者が『金枝篇』初版を画期的な仕事として歓迎したかのような印象を受ける。

（7）一例を挙げると、フレイザーが一九〇八年にリバプール大学で教授就任講演に臨んだとき読んだ *The Scope of Social Anthropology*, rpt. in PT (rev. edn, 1913), pp. 159–76 がそれである。

（8）Charlotte S. Burne, "Some Simple Methods of Promoting the Study of Folk-Lore, and the Extension of the Folk-Lore Society," *Folk-Lore*, 5 (1887–88), 64–65.

（9）ハーバート・リードは英語散文の発達を考察した研究（*English Prose Style*, rev. edn, London, Bell, 1952）のなかで、『金枝篇』からの抜粋（pp. 191–92）を取り上げている。

そして、ラテン語の古典がもつ「格調高い文体」が二〇世紀まで生き残った例であると説明している。

(10) 宗教全般を研究する歴史家やローマの宗教を個別に扱う歴史家によってフレイザー理論がどう受容され、どのような評判を得たかについて、資料が網羅的に集められている。J・Z・スミスが第四章に付けた注を参照してほしい。とくに、nn. 42-45, 58, 82, 86.

(11) *GB*, I. 255.

(12) *GB*, I. 290.

(13) *GB*, I. 278.

(14) *GB*, II, 338-39.

(15) *GB*, II, 363.

(16) *GB*, II, 363, 364, 370.

(17) *GB*, I, 347-48.

(18) *GB*, I, 348.

第7章　スミスの死、フレイザーの結婚

フレイザーは『金枝篇』を校了するのとほとんど同時に、ギリシャへ旅立つ。彼はこの旅行のあいだ、備忘録用に手帳型の日記を持ち歩いていた（その後、一八九五年に旅行したときも日記を付けている）。一八九五年の手帳は全冊残されているが、一八九〇年の旅行については、残念ながら、旅行準備の覚書がほとんどを占める、一冊目しか残っていない。[1] その一冊目の手帳には、フレイザーが友人のJ・H・ミドルトンから教えてもらったギリシャ彫刻に関する情報がぎっしりと写されている。それ以外のページの多くにも、アテネにある国立博物館に行けば見られる所蔵品を詳しく解説した文章やアクロポリス神殿で見つかった多くの碑文の文字が並んでいる。彼はアテネにひと月近くも滞在した後の四月二一日になって、ようやく重い腰をあげ、パウサニアスが言及したギリシャ中部とペロポネソス地方へと（通訳をともなって）向かう。彼は八週間後の六月一五日にギリシャを離れるまで、疲れることなくずっと移動し続けている。そのあいだ、発掘に当たっている監督者から話を聞いては実際に発掘現場に足を運んで、大量のノートをとったり、岩山をよじ

のぼっては偶然見つけた碑文を書き写したりしている。

ひと言で言うと、フレイザーは第二のパウサニアスになったのであって、先人が辿った旅程を、時に馬の背に揺られて、時に自分の足で、辿り直してみたのである（当時のギリシャでは鉄道の敷設は始まったばかりであり、古代遺跡はそのほとんどが辺鄙な場所にあったので、馬の背に揺られて行くか、振動がガタゴト骨に響く不快な馬車で行く以外に方法はなかった）。この日記のなかに、フレイザーがスパルタとオリンピアを訪れた際にとったノートを見ることができる。そして、日記は五月九日にオリンピアでとられたノートで終わっている。また（一八九五年の日記のなかでこのときの旅行について回想した部分から推測すると）、一八九〇年の旅行で彼が訪れた場所は、少なく見積もっても、エピダウロス、マンティネイア、プラタイアイ、テスピアイ、ナウプリア、アルゴス、ティリンス、ミュケナイ、ピレウス、ムニキア、ケピシア、マラトン、ラムヌスであったことが分かる(2)。

一見、何の変哲もないこの一冊目の日記で、唯一目を引くものがある。彼が風景を描写するときに見せる感受性と鑑識力である。しかし実際のところ、彼は何を見ても脚色せずに描写することなどできない性格のようだ。もちろん彼は、寺院や村、あるいは廃墟を描くにあたって、ごく自然なセッティングになるように始終配慮しているのだけれど、彼の描写で誇張されたり脚色されてないものは、まずないと言っていい。次に挙げる例では、話の本当の中身はグスターヴ・ドレの絵が連想できるということに尽きる。

トリピ村を通り越すと、ラガンダ峡谷に入る。この峡谷の景色がどんなに荘厳で美しいか、どうやっても言葉では表現できない。巨大な岩の峰が空に向かってせり上がり、はるか遠くに見える頂きは松の木立ちに縁取られて、屹立している。ドレが思い浮かべたような張り出した岩々が山道に垂れかかったところもあれば、狭い山道のすぐ脇はもう断崖絶壁になっているところもある。(3)

このような光景描写は余計である。パウサニアスとは何の関係もない。フレイザーはその光景をパウサニアスに結びつけようとしているわけでもなければ、ギリシャの観光案内を書いているわけでもない。こう考えた方がいい。彼にはいつも、観察者であれ観察される対象であれ、自然なセットに置き直したい反射的な衝動が働いていて、そのため彼の描写はどうしても劇的に演出されてしまうのだ。彼が書くもののほとんどすべてに、同じ傾向が見られる。

フレイザーは復活祭の季節にアテネに滞在していて、ある「冒険」を試みている。その経緯については、一〇年後に出版される『金枝篇』第二版で、あることが話題にされる箇所で詳しく説明されている。「新しい火」がそこでは話題になっており、一年のうちのある重要な時期に、すべての火を消して改めて火をつけるという慣習が各地に見られることを扱っていた。(4) 一八九〇年四月一三日、聖土曜日の深夜のアテネ大聖堂で、彼はこの儀式を目の当たりにする。まず、教会全体が暗闇に包まれる模様を描いた後、彼は続けてこう描写する。「復活が起こったとされる瞬間に鐘が一斉に鳴り始め、魔術でも使われたかのように会堂全体がまばゆい灯りに照らし出された」。これが弾みとなって、彼はお得意の、教会への当てこすりを始める。「理論上は、聖堂内の蠟燭《ろうそく》はすべて聖なる新火を種火としなければならないはずだが、実際見たところでは、魔王と同じ「ルシファー」という名前をもつ黄燐《おうりん》マッチがところどころで使われて、あのように一斉に灯りがともされたようだ」。

ギリシャ人のあいだには、聖土曜日と聖日曜日にユダの人形めがけて射撃する慣習があるが、時折、弾が逸れて観衆に当たることもある。「それに、この祭りに使われる薬莢《やっきょう》がいつも空っぽとは決まっていない」。祭りの十字砲火に彼がたまたま居合わせ、頭上をヒューと音を立てて弾が通り過ぎる体験をしたとき、ほんの数分程度だったが彼は強い興奮を覚えている。この長い描写は最終的には公表しないことに決められたが、彼が所有する第二版『金枝篇』の白紙綴じ込み本の余白には書き込まれている。つまり、フレイザーはそのときすでに、第三版を書くつもりでいたことになる(5)。彼が「機敏に動いて」何とか通りの角を曲がるまで、弾が飛び交う音は耳元で聞こえていた。「こうして私が後方へと戦略的に撤退しているあいだ、軍服を着たギリシャ兵がじっと私のことを見つめていた。通りを挟んで二人で立っていると二回目の十字砲火が始まり、私たちは顔に微笑みを浮かべて別れた。（中略）ユダと間違えられたのが彼だったのか、それとも私だったのか、あえて考えようとはしなかった」。ありそうもない微笑みだが、それがあるおかげでこの描写は貴重だともいえる。なぜなら個人的な経験の描写は科学的著作につきものの厳粛さには馴染まないので、フレイザーはそうした描写を控えていたからである。

日記以外で旅行の記念の品を探しても、彼が携帯した本が数冊あるだけだ。そのなかでもっとも重要なものに、ジェイン・エレン・ハリソンとマーガレット・ヴェラルが共同で著した『古代アテネの神話と遺跡』（マクミラン社刊、一八九〇）がある。この本は当時、出たばかりで、フレイザーは書き込みを入れ、注まで付けている。[6] フレイザーがなぜこの本を持参しなければならなかったのか、私たちは容易に想像できる。ある意味で、この本こそマクミランが六年前にフレイザーに作らせようとしたものだった。この一冊のなかで、アテネの美術や建築に関してパウサニアスが述べたことが（ヴェラルによって）翻訳されているだけでなく、パウサニアスが取り上げ（ハリソンがとくに関心を抱い）た多くの神話と、当時やっと日の目を浴び始めた遺跡に関しても、（ハリソンによる）注釈が施されていた。[7] この本はパウサニアスの全訳を試みているわけではなく、詳細で包括的な注釈が付けられているわけでもないので、その点ではフレイザーの仕事の足元にも及ばない。しかしながら、本が持ち運び便利なコンパクトなものであったこととアテネに焦点を絞っていることが幸いして、旅行者にとっては格好の案内書となり、好調な売れ行きが長いあいだ続いた。実際、後になってハリソンは気が変わり、地誌や神話についてぜんぜん違うことを言い出すのだが、それでも依然としてこの本は売れ続けた。

一八九〇年の七月中旬、ケンブリッジに戻ったフレイザーは、出たばかりの『金枝篇』が好意的に受け入れられていることに当然ながら満足を覚える。そしてすぐさまパウサニアスの仕事に没頭し始める。帰国後にマクミランに宛てた最初の手紙（一八九〇年八月一五日付）でも、彼はテキスト自体への疑問をまた洩らしている。パウサニアスのぎこちないギリシャ語を優雅な英語に直すことは大きな挑戦であったし、もちろん彼は注釈を付けることの方に心を奪われていた。だがテキストの問題はどうしたものか。人類学に何ページも紙数を割いていながら実質的にはテキストを無視したままでは、伝統的な古典学者に気に入られるための定石から外れてしまう。ところが一方、彼には当時ほかのことが気になっていたので、またゼロからやり始めて、写本をいくつも当たって照合することに莫大な時間と労力を費やす気になれなかった。そのかわりに、彼はある近道を提案する。それは（三〇年以上前に出された）定評のあるシューバルト版に、他の研究者たちの優れた校訂を取り込むという案であった。そうすれば、最小限の労力を払うだけで、既存のどんなテキストよりもずっと正確なテキストを作ることができるからだ。このテキストを注釈付きで別冊として出版するようにと、フレイザーは進言したのだった。「しかし、どうしてもそうしてほしいと言っているわけではない。ほんの提案のつもりで君に手紙を書いたのであって、その点について、ぜひとも君の意見が聞きたい」。

マクミラン自身も古典の素養があったことが彼の出版者としての市場感覚を刺激したのだろうか、彼は面白い返事を書いている。あれから六年が経ち、パウサニアスは本当に出版できるだろうか。何とかできたとして、売り上げを考えると半分ぐらいの収益しかないのではないか。そうマクミランが自問自答する姿は容易に思い描くことができる。だからマクミランの立場からすれば、フレイザーの提案を受け入れて古手のテキストに継ぎはぎを入れるか、そうでなければいっさいを諦めるか、そのどちらかだろうと思ってしまう。ところがマクミランは（八月一九日付の手紙で）さらなる代案を出す。つまり、十分な「比較文献」（つまり異なる写本やラテン語の脚注に示されたほかのテキストからの情報）を使って、適切なテキストを用意すること、さらに（同様に重要な点だが）版全体を大胆に切り分け、三巻からなる八ツ折本にすることを提案する。これに従えば、第一巻に原テキストを、第二巻と第三巻に注釈付きの翻訳を載せることになる。彼はすでに危険を察知していたようだ。テキストを抜きにしていたずらに注釈を書き連ねたような本を作ってしまえば、やたらと費用だけがかさむ合本になりかねず、つまるところ学者も旅行者も見向きもしないのでは、と懸念したのだった。

マクミランの真意は彼の手紙の最終段落を読めば分かる。ここのところの文章は後から思いついて書き足されたように見えるが、単なる付け足しではけっしてない。

残念ながら、『金枝篇』の売れ行きは期待外れだったと言わなければなりません。今までのところ〔出版から二か月ほど経過した時点で〕イギリスで二二〇部ほど売れております。アメリカにも一〇〇部送っております。どうやらかなり多くの読者が、本の分厚さに恐れをなし、細かい説明が多いので煙に巻かれている感じです。私の感想を申し上げますと、かなりの分量を割愛して縮めて出版していたとしても、一般の読者の関心をそぐことも、学術的な価値を損なうこともなかったかと思われます。そうは言いましても、この本が原始宗教の研究に多大な貢献をしたことはほとんど万人が認めているところですので、すぐとは言わないまでも少しずつ着実に売れ、やがては在庫がなくなるものと期待しております。(8)

『金枝篇』の出版にいっさい口を挟まなかったマクミランが、批判的なことを述べたのは、これが初めてであった。まして、この本の特色である細かい説明が多い点を指摘したことは、それまで一度もなかった。フレイザーにしたら、そんなことは出版してしまった今ではなく出版する前に言ってほしかったと思っただろうし、三巻本にするというなかば強引な判断にびっくりしたにちがいないが、それでもこのときは黙っていた。そして五か月後の一八九一年一月一七日に、この件にみずからけりをつけている。

目下私はパウサニアスの仕事でとても忙しく、それを終えるまではどんな大きな仕事も引き受けるつもりはない。注釈は長くなりそうというより、大幅に予定の分量を超えてしまう恐れも出てきた。翻訳部分を入れなくても、注釈だけで二巻分ぐらいになるのではないだろうか。翻訳と並べて原テキストを載せるという考えを、私はむしろ諦めてしまっている。本の嵩とコストをいたずらに増やしかねないこともあるが、言葉を一字一句検討するという私の性分に合わない仕事に莫大な時間を割かなければならないからだ。できればすぐにでも、私は比較宗教学の研究に戻りたいと思っている。（中略）二月か三月に、パウサニアスについて調べるために、もう一度ギリシャに出かけたいと考えている。

これはマクミランが恐れていた反応であって、明らかに彼は困った状況に陥っていた。彼はフレイザーが将来有望な書き手だと信じており、励ましていきたいと思っていたし、事実彼の仕事にも強い関心をもっていた。しかし、編集者で出版者であるという立場からは、率直にものを言わなければならなかった。実際、自分の本意に反したが、この際紳士的でないと受け取られてもかまわないという覚悟の上で、きっぱり意見をしなければならない場合もあった。そして同時に、将来にどんな懸念を抱いているかを、できるだけはっきりさせておかなければならなかった。一月二一日、彼は『金枝篇』の売り上げ報告書を添えて、もう一度、返信の手紙を送る。この報告書を見れば、一八九〇年七月一日の出版以来、売れたのはわずか一三〇部ほどであったことは歴然としていた（八月一九日付の手紙で彼が挙げていた二二〇部という数字とこの数字とではどうしても矛盾する。おそらくは彼の思い違いか。正確な数字がいくつであろうと、彼の言いたい点ははっきりしている。売れ行きはけっして芳しくないということだ）。この報告に続けて、先の手紙でフレイザーが本の分量を勝手に見積もっていることに、彼流の「警告」を発している。

あなたが扱っておられることの意義は重々承知していますが、読者はそれほど多くないでしょうから、定価を高く設定することは遺憾です。私としましては、あなたに本文を押しつめて短くしていただくようお願いするしかありません。（中略）『金枝篇』ももう少し縮められたら今より売れていたのではと常々感じます。（中略）パウサニアスの原テキストを載せることは、おっしゃるとおり見合わせた方がいいかと思います。[9]

彼が決定を覆して原テキストを外すことを認めた背景には、二つの事情があった。一つに、それを外せば出版を少なくとも一、二年早めることができるという事情があった。もう一つ、出版元はギリシャ語とラテン語を活字に組むことにかかる大きな費用を浮かせることができるという事情もあった。

ギリシャになるだけ早く戻りたいというフレイザーの希望は、その後四年間は叶わないことになる。しかし一八九一年の時点でフレイザーは、注釈は二巻本で出されるものとばかり思っていたし、もう一度ギリシャを短期間でも訪れれば、前回の一八九〇年に入手できなかったアッティカ遺跡発掘の情報も確実に手に入れられると思っていた。しかし、そのどちらも彼の思い込みにすぎないことがやがて分かる。

おそらくこの頃であったと思われる。彼は昔自分の本を読んで書評を書いてくれたある人物と文通を始め、それがきっかけとなってパウサニアスの仕事に没頭できなくなっていた。一八九一年一一月六日にトリニティの学寮長、H・モンタギュー・バトラーに彼が宛てた手紙を読むと、何がこの頃起きていたかがよく分かる。

二日前、私はオックスフォードのリンカン・カレッジのW・ウォード・ファウラー氏〔ローマ宗教の歴史学者〕より一通の手紙を受け取った。氏の指摘によると、私は著書『金枝篇』のなかでプリニウスの一節（一六章二五〇行目）を間違って訳してしまったらしい。ところがこの一節は、私の読み方でいくと、著書全体の立論の中核にもかかわる重要なところでもあるのだ。今となっては私も認めるが、その一節を正しく読めば、この引用は私の立論を裏付ける実例にならないばかりか、むしろ反例になってしまうし、ひいては私の立論はこのままでは成立しなくなってしまうのだ。ウォード・ファウラー氏に『アシニーアム』誌に投稿して、私の間違いを指摘してほしいと手紙で依頼したところだ。それと同時に、私も『アシニーアム』誌に「お断り」を寄稿して私の誤りを認めるとともに、この誤りは私の議論の中心を無効にしかねないことも書き添えることを先方に伝えた。ウォード・ファウラー氏からまだ返事はもらっていないが、もし彼が誤りの公表を望まないようなら、私みずから公表するのが最大の務めだと思う。

昨年、私のフェロー資格の期限延長を認めた評議会も、おそらく私の著書『金枝篇』に関心を寄せていたはずだし、問題の箇所がその本の価値を大きく損ねるだけでなく議論全体がどこまで正確なのか、当然、疑念が出されるにちがいないので、評議会にもう一度、期限延長の決議を見直すよう促した方がいいと思う。だから、評議会が私のフェロー資格に関しては、もう一度振り出しに戻って再審議することに心から同意するし、審議の結果出されたどんな決定にも従うつもりであると言わせてほしい。審議を円滑に進めるために評議会が必要だと判断するならば、今私が執筆している本の原稿も含め調査の対象となる私の原稿はすべて、評議会の意向どおり提出する覚悟である。(10)

同じ日にフレイザーは『アシニーアム』誌に手紙を出したが、その内容は一八九一年一一月二一日号で「訂正」として掲載された。この「訂正」では、バトラー宛ての手紙と同じように、誤りの事実とその事実がどんな意味をもつのかが述べられているが、ファウラーの名前は伏せられている。問題の一節は、夏至前夜祭とその祭りのために摘み取られる草花についてフレイザーが論じた内容にかかわるところだ。ここで重要な証言になっているのは、プリニウスがドルイド教徒について述べた部分で、彼によると、ドルイド教徒たちはごくまれに聖なるヤドリギを見つけた際に、それをむしり取っていたとされる。だからこそフレイザーは、プリニウスによるその説明を丁寧に引用したのだった。「これは彼ら〔ドルイド教徒〕によって、とくに第六月（月や一年の始まりは月の運行にもとづく）に営まれ、樹齢が三〇年以上の樹を対象にしている」[11]。ファウラーの指摘によると、プリニウスの記述にある「月の六（sexta luna）」とは「その月の六日目」（つまり新月の頃）を意味するのであって、「第六月」にはならない。そうなるともちろん、（フレイザーがバトラー宛の手紙でも書いたように）少なくともこの部分の議論はまったく成り立たなくなる。ドルイド教徒たちがどんな目的でヤドリギを探していたにしても、フレイザーが考えたように夏至の儀式の準備をしていたわけではなかった。

この問題は少なくとも社会に対する対外的な問題としては、この時点で終わる。バトラーも大学評議会も何ら行動を起こさず、フレイザーもフェローの資格を返上しなかった。

それでも心理的な余震は、フレイザーの心のなかで、その後も長いあいだ続くことになった。彼は学者という天職をとても大事に考えていたし、自分自身学者であることを誇りに思っていた。学者なら誰しも考えるように、自分の見解が、競争が激しいことで知られる学問市場に広く流通することを望んでいた。彼の見解が十分な説得力をもっていないか、他の研究者の指摘の方が彼の考えより優れているという理由で、権威ある査読者たちが一致して彼に不利な評価をするかもしれないと、時折想像したりもした。しかしながら、ある一節の意味を取り違えて発表するようなへまぶりは、そうした高潔な闘いの重々しいシナリオにはなかったのである。

今ではこの出来事はトリニティ・カレッジの伝説の一つとなり、フレイザー語録集の一端としても有名で、フェローのあいだで語り継がれている。ダウニーの伝記はこれとは少し違っていて、彼はフレイザー夫人から直接聞いた話だと言っているが、夫人の記憶は（少なくとも最晩年に関しては）かなりあやふやだったし、事実を脚色していないともかぎらなかった。ダウニーの説明では、フレイザーは非常に動揺してまず学寮長に会いに出かけ、自分のフェローの資格を返上したいと申し出たのが先で、その後、手紙を投函したことになっている。バトラーと言えばウィリアム・ジェイムズの心理概念を発展させたことで知られるが、彼はフレイザーがこれほどまでに取り乱しているわけをようやく悟ったとき、ダウニー（背後にはフレイザー夫人がいたはずだが）によると、こう述べたとされている。彼は似非ラテン語交じりのあまりにできすぎた言葉遣いで、「法ハ果敢ニ犯セ（どうせやるなら、もっと重大なことで違犯しろ）」と言ったそうである。[12]

フレイザーは精神的動揺が収まると、ほかのことは忘れてパウサニアスと格闘し始める。注釈の分量が増えれば増えるほど、スケジュールはどうしても遅れがちになる。スケジュールがずれ込めばずれ込むほど、彼のギリシャ再訪も遠のいていった。時折フレイザーは、仕事の進捗状況をマクミランに知らせている。一八九二年六月四日には、次のような手紙を送っている。

第二巻から第九巻までの注釈を今終えたところだ。ただ二、三、空白のところがあって、原稿を印刷に回すまでには、補充しなければならない。第一〇巻の注釈に取り掛かったところだが、七月末頃には完成するはずだ。そうなると、あとただ一つ残るのがアッティカの部分の注釈で、それも年末までには何とかなると思う。アテネについては、最新の発掘情報を取り入れるため、最後に取っておいた。このことがあるので、私の原稿が実質上完成するまで、印刷の作業には取り掛かれないと思う。それがなければ、もっと早くに印刷作業を始められたとは思うのだが。（中略）翻訳について言うと、第二巻から第九巻までの訳と第一〇巻の一部は、すぐにでも印刷に回せる状態だ。残りの部分の翻訳もすでに終わっているが、印刷に回すには多少手直しをしなければならない。

その後マクミランが抜け日のない提案をしたことで、本全体のかなりの分量を占める完成分の原稿を活字に組むことに双方とも合意する。少なくともマクミランの方からすると、このように「既成事実」を作ってしまえば、（いつ出版できるかわからなくても）出版時期を少しでも早めることにもなるし、フレイザーが今後心変わりして、第二案、第三案を出してきたところで、増補するには現実問題として費用を上乗せしなければならないことを口実に、彼に心変わりをさせないという効果もあった。こうして、彼らは出版計画の基本的な項目で合意し、製版が始められた。一八九一年末に二人が始めた手紙のやり取りは、その後数年間続くことになる。この本を包括的で意義あるものにするには、何百というイラストや図表、地図や発掘現場の見取り図が必要だと二人とも考えていたので、それをどう載せるかという手紙のやりとりが続いた。地図や発掘現場の見取り図については、さらに厄介な問題も浮上した。これらのほとんどはもともと存在しないか、あるにしても正確なものは陸軍用だったので、一般には公開されていなかった。そのため、出版用に一から描かなければならなかった。それだけではない。一八九四年に実際に印刷が始まってみると、証拠として挙げられる資料には、ギリシャ語やラテン語で書かれた数千にも及ぶ語句や文章が使われていることが分かった。それればかりか、本のなかには外国語で書かれた文献名が引用されていて、その数もギリシャ語、ラテン語の引用数に匹敵するほどだった。しかし、このパウサニアスの本には――またフレイザーの書くどの本にも――誤植はめったに見られない。それは、フレイザーが労を惜しまず調べるという点ではたぐいまれな能力をもっていたことと、植字工たち（エジンバラのＲ・＆Ｒ・クラーク）が卓越した技術を身に付けていたことを雄弁に物語っている。

予想どおり、フレイザーが仕事をすればするほど、パウサニアスの本も分厚くなっていった。一八八四年七月にマクミランがフレイザーに最初の手紙を出してから九年半が経っていた。じつにトロイ包囲の期間に相当する。その九年半後の一八九四年二月二二日、フレイザーはマクミランに手紙を出しているが、その手紙は少し有頂天な気分でこう書き始められている。「私はパウサニアスの翻訳にこれまで書き直しと修正を施してきたが、このたび印刷できるかたちになったことを喜んでお知らせしたい」。だが彼はすぐにその言葉を撤回して、ばつの悪い状況にはまり込んでしまう。というのも、本人もすぐ認めざるを得なくなったように、注釈に使うページ数をまったく数えていなかったのだ。彼はこう言う以外になかった。「翻訳部分を入れなくても、注釈だけで三巻分になってしまいそうだ」。出版計画がとうとう四巻本にまで膨らんでしまったと、彼はマクミランに対して初めてはっきり認めている。そして大急ぎで、こう言い添える。「どの注釈をとっても不必要なものは一つもないし、今世紀に集められた実例は膨大なのだから、この長さが尋常でないとは、まさか君も思わないだろう」。マクミランは返事を出さなかった。この本は縮める必要があるという彼の意向はもう十分すぎるほど伝えてきたのだから、聞き入れてもらえなかった今となっては、この状況で考えられる最善のことが起きるのを待つしかなかった。つまり、この本がそこそこ売れることが前提だが、その売れ高に『金枝篇』と近刊書との収益とを併せて、この新刊本の決算に出てきそうな損失を埋め合わせられればと考えていた。

その間、フレイザーはひたすらパウサニアスだけに没頭したいと思ったのだが、再三の邪魔が入って、この殊勝な望みも叶わぬことになる。この頃、フレイザーが猛烈な仕事の手を緩めて、わずかな気晴らしを好んでとることがあった。目に見えて衰弱が著しくなったロバートソン・スミスを見舞って、彼と談笑することと、改訂作業中の『セム族の宗教』第二版（一八九四）を校正することには、何時間割いても気にならなかった。スミスは一八九四年三月三一日に他界する。フレイザーはただちに追悼文を書き、その文章は一八九四年六月発行の『フォートナイトリー・レヴュー』誌に掲載された。

それでも三か月も経たないうちに、彼はパウサニアスの仕事に戻っている。ところが、友人を亡くした悲しみから立ち直ったと思われたこのとき、つまり一八九四年の七月に、しかある知らせが飛び込んでくる。その知らせは学者なら誰もが恐れるたぐいのもので、しかも仕事が彼ぐらい進んでいて、この長期にわたる出版計画もようやく最終段階に来たと確信しているときだったら、けっして耳にしたくない事柄を含んでいた。フレイザーは偶然出会ったアメリカの学者とほんのわずか言葉を交わしただけだったが、このときの会話で、それまで計画があることすら知らなかった本格的なパウサニアスのドイツ語版が、もうまもなく出版されようとしていることを知る。この版はじつに一〇巻からなり、高名な二人の学者ヘルマン・ヒッツィヒとフーゴー・ブルームナーが編纂したものだった。この編纂に注がれた彼らの旺盛な精力は明らかに短期間で勢いを増したようだった。というのも、（フレイザーが聞いたところでは）第一巻の出版はもう間近に迫っているとのことだった。だからこの情報をもたらしたアメリカ人学者は、フレイザーに忠告して、彼の第一巻だけでも一刻も早く出版して、パウサニアスの仕事は自分の方が先だということを示すべきだと説いたのだった。

フレイザーはこれに同意した。これほどの危機に直面しているのに、消極的でいるわけにはいかなかった。実際これは危機にちがいなく、マクミランのビジネスにもフレイザーの研究活動にも大打撃を与えかねなかったからだ。もちろんフレイザーが執筆中の版はドイツ語版ほど大部ではなかったが、それでもこれらの二つの版は、大学の図書館かお金持ちの古典好事家でなければ手の届かないほど豪華なものであった。もともと小さい購買層なのに、両方の版を買い求める物好きはどれほどいるだろうか（この知らせは彼とマクミランが期待していた市場の一角を奪われたことも意味していた。なぜなら今後、ドイツ人は正確に編纂された原テキストを必ずや出版するだろうし、そうなると当然のことながら、ドイツの学者は母国語で書かれた注釈の方を好んで使うはずだからだ）。七月一五日になって、フレイザーはこの衝撃的なニュースをマクミランに伝えた。そして、次のように提案している。

ドイツ語版の第一巻がいつ出るのか、正確なことを確認した方がいいと思う。また必要があれば、私のパウサニアス版のうち一巻と二巻（そこには、アッティカ部分の翻訳と注釈が含まれているが）だけでも、仕上がりしだい、この際残りの巻の刊行を待たずに出してしまって、ドイツ語版に先手を打つべきかもしれない。

しかし、このように処理をしてしまうことで新たな問題が出てきた。アッティカの注釈は、すぐにでも出版できるとしても、それ以外の文献に関する注釈は依然古いままなので、最新の調査と研究成果にもとづいて、どうしても改めなければならない。フレイザーにすれば、その点が解決できない問題として残っていた。それでも、ここで完全を期すために二の足を踏んでいたら、アッティカの注釈はドイツ語版に先を越されてしまうことになる。この注釈は、考古学および建築学の発見を紹介した重要なところ、たいていの読者がもっとも知りたいと思っている問題の核心であるのに、手柄をみすみす奪われてしまいかねない。それならいっそのことと、マクミランは一番乗りするのを最優先させ、この版全体の序論も付けずに第一巻と第二巻（アッティカ部分の翻訳と注釈）を快く出版するだろうか。一方でマクミランからすると、競争相手がいることは想定していなかったけれども、パウサニアスの原本の巻の二から一一までの活字組みが、もうすでに完了していたことが強みとなった。あのフレイザーのこと、すべての注釈に最新の情報を取り入れようと、いつ終わるとも分からぬ作業をしかねなかったが、活字組みがすんでいることを口実に、その無謀な試みを諦めさせることができた。

不思議なことに、マクミランの書簡集にはフレイザーがドイツ語版に脅威を感じて書いた手紙への返事がない。手紙が届いたときには、ジョージ・マクミランはあいにく仕事を離れていた。それに、責任のある立場にいる人物たち（つまり、フレデリック・マクミランやモーリス・マクミラン）もジョージのかわりに筆を執らなかった。もっと不思議なことがある。ジョージ・マクミランは仕事に戻った後も、反応を示さなかったのである（少なくとも手紙を書いた形跡はない。ひょっとすると事態が深刻だと考えた二人は、ロンドンで直接会って話すことにしたのかもしれない）。彼らのあいだに何があったかはわからないが、結果として、私たちには次のような重要な事実が残された。つまり、結局のところ出版の運びに至らなかったし、フレイザーの要望にもかかわらず活字組みがすんでいる部分の変更も認められなかったのである。ドイツ組みに出し抜かれるのでないかというフレイザーの不安はしだいに薄らいでいった。さらに、ドイツ人の効率のよい仕事ぶりにも限界があって、ヒッツィヒとブルームナーの第一巻も一八九六年まで出ないことが明らかとなった。それがあって、フレイザーは、みずからの版の（一八九七年一二月の日付がある）はしがきのなかで、ドイツ版が手元に届くのが遅すぎて参照できなかったと事実のまま述べることができた。だが実際は、この本の付録にはドイツ語版に言及した箇所が二、三あり、うまい具合に組み入れられている。[13] 六巻からなるフレイザーの『パウサニアスの〈ギリシャ案内記〉』は一八九八年二月に出版された。ドイツでライバルが現れたという知らせが最初に入ってから、じつに三年半が経っていた。

しかし、このとても長引いたパウサニアス出版をめぐる経緯のなかで何よりも奇妙な出来事が、一八九四年八月一八日に起きている。ドイツにライバルが出現したことにフレイザーはもっとも不安を募らせたが、それをきっかけとしてパウサニアスの仕事を打ち切り、まったく新しいことを始めようと心に決める。彼がマクミランに提案した内容から、この頃彼は「文学的な関心と美文鑑賞を第一に選んだ」聖書の章句をアンソロジーにまとめる準備をしていたことが分かる。この心変わりにもびっくりするが、マクミランの方もフレイザーにパウサニアスの仕事を続けろとはひと言も言わなかったことに驚かされてしまう。逆にマクミランは、この提案を聞いてむげに断らなかった。むしろ長いあいだ真剣に考えていたふしがある。[14]

私見を述べておこう。フレイザーのそれまでの関心と何の関係もなく、妙なタイミングで唐突に出てきたアンソロジーの話は、四か月前のスミスの死に対する悲しみの感情が遅れて表面に表れたものだと思う。もしかするとこの四か月間、フレイザーは感覚を麻痺させて、悲しみや苦しみを感じないように努めてきたのかもしれない。理由はどうあれ、フレイザーは追悼記事を執筆する際に、スミスがどれほど学問の世界に貢献したか、その点だけを取り上げていた。そのために、悲しみは感情的に浄化されずに、心の奥底でわだかまっていたにちがいない。そうであるなら、こう想像したところでまったく的外れな奇想とはいえないかもしれない。つまり、フレイザーにとってアンソロジーは遠回しの鎮魂歌であり、『フォートナイトリー・レヴュー』誌では書けなかった、いやあえて書かなかったことを、そこに託そうとしたのではなかったのかと。聖書を題材にすることからして、スミスを象徴的に取り上げているとも解釈できる。また、フレイザーは聖書の章句を選ぶにあたっても慣例に反して文学的な基準を用いている。スミスとキリスト教の両方に対してフレイザーは両義的で相反する関係をとっていたが、こうしたユニークな選び方にも両義的な関係はにじみ出ている。

フレイザーが緊張を緩めることなくパウサニアスにかかりっきりになっていたときに、アンソロジーが彼の心を占めていたことの意味は大きく、その点を考慮するならますます私の解釈が当たっているように思える。フレイザーはマクミランにはいい返事をもらえなかったが、臆することなくA&Cブラック社に接近している。そこから彼がかかわった

『ブリタニカ百科事典』と『トーテミズム』が出版されていたからだ。ブラックは彼の提案を聞き入れ、アンソロジーは一八九五年六月に首尾よく出版された（少なくとも北米では、ほとんどすべての短大や大学の英文科に「聖書を文学として読む」コースが設けてある。そのため今日、この種のアンソロジーはたくさんある。そのうちフレイザーのアンソロジーは最初に出版されたものだったかもしれない）。

この一冊は、キリスト教を信仰していない人間が文学的関心から聖書を読んで、気に入った箇所を抜粋したものである。左手がしていることが右手に教えられなかった格好の例になりそうだ。ここでも期待どおりのことが起こる。友を失った悲しみと両義的で相反する感情は、はしがきにも声となって表れている。

ここでの関心から外れてしまうので、宗教的、歴史的な意味合いをめぐる疑問は取り上げないが、聖書は世界の歴史とはいわないまでも世界の叙事詩である。別の比喩でいうと、この世界の各年代年代が長く連なって厳かなイメージの行列となり、私たちの目の前を次々と通り過ぎる巨大なパノラマとなる。そのパノラマは地球と天球の創造に始まり、この地上の物質的なものが最終的にすべて消滅し、義《ただ》しい人が住む新しい宇宙と地上の楽園が誕生するまで続く。歴史という大舞台はこの豪華なパノラマを舞台背景にして、ときに天国の明るい光に包まれ、ときに灼熱の地獄の炎に真っ赤に照らされる。この歴史という舞台上で人類が気取って歩き回り、みずからのちっぽけな役を演じるのを、私たちは客席から見る。舞台の上の人類は土から作られ、土に戻っていく。人類の帝国は栄枯盛衰を繰り返す。名声を誇る街々は忙しく行き交う人々の群れでごった返していたかと思うと、わびしく打ち捨てられ、やがて朽ち果て、獣たちのねぐらとなる。熱に浮かされた人生のすべてがそこにある。愛、希望、喜び、野心、苦悩、罪、悲しみ、それらいっさいがある。そして最期の場面になると、大きな白い玉座が降りてきて、その前には無数の人間たちが群れ集い、いよいよ最期の審判が下される。幕が下ろされると、地獄の炎熱の炎と栄光に満ちた天国とがおぼろげに浮かび上がる。新しい世界のヴィジョンが目の前に忽然と現れる（この世とは何という違いだろうか）。その世界は心配や罪や悲しみとは無縁であるばかりか、天使聖者が労働を知らずただ憩い、神は自らの手で彼らの目から涙を拭ってくださる。これは科学や歴史ではないかもしれない。それでも心を打つページェントであり、荘厳なドラマである。比喩を使わなくとも崇高な文学である。崇高な文学はどれもそうであるように、聖書もまた人々を喜ばせ、高め、慰めるのに向いている。[15]

装飾を凝らしたこの華麗な一節を読むと、沈みかけているノアの箱舟の帆柱に現代人という船乗りが必死にしがみついている光景を、著者はどうすることもできずに悲しく眺めている感じが伝わってくる。なぜなら、この一節に見られる文学的意匠も箱舟の残骸であって、現代社会という大海にかろうじて沈まず漂っているからだ。とくに最後の一文に注目したい。ここで聖書は人生を愛おしく見つめるための手引きとなっている。もちろん生をありのままに描いているかどうかを基準に見ると、聖書はやはり歴史や科学ほどの事実性をもっていない。しかしそれでも、聖書はある種の壮大さと崇高さを湛えている。

行き場を失った人間の個人的な寓意としてこの一節を読まないとしても、それでも難破の比喩はフレイザーが経験した喪失感をうまく表している。個人的な次元の経験があって、イデオロギーの次元の事柄が印象深く浮き彫りにされることはあると思う。だからこそ、この一節は単に格調が高いだけでなく妙に感動的なのだ。誰もが予想できるように、時間が経てばスミスを失った悲しみも少しずつ癒され、彼の切々とした調子も聞かれなくなる。しかし、この一節ほど切迫した悲哀になることはたぶんなかっただろうが、その後もたびたびこれと似た感傷的気分が彼を襲うことになる。

『金枝篇』を出版したことで、たちまちフレイザーはイギリスにおける神話学と比較宗教学の第一人者の地位に躍り出た。いや、正確には、民俗学と人類学、そして神話学のそれぞれの領域にまたがって研究を進める学者の数が大幅に増えて、結果として一流と二流の学者に分かれたというのであれば、彼は間違いなく一流に属しただろう。確かに彼の身辺は変わったが、それまでの彼が、戸外から窓越しに学界という象牙の塔の中をうらやましげにのぞいていたのに、突然塔内に招かれたということではない。彼は当時すでに友人や研究者仲間のあいだでは驚くほど博識な男として有名だった。そこへきて、いろんな領域の学者にも一般読者にも受けるような有意義な本を書いたわけである。当然のことながら、友人や文通相手との輪はたちまち広がっていった。この当時のことを教える現存する書簡を見ると、フレイザーは次の学者たちと交流を始めたことが分かる。古典学者のギルバート・マレー（一八六六―一九五七）、民俗学者で合理主義精神の唱道者でもあったエドワード・クロッド（一八四〇―一九三〇）、それに同じく合理主義を唱えていたが小説も書いたグラント・アレン（一八四八―九九）の三人である。

彼の交流の輪は広くなったにもかかわらず、この頃知り合った友人・知人のうち（学問上の影響という点で）もっとも重要な人物を挙げるとすると、A・C・ハッドンをおいてほかにはいない。幸いなことに、一八八九年から一九九二年のあいだに二人が交わした六通の手紙が残っており、そこから二人がどう親交を深めたかを知ることができる。[16]

ハッドンからの働きかけにより、二人の友情は瞬く間に深まった。彼のエッセイ「トレス海峡西部部族の民俗誌」（一八九〇）の書き出しで、まだ駆け出しの人類学者であったハッドンは、様々な学者に助言や援助を受けたことにふれて謝辞を述べているが、なかでも「友人のJ・G・フレイザーが作成した」質問票について特筆している。[17] ハッドンの生涯のなかで、まさにこの時期に決定的な転機が訪れる。それというのも、ハッドンは当時すでにダブリンの王立科学学院の植物学教授であり、名の知れた海洋学者であったのだが、一念発起して自然科学を捨て、収入が不安定になるのを覚悟の上で、ケンブリッジで人類学を研究し始めるからだ。

一八八八年、ハッドンはエドワート・ビアドモアをともない、ニューギニアにほど近いトレス海峡を訪れ、サンゴ礁とそこに生息する動物相を調査しようとする。旅行費用を捻出するために、土地の「骨董品」を収集し、本国に帰ったら博物館に売るつもりでもいた(18)。ところが到着するやいなや、次のことに気づかされる。

島民の数はここ数年のうちに激減していた。一人か二人か例外的な白人を除くと、島民の慣習について知っている白人居留者は皆無に等しかった。誰一人としてそんなことを気にも留めていなかった(19)。

この急速に消滅しつつある生活様式を残すためにできるかぎりのことをしたいし、またそれが自分の「務め」だと、ハッドンは感じる（実際、そう書いている）。もし彼がやらなければ、その社会が存在していたという記録も、そこでの生活様式を記録したものも歴史に埋もれ、取り返しのつかないことになってしまう。ビアドモアの協力も得て、二人はここで遭遇した文化について非常に重要な記録を採り始める。サンゴ礁は待ってくれても、「人間の営みの歴史は今日加速度を増して変わり続けて」いて、けっして待ってはくれないと、彼は判断した[20]。（他の選択肢としてアセンション島や西インド諸島に調査に出かけるという手もあったのだが）実際ハッドンが出かけていったのはトレス海峡であったことから、それから一〇年後、明らかに人類学研究を目的とした最初のフィールド調査の対象として、この海峡の島々が選ばれる。そして、その調査を実際に指揮したのもハッドンであった。

ハッドンの伝記によると、「一八八七年にフレイザーは、当時名前を初めて聞く植物学者がトレス海峡に出かけることを聞きつけ、当人に手紙を送り、トーテミズムに関する情報を集めてきてほしいと依頼したが、ハッドンは約束はできないと返事した[21]」とある。フレイザーは一八八七年作成の質問票の写しを何枚か、この手紙に同封した[22]。ハッドンは帰国後すぐに、フレイザーに手紙を何通か書き送っているが、二人の往復書簡のうちフレイザーが送った手紙は、わずか半分しか残っていない。現存する最初の手紙（一八八九年一月一一日付）を読むだけでも、ハッドンのような有名な科学者が、彼の質問のうち少なくともいくつかには答えようとしてニューギニアのような未知の土地を歩き回ってくれたことに、フレイザーがとても喜んでいる様子がうかがえる。

その後に出された二通の手紙を見ると、フレイザーがハッドンとビアドモアの双方の研究に謝辞を送っていたことが分かる。彼はまた、二人の研究ノートを人類学協会に送って、出版するように働きかけている[33]（彼はしばしばパイプ役を務め、フィールドワークの研究者から送られてくる人類学の文章を協会に回して出版の手はずを整えている）。彼は（一八八九年七月二二日に）みずからの務めについて次のように述べている。

みずからの務めとして、私が受け取ったものは、文法が間違った文に微細な訂正を施す場合を除いて、受け取ったままのかたちで出版し、書かれてある直接体験をまるごと伝えることにしている（文章の送り主が必ずしも十分な教育を受けた人とはかぎらないので、多少手を入れるのはやむを得ない）。しかし、そんなときでも私は手書き原稿にできるかぎり触らないようにしている。風習や慣習の記述を扱う際には、細心の注意にさらに注意を重ねなければならない。一見するとささいな変更や省略であっても、貴重な証拠を落とすことになりかねないからだ。

文法について述べられていることは、文字どおり事実を伝えている。往々にしてあることだが、「洗練された」読者は資料提供者が無学な場合、それを軽くあしらってしまう。フレイザーはそうなることを望まなかった。それに、ごくごく瑣末に見える修正箇所であっても、それが後世の読者にとって重大な関心事にならないともかぎらないと考えた点で、彼はけっして間違っていなかった。ハッドン宛ての手紙を読み進むと、次のような依頼の言葉が出てくる。

ご存知のトーテムすべてのリスト、それに特定のトーテムに共通に見られる特別な(どんなにささいなことであっても)規則性について[情報提供をお願いしたいのです]。現在のところ私たちは、ある特定の動物がなぜトーテムに選ばれているのか何も知りません。しかし、十分な数が集められたトーテムのリストを目の前にして議論ができれば、ひょっとすると、この点について何らかの結論を帰納的に導き出すことができるかもしれません。

フレイザーは語学が非常に堪能だった。(ギリシャ語、ラテン語はもちろん後年にはヘブライ語も加えて)古典語はお手のものだったし、フランス語、ドイツ語、スペイン語、イタリア語それにオランダ語まで使えた(オランダ語で書かれた東インド諸民族に関する民族誌文献が重要であることを、イギリスでいち早く悟った人類学者であった)。しかしながら、不思議なことに彼は原始種族の言語を学ぶ努力はまったくしていない。確かに今と比べると、これらの言語を当時習得するのは至難の業にちがいなかったが、単に学ぶ機会がなかったことだけが理由ではない。彼は意図的に学ぶ努力を怠ったのだ。どの原始種族の言語であれ、習得してしまえば、学問の専門化につながる、少なくともつながる恐れがあった。そうした専門化には、フレイザーはあからさまに反対していた。そもそもの出発点から、フレイザーはみずからゼネラリストを自認していたし、民族誌の世界の全貌を摑むことを心がけていたからだ。

したがって、ハッドンがトレス海峡で集めた語彙集を提供して協力を求めた際にも、フレイザーは快諾しなかった（「未開種族の言語の素養が私にはありません」）。そして埋め合わせに、R・H・コドリントン博士に送ってみてはと提案する。博士はメラネシア研究の第一人者であり、人類学の議論に「マナ」という用語を持ち込んだ当人だったからだ。ところがコドリントンは当時ほかの仕事で多忙を極めていたため、シドニー・レイに見てもらってはどうかと言ってきた。レイは独学でメラネシア言語を学び、イギリスではこの分野の第一人者となっていた。しかし、彼が研究に割くことのできる時間はかぎられていた。というのも、彼はロンドン西地区にある小学校の算数教師として生計を立てていたからだ（その後レイは、トレス海峡遠征隊に加わることになる）。

ハッドンはこの頃、自分の仕事に意味があるのかどうか確信をもてずにいたので、誰かの励ましが必要だった。有能で正直だとみずから判断した人物に対しては、フレイザーは称賛の言葉を惜しまなかったので、ハッドンにもすすんで激励の文章を送っている。そのなかで、ハッドン自身で発見したものはすぐにも文章にした方がいいと述べながらも、細かい証拠は後でしっかり吟味して選別すべきだとするゼネラリストの主張を前面に押し出している。ハッドンの方でも、自分自身の見解と他の著作を読んで知った見解とを明確に区別しなければと心に誓ったにちがいない。

これは余計なおせっかいかもしれませんが、人類学者としてどうしても言っておきたいのです。見たり聞いたりしたことと読んだことを一緒くたにした結果、自分で実地体験して確かめたことであっても、それを信じてもらえなくなる人がいます。なぜなら、その人が個人の経験から得た知識をもとに話をしているのか、おそらく何百年も前に誰かが述べた見解なのに今日までそこに含まれる真実が気づかれなかったので、現代風に手を加えて話をしているのか、つまるところ分からなくなるからです㉔。

二〇年後の一九一〇年、ハッドンはようやくケンブリッジに地位を得て、自分の仕事には意味があるとかなり確信するようになるが、そのときになって『人類学の歴史』を著す。フィールドで調査を行う人たちと図書館で文献に当たる人たちとはタイプがまったく違うという考え方が当時一般になされていたが、ハッドンはこの著作のなかでその点にもふれている。フィールド派がデータを提供し、文献派がそのデータをつなぎ合わせて、首尾一貫した仮説を出すと、ふつうは考えられている。しかしハッドンは別の考えをもっていた。というのも、彼にしてみたら、「もっとも重要な一般化が可能になるのは、観察者が同時にゼネラリストであるときだけ」だからだ[25]。

第一次大戦後、ゼネラリストだったフレイザーは数多くの攻撃にさらされる。しかし、フィールド調査と文献研究とは何が何でも区別しなければならないという考えは、彼と個人的にも親しく、研究上の盟友ともいえるハッドンによって、大戦以前のこの時期すでに否定されていたのである。人類学の二つの面は相互に深く結びついていて、両面をうまくこなせる人からしか最良の研究は出てこないと、ハッドンは考えるようになっていた。

フレイザーの次の手紙（一八九〇年七月一八日付）は、ハッドンがトレス海峡諸島に関するエッセイを発表したことに対してお祝いを述べたものであった。そのなかで、ある態度が初めてはっきりと表明されていることに注目する必要がある。というのも、彼のこの態度は、その後何度も目にすることになるからだ。「（私のも含めて）今日の仮説が忘れ去られるか、思い出されることがあっても時代遅れで不適当だとあざ笑われることになったとしても、あなたがしたような仕事はその後も長く人々の記憶に残り、感謝され続けるでしょう」。ハッドンの伝記作者A・H・クイギンは素直にフレイザーを気に入り、この部分を引用している。そして、これがフレイザー「らしい寛大さと謙虚な気持ちから」書かれたと解釈している[26]。

今日、フレイザーの言葉は現実のものとなった。彼の仮説は本当に「時代遅れで不適当だとあざ笑われ」ている。しかし、一八九〇年当時のフレイザーは、それから三〇年後のイメージとはまだ無縁であった。まさしく世界に名だたる人類学者であり、王位を狙われる立場の森の王であった。それでも見方を変えると、彼は当時まったく無名のハッドンと比べて、少しだけ名前が知られていたにすぎない。今から考えると、先に引用したフレイザーの言葉を読んで、うまく「寛大さと謙虚な気持ち」を表したなと思ってしまうが、その一節はフレイザーの本心であった。実際フレイザーは事実とそれを提供する人を前にすると謙虚な気持ちになった。ハッドンもまたわざわざ遠征し、事実を掘り起こして持ち帰ったフィールド研究者であったのだから、フレイザーは心底から彼に敬意を払っていた。

ハッドンは自分が目にしたままの状態のトレス海峡諸島を調査する時間はあまり残されていないと本気で考えていたので、どうしても諸島に戻りたかった。一八九〇年代を通して、彼は二つの目標を達成するために休む間もなく仕事をしている。その二つの目標とは、一つはケンブリッジに安定したポストを得て、そこで人類学を教えながら家族を扶養することであり、もう一つはトレス海峡に戻ることであった。一八九三年に、彼はどうにかこうにか第一の目標を達成する。そして残りの目標達成へと尽力するのだが、こちらの方はもっと手際よくことが運び、一八九八年から九九年にかけて遠征調査に出かける手はずが、すんなり整う。

フレイザーからの次の手紙（一八九一年一月二九日付）を読んでみてもっとも興味深いところは、彼がハッドンに次の民俗学会に参加するかどうか尋ねている箇所である。「私は神話学部門の部門代表にさせられてしまいましたが、じきに辞任するつもりでいます。公の学会を主宰することは私の性分に合いませんし、そんなことをしなければならないと考えただけでも、〈ますます気分が滅入ってきます〉」。フレイザーは気質的に人前に出るのをひどく嫌がる傾向があったが、この文面はそうした傾向が出始めた時期の一例となっている。その後一八九〇年代後半になると、この傾向はますます顕著になっていく。

この一連の往復書簡のなかで最後のもの（一八九二年七月二七日付）を読むと、ハッドンが一八九三年九月にはケンブリッジに居を構える決意をしたことを知ったフレイザーがたいへん喜んでいる様子が伝わってくる。これには少し説明が必要だろう。ハッドンはひとたび人類学者になることを決意して以来、かつて学生時代を過ごし今も多くの友人がいるケンブリッジにいつかは戻ることを夢見て、考え得るかぎりの努力を払ってきた。これらの友人たちはキャンペーンを張り、大学に人類学の講師ポストを新たに設けるよう働きかけを行った。そのポストにハッドンを着任させようと考えたのだ。その際、フレイザーにしては非常に例外的なことが起こる。彼は往々にして学内政治に無関心を決め込んでいたが、このときばかりは精力的に活動している。自分の友人をケンブリッジに招きたいこともあったが、それに人類学をケンブリッジの正規科目にしたいというかねてからの希望が重ね合わせられる。そのせいか、彼はハッドンのために東奔西走した。ハッドンと彼の友人たち（少なく見積もっても七人の教授が含まれる）は最終的に大学を説き伏せることに成功するが、この勝利は、かけた労力のわりに報いは少なかった。確かにハッドンは民族誌学の講師に任命されたが、年に五〇ポンドという雀の涙ほどの給与しか支払われなかった。それでもハッドンはこのポストを受け入れる。もし将来、彼がひもじい思いをしても、少なくともそれは、人類学者になることを選んでしまった報いということになろうか。

その後の成り行きを考えると、一八九〇年代半ば頃からのフレイザーの手紙のうちマクミラン宛のものを省くと、友人のアナトール・フォン・ヒューゲル男爵に宛てた実に平凡な二通の手紙がもっとも重要なものだ[27]。最初の手紙（一八九四年一二月一日付）のなかでフレイザーはグローヴ夫人というフランス人女性を紹介している。その紹介によると、この夫人は「ダンスの歴史について目下、論文執筆中」であり、第一章ではどうしても「原始種族のダンス」についてふれずにすますわけにはいかないので、情報を求めてケンブリッジを訪れていた。彼女はこのテーマで研究するにあたり、「総合的で哲学的なアプローチで臨もうとしていて、戦争、死、狩猟、通過儀礼などに絡めて未開人のダンスを捉えよう」としていた。フレイザーとしては、このテーマについてはほとんど何も知らないので、フォン・ヒューゲルに頼んで、彼のできる範囲で彼女を援助してもらおうと取り計らったのだった。実際にはフォン・ヒューゲルがどんな援助をしたのかは分からないが、一年半後の一八九六年四月二二日、フレイザーはこのグローヴ夫人と結婚することになる。

おそらく根っからのフレイザー信奉者としては最後の人だと思われるE・O・ジェイムズ（一八八八―一九七二）は、『英国人名事典』のフレイザーの項目を担当執筆している。ジェイムズの記述によると、エリザベス・（リリー）・グローヴ・フレイザーはフランス人女性で、旧姓をアデルスドルフェルといい、アルザス地方の出身とある。他方、彼女と個人的に何度も話をしたことがあるダウニーはというと、彼女はフランス系ユダヤ人だと、何の根拠も示していないのだが、じつにきっぱりと書いている。[28]このきっぱりと述べられていることに関しては、いかにそれがダウニーの個人的知識にもとづいたものだとしても、私は異議を唱えなければならない。私はトリニティのかなり年配のフェロー二人にこの質問をぶつけてみた。[29]二人とも彼女のことをしっかり覚えていて、心から嫌っていた。「彼女がユダヤ人だったという話は聞いたことがありますか」と私は率直に尋ねた。それに対して同じ答えが返ってきた。「そんな話は聞いたことがないし、もしそれが本当なら、噂はすぐに広まり知らない人は誰もいなかったはずだが」と。

ともかくも夫人は、フレイザーに会う前から人生経験が豊富だったといっていいようだ。ダウニーによると、彼女の前の夫はチャールズ・ベイリー・グローヴというイギリス人船長で、彼女も夫にともなって世界各地を旅行し、南アフリカにも長く滞在している。どうも、そこでスペイン語を覚えたようだ（フレイザーが夫人に対してフォン・ヒューゲルを訪ねてみてはと手紙で進言したことは前にも述べたが、ダウニーも、はしがきの二つ目の注でその点についてふれている。実際そこには、夫人が未開種族について関心をもっていたばかりか、「旅行を通して彼らと会ったことがある」とまで書かれている）。夫の突然の死という不幸に見舞われた彼女は、自分が切羽詰まった状況にいることに気づく。彼女にはイギリスにたいした蓄えがなく、それでも一〇代の二人の子ども――リリー・メアリーとチャールズ・グレンヴィル――を育てていかなければならなかったからだ[30]。機転の利く女性がこのような境遇に置かれたなら必ず思いつくように、彼女もまたペンを執ることを考え始める。そうはいっても、ダンスを研究テーマに取り上げたとき、まだ彼女はこのテーマについて特別な知識は何も持ち合わせていないようだったし、英語は不自由なく書けても完全に英語らしい英語表現ができるわけでもなかった。それでも彼女はバドミントン図書館からの委託をうまい具合に取り付け、ダンスに関する百科事典的な調査を開始する[31]。スミスの死から八か月の月日が流れていた頃のことだ。おそらくフレイザーは、この八か月の月日を経て、友を失ったことからくる最初の深い悲しみの時期を抜け出したものと考えられる。

このときまで、フレイザーの人生に（母親と姉妹たちを別にすれば）一人の女性も登場していない。ケンブリッジでの生活は研究三昧で、時たま気晴らしをするにしても、学者同士の付き合い程度だった。それも、まだ圧倒的に独身者と聖職者が多い時代のトリニティのなかだけで行われていたのである。夏休みには、彼は故郷スコットランドに帰省し、家族と時間を過ごすことにしていたが、異性の友人がいたという噂すらない。一八八二年以降はフェローがたとえ結婚したとしてもその資格を失うことはなくなったが、間違いなく彼はケンブリッジに典型的な独身の特別研究員に見えたし、カレッジの大奥で喜んで一生を全うするかに見えた。だからこそ、彼が結婚するという知らせは、しかも二人の子連れの外国人と結婚するという知らせは、彼の仲間の多くの肝を潰したにちがいない。

彼がリリー・グローヴとの結婚を決めた背景に、彼女を心から愛したこと以上の深い理由があったと邪推する必要けない。それに、二人が生涯を通して互いに献身的であったという証言も多く残っている。[32] どうも彼女の方が彼との結婚に積極的だったらしいと言ったとしても、これまで述べてきたこととは矛盾しないだろう。彼女にしてみると、特別研究員との結婚はずっと切望していた地位を彼女に約束するものだったし、子どもたちを養育しなければという思いからくる不安をかなりの程度まで消し去った。他方フレイザーにしてみたら、結婚は平穏な学寮生活に一大革命をもたらすものだった。まず間違いなく彼女の方が意志強固であった。そのため生計を立てなければという彼女の思いに加えて人を威圧するような彼女の性格がうまく功を奏して、どうやら二人は結婚を誓い合うまでに至ったようだ。

この伝記の残りの部分に夫人は頻繁に顔を出すことになるので、ここで彼女について周囲の人々は概してどのような印象をもっていたか整理しておく必要があるだろう。中年の頃か晩年の夫人を知る人なら誰もが開口一番に言っているように、夫と比べると夫人の印象の方がはるかに鮮明で強烈であった。それに、特別研究員から私的な秘書に至るまで、どの人物の証言を見ても、彼女に対してみな一様の言葉遣いをしている。彼女の振る舞いを描写した部分を読むと、よく言って気難しいという印象から、ひどく言えば堪えられないというものまで、どれもその辺の表現ばかりだ。ひと言で言うと、気性の激しい女丈夫ということになろうか。

しかし疑問に思う人もいるにちがいない。「気難しい」だとか「堪えられない」だとか、いったい誰に対してそうだったのかと。ここで重要になってくる事実がある。確かに彼女はイギリスには友人らしい友人はいなかったのだが、フランスやイタリアにはたくさんの友人がいた。[33] 彼女を悪く言う人々でさえ、彼女が働き者で利発でもあり、言葉に説得力があったと、みな認めている。それに彼女のしたことは高圧的だと受け止められたかもしれないが、それでもそのほとんどは夫の幸せや利益を考えてのことであって、彼女が夫のためによかれと思ってしたことだった。[34] 彼女はフランス人だったし、学者でもなかった。それに、結婚と同時に入ることになった、ケンブリッジの大学社会特有の威厳や古風で時として人を萎縮させるような雰囲気にも、おどおどしなかった。何ができていて何ができていないなどという周囲の常識にもしばしば腹を立て、自分が望むことをまっすぐ口にした。彼女にしてみれば、見るからに自分の世話すら覚束ないほどのんびりした男と結婚したのだから、この男のかわりになって闘うつもりでいた。イギリスの育ちのよい人たちの基準、とりわけ何でもかんでも遠まわしに進める癖のあるケンブリッジの住人の基準で見たならば、このような振る舞いは無作法で無分別だと判断されるに決まっていた。

彼女を弁護する人など誰もいないので、私は先のように述べて、彼女の振る舞いにも好意的に解釈できるところがあることを示そうとしたのだ。こう言ってしまえば、後は彼女の肖像の未完成部分を埋めてしまわなければなるまい。しかも、彼女と同時代の人々が彼女に接してひどく不愉快に感じた振る舞いを列挙するかたちで補う必要がある。夫人のところで働いていた人々に対して、彼女は確かに無作法で横柄な態度をとり、有無を言わせぬところがあった。そのことは、フレイザーの晩年に秘書を務めた人たちの回想を読めば明らかだ。相手がこちらの意のままに動かないような人だと、ずる賢く巧みにあしらった。夫人の手紙の抜粋からも明らかなように、彼女はいつでも自分を大きく見せ、打ち明け話は芝居がかっていた。彼女には、他人の性格や意図をあまりに性急に、しかもよく間違って判断してしまうところがあった。そして、人は誰も彼も自分を冷遇し、夫を無視しようとしていると思い込む癖があった。そこにきて、こうした短所をますますひどくする事実が重なる。彼女は結婚後まもなく耳が悪くなり、一九一〇年頃になると両耳がほとんど聞こえなくなっていた。そのため後年には、あまり性能のよくない補聴器に頼らなければ、日常生活を送れなかったのである。こうしたことが災いして、彼女はますます気難しくなっていった。

当然のことながら、耳が聞こえなくなったことで彼女の嫌な面ばかりが目立つようになってきた。それに歳をとるにしたがって、人から意見されることに我慢ならなくなった。間違いなく彼女は一緒に暮らすには骨の折れる人間だっただろう。それでも私の印象では、こうした非難はあちこちから聞かれたし、とても辛らつなものばかりだったが、やはりささいなものであって、彼女が犯した大きな誤りとはいえない。どこで聞いても、彼女がフレイザー家を切り盛りしていたし、夫の面倒も見ていたとされる。このことは、フレイザーが仕事を続ける上で、不利に働いた。彼女がそばにいるだけで、フレイザーに会いにくる人々の足は遠のいたからだ。それだけではない。実際に彼女は何人かの人物をフレイザーに近づけまいとしていた（例えば、ハッドンがその犠牲者だ）。というのも、この幾人かとの交友はフレイザーにとって時間の無駄でしかないと考えたからだ。もっと悪いことに、彼女はフレイザーを甘やかした。今から考えると、フレイザーのような男が結婚できる女性は、夫人のように彼の面倒を喜んで見てくれる人しかありえなかったのかもしれない。なぜそうなったかは分からないが、ともかくフレイザーは結婚をした後では、ますます周囲の人に依存するようになったし、世間からも疎遠になっていった。彼が生涯を通じて他人の心の状態や動きに興味をもって思索を続けたことを考えると、歳とともに人付き合いが悪くなっていいはずはなかった。ともかくも、よきにつけ悪しきにつけ、これがフレイザー夫人であり、マリノフスキーがフレイザーの「恐るべき」伴侶と呼んだ人物であった。

（1） TCC R. 8. 44 (1).

（2） プラタイアイに関しては *Paus*, V, 13を、テスピアイに関しては *Paus*, V, 142を参照してほしい。一八九五年の日記〔TCC R. 8. 44(3)、一〇月一二日付〕のなかで、フレイザーは、一八九〇年には確かにあった発掘現場が埋め立てられてしまったことを知り、ひどく失望している。エピダウロス、ナウプリア、ミュケナイ、ティリンス、アルゴス、ピレウス、ムニキア、ケピシア、マラトンそれにラムヌスに関しては、一八九五年の日記のうち七冊目（一二月の記録）を読むと、この五年間で何か新しいものが発掘されていないか見ようとして、彼がこれらの地を再度訪れたことが分かる。新たな発見が確認された場合を想定して、彼はパウサニアス初版のゲラを携行し、訪問先で適宜、修正を施している。

（3） TCC R. 8. 44(1), fols. 105-06.

（4） GB^2, III, 247-48 and n. 4.

（5） TCC Adv. c. 21. 71.

（6） TCC Adv. d. 21. 2. 参照。ほかに三冊、一八九〇年の旅行の際にフレイザーのトランクの中に入っていた。（見返しの白紙ページに日付を付けた書き込みがあるので、そこから判断して）この冊数で間違いないと思われる。今もレン図書室に保存されている三冊とは、『金枝篇』の注釈付き二巻本——TCC Adv. c. 21. 67-68——とヴィルヘルム・グルリットの『パウサニアスについて（*Über Pausanias*）』（Graz, Leuschner & Lubensky, 1890）——TCC Adv. c. 21. 25. であった。

（7）ジェイン・ハリソンについては、J. G. Stewart, *Jane Ellen Harrison: A Portrait from Letters* (London, Merlin, 1959) と Robert Ackerman, "Jane Ellen Harrison: The Early Work," *Greek, Roman and Byzantine Studies*, 12 (Spring 1971), 113-36 を参照してほしい。

（8）BM Add. MS 55431 (2), p. 579.

（9）BM Add. MS 55432 (2), p. 683.

（10）TCC Frazer 1: 6 を参照。フレイザーがギリシャを訪問中の一八九〇年五月二三日に、彼のフェロー資格期限は延長された。同日付けのTCC大学評議会議事録（一八八二、三年から一八九七年までの学内議事）には、こうある。「金枝篇およびその他の研究書の著者J・G・フレイザー氏を次の秋学期から始めて向こう五年間、研究フェローとして在籍させることを全会一致で承認した」。フレイザーとトリニティとの関係を示すこれらの資料調査に対して、T・C・ニコラス氏が与えてくれた援助に、この場を借りて感謝したい。

（11）*GB*, I, 285-86.

（12）*FGB*, p. 22 を参照。伝記中、この箇所に付けた注では、ダウニーは次のように説明している。「この出来事についてフレイザー夫人から聞いたとおりに書き写した。彼女はラテン語は読めなかったが、イタリア語は知っていた。だから〈果敢ニ（fortiore）〉という変な表現になったのだと思う」。しかしながら、ダウニーはこの逸話を取り上げながら、本来はプリニウスからの誤引用であったのに、それをオウィディウスからの誤引用と取り違えてしまっている。これは明らかに夫人のではなくダウニーの誤りである。

（13）ヒッツィヒとブルームナーにとってもフレイザー同様、パウサニアスは時間のかかる難物だった。彼らによる『パウサニアスの〈ギリシャ案内記〉（*Pausaniae Graeciae Descriptio*）』第一巻（Leipzig Reisland）は一八九六年に出版されたが、結局、残りの九巻は発行されることはなかった。のちに、二回に分けて刊行された第二巻（一九〇一年、一九〇四年）と同じように二回配本の第三巻（一九〇七年、一九一〇年）が出ることで、この版は完結する。第一巻を出版するのにかなりの準備時間をかけてしまったので、二人は残りの二巻を出すにあたっても、一人で作業を進めたフレイザーより随分と長い時間をかけている。ほとんど人の一生分の時間が費やされた。この二人がテキスト編纂に時間をかけたとするなら、フレイザーは注釈を付けることに時間をかけたといえるだろう。

（14）フレイザーの提案は、H・E・ライル教授におおむね好意的な感想で迎えられている（BM Add. MS 55952, pp. 97–100）。それでも結局、マクミランはビジネス上問題があるとして、この提案をけねつけることになる〔BM Add. MS 55445 (1), pp. 1266–68〕。

（15）JGF, *Passage of the Bible Chosen for Their Literary Beauty and Interest* (London, A. & C. Black, 1895), vi–viii.

(16) 手紙の日付は以下のとおりである。一八八九年一月一一日(UL Haddon 3)、一八八九年七月一八日(UL Haddon 3)、一八八九年七月二二日〔UL Add. 7449 (c) D237〕、一八九〇年七月一八日(UL Haddon 3)、一八九一年一月二九日(UL Haddon 3)、一八九二年七月二七日(UL Haddon 3058)。

(17) A. C. Haddon, "The Ethnography of the Western Tribe of Torres Straits," *JAI*, 19 (1890), 300. 人類学に馴染みのない読者のために付け加えておきたい。「トレス海峡(Torres Straits)」に定冠詞が付かないのは、その語が海峡全体を指すのではなく諸島を指すからである。こうした用法は人類学の文献では一般的である。

(18) A. H. Quiggin, *Haddon the Head Hunter* (Cambridge, Cambridge University Press, 1942), p. 82.

(19) *Ibid.*, p. 297.

(20) *Ibid.*, p. 93.

(21) *Ibid.*, p. 97. 手紙は現存しない。

(22) Haddon, "Notes on Mr. Beardmore's Paper," *JAI*, 19 (1890), 466.「私が出発する前に、J・G・フレイザー氏から〈質問票〉の写しを数枚受け取ったのだが、一八八八年八月にモワットで友人のビアドモア氏に会った際に、その一枚を彼に渡した」。

(23) Edward Beardmore, "The Natives of Mowat, Daudai, New Guinea," *JAI*, 19 (1890), 459–66.

(24) Quiggin, p. 81.
(25) A. C. Haddon and A. H. *Quiggin, History of Anthropology* (London, 1910), p. 3. クイギンの次の箇所に示唆を受けた。Quiggin, p. 81
(26) Quiggin, p. 92.
(27) 一八八八年から一九〇八年までのフレイザーとフォン・ヒューゲルの往復書簡は、ケンブリッジ大学にある考古学人類学博物館にアーカイヴとして所蔵されている。
(28) 以下は私が個人的に聞いたことだ。ジェイムズも（その彼の本を参照した）ダウニーも、リリー・フレイザーの父親の名前を間違って引用している。フレイザーの結婚証明書(St. Catherine's House: 1896- Cambridge 3b. 1023）を見ると、名前は「シギスモンド・ド・ボイズ」、身分は「紳士」とはっきり記載されている。名前の誤りは脇に置くとして、ダウニーによる人物描写を受け入れるなら、彼女が貴族風の苗字を付け足し、父の身分も商人から紳士に変えたことはありそうなことだ。この結婚の立会人はフレイザーの友人であったJ・S・ブラックとその義弟のJ・E・A・スティガルであった。結婚証明書の記載によると、このとき彼女は三五歳（つまりフレイザーより七つも年下になる）となっているが、もっと信憑性の高い死亡証明書を見ると、亡くなった歳は八六歳となっている（フレイザーより一つだけ年下だったことになる）。リリー・フレイザーがユダヤ人ではなかったというもう一つの証拠に、一九二一年六月七日、フレイザーがノートの一冊に妻への想いを書き留めた詩「我が妻へ」（BM 45496, fol. 105v）がある。彼女の半生をとりとめもなく回想しながら、彼女のことを「修道院の庭で」教育を受けた女性として歌っている。

(29) サー・J・R・M・バトラー先生とT・C・ニコラス氏の二人である。

(30) のちにE・O・ジェイムズが『英国人名事典』で言及するフレイザー夫人の血統に関して、ダウニーは自分がそれを初めて見つけてきたのだと自負をのぞかせるが、子どもたちのことについては間違った記述が多い。夫人には娘が一人いたのではとダウニーはうすうす感じていたが、実際には二人の子どもがいた。リリー・メアリー・グローヴはフランス語教師となり、創作や翻訳も手がけている。ロバート・ルイス・スティーヴンソンに関する論文を一九〇八年にソルボンヌ大学に提出して、「文学博士」の学位も得ている。ところが一九一九年の初め、彼女は突然亡くなっている。おそらく第一次大戦後にヨーロッパ中に猛威を振るったインフルエンザの犠牲になったものと思われる。C〔チャールズ〕・グレンヴィル・グローヴ（一八七八年生まれ）は、フレイザー夫妻にとって長いあいだ心配の種だった。というのも、（夫妻からすると）あまり家に寄り付かないように感じられたからだ。彼はスウェーデン人女性と結婚し、ストックホルムに住み着いた。翻訳業を営んでおり、スウェーデン語で書かれた科学的著作などおびただしい数の本を翻訳している。一九一四年に最初の翻訳を出版し、一九四七年までその仕事を続けた。

(31) 彼女の著作『ダンス（*Dancing*）』（London, Badminton Library, 1895）は、今日でもダンス史の歴史家のあいだでは先駆的な業績として評価されている。

（32） *FGB*, chap. 2.

（33） レン図書室には、夫人の膨大な私信のほとんどが所蔵されている。

（34） そんなわけで、フレイザーの最後の秘書を務め、夫人とはほぼ毎日のように諍いを繰り返したセアラ・キャンピオンですら、夫人のなすことすべてがどんなに無遠慮で意地悪であったにしろ、夫のためによかれと思ってなされることばかりだったと認めている。"Autumn of an Anthropologist," *New Statesman*, 41 (13 January 1951), 34-36.

第8章 『パウサニアスの〈ギリシャ案内記〉』

パウサニアスとフレイザーは、互いに似たような気質であった。両者とも博学で、その著書は百科事典的になる傾向があり、好奇心が強く、並外れた人物で、本題から脱線しがちである。両者とも宗教に対し、永続的で複雑な興味を抱いている。そして両者とも、本質的には注釈者である。彼らは、その才能を最大限に表現するために、記述すべき膨大な量のある題材と、仕事をするための広いキャンバスとを必要としていた。両者は、著作の量においても、その細部描写においても、人々を強く印象づけるものがある。こうした特徴に加えて、パウサニアスのガイドブックは、すでにしっかりとした骨組みをもっていたので、それにもとづいて注釈を行ったフレイザーにあっては、学識の披露がとめどなく広がり、論を前進させるのを犠牲にして、話をあらぬ方向に導いてしまうという彼の傾向は、ほとんどの場合、抑えられた。

古代世界にあっても、パウサニアスの旅行記以外に他のガイドブックが多数出ていたし、さらにまたギリシャについてのガイドブックでさえ存在していた。しかしパウサニアスのガイドブックは、他のすべてのガイドブックをさしおいて、いくつかはかりしれない長所が存在した。まず最初の長所が決定的である。すなわち、他の研究者の書物が生き残らなかったのに対して、彼の書物はほとんど損なわれず残っていることである。その点を別にしても、パウサニアスは、ふさわしい時代にふさわしい場所に存在していたという点で、たいへん幸運であった。もし彼が一世紀早くギリシャに（そしてとくにアテネに）生まれていたとしたら、そのときは、ローマ時代の最高級の建築物の多くは、まだ建てられていなかっただろう。もし彼が、一世紀遅く生まれていたとしたら、古典様式の遺跡は、すでに地震によって破壊されるか、放置されて朽ちていただろう。二世紀のギリシャには、その国の規模の割には、そしてパウサニアスがギリシャについての記述を完成させていなかったという事実にもかかわらず、自然地理学的、歴史的、そして文化的な統一感がみなぎっていた――少なくともギリシャの南半分についてはそうであった。というのも、パウサニアスは、数度しか北部に言及していないからである。フレイザーは、自己に対する意識が高まった時代に生き、どんな場合でもパウサニアスより持久力があった（最後の方は疲れきっていたけれども）。彼はちょうどうまい具合に、自分の時代に至るまでの一七世紀という長期間に蓄積されてきた圧倒的な量の歴史的、人類学的な知識を踏まえて、パウサニアスの頃のギリシャを考察するという複雑なテーマに取り組むこととなったのである。

パウサニアスにとって生まれた時期が幸運であったのと同様に、フレイザーも、別の理由で幸運であった。独力で古代遺跡や発掘現場を見に行ったフレイザーのギリシャへの二回の旅行については、すでに述べた。しかしながら、もし一八八四年に――正確には、彼がパウサニアスの研究を情熱的にやり始めようとしていたときに――ロバートソン・スミスの魔法のとりこになって、人類学に転向していなかったとしたら、そしてそれゆえに、もし九〇年代初頭ではなく八〇年代半ばでパウサニアスに取り掛かっていたとしたら、彼は一〇年早すぎる時期に始めたことになっていただろう（そしておそらく終了してもいただろう）。

以前からの発掘や発見は行われていたが、ギリシャにおける考古学の進む方向は、一八七〇年代にシュリーマンによって引き起こされた大騒動によって、最終的に決定付けられた。しかしながら、シュリーマンは、ホメロスやトロイに取り付かれていた。よって、シュリーマンが探し出し、掘り出した遺跡は、すべて古典期以前のものであった。一八八〇年代まで、とくに一八九〇年になるまでは、古典時代の遺跡は、アテネではとりわけ、学術世界の注目を広く集めてはいなかった。ヒッサルリクでシュリーマンの主任助手であったヴィルヘルム・ドエルフェルドは、シュリーマンが発掘を一時休止していた八〇年代にアテネに移動し、そこでの広範囲に展開していたドイツ隊の発掘の監督を引き継いだ。一八三〇年代には早くも、フランス隊が遺跡調査における地位を確立しており、ドイツ隊、イギリス隊、アメリカ隊、オーストリア隊が、それに追随した。それぞれの国は、古典研究の研究所をアテネに設立した。同様に、各国が重要な野外遺跡の囲い込みを行った。一八八五年から九五年の一〇年間に、重要な発掘作業は、デルポイ、コリント、エピダウロス、スパルタ、マンティネイア、テーベ、プラタイアイで行われた。その発掘はもちろん、フレイザーが本を出版した後も長く続いていた。しかし彼は、これらの主要な遺跡の大部分で発見された遺物を、自著に組み込むことができた。現在は想像できないが、一八九八年に出版されたときには、フレイザーのパウサニアスについての本は、新聞・雑誌のように、最新情報を備えるものであった。彼の本で扱われた大量の題材は、どこにも、いかなる言語によっても出版されていなかった。彼は、多くの学者たちに協力してもらったことと、進行中の研究を公表するのを承諾してくれた好意に対して、深く感謝を述べる労を取っている(1)。

フレイザーの人類学への転向は、幸運にも、それまでの約六年間にわたりパウサニアスの研究に没頭していた生活から、なんとなく遠ざかるのに、ちょうどよい時期であった。それによりフレイザーは、それ以降の新しい情報も取り入れることができた。それだけでなく、フレイザーはその転向により、古典学の原典についての注釈に、まったく新しい次元を導入することとなった。一八八〇年代において、パウサニアスは、現代の私たちと同様に人々の注目を集めていた。パウサニアスのガイドブックには、私たちまで受け継がれている、古代ギリシャについての地理的で建築学的な描写が含まれており、それらは間違いなくもっとも重要である――なぜならばそれはとても正確で、ごく細かい部分についてまで述べられているからである。しかし、ひとたび人類学の光を見たフレイザーは、建築学や地理学に比べると、比較的これまではほとんど注目を受けることのなかったこの原典のある一面――古代宗教の歴史家としてのパウサニアスという面――を強調することができた。

確かにパウサニアスは、ギリシャの宗教と神話について書いた初期の著述家たちにもしばしば引用されてきた。しかし、『金枝篇』を書いた結果、フレイザーは今や、パウサニアスを、未開世界の民族誌という新しい文脈において見直すこととなった。この文脈に立つと、ギリシャ・ローマの古代社会というのは、正しい理解にもとづけば、この未開世界全体のうちの小さな部分にしかすぎないという見方が成り立つのであった。フレイザーにとってパウサニアスは、彼の先輩にあたるヘシオドスのように、人類学者の原型であった。パウサニアスの本は、フレイザーと同時代の研究者たちによるアフリカやオセアニアについての最良の報告書に匹敵するものであって、他の人類学と関連づけなければ理解できない、古典世界についての豊富な民族誌学的情報の詰まった宝庫であった。『金枝篇』を書くために古典学研究を中断したとき、フレイザーは、自分の心にとって最重要である未開宗教を思い浮かべながら、パウサニアスに回帰した。その結果、パウサニアスが宗教的な慣習を論じ神話について語ったとき、それらはフレイザーを、小論文の執筆へと向かわせ、それに加えて、あるいはそれに代わって、関係するすべての証拠を集めた網羅的な文献目録を執筆したいという思いへ駆りたてた。『金枝篇』の執筆により、彼は、あらゆる時代と空間から生まれた進化の共通点に気づき、地球規模の大きな視野をもつことができ、これによって、何が適切かということについての彼の考え方は、きわめて寛容なものになった。

フレイザーの古典学に対する理論的な貢献は、新しい情報のカテゴリー――潜在的に原典と深く関係している学問としての人類学――を導入したことであった。人類学においては、パウサニアス自身が頻繁に言及していた神話や儀式的慣例について述べた見方のうち、フレイザーがその一つを取り上げて詳しく語る場合にうかがえるように、ほとんどの読者が自分でふさわしいと思うやり方で人類学を自由に使ってしまうことがある。またある時には、人類学は、口ぐせになった話題のように、一見機械的に紹介され、何の理由もないのに登場してくることがある(2)。

今日では、人類学は、もちろん、マルクス主義、精神分析学、フェミニズム、記号論といった社会科学や政治学から引き出された他の新しい見方とともに、古典学研究の武器庫のなかに収蔵されている。しかし今日でさえ、(貨幣学や碑銘研究を含む)歴史学と考古学についての現代的・伝統的な核心的領域を逸脱して、非言語的な要素が拡大することに対して、気質的に、さらに、あるいは理論的に反対するかなりの数の古典学者が存在する。

もしこうした状況が、古典学研究が外部からの影響によって一層劇的に浸食されてしまった現在でも続いている現実のすがただとしたら、古典学がみずからの言語学的な基盤を再考し始めた世紀転換期のイギリスでは、古典学をめぐるより深い真の状況は如何なるものであったろうか。フレイザーの、パウサニアスについての民族誌的な議論と言及は、伝統的な考え方をしていた聴衆の多くをいらつかせたにちがいない。結局、一八六〇年代になってはじめて、〈考古学〉——当時の人間の記憶によく残っていることだが——イギリスの古典学者たちは、〈考古学〉には、学んで益となるような重要な何かがあるかもしれない、ということを不承不承受け入れたのだ。当時のこの学界全体が、これまで明白そのものであった文章を理解したと主張するには、その前に、未開人についての大量の奇妙な情報を吸収しなければならないと思ったのだろうか。[3]

古典文学の校訂本を閲覧する機会がなかった人のために言えば、校訂本を文学ジャンルとして考えてみると、古典文学の校訂本は比較的「開かれている」形式であると述べておく価値はあるだろう。その校訂本を作るためには、手書原稿を調査しなければならないという伝統があり、また校訂本は本文とその批評資料を含む必要がある。同様に、たいていの場合、著者と作品を、歴史的で文学的な文脈に位置付ける序論が付けられている。校訂本のなかでも大きく壮大なものでは、原典において言語学的に問題となっている要素も他の観点から問題がある要素もともに議論されるという、広範囲にわたる注釈が含まれている（フレイザーのパウサニアスについての校訂本は原文を欠いており、それゆえ厳密に言えば完全な校訂本でないが、その点を除けば、明らかに巨大な戦艦級のものの一つであろう）。原典に存在するものはどんなものでも、文字通り注釈の機会になり得るので、「完全な」注釈は理論的には不可能である。それは、なぜ原典が繰り返し学術的に考察される必要があるのか、なぜ考察が生じるかについての理由の一つである。どの時代の人々も、必然的に異なる文脈を提供し、原典と世界との間に様々に異なる関係をうち立てるものである。そして、原典と数多くの点でぴったりと合って共鳴することのできる、学識のある学者が出現すると、結果として新しい注釈書兼校訂本が生じることになる。

　議論の内容を明確にするために、古典学の注釈の世界にある二つの傾向を区別してもいいだろう。それは、言語学的な傾向と歴史的な傾向である。校訂者たちは、原典の性質や、自分を取り巻く背景や気質にもとづいて、その原典の言語そのものに焦点を合わせるか、その言語が言及する対象や出来事に焦点を合わせるかの、どちらかである。言語学的なものを強調する傾向は、「求心的」と呼ばれ、それは、最終的にはそして本質的には他の原典とのあいだに構築される文脈のなかで見られたり理解される、言語的人工物、〈言語〉構築物それ自体として原典に焦点をあてるものである。言語学者たちは、辞書や用語索引《コンコーダンス》のような必要な道具を作り出して使用している。それらは、歴史的考察と意味論的考察とのあいだで三角測量を行うという複合的な過程を通して、論議されている用語や語句の意味を最終的に明確に定めることのできる言語的宇宙を作り出すために使用例を集めたものである。言語学者である校訂者が、幅広い比較対照の地平を熱望するときにさえ、例えば、サンスクリットやセム語の例が、ギリシャ語の曖昧な表現のうわべを飾るために提示されたように、求心的な衝動は持続している。しかしながら非言語的な題材は常に、原典の〈言語〉へとわれわれを回帰させるために用いられる。

一方、歴史学的な傾向をもつ注釈は、本質的に「遠心的な」ものである。そこでは校訂者は、読者を本のページからそらし、原典《テキスト》から離れて世界へと導く傾向がある。したがって、いくつか名前を挙げると、考古学、建築学、碑銘研究、貨幣学、パピルス古文書学、地学などは、歴史的批評家たちが収集した知識の付随的な集積にほかならないのであって、その主たる目的は、それらの専門分野についての私たちの理解を向上させるために原典を使用することなのである。実際、優れた校訂者は、言語と世界のうちの他方を明らかにするために一方を使い、この両者のあいだを行ったり来たりする。しかし、二つのあいだの分析的な区別は、いまだはっきりと付ける価値があるように思われる。言うまでもなく、パウサニアスの言語が不明瞭であったり、あるいは注目すべきものだった場合にはフレイザーは注釈をつけた。けれどもここで使われている言葉を見ると、フレイザー自身が認めていたように、彼は、実質的には一種の純然たる歴史的批評家である。彼にとって、むしろ逆に、パウサニアスの原典は、主に歴史学、地学、建築学などの上に光を注いでいた点で、興味深いものだった。フレイザーがこれまで行ってきたすべての古典学研究は、この姿勢と意欲の証拠となっている。人類学を用いることを許さないような古典学の研究課題には、フレイザーは決して着手しなかった、といって間違いない。

もし私たちが、フレイザーの校訂本がその時代の古典研究に対して与えた影響を脇に置くならば、伝記上、その校訂本を書いたことにより、フレイザーに初めて〈権威者〉という気配が表れたという点で、その本はおそらくもっとも重要である。その気配は、彼が広大な範囲にわたる資料を完全に統制した結果生まれたものである。批評家たちが注記で満場一致で認めたように、フレイザーはあらゆる疑問に対して、証拠をすべて集め、吟味し、その上で厳粛で公平なやり方で、競合する理論の一方、あるいは他方に（もしくはどちらでもなく）賛同の判断を下している。[4]

この点で、パウサニアスの校訂本と『金枝篇』を比較することは有益なことである。というのも、明白なことであり否定しようがないことであるが、『金枝篇』では、情報が多すぎたがゆえに、パウサニアスの校訂本のように情報の統制がなされていることが証明されなかった。そして、おそらくフレイザーは情報の統制ができなかった。その書物は本質的に、類似性に裏付けられてはいるが、目的に辿り着きがたい主題――未開の人間や先史時代の人間の精神機能と宗教的特質――についての思索の連鎖であった。

しかしながら、議論が連鎖していくなかで生まれる個々の論の関連がどれほど興味深くても、『金枝篇』は、一八九〇年の二巻本でさえ、長すぎるという感じから逃れられない。その理由の一つは、『金枝篇』の主題がとても目新しいものであったので、議論が本来の姿をとっていない、というものである。古代宗教については膨大な量の論文が書かれてきたけれども、古代世界は『金枝篇』まで、未開の宗教という考え方の宝庫としては、〈優先的には〉一度も議論されてこなかった。この理由から、フレイザーは事実上、反対意見に対抗して議論を調整する必要はなかった。さらに、彼の論旨が目新しかったので、少しでも多くの証拠が必要とされた。そのことは、フレイザーの文章が多量で、とりとめのないものであったことに対する免罪符として機能した。

他方パウサニアスの校訂本においては、フレイザーは、美術史と建築学については美術史家を相手に、地誌学については地理学者を相手に、碑文については碑文家を相手に、といった具合に、文字どおり何千もの細かく重要な点をめぐって、鋭敏に、かつ断固として論じなければならなかった。彼は、パウサニアスの長たらしいテキストのなかで言及され、また膨大な二次文献のなかで議論されている、じつに広範囲にわたって蓄積されている知識の集積をかいくぐってそれらの点を論じたのだ。人類学において、情報収集という第一の課題は始まりにしかすぎず、それにそって理論化することがその初期段階にあたる。『金枝篇』は――確かにフレイザーが認めるように、それは十中八九時期尚早であったが――不完全なデータにもとづいていることは認めざるを得ないものの、最初の情報統合であった。しかしパウサニアスに関する知的な状況は、完全に逆であった。考古学は毎年、多くの新しいことを明らかにしていくけれども、古代ギリシャは何世紀ものあいだ、様々な観点から体系的に研究されてきた。

結果として、問題の大部分はずっと以前から組み立てられてきたものであり、それらの問題はつながっているものであった。いわば、フレイザーは、ルネサンス時代から上演され続けている劇の最後に、彼以前の多くの他の人々が演じてきた役で、舞台に上がることとなった。パウサニアスがしばしば試みたことだが――彼が民族誌学や宗教に挑んだときにのみ、フレイザーは人類学の専門的見解を披露する役者を演じて花を咲かせることができた。しかし、そのときでさえ、彼は控え目にしかそれを演じなかった。というのも、もし終幕となったら、フレイザーは、ただちにテキストに回帰する必要に常に拘束されていたからである。時折起こったことだが、もしフレイザーが、特別に興味をもっていた人類学の話題を拡大して述べることを自分自身に許したならば、彼は、そのような楽しい逸脱の果てに、同じ量の膨大な行数の原文が、議論されるために残っていることを十分に知っていた。フレイザーが最後までやり遂げたのは、ジョージ・マクミランからの圧力ではなく、脱線を抑制したという事実によっていた。

その仕事の規模が大きかったので、フレイザーはしばしば、自分が求めているよりももっと多くの疑問を追い求めようとする気をなくしたにちがいない。注釈は膨大なものであったけれども、その規模が大きくなった主な理由は、(二〇年後の著書『旧約聖書のフォークロア』でそうであったように) フレイザーがひどく身勝手だったから、というわけではない。単に、原典の規模と、徹底して疑問を解消しようとするフレイザーの姿勢と、論じる必要があることが膨大にあったことが問題であった。パウサニアスを何年にもわたって研究してきた学者たちは、フレイザーの注釈はもっと長くてもよかった、そうすれば有益なものになったろうに、と述べた[5]。

すべての評論家は、パウサニアスの校訂本では、フレイザーが情報を完全に統制して支配していることを高く評価しているが、それに加え、その本にはまた別の新しい意味があるように思われる。というのも、私たちは、物静かで遠慮がちなフレイザーが、著名で学識のある同時代人たちに対抗して、激しく長いあいだ続いている論争に入っていく様子を、初めてその本のなかに見出せるからである。その当時の学問世界は男性が競合する活動の場であったので、知識世界の通過儀礼に参加したという意味で、フレイザーが一人前になったことを表すのは、パウサニアスの校訂本であって『金枝篇』ではなかった。

マクミランとの初期の手紙から判断するかぎりでは、いくつかの理由が一つにまとまってフレイザーはパウサニアスの研究を選んだのだった。もし自分が、ぎこちない文体で書かれている原典から、分かりやすくて面白く読める校訂本を創り出すことに成功したならば、そして持ち運びのできる使い勝手のいい注釈付の分冊本を出版することができたならば、確実に、学者と旅行者の両方に対して貢献できるであろうというのであった。一八八四年の初頭に、フレイザーはパウサニアスに対する傾倒を、初めて積極的にそして公然と明らかにした。その頃、おそらく彼の頭には人類学的思考はなかった。その頃までに、シユーバルトの校訂本はすでに、歴史的な見地からだけでなく、言語的な領域からも何度も、他の学者たちによって校訂されていた。続く一〇年のあいだに考古学の活動速度が増すにつれて、パウサニアスはしだいに重要になっていった。遺跡を見学するときにガイドブックを必要とする旅行者の数が増加していることから、マクミランは、そこに商売の可能性があると感じていた。そのような商売上の問題を別にしても、パウサニアスの原典を再考することは、学問的な見地からも純粋に必要とされていた。ヒットツィヒとブームナーの競合するドイツ語校訂本の存在が、それを証明している。

フレイザーが校訂を始めた当初の目標は、控え目なものだったと仮定してみよう。最小限の注を付けた訳本を世に出すこと、それにより旅行者を啓発し、原典のなかに多数ある難解な部分の解決に貢献することがフレイザーの目的であった。そのような説明は、ケンブリッジ大学の書斎の薄暗い光のなかで、あまり世に知られていないギリシャの作家について、文句も言わずせっせと研究して満足しているフレイザーから受ける印象と、確かに一致している。しかし、同じ事実からは、別の解釈も同様に可能である。一八八四年のフレイザーは、カリスマ性のあるロバートソン・スミスに注目されるくらい、活力のある研究者であった。そして彼は、人類学にすぐに転向できるくらい十分に、柔軟であり積極的であった。一八八四年のフレイザーは、もしほかに同じくらい満足が得られる当てがなかったとしても、大きな価値があるが気が遠くなるほど退屈な、長期間にわたる古典学の研究課題を自らに課すことは、ありそうもないことだった。

若きフレイザーが、論争を仕掛けたがっている短気な人であったと想像する必要はない。しかし、個人的に平和と静寂を望んでいたにもかかわらず、論争に巻きこまれると分かっていた主題に取り組むにあたって、争いを避けることはできなかったし、避けるつもりもなかった――このようにフレイザーが覚悟していたと私たちは推測しなければならない。彼が心に描いていたのが注釈つきの翻訳ただ一つで、その仕事に手をつける時でさえ、「論争」が起こる可能性は明らかであった。フレイザーがパウサニアスを選んだ理由の一つが、知的論争の最前線に立てるというまさにその興奮ゆえであった、という可能性を無視してはいけない。すでに引用したが一八八〇年代後期以降の、ジャクソンとロバートソン・スミスに宛てた手紙は確かに、チューチュー鳴いて恐がっているネズミのような者が書いたものではなかった。フレイザーはそのときには三〇歳で、俊英ではあったけれども、著名ではなかった。私たちは、彼が傲慢な野望に溢れていたと判断する必要はない。ただ、彼は活力に溢れており、積極的であっただけである。そのような控え目な仮定のもとで、多くの議論の的になっている作家の著書の評判のよい訳本を出版したならば、古典学研究での地位を確立できるとフレイザーがいくつかの理由から考えていたと想像するのは、たやすいことである。

それゆえ、フレイザーがその研究に着手した決心を、十分に評価するためには、彼の業績よりはむしろ、パウサニアスをめぐって渦巻いていた論争の概略を少なくとも理解することが――少なくとも、伝記的な観点から理解することが必要である。ほのめかしただけだったとしても、キリスト教の起源を明確に扱った『金枝篇』は、結局のところ、学問世界のわずかな読者を相手に、専門的で難解な論点について書くだけで満足している、引きこもりの学者が書いた研究書ではなかった。それゆえ、大衆の集会や学問世界における政治や「バカ騒ぎ」といったものがとても嫌いだと、ハッドンに訴えていたときでさえ、三〇代半ばのフレイザーは、研究を取り巻く論争にすでに慣れていた。彼は、論争が必ずしも不快であるとは考えなかった。

フレイザーの行動が、物事を両側から捉えたいという願望を示しているのは、このときだけではない。しかしながら、パウサニアスの校訂本は、『金枝篇』とは異なり、信仰でひどく苦しんでいる読者たちに対して、眠れない夜を与えるようなものではなかった。その論争は、高尚すぎて一般の人には分からないものであった。いうまでもなく、議論が難解であったから、激しい論争がほとんど起きなかった、ということではない。少数の学問的な専門家のためだけに書いた人ならば、そのような衝突がどれくらい不愉快なものであるか知っている。

疑いようもなく、フレイザーが、パウサニアスという絨毯に見たおぼろげな二つの姿は、同時代の著名なドイツ人、ウルリッヒ・フォン・ヴィラモヴィッツ＝メレンドルフとヴィルヘルム・ドエルフェルドであった。ヴィラモヴィッツはすべての人（フレイザー以外）から、少なくとも最近の一〇〇年間におけるもっとも偉大なギリシャ文学者であると認められており、ドエルフェルドは、当時の古典考古学の第一人者であった。二人のうち、ヴィラモヴィッツに対するフレイザーの敵意は激しいものであった。なぜなら、パウサニアスを取り巻く論争の源であり、その原動力であったのは彼であったからだ。それゆえ、フレイザーは生涯にわたり、彼を〈いやなやつ〉と憎んだ。

一八九八年にフレイザーの校訂本が出版されたとき、ヴィラモヴィッツ（と彼の学生たちの）のパウサニアスに対する復讐は、二〇年以上も続いた(6)。パウサニアスの本が重要であることが示されると、彼らは、でき得るかぎり本気になって、でき得るかぎり徹底的にパウサニアスを非難した。彼らは、パウサニアスは本質的に嘘つきのごろつきであるとか、混乱した狂人である、と非難した。パウサニアスの誠実さは攻撃されていた。パウサニアスが記述したと主張している内容の大部分は、彼みずから自分の目で見ていないものだ、とヴィラモヴィッツらは主張した。そのかわりに創作したか、もしくはヘロドトス以降の数多くの他の作家たちから内容を大量に借りてきたと、パウサニアスは非難された。パウサニアスの根本的な不誠実さには知性の欠如が練り込まれているとも言われた。結果として、パウサニアスの本は完全に信頼できない、盗用と空想の寄せ集めである、とされた。それでも足りないというかのように、ヴィラモヴィッツたちはさらに、パウサニアスの主な情報源は、彼の時代よりたっぷり三〇〇年も前の人物である、紀元前二世紀に生まれた旅行作家イリウムのポレモであろうと推測している。よって、彼らは、パウサニアスの記述は、三〇〇年も時代遅れのものである、と断言した。

その当時、極端な中傷は、反発を常に生み出してきた。けれども、この場合になぜパウサニアスに対する好意にまで、振り子が揺れ戻ってきたのかを理解するのは、難しいことではない。八〇年代と九〇年代にギリシャで発掘の速度が速まるにつれ、ふたたび、パウサニアスが正しいことが明白に証明された。もしくは、パウサニアスが間違っていたときには、間違えた理由もまた明らかに説明された。世紀の変わり目までに彼は汚名をそそぐことができた。今日、パウサニアスはもっとも信頼に足る人物であり、その結果私たちがもちうる、ギリシャの繁栄時代についての知識のもっとも重要な証人であると認められている。それゆえ、一九世紀の終わりには、パウサニアスを研究していた著述家は誰でも、彼を支持した。フレイザーは、パウサニアスの熱心な支持者であった。そして、実際にフレイザーは、これまで激しく中傷されてきたパウサニウスに対する新しい認識を、英語圏の古典研究の世界に導く主要な水路となった(7)。

ヴィラモヴィッツは偉大な学者であったが、彼のパウサニウスに対する非難は、あまりにも人間的な怒りと憤りが結びついたものに端を発している(8)。一八七三年の春、ヴィラモヴィッツはギリシャで、オリンピアからヘラエアに向かうドイツ貴族の旅行者の一団に加わり、案内することを申し出た。至極もっともなことだが、彼はガイドとしてパウサニアスを使おうとした。しかし、その試みは完全に失敗だった。その理由は、(ヴィラモヴィッツはこのことを知らなかったが)パウサニアスの旅行記が南から来る旅行者を想定していたのに、彼と彼の仲間は北から旅行したからである。言うまでもなく、想定されていた所には何もなく、偉大な専門家であったヴィラモヴィッツは、公然と恥をかかされた。さらに、ガイドとしてパウサニアスを使ったシュリーマンは、同年、トロイ(ヒッサルリク)で「プリアモスの宝」を見つけると、ヴィラモヴィッツは最初、中産階級の成り上がり者の実業家(シュリーマン)が費用をかけ、その実業家が考古学で遊んでいるとあざけっていた。そのあざけりは、シュリーマンが正しいと証明されたときに、怒りに変わった。やがてシュリーマンは、ふたたびパウサニアスを使って、重大な手がかりを示し、一八七六年、ミュケナイで王家の墓を発見した。一八七七年にヴィラモヴィッツは、パウサニアスをめぐる論争が起きる契機となった、最初の集中砲火を浴びせた。

フレイザーがパウサニアスに没頭していた期間とその没頭の深さを鑑みると、ヴィラモヴィッツと彼の支持者に対するフレイザーの反論は、鋭いものにならざるを得なかった。けれどもその反論は、まるで愚鈍な者によるかのように、論の全体にわたり広がっているものではなかった。ヴィラモヴィッツに対して自分の見解を守るが、金切り声をあげて非難はしないという決心は、フレイザーの温和な姿勢から溢れ出てきたものであった。おそらく、意識的に感情を抑えた結果ではなかった。しかし、その決意の源が何であれ、それは効果があった。

しかしながら、彼の論調が妥当であったということは、必要条件ではあるが、十分条件ではない。フレイザーはまた、彼が正しいという点で決定的に有利であった。ヴィラモヴィッツは疑いようもなく優れていたにもかかわらず、パウサニアスに対する長く続いた不変の偏見ゆえに、彼がこの作家について書いたすべての本は、粗悪なものとなってしまった。そして、彼の学生たちも同様に、それ以上のよい仕事はできなかった。フレイザーの望みのすべてがパウサニアスと彼の功績を守ることだったときにも、ヴィラモヴィッツの理不尽な反感が繰り返し自分の進路に立ちはだかっているのを発見したことが、何度もあったにちがいない。すべての敵に対し無条件に戦争をしかけるためにそのような論争のさなかにある作者の本を利用しようとした学者たちとは異なり、フレイザーは、事実によって論争が正当化されたときのみ、敵意を明らかにすることを自分自身に許した。(9)

ここに、そのすべてを表すような一つの例がある。その例は、また、フレイザーの注釈には、非常にきめの細かな趣きがあったことを表している。それは、フレイザーが「自由な水」を論じている、パウサニアスの校訂本の二巻一七章についての注釈の一節である。アテナイオスによると、シナドラと呼ばれる泉か水路があった。解放された奴隷は、その水を新しい自由の象徴として飲んだ。それについてのあまり重要ではない問題点は、シナドラの泉の水が、ミュケナイからヘーライオンへの道にある、とパウサニアスが述べた「自由の水」と同じものであるかどうか、というものである。考古学的痕跡の調査結果を長々と述べたあと、フレイザーは、発掘隊の一人であるステファン隊長の議論を要約している。ステファン隊長は、自由の水というのは、特定の峡谷に位置しているものではなく、他の場所、ミュケナイへの道の傍にあるものだと結論付けていた。フレイザーはそのときにヴィラモヴィッツを引き合いに出している。

ヴィラモヴィッツ＝メレンドルフ教授は、シナドラと自由の水が、ミュケナイからヘーライオンへの道にあるこの泉であると特定している。その点で、彼はステファン隊長に同意している。教授はパウサニアスを典拠にして、自由の水はここでありアルゴスにはないと仮定している。けれども、彼は、エウスタティオスとヘシュキオスが情報を得ているその本——すなわち、問題になっている水は、アルゴスにあると述べられている本——から、パウサニアスが情報を得ていることを非難している。ヴィラモヴィッツ＝メレンドルフ教授の主張によると、パウサニアスが写したその書物は間違いを犯しており、そのためパウサニアスも間違ったけれどもその間違いに気づき、その典拠にした本にある間違いを幸運にも取り消すことができた、というのである。教授は、結果として、パウサニアスが間違ったことによりステファン隊長が発見したかなり正確な場所に、その水を最終的に位置付けているのだ、と述べている。パウサニアスが自分でその水を見たという想定を軽々しく信じる必要はそうない、と教授は述べている。(10)

フレイザーが酷評しているその意見は的確である。パウサニアスが常に間違っているということは、ヴィラモヴィッツの〈固定観念〉となっていた。よって彼は、何の証拠もなく、二つ目の間違いが最初の間違いを取り消すという、二つの連続する間違いを含む理論を主張するつもりであった。そして、パウサニアスは間違った理由で、この混乱から抜け出せたと断言するつもりであった。その論争全体は、いかなる基準からしても取るに足らないものではあるけれども、この種の意味のない粗末な研究が、フレイザーをしてヴィラモヴィッツを悪く思うに至らせた。

ささいな点に関する小競り合いから持ち上がったのではない、より重要な点がここにいくつかある。第一に、ヴィラモヴィッツは彼の生涯を通して、完成されているものや達成されているものに主に興味をもった。フレイザーとは異なり、彼は、土着の人々、あるいは未開の人々に対しては興味を抱かず、気質的に親近感を抱かなかった。また、それらに対して不器用に取り組もうとする最初の試みに対しても興味を抱かなかった。ヴィラモヴィッツが一八八九年にエウリピデスの『ヘラクレス』の画期的な校訂本で示していたように、古典学の言語学者にふさわしい研究分野は、原典の確立と、その後に厳密な科学的手法を用いて意味を解明することであった。『ヘラクレス』の校訂本は、あらゆる原典の要素が吟味され、そして、潜在的に関連のある個々の歴史的事実が、この劇の意味に注がれているかもしれない光に応じてふるいにかけられた。その徹底した姿勢で、ヴィラモヴィッツは、新しい基準を打ち立てていた。ギリシャの言語、歴史、文化の知識のほとんどを備えていたヴィラモヴィッツは、家や書斎で座っているあいだに、実際どんな疑問も解決できると、信じていた。エウリピデスの校訂本の成功と、研究における素晴らしい全般的な才能を考慮すると、彼が自分自身と手法に対して抱いていた自信は、見当はずれであったとは考え難いだろう。もしも図書室にいて古典学の疑問を解くことができる学者がかつていたとすれば、それはヴィラモヴィッツであった。

他方、フレイザーはけっして、そのような方法では原典を大事には思わず、かわりに〈未開の人々の〉行動や心理に主に興味をもった。それゆえ、〈原典が現れる以前の時代〉と〈原典をもたない時代〉の行動や動機について、考古学と人類学的観点との両方から興味を抱いた。この場合、それゆえ、フレイザーがまったく考古学的な問題であると見た問題をヴィラモヴィッツが文学的手段を使って解こうとしたとき、フレイザーがなぜ怒ったのか理解するのは難しくない（書斎学者であったフレイザーが、人類学の現地調査者が観察して報告したことを大胆にも解釈しようとして立場が逆転したとき、この経験がフレイザーの自信をなくさせなかったという事実は、私たちにとって皮肉なめぐり合わせである）。

二つ目に重要な点は、パウサニアスはいかなる基準からしても「優れた」「すばらしい」作家ではなく、またそうでないと反論する人は誰一人としていなかったということである。実際、フレイザーとヴィラモヴィッツは、パウサニアスの散文形式を低く評価している点では、めずらしく一致している[11]。しかし、フレイザーは、パウサニアスの不器用さは、彼の文章の正確さ、誠実さ、信用性をも保証している、と見なした[12]。その一方で、ヴィラモヴィッツは、修辞的表現が愚劣であることに気づいた時点で、この愚鈍なペリエゲテのパウサニアスの知性と業績についての判断が十分に下せると考えた。このように、パウサニアスの文献上の言及を個人的見解とすりかえようとぎこちなくも言い繕っている、というヴィラモヴィッツの示唆は、フレイザーにとって、自由の水の本当の場所についてのささいな事柄よりも、一段と内面に踏み込んだ重要なものであった。パウサニアスに対する信頼の土台を蝕み、最終的に否定するに至ったこの攻撃と、ヴィラモヴィッツと彼の仲間が浴びせたその他多くの同種の攻撃は、恐ろしい示唆を暗にもたらしていた。それは、大規模に原典を編集し直すフレイザー自身の努力は見当違いのもので、度を越したものであり、それゆえ突き詰めると馬鹿げたことである、というものだった。このことにより、ヴィラモヴィッツが間違っていることを証明しようと、なぜフレイザーに決心させたかを想像するのは、そう難しいことではない[13]。

ドエルフェルドとフレイザーの論争は、ヴィラモヴィッツとの長く続いた論争と比較できるほど長く続けられていたが、個人的な憎悪を比較的欠いていた[14]。にもかかわらず、ドエルフェルドは、ヴィラモヴィッツと同じように、フレイザーに対する本能的で深い不信感をつのらせていたようである、と言ってもいいだろう。フレイザーには、どちらか一方が言ったことに対して異を唱える傾向がある、という感すら感じられる。ここに多くの例のうちの一つがある。その長さと詳細な記述の点で要約しがたい、エネクルヌスの泉やディオニュソス祭の劇に関するような論争とは違い、この出来事は、簡潔であったというだけでなく、フレイザーが、非難する共通の標的としてヴィラモヴィッツを含めている点で、さらに好都合であった。それは、フレイザーのマラトン戦争の議論に関係するものである。フレイザーが、自身の過ちの告白を、敵対者への非難へと苦もなく転じさせた方法は、高次の学問的な駆け引きであった。その手法は、フレイザーにあるとは誰も期待してなかったが、論争を好む本物の傾向が彼に存在していたことを明らかにしている。

ここで、私は自分自身の間違いを正したいと思う。その文章（二巻四四二ページ）で、私は、マラトンの戦いの時代のアテネが、壁で囲まれていない街であるかのように語った。私は、街が壁で囲まれていなかったと言っているヴィラモヴィッツ＝メレンドルフ教授（『キダテンから』九七ページ以下）とドエルフェルド博士（ハリソン女史の『古代アテネ』二一ページ）の意見を信用していたのではない。壁に囲まれていたと言っているヘロドトス（九巻一三章）とトゥキュディデス（一巻八九章）の証言を単に見落してしまったからである。紀元前五世紀のアテネの状態についての疑問については、私は、ドエルフェルド博士とヴィラモヴィッツ＝メレンドルフ教授の証言よりも、ヘロドトスとトゥキュディデスの証言の方を、断然好む[15]。

フレイザーのすべての著書のように、パウサニアスの校訂本は、とくに風景描写の表現法において、生き生きとした視覚心像に満ち溢れている[16]。フレイザーは以前から、自然環境に対して感受性が鋭く、ギリシャの田園地方の荒野やすばらしさに深く感動していた。結果として――いくつかけ数行の長さで、いくつかは数ページにわたるものだったが、何十もの表現が――原典を豊かにするフレイザー独特の手法を示していた。『金枝篇』は、名ばかりの行動を際立たせる幻想的な風景描写の場面から始まっている。しかし、その風景を描いたとき、フレイザーはイタリアには行ったことがなかった。それゆえ、彼がこれまで実際に見たことのある場所の詳細な描写に固執していても、それは驚くべきことではない。このような理由により、古代史跡をも含めて、パウサニアスの遺跡についてのすべての描写は事実上、フレイザーが周囲の自然風景を注意深く描写して、作りあげたものだった。

手荷物の重量制限があるような手軽な空の旅行ができる時代になる前は、フレイザーの六巻本をギリシャへ運ぶほど真面目で、体の頑丈な旅行者たちが、おそらくいたのだろう。しかし、版数が増え、最終的な巻数を推測したときに、その数がかなりのものになるとは、フレイザーにはとても考えられなかった。序文で彼は、「この本がとくに意図する読者は、大学の学生たちである」と語っている。そうは言いつつも、その本が大学の図書館の机の上以外の場所ではめったに開かれないのを知りながら、フレイザーはそれでもやはり次のように述べている。「しかし、古代ギリシャに興味のあるすべての人たちにも理解できるものにするために」外国語からの引用に英語の注をつける予定である、[17]と彼は述べている。(訪ねた期日を述べている)には、あらゆるものがどのように見えたかを記述している。そによって文学的な内容と実用的な内容をふたたび両方とりいれ、彼は、そこに滞在した日の本は、他の場所からの距離と、その距離がパウサニアスの測定と一致しているかどうかという情報も含んでいた。そして、文字どおりガイドブックとしてその研究書を使って、遺跡を散歩する人のためだけに役に立つ情報も含んでいる。そのような細かい点について書かれた文章は、パウサニアス人の原著を要約し、注釈で埋めつくした二分冊の携帯版、という最初の頃の出版計画の名残だろう。フレイザーにつきまとった迫真性を求める強迫観念を考慮すると、ひとたび記述を始めてしまうと、その研究が参考文献の戸棚行きの運命であったとしても、おそらく彼は執筆を中断することができなかったし、しようともしなかった。それは、フレイザーは一つの遺跡についての議論の枠組みを記述の力で作り上げざるを得ないかのようであった。

続いて『ギリシャ案内記』のイカリアの町についての文章（一巻三三章八節）でもっとも興味深いことは、その場所はパウサニアスによって言及されていない、ということである。時々あることだが、もしパウサニアスがそこに行っておらず、そして一方フレイザーが行っていたとしたら、そのような場合、それでもなお彼はその場所についての記述を収録した。フレイザーは、二世紀のギリシャについて解説していると考えていたのか、もしくはパウサニアス時代のギリシャを、一八九〇年代に存在するものとして注釈をつけていると考えていたのだろうか。前者ならば、フレイザーは古典文学の文章について、注釈をつけていたことになる。後者ならば、彼は、現代の旅行者のために、古代遺跡についてのガイドブックを書いていたことになる。その疑問に対する答えは、両方であるように思われる。彼の焦点はパウサニアス時代のギリシャであった。けれども同様に、彼は、現代におけるその外観も読者に示している。

アッティカ地方におけるディオニュソス祭の最古の本拠地であるイカリアは、人里から離れてはいるものの、心地よい場所である。イカリアは、ペンテリクス山の森に覆われた北の斜面の麓にある、木で覆われた小さな谷にある。古代ではイカリアがディオニュソス崇拝で有名であったという記憶は、ディオニュソスという地名のなかに生き残っている。そこは、近隣の人々にいまだよく知られている場所である。そこには村はなく、周囲の松林の樹脂を集めるために、時折こちらへ来る農民たちが住む、細長いあばら家が一軒あるのみだった。東の方へ行くと、地面は段丘の方へ傾いている。その斜面には細い流れが横切り、プラタナスが木陰を作り木に囲われた峡谷まで続いている。峡谷の片側にある洞穴からそう遠くない所では、流れが、絵のように美しい小さな滝となって、岩の上を転がっている。斜面が青々とした草木で覆われている、似たような峡谷は、ディオニュソスと、約一マイルほど東に位置している寒村ラペントサとを隔てている。ラペントサの住民は、数年前に、この荒野の人里離れた地方に出没した盗賊団を前にして逃走することを余儀なくされた。楽しい小旅行をするなら、アテネからイカリアへの日帰りの旅が可能である。午前中の汽車に乗って、ペンテリクス山の南側にあるセフィシアへ行き、それから山の北西部を徒歩か馬で回り、そうすると、北の麓にある美しい森林や峡谷を通ってイカリアに到着する（私が一八九〇年の夏の日に通って歩いて以来、火事によってこれらの森が多大な被害を被ったことは、理解はしている)。イカリアからセフィシアまでの距離は、およそ七マイルである。[18]

これらの風景描写は、十分すぎるほど数多く見られ、注目に値するとたっぷりと称賛された。六巻本を出版した後、フレイザーは、学者ではない読者の興味も引き付けることを期待して、知識の詰め込みを避け、景色描写や言葉による生き生きとした描写を楽しめる叙述を集めて、別冊を出すことを提案し、ジョージ・マクミランは同意した。もちろん、著者と出版者の双方が、パウサニアスの校訂本を出版することにより、かかった巨額の費用を埋め合わせることができるという、いくらかの収入を望んでいた。九二にも達する章に加え、パウサニアスの概略的な紹介である、彼の人生とその時代についての長いエッセイが加筆された。そして、その全体は『パウサニアスと他のギリシャ・スケッチ集』として一九〇〇年五月に発行された。それは、一九一七年の『ギリシャの景色・伝説・歴史の研究』という一般受けしそうな題名につけ直して重版を請け合うことができるほど、よく売れた。新しい題名では、もう二回、一九一九年と一九三一年に再版された。

簡略版でない方のパウサニアスの校訂本に関しては、六ギニーという高額な負担もあって、売り上げは当初ゆっくりとしたものだった。けれども、それは着実に売れていった。その値段と、そのような専門的な研究分野には限られた市場しかないことを考慮に入れると、一九一三年までに初版が一〇〇〇セット売り切れ、マクミランが次に第二版を一〇〇

○セット（フレイザーによるいくつかの訂正がいや応なく含まれていた）[19]印刷したというのは、異例のことである。よって、パウサニアスをめぐる一連の出来事は、あらゆる点で成功裏に終わったのである。マクミランが一八九八年に出版した書物は、一八八四年に彼が執筆依頼したものとはまったく似てはいなかった。けれども、マクミランの揺らぐことがけっしてなかった（もしくはほとんどなかった）フレイザーに対する信頼は、知的にも、財政的にも裏付けられている。そして、その著者と出版者の両方が、最後には、研究の記念碑を打ち立てたことから得られる名声と同様に、実際に財産を成すことになった。

その校訂本について、注目すべき別の特徴は、その訳文にある。一部は、訳それ自体の性質にあり、また、その翻訳がフレイザーの後期のこの種の仕事、アポロドーロスの『ライブラリー』、すなわちビブリオテーケー』と、オウィディウスの『祭暦』の予兆を示していることである。現在では、文学テキストの翻訳者たちのあいだには、本質的な対立関係が存在している。一方は、結果としてぎこちない文体にはなるが、（通常、原文に対して逐語的に忠実な訳として解釈される）正確さを、他の面への考慮よりも優先しなければならない、と考える人々である。他方は、たとえ原文を「歪曲する」ということを意味したとしても、その原文が含む複合的な意味をできうるかぎり読者に示す英語表現を翻訳者は探すべきである、ということを求める人々である。この絶えることのない議論に、古典文学の文章は「高度な」文体で訳されるべきだと定める、文学の格調という概念が強かった時代性が付け加えられるべきであろう。よって、フレイザーは、学問的な専門家よりむしろ教養のある旅行者たちを読者対象とする翻訳を始めており、そして文学的価値に対しても常に敏感であったので、彼にとって、その課題は厄介なものであった。学問研究に対して厳密であろうとする主張と、快活さや読みやすさとがいつも調和できるとは限らなかった。その主な理由は、作家としてパウサニアス自身が力不足であったからである。著者が、文字どおりの意味がしばしば不明瞭になるほどひねくれた文体で書いているとき、読者は、その原文——それが意味することが何であれ——に対してどのようにして忠実に読むことができるのだろうか。

この問題を考慮した上で、その校訂本について述べた評論家たちの評価は、フレイザーは総じて成功している、というものだった。パウサニアスの原文の規模と、間違いを指摘することに専念していた学術的な評論家たちの傾向を鑑みると、その称賛は批判と混じり合っていた、というのは驚くべきことではない。例を挙げると、『ケンブリッジ・レヴュー』誌に、大体は好意的な評価をしている匿名の執筆者がいる。彼はフレイザーの訳文を「熟練している」と言った。そして彼は、パウサニアスの校訂本は「批評家の要求を満足させており、普通の人々も理解できるという魅力がある」[20]ゆえに成功している、と述べている。パウサニアスの校訂本を優れたものにしている、力強さが備わった言葉を列挙してみよう。「アルキダムス王は彼自身、宗教に首をつっこんでいた」（三巻一〇章四節）、「ワインで満ちあふれる」（四巻一六章五節）、「彼は常にスパルタの側のいばらであったのだろう」（四巻二三章二節）、「毒入り杯は朝飯前である」（七巻七章三節）等である。他方、彼は「幾分間違った今日風である」として、いくつかの表現に異議を唱えている。「精鋭部隊」「ピクニック」「はっきりと手の内を見せた」といった表現である。その例からは一つの疑問が生じている。「宗教に首をつっこむ」はいいが、「～の側のいばら」は、私たちにとっては、いずれにせよまったく現代風ではなく、「手の内を見せた」という表現と同じくらい使い古されたものだった。しかし、内容があまりにも多すぎることを気にしなければ、フレイザーが、パウサニアスが是認した「不明瞭でいて、ぎこちなく、うまくまとまっておらず、ぐらぐらしており、今にも崩れそうな文体」を変化に富んだ活力溢れる翻訳にしようと努力していたことは明らかである。

オックスフォード大学の考古学者であるパーシー・ガードナーは、熱心にそれを論評し、フレイザーの翻訳は、一八八六年のA・R・シレットの技量の劣る翻訳よりは、大いに進歩しているようだ、と述べている。しかし彼は、フレイザーがギリシャの地下世界を「地獄」と呼び、ランプ台を「シャンデリア」と呼ぶなど、時折大げさに訳しすぎている点は批判している。ガードナーは、専門用語の単なる逐語訳を示すよりは翻訳しようとするフレイザーの心意気を好んでいる。しかしながら、フレイザーは、「ネクロポリス［共同墓地］」や「スタムノス［ワイン貯蔵に用いた壺］」を英語であるかのように使用しないことが望ましいとする一方で、「自業自得のアテナ」や「黒いヤギ皮のディオニュソス」などについて言及するときにはいつも、それらに暫定的な注を当てている。「フレイザー氏の本は、多くの国々で使われることが望まれていた。そしてこの過度な英語化は、国際的な研究書としては、とうていふさわしいものとは言えない(21)」。

　批評家たち自身が文章の格調という概念に黙って賛同するかぎり、フレイザーが最新の用語を選択しようと一生懸命に努力するときには、その概念からの逸脱のみ（上述の『ケンブリッジ・レヴュー』誌で注目されている点のように）が言及される。しかし、現代人の耳には、（無作為に例を挙げると）「喜んで」「略奪された」（四巻一六章五節）という言葉や、「ピレウスは昔からの町だ」（一巻一章二節）「メッセニアの人々は、自分たちの暮らし向きが悪いと気づき始めた」のような慣用表現に対する、間違った偽古体が繰り返されている注は、ぎこちなく不自然なものであるように聞こえる。パウサニアスは確かに、見苦しくぎこちない文体で書いたが、ウィリアム・モリスやラファエロ前派の門弟のような、擬似中世風文体をけっして取らなかった。一世紀後という優位な観点から見ると、フレイザーの訳は、称賛に値するものではあるが、きしみが見られるものである。『祭暦』におけるオウィディウス風の文体に相当する英語を作り出そうと彼がのちに奮闘するようになると、意識して入念に作り上げた文体と古風な表現を使おうとする傾向が目立ったものになればなるほど、それ自身が問題になった。

振り返ると、一八八四年が決断の年であったことは明らかである。フレイザーは、パウサニアスと考古学のかたちをとった古典学研究か、『ブリタニカ大百科事典』の記事というかたちをとった人類学か、そのどちらかを選ぶことができた。おそらく無意識に辿り着いたのだろうが、フレイザーがとったすばらしい解決策は、選ばないことであった。——排除するのではなく、そのかわりに、フレイザーは人類学とパウサニアスの両方に、同時に自分自身を向かわせたのである。それが自身をどこに連れて行くのか、フレイザーには見当もつかなかった。しかし彼は、未来が不確定であることを受け入れられるほど運がよく、勇気もあった。どんな心配事をフレイザーが抱えていたとしても、それは彼にとって重大なものではなかったように思われる。なぜなら、おそらく、彼はそのときお金の心配がなく、家庭や情緒面での束縛も責任もなかったからである。ひとたびロバートソン・スミスとの出会いに圧倒されると、フレイザーは『金枝篇』を（私はそうではないかと推測するが）、一つにはスミスへの称賛の気持ちを表現するために、そしてひとつにはスミスの強い支配力から自身を解放するために書いた。

スミスの死は、彼が感情のはけ口を見つけられなかったがゆえに、彼を打ちのめした。その出来事を徐々に吸収していって初めて、フレイザーは、別の人間を人生に迎え入れる準備ができた。一八九四年には、フレイザーはリリー・グローブに出会い、一八九六年に彼女と結婚した。彼が少年時代に学者としての生活を始め、大人になってそれを終えた、というのは言いすぎである。というのも、フレイザーは一八八四年にはすでに三〇歳であったが、人生のこの時期の始まりでは、知的側面でも感情面でも未熟であった。その時期が終わると、彼は古典学研究と人類学の両方で立場を確立した、完成された学者となった。そして、妻と子どもへの責任を負う支度が整っていた。フレイザーは、自発的にその責任を負う気力があり、また、責任を負える男となっていた。

ジョージ・マクミランから、パウサニアスの一巻本の訳本を出版することに興味がある、という通告を受け取ってから一三年と半年後の、一八九七年の一二月、フレイザーは、六巻本の校訂本の序文として四ページの原稿を書いていた。その序文には、避けることができない感謝の言葉が入っている。まずは、誰もが夢にも思わないくらいその本が膨大なものになっていったときに、けっして行く手に立ちはだからなかった出版者に対しての感謝の言葉。そして、特別に手助けしてくれた学者たちの集団に対しての感謝である。彼はそこで、二人の友人、ウィリアム・ロバートソン・スミスとJ・H・ミドルトンに、生きていてその本を見てほしかったと望んでいる。そして彼はこの序文を、短い哀悼の文章で終えている。それは、一八九五年刊の聖書の言葉を集めたアンソロジーで初めて聞かれる、入念に作り上げられた物悲しい語調と同じ調子で書かれている。三年もたたずに出た『金枝篇』の第二版の序文で聞きとれるものと同じ調子のように思われる。

三つの文章が同じように聞こえる一つの理由は、学問的な本の序文においては、筆者が個人的な感情を表現することが許されていたからである。序文は常に最後に書かれるものであり、フレイザーの著書はいつも長大なもので、そして作家たちというものは本を書き終える頃にはしばしば疲れているものなので、フレイザーが疲れているように感じられるのは驚くべきことではない。しかし、著者の疲労だけでは、完全にもしくは単純に説明しきれない何かほかの理由がある。というのも、『金枝篇』の第一版の序文においては、一八九五年以後のようには、フレイザーが疲労していなかったように思われるからである。それなのにこの疲れ果てたような悲しみは、何の表れであろうかと私は思う。おそらく、スミスの死から生じた、言葉にならなかった感情なのだろう。この語調は、一八九五年に最初に聞かれ、約五年間続く。次の一〇年間の研究の序文では、それはなくなるのである。

問題になっている一節は、トリニティ・カレッジへの感謝の表現である。フレイザーは、フェローの地位を三回更新して「さもしい心配事」から彼を解放し、純粋に学問を追い求めるのに最適の環境で過ごすことを許してくれたカレッジに対して感謝している。偽古体とミルトンの模倣に満ちているその「高度な」言い回しと、その懺悔のような語調からは、その一節は、一種の哀悼であるか、少なくとも終わってしまった一つの時代の墓標を意図しているように思われる。この点では、最後の文章はとくに重要である。

私の書斎の窓は、古いカレッジの静かな中庭を見つめている。中庭では日時計が時の経過を刻んでいる。長い夏の日には、噴水が、花々や芝生の真ん中で眠気をさますように水しぶきをあげている。夕闇が濃くなると、エリザベス朝様式の大広間の飾り窓から、光が出てくる。礼拝堂からは、鳴り響くオルガン音楽と混ざり合った聖歌隊の甘い声が聞こえてくる。真実や善、不死に対する人間の永遠の切望を歌っているその声は、安らかな空気のなかで漂っている。いずれにしても、虚飾や虚栄、野望が存在する世間の騒動や大騒ぎから離れているここで、学生は、真実の小さな声を聞くことを望むだろう。学生は、世代が移り変わっているのに、永続しているというよりはむしろ、永続しているにちがいないと私たちが浅はかにも思っている現実を、時間の移ろいやすい小さな疑問を通して看破することを望むだろう。私は、このような所で、何年も静かで幸せな日々を送ることを許されてきたことに、感謝してやまない。そして、まもなくそうするのだが、私がケンブリッジの別の家に移るために、カレッジでの私の古い部屋を手放すときには、私は、研究と仕事に対する愛を、そして新しい研究を新しい家で進展させたい。その愛は、まったく植え付けられたものではなく、平和な学び舎であるこの古い家で、育まれ、大事に育てられたものである。(22)

生涯を通してフレイザーは、自分の所属するカレッジの、非常に忠実な息子であった。

——彼は、不動産を妻に残した。しかし彼女の死後、そのすべてはトリニティに戻った。——しかし、自分の母校に対するこの愛情表現は、忠誠心と同様に懸念が混ざり合っている。というのも、新入生になってから四半世紀経った今になって、彼はついに出発したからである。彼はカレッジから出て、四四歳のときに彼の最初の家に引っ越そうとしていた。フレイザーは、青年期を通して彼が知っていた唯一の家であった大学の組織と環境から離れたのである。フレイザーは、トリニティの独身者という快適な暮らしと、夫と義理の父としての人生という未知の道行きとを交換しようとしていた。彼は、彼が愛した亡霊たちとその愛が作り上げた環境を置き去りにし、新しい不確かな未来へと向かって進んでいこうとしていた。

（1）フレイザーは、未出版の資料の閲覧と使用を許可してもらったことに対して、アテネのアメリカ研究所所長であるチャールズ・ワルドスタイン、フランス研究所所長トマス・オモル、イギリス研究所前所長セシル・スミス、そしてオックスフォード大学のパーシー・ガードナー（『パウサニアス』I, ix）に感謝している。

（2）人類学がどれほどふさわしいものであったか語るのは不可能である。というのも、個人の好みによっては、少しも需要がないからである。フレイザーはたいていは自制しているけれども、時折、いかなる基準からしても多量に提示しすぎた。例えば、III, 55, 192, 240 and 368.

（3） A・W・ヴェラルの考古学（人類学）に対する軽蔑。彼はそれを「詰め込みすぎのもの」と呼んだ。J・G・スチュアート『ジェイン・エレン・ハリソン――書簡からの肖像』(London, Merlin, 1959), pp. 56–57 を参照。

（4） Charles Whibley, "The Oldest Guide-book in the World," *Macmillan's*, 77 (April 1898), 415–21; "A Greek Baedeker," *Academy*, 53 (2 April 1898), 363–64; [J. P. Mahaffy], *Edinburgh Review*, 188 (October 1898), 358–77; Konrad Wernicke, *Wochenschrift der klassische Philologie*, 15 (1 October 1898), 1081–87; Percy Gardner, "Frazer's *Pausanias's Description of Greece*," *Classical Review*, 12 (1898), 465–69; *Saturday Review*, 28 (1898), 209–10; "Mr Frazer's Pausanias," *Cambridge Review*, 20 (4 May 1899), 306–07; H. Blümner, *Göttingische gelehrte Anzeiger* (1899), 66–79; Georges Radet, *Revue de l'histoire des religions*, 45 (1902), 84–90.

（5） これはアテネのアメリカ研究所のピーター・レヴィと故ユージン・ヴァンダープールの両教授による対談において述べられたことである。

（6） 注(11)と(12)で言及されている記事とは別に、ハービクトが説明したように注(8)、主な論争はヴィラモヴィッツによってのみ開始された。"Die Thukydideslegende," *Hermes*, 12 (1877), 326–67. パウサニアスの擁護者が、その非難の根拠は裏付けられているのかどうか尋ねたとき、ヴィラモヴィッツは、彼の学生や支持者たちにその闘いをさせることを好んだ。そのなかでも、もっとも熱烈であったのは、アウグスト・カルクマン『ペリエゲットのパウサニアス』(Berlin, Reimer, 1886) であった。フレイザーが豊富に注釈を付けた写本は、レン図書館 (TCC Adv. c.21. 24) にある。他の反パウサニアス派は、C・ロベルト *Pausanias als Schriftsteller, Studien und Beobachtungen* (Berlin, Weidmann, 1909); G・パスキュアリ "Die schriftstellerische Form des Pausanias," *Hermes*, 48 (1913), 161–223; L・ダイケ *Quaestiones Pausanianae* (Göttingen diss., 1935) らを含む。

(7) 当然のことであるが、フレイザーは、パウサニアスに反対する運動が間違っていると見なした唯一の人間ではなかった。パウサニアス支持者のヴィヘルム・グルリット〔*Über Pausanias* (Graz, Leuschner & Lubensky, 1890)〕が、おそらく、もっとも注目に値する人物であった。フレイザーは、自分の小論文の序論で、グルリットの議論を多数使用している。

(8) Christian Habicht, "Pausanias and His Critics," in *Pausanias* (Berkeley, University of California Press, 1986), appendix 1; "An Ancient Baedeker and His Critics: Pausanias' *Guide to Greece*," *Proceedings of the American Philosophical Society*, 129 (1985), 220–24.

(9) ヴィラモヴィッツとの直接的な意見の相違のいくつかの例。Paus, II, 57, 173, 214, 222, 287–88, and 288.

(10) *Paus*, III, 180; ヴィラモヴィッツのエッセイは "*Ελευθέριογ ϋδωρ*" *Hermes*, 19 (1884),

463–65.

(11) ヴィラモヴィッツのパウサニアスの文体に関する論（"der Stil so zerhackt und verzwackt, so altbacken und muffig ist"）は、彼の調査書を参照。"Die Griechische Literatur des Altertums," in Paul Hinneberg (ed.), *Die Kultur der Gegenwart* (Berlin and Leipzig, Teubner, 1905), Paus, I 163. フレイザーはこう書いている。「（パウサニアスの文体は）しまりがなく、ぎこちない。話の継ぎ目がまずく、ひどく詰め込まれすぎで、がたついていて、今にも崩れそうな形式である。そしてどんな種類の平易さもなく、優美さも上品さもない」。*Paus,* "Introduction," I, lxix.

(12) フレイザーは、擬似的なディカエアルコスの旅行記の一部にある、高度に美しく色付けられた描写と、感動はないがこつこつ歩くパウサニアスとを教訓的に比較し、提示している。彼は、前者は読むのにより楽しいものであると考える一方で、パウサニアスが根気強く古物収集をして私たちに示してくれたような、過ぎ去った時代に特有の面を示す一種の案内書としてはとくに、修辞的な才能があるゆえに信頼性がない、と結論付けている。後者が貴重である一方、前者は単に器用なだけである。*Paus,* "Introduction," pp.xlii–xlix.

(13) フレイザーはヴィラモヴィッツをけっして許さなかった。三〇年後の驚くべき怒りの表現は、ロバート・アッカーマンの本におけるA・E・ハウスマンへの手紙を参照。"Sir James G. Frazer and A. E. Housman : A Relationship in Letters," *Greek, Roman and Byzantine Studies,* 15 (1974), 339–64; そしてロバート・アッカーマンとW・M・ゴールダー、III, "The Correspondence of Ulrich von Wilamowitz-Moellendorff with Sir James George Frazer," *Proceedings of the Cambridge Philological Society*, no. 204, n.s. 24 (1978), 31-40を参照。

(14) 意見の相違があったにもかかわらず、フレイザーは、ドエルフェルドを人間として高く評価し続けた。そして同様にドエルフェルドの方もフレイザーに対して好意的であり続けた。フレイザーは一九九〇年の五月八日、マクミラン宛てにこう書き送っている。「私は、あなたが、ドエルフェルドが同封した手紙を見たいだろうと思う。どれほど頻繁に、どれほど激しく私が彼の観点に反論してきたかを考慮しても、彼が私の本の実用性を証明してくれたことは、とても重要なことであると同様にとても寛大なことである。……彼が、毎年恒例の旅行に同行しているドイツの若い学生たちに対して私の大きな本を推薦してくれたことは、私の本が、ドイツの学術社会に対してまさに最高の紹介者を得ることができたということである、という点について、私は意見を差し挟む必要はほとんどない」。

(15) *Paus*, II, 528-89.

(16) Kenneth Burke の劇の専門用語を使い、Stanley Edgar Hyman は、*The Tangled Bank* (New York, Atheneum, 1962) において、フレイザーの「情景描写」要素について優れた論を展開している。

(17) *Paus*, I, viii.

(18) *Paus*, II, 461-62.

(19) Basingstoke にある Macmillan 文書館の販売記録。

(20) "Mr. Frazer's Pausanias," 306.

(21) ガードナー（p. 467. Radet, p. 84）は、その訳を心から褒めている。パウサニアスの文章のぎこちなさと退屈さには、フレイザーが示す優美さと活力とがまさに必要である、と述べている。

(22) *Paus*, "Preface," I, x フレイザーはこの一節を好んだ。一九二〇年の *Sir Roger de Coverley and Other Literary Pieces* において、そして一九二七年の *GH* でふたたび、他の「宝石たち」に加えて「私の古い研究」として、それを再文章化している。

〈訳者紹介〉

山田雄三（やまだ　ゆうぞう）

1968年生まれ。大阪大学文学部英文科卒業、大阪大学大学院文学研究科博士課程修了。英文学専攻、博士（文学）。現在、大阪大学文学部教授。業績に、『ニューレフトと呼ばれたモダニストたち』、『感情のカルチュラル・スタディーズ』など。

鴨川啓信（かもがわ　ひろのぶ）

1967年生まれ。大阪大学文学部英文科卒業、大阪大学大学院文学研究科博士課程修了。英文学専攻、博士（文学）。現在、京都女子大学文学部教授。業績に、『グレアム・グリーンの小説と物語の繰り返し』、エイザ・ブリッグズ『ヴィクトリア朝のもの』（共訳）など。

平井智子（ひらい　さとこ）

1968年生まれ。大阪大学文学部英文科卒業、大阪大学大学院文学研究科博士課程修了。アメリカ文学専攻、現在、広島国際大学総合リハビリテーション学部准教授。業績に、「『河を渡って木立の中へ』の肖像画――ヘミングウェイと異界の入口としての絵画」など。

中村仁紀（なかむら　よしき）

1981年生まれ。大阪大学文学部英文科卒業、大阪大学大学院文学研究科博士課程修了。英文学専攻、博士（文学）。現在、大阪医科大学講師。業績に、「S. T. コウルリッジにおける仮説思考の射程――経験科学における Hypothesis/Hypopœēsis の方法論的問題と想像力概念」など。

金崎八重（かなさき　やえ）

1981年生まれ。大阪大学文学部英文科卒業、大阪大学大学院文学研究科博士課程修了。英文学専攻、博士（文学）。現在、近畿大学経済学部講師。業績に、「ミルトンの庭」、「なぜコウマスは逃げたのか――『コウマス』における自然」など。

〈著者紹介〉
ロバート・アッカーマン　(Robert Ackerman)
1935年生まれ。フィラデルフィア芸術大学人文学部長、ケンブリッジ大学クレア・ホール客員教授。著書に、『J・G・フレイザー――その生涯と業績』、『サー・J・G・フレイザーの書簡選集』、『神話と儀式派――J・G・フレイザーとケンブリッジ儀式主義者たち』など。

〈監修者紹介〉
小松和彦（こまつ　かずひこ）
1947年生まれ。埼玉大学教養学部教養学科卒業、東京都立大学大学院社会科学研究科博士課程修了。文化人類学・民俗学専攻。大阪大学文学部教授、国際日本文化研究センター教授、同所長を歴任、現在、国際日本文化研究センター名誉教授。文化功労者受賞。著書に、『神になった日本人』、『いざなぎ流の研究』、『百鬼夜行絵巻の謎』、『異人論』など多数。

〈監訳者紹介〉
玉井　暲（たまい　あきら）
1946年生まれ。大阪大学文学部英文科卒業、大阪大学大学院文学研究科修士課程修了。英文学専攻、博士（文学）。大阪大学文学部教授を経て、大阪大学名誉教授、現在、武庫川女子大学教授。著書に、エイザ・ブリッグズ『ヴィクトリア朝のもの』（監訳）、メリッサ・ノックス『オスカー・ワイルド』、J・ヒリス・ミラー『小説と反復』（共訳）など。

評伝《ひょうでん》　J・G・フレイザー　上
――その生涯と業績――

二〇二〇年七月一五日　初版第一刷発行

著　者　ロバート・アッカーマン
監修者　小松和彦
監訳者　玉井　暲《あきら》

発行者　西村明高
発行所　株式会社法藏館
京都市下京区正面通烏丸東入
郵便番号　六〇〇-八一五三
電話　〇七五-三四三-〇〇三〇（編集）
〇七五-三四三-五六五六（営業）

装幀者　熊谷博人
印刷・製本　中村印刷株式会社

ISBN 978-4-8318-2610-7　C1198